文春文庫

捜査線上の夕映え

有栖川有栖

目次

序章　お召し……7
第一章　取調室のレクチャー……41
第二章　高く厚い壁……111
第三章　二つの捜査会議……177
第四章　灰色の孔雀……232
第五章　真相への旅……333
第六章　遠い夕映え……446
あとがき……526
文庫版あとがき……530
解説　佐々木敦……532

捜査線上の夕映え

序章　お召し

1

旅に出ることにした。

独りで。

いつものショルダーバッグを肩に掛けて部屋を出かけたところで、マスクをし忘れていることに気づいて引き返す。外出時には必ずマスクをすることが励行されて半年は経つのに、粗忽《そこつ》だからいまだによくこうなる。「また忘れてるよ」と注意してくれる同居人はいない。

ＪＲ天王寺《てんのうじ》駅へと向かった。私・有栖川有栖《ありすがわありす》の自宅マンションがある夕陽丘《ゆうひがおか》からはなだらかな下り坂になっている。地下鉄だとひと駅の距離。所要時間は歩いて十分ほどだから、外出自粛による運動不足の解消にはほど遠い。残暑がまだ厳しいので、ゆっくり歩いても額に汗が浮いた。

大阪市内にしては珍しく坂の多い近辺を日常的に散歩するよう心がけていたが、公共交通機関に乗ることは控えており、JRを利用するのは四月の初め以来だ。

自宅に引きこもったまま仕事が完結する作家という職業だから、ここまで外出自粛を徹底できている。三十四歳という年齢からすると、新型コロナウイルスに感染しても大事に至る確率は低いらしいが、用心するに越したことはないし、きつめの風邪ぐらいの症状で済むとしても、罹患《りかん》するのは真っ平ごめんである。

四月七日に政府が緊急事態宣言を発した時は、蟄居《ちっきょ》を自分にとっては好機と捉えて執筆に専念し、懸案の書き下ろし長編を一気呵成《いっきかせい》に仕上げよう、と誓ったのだが——五カ月かけても果たせていない。

途中で長めの短編の締切が挟まっていたせいもあるが、世界中が異常な事態に陥《おちい》ったことで調子が狂ってしまったらしい。甘っちょろい話で、何の落ち度があったわけでもないのに経済的危機に直面している飲食・観光といった業界の人たちの前ではとても言えない。

どうにか態勢を立て直しかけているが、今一つすっきりしないので、気分転換のために旅に出ることにしたのだ。といっても、政府が実施しているGoToトラベルなる観光需要喚起策に乗って遠出をするわけでもない。遠方への旅行は新型コロナの感染が終息してから心置きなく楽しむとして、今回の目的地はごく近場だ。いや、目的地すらなくて、ただ大阪市の輪郭の一部を撫《な》でて戻ってくるだけなので、実態は旅というより移動に近い。

久しぶりの天王寺駅。五月二十一日に大阪で緊急事態宣言が解除されて以降、感染者数はしばらく落ち着き、街の人出はかなり恢復《かいふく》したとはいえ、行き交う人の数は明らかに少なかった。海外からの旅行者が消えたので、キャリーケースを引いて歩く人の姿もない。

マスク、マスク、マスク、マスク。

奇態な風習が蔓延《まんえん》したかのごとく、誰もが顔の下半分を隠している。

厚生労働省が二〇二〇年八月二十八日に発表した新型コロナウイルスによる死者は一二五四人。感染の第二波は鎮静化しつつあるが、じきに秋がやってくる。そして冬が。第三波が到来するのは目に見えている。

私は大和路《やまとじ》線のホームに降り、区間快速をわざと避けて鶯色《うぐいすいろ》の普通列車に乗り込む。久宝寺《きゅうほうじ》駅までは各停でもわずか四駅。ものの十分だ。かつては広々としたヤードがあった久宝寺だが、現在は貨物の扱いがなくなって様相をがらりと変え、高層マンションが目立っている。

おおさか東《ひがし》線に乗り換えた。城東貨物線を旅客線に改良した路線で、大阪市の東側をなぞって新大阪駅に至る。奈良方面からの乗客は、この線の開通によって大阪市の中心部に入ることなく新大阪を目指せるようになった。全線開業は二〇一九年三月。今回企画したのは、用事もないのにそれに乗る、というだけのことである。ほら、旅というより単なる移動だ。

晩《おそ》い午後という時間のせいもあってか車内は空いていて、〈密〉は回避できていた。電車が動きだし、初めて乗る線路に入る。学研都市《がっけんとし》線と合流する放出《はなてん》駅の近くまで、まっすぐ北へ進路を取った。いつもは電車に乗ると読書タイムだが、車窓風景を観賞するために乗っているのだから、今日はバッグから本を出すこともない。

右手の車窓には生駒《いこま》の山並みが近く見え、左手の車窓は建物の間から大阪の市街地が遠望できた。ふだんとは違う方角からわが街が見られて面白い。太陽は高度を下げつつあるが、にょきにょきと聳《そび》えるビル群が夕陽で染まるまでは少し間がありそうだ。

絶景と言うほどでもないので、気がつくと意識がよそに飛び、ミステリのことを考えていた。昨今、人気を博している〈特殊設定ミステリ〉と呼ばれるものについて。

現実世界にはないモノやコトを取り入れつつ、あくまでも作中世界の物理法則やルールに則《のっと》って論理的に事件が解決されるミステリのことで、多くの読者を獲得しているのは優れた作品が次々に発表されているからだ。おそらくミステリファンの幅を広げることにも寄与しているだろう。

SFやファンタジーとミステリの興趣《きょうしゅ》を合体させた作品は従来から書かれてきたが、この頃はやりの作品の特殊設定は千差万別で、超能力やタイムマシンが存在したり幽霊や吸血鬼が実在したりという次元に留まらない。作中で極めて特殊な法則で時間が流れていたり、生死の境が無効になっていたりで、奇想の博覧会の様相すらある。そんな設定を巧みに利用して謎解きが行なわれるから、読者は新鮮な驚きが得られるわけだ。

私は、〈ミステリはこの世にあるものだけで書かれたファンタジー〉と捉えている者で、特殊設定ミステリは好みの中心から外れてはいるが、よくこんなことを考えつくものだ、と感嘆しながら楽しんでいる。

SFやファンタジーとミステリを合体させたというよりも、ゲームとミステリを掛け合わせる感覚で書かれるのかもしれない。採用されるのは一度限りのルールで、「どうしてそんな法則が発動するのか?」「何故そんなものが存在するのか?」の説明はないのが普通であり、読者もそれは所与の前提として問わないし、作中人物はそんな世界に生まれ落ちたことも多く、「なんでこんなことに」とくよくよ悩んだりもしない。

純粋なゲーム空間の中で、いちいち悩まれても鬱陶《うっとう》しいだろう。特殊な状況を通して小説として思弁的なテーマを織り込んだ作例は知っているが、私が読んだ範囲では、「この世界の意味は何だ?」「どうしたらこのルールを破壊できるのか?」と作中人物が奮闘するものは思い出せず、誰もがゲーム空間を受け容れていた。本格ミステリらしい潔《いさぎよ》さであるが――

ふと思う。特殊設定ミステリが歓迎されているのは、作中の世界がどこまで特殊であろうと、むしろ突拍子もないものであればあるほど、作者が懇切丁寧にルールを説明してくれるからではないか。説明に遺漏《いろう》があったら大変だ。読者から「ソレができないのにアレはできるのか。恣意《しい》的だな。作者がやりたい放題ではないか」とクレームがつくのは必至である。よって作者は曖昧《あいまい》さを排し、隅々まで見通せるように物語世界を描かなくてはならない。

翻《ひるがえ》って現実世界はどうか。社会は複雑さを増し、科学技術は進歩するほどにブラックボックス化が進んで、私たちの見通しは悪くなるばかり。世界的に格差の拡大や固定化が問題となって、近年の日本では上級国民・下級国民という嫌な言葉も生まれた。どの階層に属しているかで法律を破った時の処遇も変わるとなれば、ルールなどあったものではない。こんな世界こそ、理解困難な特殊設定でできていると言えるのではないか。

そこへもってきて、今度のコロナ禍だ。中国・武漢《ぶかん》で発生した新型コロナウイルスは未知のもので、治療法やワクチンが開発されていないどころか、まだその全容が明らかになっていない。さらにいつどこでどんな変異を遂げるかも判らず、さながらジョーカーのごとき存在となって、人類が営々と築いてきた社会を毀損《きそん》し続けている。呪わしいウイルスは、その設定が不明。

特殊設定ミステリが歓迎されている理由は、現実世界が特殊設定化していることも一因に思える。こんな世界より、いかに歪《いびつ》であっても確たるルールが確立した物語世界の方が受容しやすく、かえって安らげるかもしれない。

などと雑考しているうちに電車は左に大きくカーブして学研都市線に乗り入れたかと思うと、京橋《きょうばし》駅の手前で再び元貨物線の新線に進入して頭を北西に転じる。淀川を渡り、新幹線の高架橋をくぐり抜け、新大阪駅に着いた。

出版社のパーティが中止となったため東京に行く機会もなくなり、新大阪駅に足を踏み入れたのも今年初めて。やはりいつもとは様子がだいぶ異なり、人が少ないため駅全体が静かだ。夏に東京と大阪を行き来した編集者から、新幹線のホームの売店はすべて閉まっていると聞いた。

構内にあるエキマルシェの店は営業していたので覗《のぞ》いて回り、書店では棚も平台もじっくり見てから文庫本を何冊か買う。たったそれだけの買い物で、いくらか気分が晴れた。あちこちの飲食店からいい匂いが漂ってきていたが、夕食には早すぎる。とりあえず梅田に出ようか、と京都線のホームに降りた。

また淀川を渡って大阪駅へ。新大阪駅の構内でのんびりしていたため存外に時間が過ぎており、西の空が夕陽で眩《まぶ》しい。私は改札を出て、五階にある時空《とき》の広場で佇《たたず》み、ガラスのフェンス越しに夕焼けを眺めた。うちのマンションからも夕陽はよく見えるが、ここからのものはスケールが段違いに大きい。

九月初めの落陽が放つ光は強烈で、各ホームを覆う蒲鉾《かまぼこ》形の屋根も、複雑に絡みながら西――地図に当たって正確を期すと南西――へ延びる幾本ものレールも、その先に見える超高層ビルのガラス窓や壁も、黄金色にギラギラと輝き、今にも発火しそうだ。全身を灼《や》かれながら入線してくる電車は、火焰地獄から逃れてきたかのよう。かと思えば、そちらに向けて進撃していく電車もある。上空に残った淡い青色が、夕陽との対比で爽やかなこと。

この駅が大改修によって現在の形になってすぐに、私はこんな夕景が出現したことに驚いたのだが、傍《かたわ》らを行く人は関心がなさそうに見えたし、テレビで新しい駅舎が紹介される場合も、言及されることはなかったように思う。職場や学校や家庭で、「うん、あれはすごいね」とみんな話題にしているのだろうか？

周辺に立つビルの屋上展望台や高層階のレストランからの夕陽が美しい、とは聞く。しかし、そんなところに上がらずとも、駅構内で足を止めれば、負けず劣らずの風景を目にできる。なんでもない日常にこんな恩寵《おんちよう》が紛れ込むから、現実世界も油断がならない。

「有栖川さん」

ぼおっと立っている私に、誰かが呼び掛けてきた。聞き覚えのある声だな、と思いながら振り向く。

「こんなところでばったりお会いできるとは。いつものような雑踏だったら気がつかなかったかもしれない。——お久しぶりですね」

東方新聞社会部の因幡丈一郎《いなばじよういちろう》が立っていた。マスクで口許は見えないが、垂れ目が愛想笑いで糸のように細くなっている。外を飛び回ることが多いだろうに色白の記者だ。名前と結びつけて〈因幡の白兎《しろうさぎ》〉と呼びたいほどなのだが、その顔が今は夕陽の色に染まっていた。

取材でしつこく絡んでくるので初対面の時から好印象を持てないでいる。とはいえ彼は彼なりの職業意識で動いているのだし、節度を示してくれたこともあるので、丁寧に挨拶をした。

「お久しぶりです。お仕事の帰りですか？」

「いえいえ。こんな時間に家に帰らせてくれる仕事ではありませんよ。あっちからこっちへ、と走り回っている途中です。——有栖川さんの方は？」

「短い旅から帰ったところです」

「にしては軽装ですね。近場にいらしていたんですか？」

旅などと洒落《しやれ》て言ったのがまずかった。「実は」と説明しなくてはならない。

「息抜きの外出でしたか。最近もずっとお宅にこもりっきりですか？」

「ええ。おかげで仕事をするしかない毎日です」

自然と立ち話になった。好印象を持てない人物に出くわした、と思いかけていたが、他人と顔を合わせてしゃべる機会が激減しているので会話に飢えていたらしく、人恋しさが慰《なぐさ》められる。

因幡はソーシャルディスタンスを保ち、私から二メートルほど離れて立っていた。ここで二人が同時に拳銃を抜き、相手に銃口を向けたら香港製アクション映画だな、とつまらぬことを思う。私が決死の潜入捜査をしていた刑事で、彼がマフィアの首魁《しゆかい》。燃える夕陽を背景に、いいシーンにならないものか。

「火村《ひむら》先生はどうしておられますか？　英都《えいと》大学も全面的にオンライン授業を行なっているようですね」

「当初は苦労していたようです。まだ夏休みが明けていませんけれど、後期の準備で忙しくしてるかもしれません」

「フィールドワークの方は？」

やはり訊いてくるか。これは雑談ではなく取材だ。

大学時代からの友人であり、犯罪社会学者の道に進んで母校の准教授となった火村英生《ひでお》は、京阪神の警察に協力して犯罪捜査にあたることをフィールドワークにしている。いわば〈臨床犯罪学者〉。そんな彼に社会部記者の因幡が関心を寄せるのは無理もない。火村と警察がどういう関係でつながっているのか、准教授は具体的にどんな助言をしているのか等々、知りたくて仕方がないようだ。助手として火村と行動を共にする私からも吸い出せる情報があるのでは、と隙《すき》あらばすり寄ってくる。

「有栖川さんにお声が掛かることもない？」

「外出は極力控えているみたいですよ。詳しくは知りません」

「すっかりご無沙汰しています。春以降、一度も会っていません。彼に関する最新情報は持ち合わせていないわけです」

「せっかく有栖川さんとばったり遭遇できたのに、残念ですなぁ」

〈ばったり遭遇〉は重言《じゆうごん》だし、〈遭遇〉というのはよくないことに出くわすことが本来の意味だろう、と突っ込みたくなる。正しい日本語を使うために記者ハンドブックというのを持っているはずだ。

「しかし、あの火村先生のことだから、腕が疼《うず》いているでしょうね。自粛を解きたくなる頃では？　警察も捜査協力の要請を遠慮してきたようですけれど、最近はコロナの感染拡大もひとまず落ち着いている。事件の現場にお誘いしたがっているかもしれません」

「どうなんでしょうね」と応え、私はそろそろ話を打ち切りかける。人恋しさは消えていた。

因幡が両手を後ろにやって、体を西に向けた。芝居がかった動作で、どうしたのかと思った。

「ここから眺める夕陽は最高です。有栖川さんもご存じでしたか？　さっき立ち止まって見ておられましたが」

そう言って彼は、私のシンパシーを引き戻す。嫌いにさせてくれない男だ。

「夕陽の名所だと思っています。意見が一致しましたね。……ああ、もう沈んでしまう」

部屋で担当編集者と電話をしていた時、毒々しいまでの強烈な夕焼けを見たことがある。「すごいんですよ」と東京にいる相手に興奮を伝えた後、あまりの凄絶《せいぜつ》さに不吉な予感を覚えたのだが――数日後の未明、火村と私は他殺死体と〈遭遇〉し、『朱色の研究』とでも題したい事件にぶつかった。今日見たのはあれほど妖しい夕陽ではないが、かつての異様な日没を思い出させた。

「東大阪市内のマンションで男が殺された事件があります。死体が見つかったのは八月二十八日。五日前です」

因幡が唐突に言うので、反射的に顔を見た。真剣な目をしている。

「ニュースで聞いた気がします。それが何か？」

「被害者は、頭を鈍器で殴られていました。凶器は現場にあった御影石《みかげいし》の置物。犯人は殺害後に死体をスーツケースに詰め、クロゼットに押し込んでいました。推理小説に出てくる鬼面《きめん》人を驚かすといった要素は皆無で、こう言ってはなんですが、よくある平凡な事件ですよ。ところが、この捜査が難航している」

「五日経っても、目鼻がつかないんですね？」

彼がぽんと投げてきた話に、われ知らず応答していた。

「捜査員に食い下がって様子を探ったら、そのようですね」

「押し込み強盗という線は？」

「否定されています。室内に物色された跡はなく、被害者の所持金にも手がついていませんでしたから。捜査本部は顔見知りの犯行との見方を固めていて、疑わしい人物が浮上しているらしいんですけれど、そいつが犯人だと絞り切れない。大きな壁があるらしい」

「なるほど」とでも応えるしかない。

「そんな具合で、厄介な事件になりかけている。担当しているのは船曳《ふなびき》班です」

大阪府警にあって、これまで幾度となく火村にフィールドワークの場を与えてくれているのが船曳警部だ。私もよく知っている。火村が何度も事件解決の手助けをした警部とも言える。

見事なスキンヘッド――どこまで攻めて剃《そ》っているのか、攻めずにそうなっているのか実は不明——で、太鼓腹にサスペンダーと、トレードマークが多い人でもある。あの警部に会ったのも随分と前のことになる。

「これは私の直感ですが」因幡の目が細くなる。「そろそろ火村先生の許《もと》に応援要請の電話が入るんじゃないでしょうか。ひょっとしたら、有栖川さんが聞いていないだけで、もうかかってきているのかもしれませんよ」

「どうなんでしょうね」同じ言葉をさっきも使った気がする。「まだ死体が見つかってから五日しか経っていないそうですし、もしそんな要請がきても、あいつは断わるんやないですか。自粛を解除するとしても、まず地元の京都府警への協力からでしょう」

「ふぅん。やっぱりそうですかね」

案外、あっさりと退いた。直感というほどのものもなく、私に鎌を掛けただけのようだ。それにしても、この男は侮《あなど》れない。大阪駅で出会ったのは偶然だとして、折しも今夜、私は火村と連絡を取ろうとしていた。まるでそれを見透かしているかのようだ。このタイミングで「そろそろ火村先生の許に応援要請の電話が入るんじゃないでしょうか」なんて吹き込まれたら、火村に「ところで」と水を向けてしまうだろう。

因幡はまた両手を後ろに回して組み、今しがたまでとは違う気安い調子で言う。

「きれいですよ、有栖川さん。この季節では珍しい」

促されて、そちらを見た。

残照に彩られた空が、いくつかの層に分かれて染まっている。高いところは藍色から澄んだ青色へとグラデーションを成し、その下の層は緑色を帯びたラベンダー色、その下がピンク色、地上に接するあたりは白味がかった朱色という具合に。

見た覚えのない空だ。

色だけでなく、光が違う。黄昏《たそがれ》の予兆が隈《くま》なく景色を包んでいるせいか、現実感が失われている。すべてをリセットするスイッチが押されたかのよう。

「写真家がマジックアワーと呼ぶやつです。いやぁ、不思議な感じですね。これは見事だ。魔法にでも掛けられたかのように、何もかもがきれいに映る。いつもどおりの風景なのに、まるで別世界だ」

美しくて、優しくて、どこか懐かしい。

世界はこんな貌《かお》も持っているのか、と私は見惚《みと》れる。言葉がなかった。

思いがけず因幡と感動を共有してしまったが、スマートフォンで撮影を始めた彼の横で、私は動かなかった。ことあるごとに写真を撮る、という習慣がないからだ。これは火村も同じだ。

「もっと美しくなりますよ」

因幡は自分の業《わざ》を誇るように言う。私たちの他にも、立ち止まる者がちらほら現われた。今ならばカメラを向けてシャッターを押すだけで、さぞや幻想的な写真が撮れるだろう。

夕闇が降りてきて、夢のような光景をたちまち塗り潰していくのかと思ったら、魔法は思ったよりも効き目が長い。緩やかに色調を変え、明度を落としていきながら、小さな奇跡はなかなか去らなかった。

2

高柳《たかやなぎ》は十階建ての賃貸マンションを見上げた。築十五年と聞いているから、管理が難しい時期に差し掛かっているのだろう。オーナーの富井《とみい》氏は来年中に外壁の塗装をし直すことを予定しているという。

エントランスアーチには片仮名の金文字で〈トミーハイツ〉。高台にあるでもないのにハイツと名乗るのは、オーナーの自由だ。管理人室や駐車場・駐輪場がある一階以外は各階に八室で、全七十五室のうち六十三戸に入居者がいる。稼働率八十四パーセント。

顎《あご》を引くと前髪がはらりと落ちて、両目にかぶさった。美容室に行くタイミングを逃したまま、この事件にぶつかってしまったのを彼女は悔やんでいた。少しでも困っている業界の力になりたくて、〈爆笑ライブ　コロナをぶっ飛ばせ〉を優先させたせいだから仕方がない。

右隣に目をやれば、外壁の再塗装工事が完了して間がなさそうな〈マッキービル〉。こちらは十一階建ての雑居ビルで、築年数は〈トミーハイツ〉と似たようなものか。一階は中華料理店が入っており、〈テイクアウトあります〉と張り紙が出ていた。

フェンス一枚を隔てて寄り添っている二棟は兄弟のようだが、土地の境界が原因でオーナーの富井氏と松木《まつき》氏は不仲らしい。トミーとマッキー。ネーミングのセンスが似ていて名前もコンビが組めそうな取り合わせなのだから、仲よくすればいいのに、と漫才好きの刑事は思った。

〈モノづくりのまち東大阪〉らしく界隈には町工場が多く、倉庫や大小のコインパークも目立つ。広い通りから二本奥まっていることもあり、夜間はぱったりと通行人が絶えるであろう、と容易に想像できた。

まだ九月の初めだが、陽が短くなっているのを感じる。五時にならないうちにもう太陽が低い。

風に乗って、背後と右手から車の走行音が物憂《ものう》く聞こえていた。東西に走る阪神高速13号と南北に延びる近畿自動車道からのものだ。工場の機械音もしているが、これはまもなく止まる。

いくら外観を眺めていても、事件解決の手掛かりは得られない。高柳はアーチをくぐって、〈トミーハイツ〉の中に入った。オートロックではないが、エントランスホールの天井には防犯カメラが設置されている。古い型で解像度はあまりよろしくないものの、出入りする人間の顔がぼけていたりはしない。

入ってすぐ左手の管理人室に、人の影がある。「こんにちは」と声を掛けた。

「ああ、高柳さん。ご苦労さまです」と応えたのは、黒いベレー帽をかぶった管理人の染《そめ》井《い》だ。初老の洋画家のようだが、銀行を退職して再就職したばかりだと聞いた。彼女の父親の世代にあたる。

　初動捜査の時に事情聴取をしたので、顔見知りになっていた。あらためて警察手帳の記章を出して見せる必要もない。

「現場で確かめたいことがあるので、鍵をお借りできますか？」高柳は腕時計を見て「染井さんがお仕事から上がる五時までにお返しにきますので」

「かまいませんよ。ちょっとぐらい過ぎても」と言って、管理人は快く鍵を貸してくれた。

　礼を言って、一基だけのエレベーターを呼ぶ。ボタンを押す時は指の腹ではなく、用心のため爪を使った。

　エレベーターの中にも防犯カメラ。この映像も画質はよろしくない。とっくに減価償却が終わっていそうだから新しいものに替えた方がいいですよ、とトミーを指導したくなる。

　五階で下りれば、目指す５０８号室はすぐ目の前だ。規制線の黄色いテープで封印された犯行現場。今は誰も張りついていない。解錠し、室内に踏み入った。

　――まだ臭う？

　窓を全開にして空気をすっかり入れ替えたはずなのに、腐臭が残存しているように思えてならない。錯覚にすぎないのかもしれないが。

　入ってすぐ左手にトイレと浴室、右手に四畳半ほどの洋室。奥にＬＤＫと寝室という間取りだ。徹底的な捜査が行なわれた後で、今さら新たな証拠が見つかるとは思えない。それでも足を運ばずにおれなかった。思考の盲点に入って見落としていることに気づくかもしれない、と期待して。

被害者は自炊を苦にしない男で、冷蔵庫の中身はお茶やビールといった飲み物だけ、というタイプではなかった。キッチンも調理器具もよく使い込まれている。カップ麺などインスタント食品も大いに活用していたらしく、買い置きがたくさん残っていた。コロナに感染することを恐れ、外出を極力避けていたせいもあるのか。

リビングのテーブルとソファは簡素なもので、テレビの型も旧《ふる》い。テレビよりパソコンに親しんでいたわけでもない。被害者はパソコンを持っておらず、何でもスマートフォンで済ませていたという。

——ここ。まさにここが現場。

遺体詰めスーツケースが見つかったのは寝室のクロゼットだが、被害者が鈍器で殴打され、絶命したのはリビングだというのが鑑識の下した結論だ。フローリングの床に残った微量の血痕その他から総合的に出されたもので、まず間違いはないとのこと。

凶器となったのは、御影石でできた臥龍《がりよう》の像。犯人は龍の首を握って振り下ろしたと見られる。その台座が被害者の頭蓋骨を陥没させ、脳挫傷《のうざしよう》により死に至らしめた。

ドアや窓に異状がなく、被害者が犯人を招き入れたらしい点。手近にあった置物が凶器になっている点。この二つから推して、顔見知りの人間による発作的な犯行であるとの見方が有力だ。

——喧嘩《けんか》になってガツンと殴った？　それにしては揉み合った形跡がない。

口論ぐらいはあったのかもしれない。その中で、被害者が犯人の逆鱗《げきりん》に触れる言葉を発したとしたら？　被害者は自分の言葉の重大さに無自覚で攻撃を予想できず、犯人に隙を見せたところで一撃を食らった――というふうに高柳には見えた。捜査本部の大方の見解でもある。

そうであれば、被害者の交友関係を洗っていけば犯人にたどり着くはずだ。それなりに濃密な間柄であったからこそ起きた事件に思える。

探すと疑わしい者がいた。いたが、自分は事件と無関係だと言い張っている。犯人と決めつける根拠もなく、アリバイを主張され、捜査は停滞していた。遺体が発見されて、今日で六日目である。

まだ六日目とも言えるが、犯人の目星がついた上で証拠固めに苦労しているのではない。容疑者が犯人なのかどうか、本部でも意見がまっ二つに分かれていた。

ソファの脇のラックに、ここの住人の志向を語るものがあった。とある宗教団体が発行・配布している書籍・雑誌とパンフレット類が、〈完全なる瞑想〉へと誘っている。被害者は、この教団が創案した独特の呼吸法に凝っていたのだ。

しかし、印刷物やスマホの動画をテキストに独習していただけで、教団が催すイベントに参加した形跡はない。複数の知人の証言によると「お布施《ふせ》させられそうで怖いから」だそうだ。スマホの通信履歴を見てもそれらしい記録は一切なく、容疑者リストに教団関係者は含まれていない。もとより瞑想普及会といった趣《おもむき》の平和な教団で、別段、怪しい団体ではなかった。

瞑想に凝っていた被害者はシンプルな生活に憧れていたのだろうな、ということは各部屋を見ただけで知れる。リビングだけでなく、どこも物が少なくてさっぱりしたものだ。寝室などベッド以外に何もない。遺体が詰まったスーツケースが発見されたクロゼットも、客用だか予備だかの布団の他には衣類の入った段ボールが数個あるぐらい。

スマホが顫《ふる》えた。誰からの架電かを確かめてから出る。

「森下《もりした》です。コマチさん、今どこですか？」

後輩の声。何の用事があってか、自分を捜していたらしい。

「現場。ふらっと見に」

コマチこと高柳真知子《まちこ》は軽い調子で答えた。

「そんなことかな、と思うてました。僕も行きます。近くにいてるんで」

現場に立ち寄っているのだろうと推量し、すでに近くまできている？　船曳班最年少のはりきりボーイも勘が鋭くなったものだな、と感心した。

五分と経たないうちにドアホンが鳴った。ああ、鍵を掛けたままだった、と彼女は開けてやる。

聞き込みの際も、年齢を問わず女性から「ドラマの刑事さんみたい」と評されることが珍しくない森下恵一《けいいち》の入場。先日は、マスクをしていても「目許が爽やか」と言われていたので、横で聞いていて噴き出しそうになった。刑事が爽やかさを褒められても仕方がない。場合によってはなめられる。

　本人は愚直なまでに仕事熱心で、ポカもやらかすが二十代前半で捜査一課に引き抜かれただけに筋はいい。自分と同じく阿倍野《あべの》署からスカウトされた、という点でも親近感があったし、彼から姉貴分として慕われているのも感じていた。

「また単独行動ですか。最近、多いですね」

　開口一番、彼は言った。

「とっておきのネタを独り占めしようとしてるわけでもないよ。現場にそんなもんが落ちてるはずないでしょ」

　刑事も漫才師と同じだ。大切なのはネタ。外を回ってどれだけ重要な情報を摑《つか》んでくるか。ネタという言葉に馴染みがあるのは、小説家もか。

「相方はどうしたんですか？」

「捜査の効率を考えて別行動。喧嘩したわけやないよ」

　相方とは、捜査本部が設置された布施《ふせ》署捜査一係の飄々《ひょうひょう》とした巡査部長だ。二時間ほど前に別れ、今頃どこで何を調べているのかは知らない。別々に動くことを提案したのは高柳だが、それは相方も望むところのようだった。よい意味での刑事臭さをまとった刑事だから、これ幸いとサボってパチンコ店に向かったのではあるまい。

「どうして私を捜してたの？　君こそ相方は？」

　訊かれた森下は、けろりとしている。

「残暑の中でがんばりすぎたせいかダウンしてしまいました。熱中症というほどではないんですけど、布施署に戻って休んでます。僕一人になったら現場を踏みたくなって、そこで虫の報《しら》せです。もしかしたら、コマチさんが行ってるんやないか、と」

「おお、凄腕刑事。気持ちが悪いぐらい冴《さ》えてたね」

「種を明かすと、昨日の捜査会議の後、コマチさんがぶつぶつ言うてたからですよ。『現場が見たいな』って。変な顔をしますね。無意識のうちに言うてたんですか。——で、何か気がついたこと、ありました？」

「ちょっと覗いただけで大発見があったら苦労はないね」

二人して、あらためて室内を見て回ったが、高柳が得られたのは、気が済んだ、という感覚だけだった。

「スーツケースに遺《のこ》っていたあれは、関係ないんでしょうか？」

部屋を出ようとしかけたところで森下が言う。捜査陣の誰もが気になっている点だ。

「関係ないとは言えないでしょう」

「犯人のものですか？」

「近いうちにはっきりするんやない」

「そうやったらええんですけどね。なんか長引きそうな嫌な予感が……」

「長引く、か。君がそう思うのもコロナの影響かもね。マスクと縁が切れるまで、だいぶかかりそうやから」

密閉・密接・密集の〈三密〉を避け、人とは充分な距離を取って接する。漫才のライブを以前のように楽しめないだけでなく、捜査もやりにくくてかなわない。

だいたい捜査というものは、この三つの密の中で為されるものではないか。人の耳がない狭いところで関係者から濃密な事情聴取を行なったり、重要な証言をしてくれる者を求めてできるだけ多くの人間に会ったりするのが欠かせない。

「なんでもコロナのせいにしたら、コロナも気を悪くするんやないですか。今回の事件については、〈海坊主〉と鮫《さめ》やんも楽観してませんよ」

班長たるスキンヘッドの船曳警部と、森下に愛情ある厳しさで接している鮫山《さめやま》警部補のことだ。

「うん、まぁ。楽観できる状況ではないね」

玄関のドアを前にして高柳が足を止めると、さらに後輩は言う。

「あのお二人も嫌な予感がしてるんですよ。『相談してみるのはどうでしょう?』『あかんかもしれへんけど、打診してみよか』とここそこ話してました」

「相談してみるって、誰に?」

「言うまでもないでしょう。火村先生ですよ」

「先生は蟄居閉門してるやないの。大学の講義はリモートやし、下宿の大家さんがご高齢やから気を遣《つこ》うて外出は最低限に抑えてるって聞いてるよ」

「それは四月、五月の話です。だいぶ感染状況が落ち着いてきてるやないですか。外食しよう、旅行しよう、って政府が莫大な予算を組んでキャンペーンをやってるんですよ」

「火村先生はGoTo殺人現場？　どんな反応が返ってくるやろ」

「GoToフィールドワークです。先生が犯罪捜査に加わるのは研究のためですから、こっちが声を掛けるのを待ってはるんやないですか？」

彼女は人差し指を立て、後輩の胸許に突きつけた。

「そこ、同意。デートのお誘いみたいに待ってそう。ほんまは現場に立ちたがってると思う」

「ね？　火村先生とも有栖川さんとも、今年に入ってから一回も会《お》うてない。そろそろ顔が見たいなぁ」

「サークル活動みたいに言うてるんやないよ。——それで、鮫山さんはアクションを起こした？」

「もう電話してるかもしれません」

3

大学が夏季休暇中とはいえ、急に言われたってすぐには動けないだろう。しかし、二、三日後には犯罪学者とミステリ作家に会える予感がした。

「顔を見ながら話せるいうんは、やっぱりよろしいなぁ。便利な時代になったもんやわ」

パソコンの画面の中で、篠宮時絵《しのみやときえ》婆ちゃんが笑っている。オンラインの通話でもマスクをはずさないのは、傍らに火村がいるからだ。大家さんとたった一人の店子《たなこ》——学生時代からの——が、一つ屋根の下で互いを気遣いながら生活しているのが窺《うかが》える。

「こちらこそ、お元気な顔を見られて安心しました」

血色がいいし、声にも張りがあった。友だちとも会えず不自由な毎日だろうが、車での買い出しなどで火村がしっかりサポートしているらしい。

「有栖川さんと長いこと会わんうちに齢《とし》とってしもうた。ああ、齢とってるんは前からか。ほほ」

二十歳の頃から火村の下宿に顔を出しているので、私と婆ちゃんも十四年来の知己《ちき》だ。当時の彼女はまだ還暦を迎えたばかりだったのに、下宿生たちから親しみを込めて〈婆ちゃん〉と呼ばれていた。老けて見えたからではなく、むしろ若々しかったからついた仇名《あだな》だ。当時、初孫が生まれて自ら「私は、もうバアちゃん」と称していたのだ。

「有栖川さんからも火村先生に言うてくれはるかな」

〈火村君〉は、准教授になった時点で〈火村先生〉に変わった。

「何をです？」

「警察の捜査に出たらええんやで、と。先生、私に遠慮して部屋に引きこもったままで、外へ出たがってはるはずや。京都府警から電話で相談を受けて、なんや見事なアドバイスをしたりしてはったけど、大阪でも神戸でも出向いたらええ。行っといなはれ。私ら、ふだんから充分気ぃつけて暮らしてるよって大丈夫。言うてあげてな。ぼちぼち代わりまひょか。――ほな、お元気でね。お仕事がんばって」

時絵さんが画面を去り、火村が現われた。彼の部屋に婆ちゃんを呼んで、私と話をさせてくれていたのだ。

オンラインでやりとりするのはひと月ぶりだが、変わった様子はない。理髪店から足が遠のいているのか、若白髪まじりの髪がいつになく伸びたぐらいだ。

「婆ちゃんが元気そうでよかった。君も変わりないみたいやな」

准教授はマスクをはずした。

「有栖川先生も息災のご様子で。執筆やつれはしていないようだな。捗《はかど》ってるか?」

「牛の歩みやけど着実に前進はしてる。――京都府警からの相談を受けたりはしてるんやな」

「現場に出られない旨を伝えたら、南波《なんば》警部補が研究室まで資料持参でやってきた。『見事なアドバイス』ってほどのことはしていない」

対面での講義がなくても、研究室には出入りしているようだ。

「酒の肴《さかな》に聞きたい。どんな事件やったんか」

私はノートパソコンをリビングに持ち出してソファによりかかり、テーブルの上に缶ビールを置いて通話していた。

「聞いたってミステリの題材にもならないぜ」

「何を今さら。ネタには困ってないし、君のフィールドワークを俺が意地でも小説に書けへんのは知ってるやないか」

ビールをグラスに注ぎ、話すよう急《せ》かす。

「面倒くせぇな。『オンライン授業はどれくらい準備が大変ですか？』とか訊いてくれないのかよ」

「そんな話は、わざわざ臨床犯罪学者から聞かんでもええ。事件の話を」

「じゃあ、お前が喜びそうなところだけご紹介するよ」

府下のさる民家で傷害事件が発生した。被害者は意識不明の重体に陥ったが、幸いにも命は取り留めた。ところが頭を殴られたせいで記憶に一時的な障碍《しょうがい》が生じてしまい、何者に殴られたのか証言できない。身内で相続上のトラブルを抱えていたことから複数の容疑者が浮かんでいた。

「夫婦二人暮らしの家で、事件当時、妻は日課のジョギングに出ていた。夫の方は、その前から自転車で近所に買い物に行っていたそうだ。帰宅した妻が、頭から血を流して倒れている彼を発見した」

妻は近隣の多くの人に走っている姿を見られていて、アリバイが成立しているとのこと。

「現場になった家の写真を見て、俺はまずこう言ったんだよ。犯人はオートバイに乗ってきたらしい、と。そうしたら、『あいつか』となって、そこから捜査が進み、警察が目をつけたオートバイの男の行動を調べ上げて証拠を摑んだ」

「お手柄や。火村英生の新たな功績か。何を見て、犯人がオートバイに乗ってきたと判ったんや？」

「犯行現場はリビングだったけれど、俺が引っ掛かったのはカーポートの写真だ。口で説明するのが面倒だな」

「何回も面倒と言わずに、そこは言葉で何とか」

火村の方は缶ビールの一つも用意していない。かわりに愛飲のキャメルに火を点《つ》け、ふっと煙を吐いた。

「被害者の男性は車を処分していて、ふだんはカーポートに夫婦の自転車が置いてあるだけ。夫が乗っていたのがロードバイク、妻は電動アシスト自転車。ロードバイクは奥の壁に立てかけてあって、電動自転車はその手前にロードバイクと直角に駐輪させることになっていた」

彼が煙草をふかす間に、私は言う。

「ロードバイクにはスタンドがついてないから壁に立てかけてたんやな。妻は、その出し入れの邪魔にならないよう、手前に縦に駐めてた、と」

「手前に縦に駐める際は、心持ち右寄りにしていた。右利きだったら駐輪させる時に自然とそうなりがちだ」

「細かいな」

「奥のロードバイクはいつも前輪を左に向けて壁にもたれさせる。だから、手前の自転車は右に寄せた方がロードバイクの出し入れがしやすい、という事情もある」

「いよいよ話が細かい。――んっ。奥のロードバイクがいつも前輪を左に向けて駐めてある、となんで決めつけられるんや？」

「右利きの人間なら、これまた自然とそうなるだろ」

「……なるな」

「ところが、事件直後に警察が撮った写真を見ると、前輪が右を向いていた。被害者しか乗る者がいないのに、いつもと違った駐め方だ。どうしたらそうなると思う？」

「気まぐれ……ではないわな。右利きの人間の駐め方として不自然なんやから」

「妻の自転車の左隣に何かがあったとしよう。買い物から戻った夫は、ロードバイクを押しながらその左横をすり抜けなくてはならない。奥の壁にもたれかけさせる際に前輪を左に向けようとしたら、手前の何かが邪魔で切り返しができず、右向きに駐めるよりなくなる。カーポートに何かあったのさ。何かとは何か？　別の自転車ならちょっと押すだけで移動させられる。そうしなかったのは、動かすには重いオートバイだったからではないか。ここは不確かだ。訪問者の自転車をちょっと動かすのが面倒だったので、そのままロードバイクを切り返さず奥まで押した可能性もあるけれど、オートバイと聞くなり南波さんが『あいつか』。――まぁ、そんなことがあった。その後のことは省略する」

いたってスケールが小さいが、宮本武蔵《みやもとむさし》が涼しい顔で飛んでいる蠅《はえ》を斬ったようなエピソードである。いや、武蔵は蠅を箸《はし》で挟んだのだったか。

「火村英生らしい近況報告やったわ。――ところで、オンライン授業は大変か？」

「取ってつけたように訊いてくれなくてもいい」

と言ったところで、彼の顔が真横を向く。画面の外から「行っといで」という婆ちゃんの声がした。階下から猫を連れてきたのだ。

「こいつらも元気にしているよ」

犯罪学者は、笑いながら茶トラの瓜太郎《うりたろう》を抱き上げる。白黒の小次郎《こじろう》もやってきて、彼の背後をゆっくりと横切った。もう一匹の桃《もも》はどうしたのかと訊くと、彼女を雨の日に拾ってきた男は「どこかで寝ているんだろう」と答えた。

「三匹揃って見られへんのが残念や。オンラインで講義してる時、ちらっと猫が出演したりは？」

「厳粛さが失われるから、それはない」

「可愛い猫が映ったら、火村先生はますます女子に人気が出るやろうな。動物好きの男子の好感度もアップしたりして」

「そこまで猫の力を信じているのなら、お前も飼ったらどうだ。猫を抱いた著者近影を表紙にすればいい。タイトルは『猫は知っていた』とか」

「あかん。そういうタイトルの有名な作品がすでにある」

こういう他愛のない話を望んでいた。話題にしたくなかったので、因幡と会ったことは言わなかったのだが、それでもあの記者の言葉が気になって尋ねてしまう。

「大阪府警や兵庫県警から捜査協力のリクエストがきたら、どうする？　婆ちゃんは、『行っといなはれ』やったぞ」

抱っこはもういい、と瓜太郎がもがき始めた。解放してやってから、火村はまた煙草をくわえるが、火は点けない。

「六月頃からあんなふうに言ってくれているんだ。気をつけて動けば大丈夫かな、と思ってはいる。想像力さえ発揮すれば——」

「想像力とは？」

彼は黙って右手を顔の高さに上げ、しげしげと見つめる。何のパフォーマンスが始まったのかと思った。

「感染したくなかったら、ウイルスを含んだ他人の唾《つば》の飛沫《ひまつ》を避ける。どこで誰と会うかを自由に決められたら、これはそう難しくない。注意を要するのは、ウイルスが付着したものに触った手指でうっかり自分の鼻や目に触れてしまうこと。こっちは想像力を使って避ける必要がある。目に見えなくても、これは汚れているんじゃないか、と想像してかわす」

「せやな」

彼は自分の手を見つめたままだ。

「人を殺した奴は、犯行の後で想像力を徹底的に駆使するだろう。『ここに触ったかな。血が付いていているんじゃないか。服や靴はどうだ』とか『指紋は全部消したか。あそこも触ったんじゃないか』とかいう具合に。あれに倣《なら》えばいいのさ」

「たとえが不穏やな。ウイルスを避けるぐらい、わざわざ殺人犯になり切らんでもできるわ」

話が重くならないように、私は笑ってみせた。

犯罪学の道に進んだのは、十代の頃に人を殺したいと思ったことがあるから。その記憶が消せずに、人を殺して手が血みどろになっている夢にうなされる、と彼は言う。ひどい悪夢が続いた時は、階下で寝ている婆ちゃんから「心配やわ」と連絡が入ったこともあるが、その後は「治まってる」とも聞いた。厄介な友人なのだ。

人を殺したいという願望は珍しくもない。程度の差こそあれたいていの人間が持つものだろうから、どうして彼がそれしきのことに呪縛されているのかは判らない。そんな記憶があるから人を殺《あや》める者が赦《ゆる》せず、フィールドワークとして警察の捜査に協力して殺人者を狩る。厄介で、理解が難しい友人だ。

〈狩る〉というのは露悪的に響くが、彼がよく使う表現だ。〈はたき落とす〉と言ったこともある。犯罪そのものより、彼は犯罪者——端的に言うと人を殺す者を憎んでいる。殺人を犯した者がその罪を自らの命で償《つぐな》うのは当然だとも考えている。理由は、自分が人を殺したいと思ったことがあるから。

何故、そこまで過去に拘泥《こうでい》するのか？　殺意がとんでもなく激烈だったから。実行寸前まで行動を起こしたから。試みたが失敗に終わったから。色んなケースが考えられるが、いずれも違うように思う。問題は彼の精神の形にあるのだろう、としか私には言えない。

「二時間ほど前に、鮫山さんから電話が入っていた」

驚かずにいられない。因幡の予想したとおりだ。

「用件は？」

「電話に出られなかったんだ。『これから会議なので、こちらからまたお電話します。晩い時間になるかもしれません』というメッセージが残っていたよ」

晩い時間。今は九時二十分だ。

「執筆の手が止まるのは困るか、アリス？」

フィールドへのお誘いだろう、と火村も予想しているのだ。そして、私が行動を共にできるかを尋ねている。

「いや、締切が目の前に迫ってるわけでもないし、俺は大丈夫や。鮫山さんがかけてきたのがお召しの電話やとしたら、行こう。せやけど、最近の大阪では奇怪な殺人事件なんか起きてへんぞ。マンションの一室で独り暮らしの男が殴り殺された、とかいう地味な事件があったぐらいで」

「派手とか地味とか、そんな問題じゃない。奇怪でなくていい」

彼がライターの火を煙草に運ぼうとした時、スマートフォンの振動音が聞こえた。傍らに置いていたそれを、犯罪学者は素早く取る。

「ご無沙汰しています。先ほどは電話に出られず失礼しました」

事務的に応える火村の口許には、微かな笑みが浮かんでいた。

第一章 取調室のレクチャー

1

九月四日。

目的を与えられた捜査員たちが散り、午前九時半の捜査本部は閑散としている。

鮫山は一隅の机に向かい、三十分後にやってくる犯罪学者・火村英生とミステリ作家・有栖川有栖に事件の概要を説明するための資料を確認していた。死体検案書、現場写真、関係者らの供述調書……。〈トミーハイツ〉に設置された防犯カメラの映像がパソコンに収まっているのかも今一度確かめる。

現場の見取り図や付近の地図など、彼らに手渡してよいもののコピーも揃っていた。準備が整ったら時間がくるまで手持ち無沙汰だ。捜査協力にやってくる〈先生方〉に早くきてもらいたい、と思う。

火村准教授は、京都・北白川《きたしらかわ》から愛車を飛ばしてくると聞いていた。バンパーのみならずボディにも凹みのある年代物のベンツ――「調子が悪くて整備に出しています」と火村が言うのを何度か聞いた――を東大阪市の布施署まで駈ってくるということは、新型コロナウイルスに感染することを警戒してのことか。車が絶好調だから乗り回したい、というわけではあるまい。

ミステリ作家の有栖川は大阪市内の夕陽丘在住だから、地下鉄や近鉄を利用してものの三十分もあればここに着く。くたびれた国産車でくるつもりかもしれないが。夜中に執筆するタイプでふだんは正午を過ぎて起床するそうだから、いずれにしても彼にすれば大変な早起きをするわけだ。

どのように二人にレクチャーをするかは、頭の中で組み立てが済んでいる。その段取りを確認していたら、廊下で話し声が聞こえた。こちらに近づいてくる。

「昨日、本を買って、もうお読みになったんですか？」

一人は班長である船曳警部。

「いえ、そんなに早くは読めませんよ。ざっと流し読みをして、どんな感じの小説なのかを見ただけ。私が思ってたのと違いました」

相手は、署長の中貝家《なかがいけ》警視だった。鮫山はあらかじめ腰を上げ、扉が開くなり一礼する。

「ああ、ええーと、鮫山さん」署長が言う。「あなたが先生方に説明してくれるんでしたね。

いつものこと？」

「いつもと決まってはいませんが、よくその役を担います」

「そう」

中貝家警視は、制服姿が実に似合っている。背筋がぴんと伸びた姿勢のよさは警察官の中にあっても際立ち、女性にしては上背があるため、凜《りん》とした佇まいとあいまってタカラヅカの男役を思わせた。

ノンキャリアの叩き上げ。生活安全部が長く、刑事部も数年は経験している。府警本部の警務部を経て一年前に布施署長に就任していた。年齢は五十一歳だったか二歳だったか。

「署長は、有栖川さんの本をお読みになったそうや。どんな小説を書いている作家かチェックするために」

船曳は鮫山に言ってから、中貝家に顔を向ける。

「思っていたのと違ったそうですけど、どう違いました？」

「犯罪捜査に関心がおありなのだから、警察の組織や捜査をリアルに描いた小説を書かれるのかと思っていたんです。だいぶ違いましたね。離れ小島で連続殺人が起きたりして、巡査の一人も登場しない。その犯人を素人探偵が突き止めるんですから、何と評すればいいのか……。率直に言うと、絵空事に思えました」

二人は、鮫山の机から五メートルばかり離れたところで立ったまま話を続ける。

「絵空事ですか。本人の前でそんなふうにおっしゃっても、有栖川さんは傷ついたりしないでしょうね。あの人は、絵空事を書こうとして書いているようです。一種のファンタジーと言うたらええんでしょうか。火村先生と一緒に捜査に加わり、現実を知りながら自作には流用しません。作品で描こうとしてるのは、違うものなんでしょう。おかげで、安心して有栖川さんに現場に立ってもらえます」

「取材がてら火村先生のアシスタントを務めているわけではない、とは聞いています。では、わざわざ何のために、という疑念は拭《ぬぐ》えません。小説家というのは、そんなに暇ではないでしょう？」

「あの人なりに忙しい時間を割いてきてくれているのだろう、と思います。直接の取材にはならずとも、ミステリ作家として創作をする上での刺激が得られるのかもしれません。最大の理由は、火村先生が有栖川さんを必要としていることでしょう」

「優秀な右腕として？」

警部は、禿《は》げ上がった頭をひと撫でする。

「捜査が壁にぶつかった時、色んな仮説を出してくれます。それが的中していたことはないんですけど……そこがいいのかもしれません」

説明が苦しいところだな、と思いながら鮫山は聞いていたが、署長の反応は意外なものだった。

「なるほど」

「お判りいただけましたか？　私の雑な説明で」

あっさり納得してもらえて、船曳は戸惑っている。

「呑み込めた。要するに、有栖川さんという人はトップバッターなんでしょう。とにかくバットを振って空振りの三振をする。火村先生はネクストバッターズサークルでじーっとそれを観察していて、相手投手の球筋を見極めてからバッターボックスに入り、ホームランを打つ。そういうコンビネーションだとにらんだけど、違う？」

「見事な洞察です」

感心する警部。わざとらしく資料のページをめくりながら、鮫山も小さく頷《うなず》いた。

「判りやすい喩《たと》えでした。署長は野球がお好きなんですか？　ちなみに有栖川さんはタイガースファンです」

「今年はコロナで春のセンバツも開催できなくて残念。プロ野球も中途半端な形になってしまったし。——私の家は代々近鉄沿線なので、祖父も父もバファローズファンでした。私もね。親会社が近鉄でなくなったけれど」

署長は腕組みをして、さらに言う。

「有栖川さんの小説が、ファンタジーみたいなものだということは承知しました。火村先生の助けになることも。さぞかし名コンビなんでしょうね。噂のお二人に会えるのが楽しみです」

この口振りからすると、かねてあのコンビに興味があったらしい。

「名コンビと言っていいでしょう。私は何度もお二人が難事件を解決に導くのを見てきました。時には、それこそファンタジーに巻き込まれた気分になったものです」

船曳のこの言《げん》にも鮫山は同意する。本職の刑事として、先を越されて口惜《くちお》しかったことはない。アプローチの仕方がまるで異なるので、悔しいとさえ感じさせないのだ。

「すべては犯罪社会学の研究のためなので、捜査に参加するのは火村先生にとってフィールドワークだそうですね。部長どころか本部長もそれを認めている」

「はい。京都府警、兵庫県警の本部長も。異動にあたっては申し送り事項になっています」

「それで事件が早期に解決するのなら、みんなにとっても社会にとってもプラスということですか。お手並みをとくと拝見しましょう。しかし、今度の事件は一筋縄ではいかないかもしれませんよ」

「私にもよくない感触があるんです。それで先生方に声をお掛けしました」

「ありますね、よくない感触が。漠然としてるけど、そうとしか言えない。ただ……」

「ただ、何ですか？」

「応援に駆けつけてくれるお二人にとって、どうなんでしょう。場末のマンションの一室で独り暮らしの男が鈍器で殴り殺された。金銭の貸し借りや異性関係でトラブルがあったらしい。関係者はどこにでもいそうな男女で、芸能人やスポーツ選手でもなければ、大物の政治家でも実業家でも芸術家でもない。平凡ずくめでファンタジー的な要素はどこにもありません。浮世離れしたところがなくて地味。先生方は物足りなく感じない？」

「派手とか地味とか、火村先生は事件の選《え》り好みをしません。いや、というか……あの人が乗り出してくると、地味な事件がファンタジーになってしまいがちです」

資料をめくる鮫山の手は、いつしか止まっていた。われ知らず署長と警部の話にすっかり聞き入ってしまっている。

「どういうことなのか判らないけど、ますます楽しみです。ファンタジーなんていう言葉をこんなに使ったのは初めて。およそ警察署内に不似合いな言葉ですね」

「楽しみ」という言葉を二度使ったが、中貝家の声の響きは硬く、火村と有栖川を当てにはしていないようでもある。過度な期待をして裏切られるのが嫌なのかもしれない。

「マスコミに対しての特別な対応は？」

署長はそれも気にしていたのだ。船曳は言下に答える。

「広報を担当する副署長とは打ち合わせ済みです。適宜、私も当たりますが、特別な対応というほどのものは必要ありません。彼らは、火村先生と有栖川さんがしばしばアドバイザーになることを承知しています。承知した上で、どの社も抜こうとしないんです」

「へぇ、あの人たちが。抜け駆けしないように協定でもできてる？」

「暗黙のうちにあるんでしょう。『そっちが内緒にしているのなら、こっちも明かしません』と言われたことがあります。私が思うに、彼らは火村先生を泳がせてるのかもしれません。先生の功績はもっと大きくなるでしょうから、それを待って書くのも面白そうだ、という具合に」

「船曳さんの憶測ですね？」

「はい。紳士協定が守られている理由をもう一つ挙げるなら、火村先生の威厳でしょう。当然ながら先生に突撃する者もいますけれど、まったく寄せつけません。しつこく付きまとわれても『少々の助言をしただけです』と語るのみ。そう言われたら連中も『犯罪学者が探偵みたいなことをするわけもなし、単なる助言なのかな』と思います」

「どうでしょうね。私はある社の記者に『意外と難航しそうじゃないですか。名探偵の火村准教授のアドバイスは仰ぎましたか？』と問われましたよ。一昨日、船曳さんが先生に連絡を取ると言いだすより前に」

「つまらん軽口ですね。どこの社ですか？」

「東方新聞。がっちりしていて色白で、ねちっこいのがいるでしょう」

因幡だな、と鮫山は思う。あれならば無害だ。ダボハゼのごとくスクープを狙っているようでいて、実態は火村と有栖川のコンビが犯行現場にやってくるのを見て喜ぶファンみたいなものだ。

「ああ、東方新聞ですか」と警部は苦笑した。「私が適当にあしらいますよ。扱い方は心得ています」

署長は、しゃべっているうちにズレてきたマスクを直す。

「では、船曳さんに任せます。――私がこの署に赴任してから、捜本《ソウホン》が立ったのはこれが初めてです。しかも特別捜査本部。是が非でも早期に解決したい」

船曳は「全力を尽くします」と畏《かしこ》まって言った。

「済ませておきたいことがあるので署長室にいます。後ほど先生方にご挨拶しましょう」

中貝家が出て行くのを見送ってから、船曳は壁の時計に目をやった。

「九時四十三分か。――用意はできてるな？」

鮫山が「はい」と答えると、警部は隣の椅子にどっかと腰を落とす。

「火村先生も現場に出るのは久しぶりやから、本調子やないかもしれへん。さて、どうなるかな」

「あの人に限っては『今日は調子が悪い』はないでしょう」

「なんでや？　人間なんやから好不調の波はあるやろ。強打者やとしても」

「どんな状況でも何とかする人でしょう。タフですよ、あの先生は」

「えらい惚《ほ》れ込みようやな。一昨日は俺と一緒に『どうも嫌な予感がします』とか言うてたのに」

中貝家署長まで「よくない感触」と口にしたくらいで、それは確かにある。ただ、うまく説明できないから困る。

「予感はすでに的中しているとも言えます。あれはどう見ても痴情か金のもつれが動機で、顔見知りによる発作的犯行でしょう。現場はマンションの一室で、出入りした人物は防カメに映ってる。簡単に片が付くと思いましたよ。それがこうですから」

「まだ死体が発見されてから八日目やけどな。しかし、こいつやろ、という目星がついてないのは経験的にまずいし、コロナが鬱陶しい」

「ほんまに厄介です。ここもこんな有り様ですから」

講堂に設けられた捜査本部も人が密集しないように机と机の間隔がたっぷり取られていて、どこか間が抜けた状態だ。

「刑事が予感について話しても滑稽《こっけい》なんやが」また時計を一瞥《いちべつ》してから警部は言う。「この事件、見通しを悪うしてる何かがあるようや。捜査を掻《か》き回すジョーカーみたいなものが紛れ込んでるのかもな」

「関係者のうちの誰ですか、それは？」

「鮫やん、愚問やで。どいつか判らんからジョーカーやないか。ヒトとは限らんな。モノかもしれへん」

船曳がこんな気取った言い方をするのは珍しい。本人もそれを自覚したのか、ふっと笑った。

「ぼちぼち先生方がおいでになる。頼んだで。レク用に奥の取調室を空けてある」

「はい。班長が気にしてるジョーカー。そんなもんが紛れ込んでたら、先生が鮮やかに指摘してくれるかもしれませんよ」

火村と有栖川がやってくる前に、鮫山は資料とパソコンを取調室に運んだ。

2

大阪上本町《うえほんまち》駅から近鉄奈良線で六駅。八戸ノ里《やえのさと》駅で下車すれば、布施警察署は歩いてすぐだった。大型スーパーの横を過ぎると角砂糖のように四角い建物が見えてきた。火村のフィールドワークに同行して色んな警察署に入ったことがあるが、ここは初めてだ。

中に入ると、来意を告げるまでもなく「有栖川有栖さんですね？　こちらです」と奥に案内される。二階の廊下の突き当りの取調室では鮫山警部補と火村がすでに向かい合って座っていた。

「ご無沙汰しています」

鮫山と私の間で、まずはお決まりの挨拶を交わす。眼鏡がよく似合う彼は一見したところ壮年の学者風だ。大学の教壇に立ったら様になりそうな風貌で、捜査一課の刑事にしては意外性があった。船曳警部が率《ひき》いる班には、意外性のある刑事が他にもいるが。

「じかに会うのは久しぶりだな」

もう一人の男が言う。こちらは本物の学者なのに、あまりそれらしくない。白い麻のジャケット、チャコールグレーのシャツに、緩く締めて垂らしたネクタイ。世界中の人間の生活様式を一変させたコロナ禍も、准教授のファッションには影響を与えていない。黒い不織布マスクを除いて。

「面倒な事件ですか？」

火村の右隣に着席しながら訊く。机の上には、すでに各種の資料やノートパソコンがセットメニューのごとく用意されていた。われわれに対する鮫山の心配りと思しきペットボトルのお茶も。

「重たい感じです。被害者の身元さえ判らないとか、行きずりの人間による動機なき犯行だとか、そういうのではないんですけど」

ここで船曳警部が顔を出したので、「ご無沙汰しています」が繰り返される。警部の太鼓腹は相変わらずで、さらに丸みを増したようでもあった。

「私からは何も申しません。まずは事件の概要を予断なく聞いてください。――頼むわ」

のっしのっしと巨体が退出すると、鮫山は警部が去った方を見て言う。

「うちの大将はああ言うてますが、予断なく聞けませんよね。電話でよけいなことを先生にお話ししてしまいましたから」

「嫌な予感、ですか？　そのぼんやりとした表現の根拠を伺っていません」

「こういう事件が時々あるんです。署長も『よくない感触』と口にしていますし、森下までが生意気に『長引いたら嫌ですね』なんて言ってます」

刑事の勘というものだろうか。鮫山は、根拠があるともないとも言わない。

「まずは事件についてご説明します。情報が散らかっているので話が前後しそうですが、あらかじめご了承のほどを」

そう断わってから警部補は、資料を示しながら話し始めた。

「犯行現場はこの地図にある〈トミーハイツ〉。十階建てで、近辺では最も高層の賃貸マンションです。そこの508号室に独りで住んでいた奥本栄仁《おくもとえいじん》が死体で発見されたのが八月二十八日、金曜日でした」

奥本栄仁なる人物の写真を見る。すっきりとした短髪で、顔の彫りが深い。整った顔立ちは紳士服のマネキン人形を思わせたが、表情を欠いているので温和なのか激情家なのかも窺い知れない。だからマネキンを連想したのかもしれない。

「年齢は二十九歳。現在は無職。同室に二年前から居住しています」

「無職になる前は何を？」

写真を見つめながら火村が尋ねる。

「二十三歳から三年ほどミナミのホストクラブに勤めていました。なかなかの売れっ子だったようですよ。ところが心境の変化とやらで辞め、その後は定職に就いていません。コロナの感染が広まった春以降は、部屋にこもりきりでした。瞑想に凝っていたそうです」

「売れっ子ホストの心境の変化は、よっぽど大きなものだったんですね」私が口を挟む。

「瞑想に凝るきっかけが何だったのか気になりますが」

「そのへんは事件にあまり関係ないでしょう。死体が発見された経緯を」

黙って聞くことにした。いつもは事件について説明する場合も鮫山は大阪弁まじりなのだが、今日は畏まっているのか、アナウンサーのごとく話す。

「二十八日の午前十一時過ぎ。奥本と連絡が取れないことを不審に思った女が同室を訪ねました。歌島冴香《うたじまさえか》、三十歳。かねて被害者と親しく、合鍵を預かっていました。ドアホンをいくら鳴らしても応答がないため、急病で倒れているのではないかと心配になった歌島は、合鍵を使って解錠します。部屋に入るなり鼻を突いたのが腐敗臭です。只事《ただごと》ではないと思った彼女は、臭いがしてくる奥の寝室へと進みました。部屋はエアコンが点いたまま。臭気の発生源はクロゼットの中らしかったので、半開きだった扉を全開にして覗いたところ、スーツケースが押し込まれている。その中を調べる勇気はとてもなかった、と言っています」

その気持ちはよく判る。同じ状況になったら私でも無理だ。

「恐ろしい予感に顫《ふる》えながら自分のスマートフォンで一一〇番通報をし、最寄りの派出所から巡査二名が駆けつけたのが十一時十二分。同女の立ち会いのもとでスーツケースを開くと、中に男の死体が入っていました。それが奥本栄仁であるかどうか、その場で同女に確認を求めましたが、死体の膨張によって顔貌《がんぼう》が変わり、黒く変色していたため困難でした」

ぞっとする体験をしたものだ、と発見者の歌島冴香に同情した。彼女が犯人で白々しく第一発見者を装ったのでなければ、だが。

「きれいな風景写真でなくて恐縮です。死体はこういう状態でした。この季節のことですから、もしもエアコンが点いておらず、クロゼットの扉が完全に閉まっていたら腐敗はより高度なものになって、こんなものでは済まなかったでしょう」

　スーツケースに強引に押し込まれた死体を見なくてはならない。写真から臭気は漂ってこないが、夏場のことで腐敗が進行していたことが窺える。頭部の傷はむごたらしく、洩《も》れ出した微量の血液や体液がケースを汚していた。そのような写真が何枚もあり、火村はじっくりと見分していたが、私は途中から見るふりをする。

「歌島冴香は、体格や着ているものが奥本栄仁のそれと一致すると証言するのがやっとでしたが、DNA鑑定によって死体が同人であることは確かめられています」

　鮫山は写真の一点を指差す。

「頭部やや左に加えられた傷は、この一つだけ。凶器として使用されたのは、現場にあったこれだと特定されています」

　すっと前に出されたのは御影石の置物とやらの写真。全身をうねらせた龍が頭をもたげている。買おうとしたらそれなりの値がしそうではあるが、美術品という出来ではない。

「歌島によると被害者が骨董市で買ったもので、以前からリビングに飾られていたそうです。台座は縦二十センチ、横二十三センチ、高さ五センチ。本体を入れた高さは約二十センチ。必要でしたら収納庫から実物を持ってこさせますが」

「いえ、結構です」火村が言う。「龍の首を握れば振り回しやすそうな形状ですね。こいつが逆上した犯人の目に留まったのが、被害者の運の尽きだったのかもしれません」

「まずいものがまずいところに置いてあった、という感じです」

決めつけてよいものか、と疑問に思いかけたが、火村も鮫山もそう短絡的ではなかった。警部補が付け足す。

「しかし、犯人は現場に出入りしたことがあって、かねてよりあの置物が凶器に使える、と考えていたのかもしれません。私のように考えている捜査員は少数派で、衝動的な犯行だという見方が優勢ですが。ちなみに部屋の鍵は犯人が持ち去ったらしく、508号室には遺っていませんでした」

「鮫山さんがおっしゃるとおり、軽々に決めかねますね」

「続けます。――およそ自殺や事故とは考えにくかったため、所轄《しょかつ》から本部へ連絡が入り、うちの班が臨場しました。他殺であることは明白。検死によると死因は脳挫傷で、即死に近かったと見られます。出血は少量だった模様。犯人はフローリングの床を拭《ふ》くなど懸命に痕跡を消そうとしたようですが、鑑識の結果、置物が飾られていたリビングが犯行現場であると推定されています。死体検案書はこちらに」

新型コロナウイルスについて陰性と付記されているのは当節ならではだ。死因も凶器もはっきりしている。頭部に加えられた致命傷の他に、創傷も打撲の跡もないということであれば、注目すべきは死亡推定時刻だ。

「死後二日から四日」火村が読み上げた。「さすがにこれ以上は絞れませんでしたか」

「時間が経過しているせいもありますが、殺されてからスーツケースに詰められるまで死体がどんな状態にあったかが不明ですから、どうしても幅が広くなってしまいます。浴室の床からルミノール反応が出ていることから、死体は一旦あるいは相当の時間、浴室に置かれていたようでもある。どれぐらいそこに放置されていたのかが不明なので、見立てが難しいんです。解剖を担当した法医学教室の先生は、わざわざ現場にも足を運んでくれたんですけれど、『色々なケースが考えられるからなぁ』と唸《うな》っていました」

死後二日から四日ということは、犯行があったのは八月二十四日から二十六日の間ということになる。

「これはあくまで司法解剖によって割り出された死亡推定時刻です。他の要因から犯行時刻の幅は縮められます。二十五日の午後四時より後です」

その時間には奥本がまだ生きていたという目撃証言があるのか、と思った。

「とんでもないことに使われたこのスーツケースは、四カ月前に奥本から歌島に貸し出されていました。二十五日午後四時頃に、彼女がそれを返しにきているんです」

「返却にきた時に奥本は生きていて、受け取ったんですね？」

「いいえ、そうではありません」

「どういうことですか？」

訊きながら火村が資料から顔を上げる。

「その日の夕方にスーツケースを返しに行くことは前日から決まっており、歌島は当日に『四時ぐらいに鞄《かばん》を持って行くね』と確認の連絡をしていました。それに対して奥本は、〈悪いけど、瞑想に入るので置いて帰って〉と返信しています」

「先ほど被害者は瞑想に凝っていた、と伺いました。冗談の類ではなく、本当に瞑想の邪魔だからそんな返信をしたんでしょうか？」

「それは何とも。しかし、歌島は奇異に思わなかったそうです」

「ちょっと顔を出してもよさそうなものなのに、〈置いて帰って〉はあまりにも無愛想だな」

「変わり者ではあったようです。歌島はそれに慣れていました」

「返信ですか。電話で話したわけではないんですね？」

「LINEです。奥本が電話を疎《うと》ましがるので、二人のやりとりはもっぱらSNSでした。というより、すべてLINEだったそうです」

ここが注意すべき箇所であるのは明らかなので、私は神経を集中させて聞く。

「それで、歌島は四時にスーツケースを戻しにきたわけですね」

「はい。〈置いて帰って〉という指示は曖昧で、部屋の外に置いておいてくれ、という意味にも取れますが、彼女は合鍵を持っています。外に放置しておいて万一盗難にでも遭ったらまずいと考え、玄関に入れておくことにしたんだそうです」

ドアを開けると、中はしんと静まり返っていた。「きたよ。ここに置いておくね」と言ったら、挨拶だけでもしに出てきてくれるかと思ったのに返事がない。しつこく声を掛けるだけでも相手が怒りそうだったので、そのまま立ち去った。

「じゃあ、顔も見ていないわけですね？」

「はい。リビングの手前の扉が閉まっていましたから、中の様子はまったく見ていません」

「待ってください。であれば、二十五日午後四時まで奥本が生きていたとは言えないのでは？」

「前言を訂正します。慎重に見極めなくてはならない点で、断定はできません。ややこしいんですよ。とりあえず話の続きを聞いていただけますか。諸々の状況から総合的に判断してください」

火村は無言のまま右手を差し出し、どうぞ、と促す。

「歌島は〈トミーハイツ〉を出たところで、スーツケースを玄関に入れておいた旨をLINEで伝えたところ、二十分ほどしてから〈ありがとう〉と返信があったとのことです。これらの通信については、歌島が任意でわれわれにスマホを見せてくれましたし、被害者のスマホのロックを解除して確認が取れています」

「当日、二人がLINEでやりとりをした時刻は？」

「彼女の供述調書の中にそれぞれの時間が書いてありますが……該当箇所を探すよりもこっちの方が早いな。ちょっと待ってください」

鮫山は自分の手帳をめくる。

「ありました。――まず、〈借りてた鞄、四時頃に返しに行くね〉が午後三時ちょうど。〈悪いけど、瞑想に入るので置いて帰って〉が三時十九分。〈鞄は玄関に入れておいたからね〉が四時六分。〈ありがとう〉が四時二十八分です」
細かい数字を手帳に控えた。火村が私のメモに頼ることはめったにないが、習慣になっている。
「彼女が送信してから返事が戻ってくるまで、二回とも二十分前後の間がありますね」
書きながら気がついたことを口にする。
「それについても彼女は変に思いませんでした。送信するなり即座に返事がきたり、何時間もしてから返ってきたり、ふだんから色々だったので不自然には感じなかったそうです。
――それ以降に彼女が奥本に送ったメッセージは四通。送信時間と内容は次のとおりです」
二十五日午後十一時三分〈顔を見てないけど、元気にしてる?〉
二十七日午後七時五十分〈さっき帰ってきました。楽しかったよ。そっちはどうしてる?〉
二十七日午後九時九分〈一回返事くれる?〉
二十七日午後十時四十六分〈返事がないと心配なので、なんか返信ください〉
「奥本は一度だけ返信しています。二十六日午前九時三十分に〈元気そのもの。いい感じで瞑想できているので、しばらくほっといて。今日はいい天気でよかったね〉です」
これは〈顔を見てないけど、元気にしてる?〉に対するアンサーで、一夜が明けてからの返信だ。二十五日は早くに就寝して、歌島のメッセージを読んでいなかったのかもしれないが。

「〈元気そのもの〉というメッセージが奥本本人の送ったものであれば、その時間まで彼は生きていたことになりますね」

「はい。本人が書いて送信したのであれば」

「証明できますか？」

「それはできませんが、現場に残されていた彼のスマホには、確かにそう記録されています」

「被害者のスマホの履歴に不審な点はありましたか？」

「特に見当たりません。歌島に宛てた二十五日の二通、二十六日の一通、どれも彼女の証言どおりです。二十五日以降、彼がＬＩＮＥで送ったのはその三通だけ。受信したのは歌島からの六通だけでした」

「瞑想生活をしていただけあって、外部とのつながりは希薄だったんでしょうか？」

「歌島によると、ごく限られた人間としか交友はなかったようです。スマホの履歴からもそれが窺えます」

「二十七日の夜に歌島が送ったメッセージの一通目に〈さっき帰ってきました〉とありましたが、旅行にでも出ていたんですか？」

「まさに旅行です。仲のいい叔母と二人で奈良方面へ一泊二日の小旅行に出ていました。二十六日の朝に出発して、翌日の七時半頃に帰宅したとのことです。旅程について詳しく聞き、同行した叔母やホテルの関係者に当たって裏は取れています。叔母の強い希望で計画された旅行だったようです」

春にコロナの感染が拡大してから不要不急の外出自粛が要請され、鬱屈が溜まっていたことに加え、GoToトラベルキャンペーンの後押しによって、旅行を楽しむ人たちが増えている。歌島の叔母も、我慢ができなくなったのだろう。

「近場への一泊旅行ですか。目的地が隣県の奈良というのが、いかにもこのご時世ですね」

私のどうでもいいコメントに、鮫山は同意してくれる。

「ええ。ふだんなら大阪から奈良へ泊りがけの旅行というのはしませんね。歌島の叔母は還暦を過ぎているので、遠出はためらったんでしょう」

意味のある発言もしておこう。

「被害者が歌島冴香に送った最後のメッセージは、二十六日の午前九時三十分でした。それが奥本本人の送信したものであれば、彼女にはアリバイが成立するわけですね。朝から叔母と旅行に出て、ずっと一緒やったんですから」

「そのとおりですが、本人の送信したものであるのかどうか、確かめる術《すべ》がありません。運営会社に照会したところ、〈トミーハイツ〉から発信されたものではあるらしい。しかしながら、別人が奥本のスマホを操作した可能性は残ります」

事件の概要を聞くどころか、その途中からややこしい話になってきた。

「別人とは、犯人ですか？　そいつは奥本を殺害した後、現場に留まってスマホをいじっていた？」

「スマホを操作したのが犯人とは限りませんが……。とにかく、奥本以外の何者かです」

ここで火村が違う見方を示す。

「二十六日に奥本のスマホから送られたメッセージは、時間を指定して自動的に発信されたものではありませんか？」

「おっと先生、そんな機能はＬＩＮＥにはないやろ」

私が言うのを「いいえ」と打ち消したのは鮫山だ。

「有栖川さんがおっしゃるとおり、本来そういう機能はないんですけれど、アプリをダウンロードしたら可能です」

「あれ、そうなんですか。知りませんでした」

「ただ、奥本のスマホには該当するアプリがダウンロードされていないんです。従って、二十六日午前九時三十分に何者かが自らの手で、歌島に宛てて犯行現場からメッセージを送ったことになります」

「なるほど。――でも鮫山さん、それやったらさっき私が言ったとおり、歌島冴香にはアリバイが成立するやないですか。その時間、彼女は叔母と奈良へ向かってたんでしょう？」

「はい。ですから犯行現場から〈元気そのもの〉云々のメッセージを彼女自身は送れませんでしたけれど、それをもって殺人のアリバイとすることはできません。共犯者がいたかもしれないからです」

この事件は込み入っている。

「警察は、死体の第一発見者である歌島を疑ってるんですね？」

「現時点においては、関心を寄せているだけです」

言葉どおりに受け取っていいかは疑わしかった。火村も私も、歌島冴香がどのような人物で、被害者との関係がどうであったかもまだ聞かないうちに、彼女のアリバイを吟味することになっているのが妙な感じだ。

「でも、LINEの機能については確認済みでしたし、共犯者の可能性も考慮に入れているやないですか。奥本の頭を御影石の置物で殴って死なせたのは歌島。彼女には共犯者がいて、奥本が二十六日の午前九時三十分まで生きているように偽装工作をした、という見方をしてるんですね？」

「あくまでも可能性の問題です。共犯者らしき者が捜査線上に浮上しているわけではありません。——そこのところは先生も誤解のなきように」

警部補は、火村に念を押す。

「共犯者の影がちらついてるわけではない、ということですね。承知しました。まぁ、共犯者が実在していて歌島のアリバイ偽装を手伝うとしたら、もっと効果的なやり方がいくらでもありそうです」

ここで鮫山はペットボトルの蓋を開け、喉《のど》を湿らせた。

「えーと、どこまでお話ししましたっけね」

取調室でのレクチャーは、まだまだ先が長そうだ。

3

「ここまでの私の説明で、うまく伝わっているでしょうか？」

鮫山の問いに、火村が頷く。

「ええ。つまり、こういうことですね。――二十五日の午後四時頃に、歌島がスーツケースを返しにやってきて、玄関に置いて帰った。その際、奥本の姿は見ていない。翌朝、彼女は叔母と小旅行に出て、二十七日の夜に帰宅。その旅行の間、奥本のスマホからはLINEにメッセージが一度あっただけ。それが二十六日の午前中。歌島は帰宅後にメッセージを三通送ったが返信がまるでないことが気になり、二十八日の昼前に奥本の部屋を訪ねたところ、彼は死体となってスーツケースに詰められていた。――最大の問題は、奥本がいつ殺害されたのか」

「要領よくまとめていただきました。はい、そういうことです」

「司法解剖によって出た死亡推定時刻は二十四日から二十六日。スーツケースが現場に持ち込まれたのが二十五日の午後四時。犯行は、スーツケースが搬入されたすぐ後の公算が高そうですね」

鮫山は「はい」とだけ応え、火村が続ける。

「搬入されたすぐ後というよりも、まさにその時とも考えられます。つまり、四時にやってきた歌島と奥本の間で口論などが発生して、激高した彼女が彼を殴殺し、持ってきたスーツケースに死体を詰めた。現場を去った彼女は、何らかの方法で被害者のスマホからLINEのメッセージが送信されるようにして、アリバイ工作を図った――というのは、真っ先に浮かびそうな仮説です。警察は検討済みでしょうね」

「嫌と言うほど検討しました」

鮫山は力んで答えた。捜査を傾注したポイントらしい。

「被害者のスマホからメッセージを送る『何らかの方法』が突き止められないんですか?」

「ご指摘の点もネックになっていますが、その仮説の成立を阻《はば》む事実が他にもあります。映像をお見せしながらお話ししましょう」

警部補はしかるべき映像を呼び出してからパソコンを机上で半回転させ、画面を私たちに向ける。

「〈トミーハイツ〉で撮られたものです」

「防犯カメラの映像を提供されているんですか?」

鮫山が机の向こう側でマウスをクリックする前に、火村が尋ねる。

「以下の手続きを踏んで、オーナーの富井氏から提供を受けています。最初に行なったのは、管理人の立ち会いのもとに管理人室のモニターを開示してもらい、歌島の証言の真偽を確かめること。さらに、奥本殺しの犯人が防犯カメラに録画されている可能性が高いため、犯行があったと推定される数日分の映像を徹底的に洗うことになりました。精査は長時間に及ぶのが必至で、捜査員がモニターの前に居座ると管理人の業務に支障が出るのが避けられなかったもので、データのコピーを提供してもらうことになった次第です。オーナーが協力的だっただけではなく、住民の理解もあらかじめ得ています。自分の住むマンションで殺人事件が発生したのは衝撃的な出来事ですから、『早くビデオを調べて犯人を逮捕してもらいたい』との要望が多数ありました」

経緯を明かしてから、こう付け足す。

「公明正大に捜査しています。私には、火村先生を相手に嘘をつく度胸はありませんよ」

「判りました。お願いします」

准教授に促されてから、警部補はクリックした。

映し出されたのはマンションのエントランス。2020.8.25 16:01と日時が表示されている。秒の単位のカウンターがせわしなく動いていた。

「〈トミーハイツ〉のエントランスホールの天井に取り付けられた防犯カメラの映像です。歌島がスーツケースを引きながらやってくるところが映ります」

画質はあまりよくなかったが、人物の特定に支障はなさそうだ。夕方の買い物に出掛けるのだろうか、ショッピングカートを引いた住人らしき女性が一人、カメラの下を通り過ぎる。

彼女が出て行ってドアが閉まったかと思うと、ノースリーブの花柄のワンピース姿がドアの向こうに現われた。右手で緑色っぽいスーツケースを引いている。

「これが歌島です。マスクをしていますが、顔がはっきり確認できます」

ドアがすっと開いて、花柄のワンピースがエントランスに入ってきた。〈トミーハイツ〉はオートロックを採用していないことが判る。ドアの溝にキャスターが嵌《は》まるのを嫌ったのか、マンション内に入る際、彼女はひょいとスーツケースを持ち上げていた。

顔立ちはやや不鮮明だったが、本人と面識があれば容易に識別できるだろう。黒いロングヘアを肩に垂らしている。左に顔を向けて小さく会釈《えしやく》したところで、鮫山の説明が入った。

「あの方向に管理人室があります。開いた小窓から顔を出していた管理人と目が合ったので、頭を下げたんです」

ワンピースにプリントされているオレンジ色の花はダリアかな、と思っている間に、彼女はたちまちカメラの下を通過した。

「編集によって、映像が切り替わります」

鮫山が言うなり、エレベーター内のカメラが捉えた映像になる。乗り込んできた歌島は、⑤のボタンを押した。彼女一人を乗せてエレベーターは上昇。五階で降りしなに、またスーツケースをわずかに持ち上げていた。歩きだした方向からするとエレベーターの真向かいの部屋の前に立った――らしい。彼女の姿も部屋のドアも天井のカメラの死角になって映ってはいなかった。

「ここが犯行現場になった508号室です。画面の外にはみ出してしまいましたが、歌島は合鍵を取り出しているところなんでしょう」

彼女が降りた四秒後にエレベーターが上昇を始める。上層階の住人が呼んだのだ。九階で白髪頭の男性がゆっくりと乗り込み、①のボタンを押した。一階に直行せず五階で止まり、手ぶらになった歌島が乗ってくる。

「時刻を見てください」

鮫山に言われて目をやると、カウンターの表示では16:04。

「カメラがまた切り替わります。歌島はこのまま一階に降りて、マンションを出て行くんです」

エントランスのカメラの下を、彼女の後ろ姿が通り過ぎる。まだ十六時四分。途中、また管理人室の方にぺこりと一礼し、そのまま去って行った。

「ご覧いただいたのは、エントランスとエレベーターそれぞれの天井に設置された防犯カメラの映像を時間の切れ目なくつないだものです。〈トミーハイツ〉では、各階の廊下にはカメラを付けていません。これが当日の歌島の行動のすべてです」

エレベーターを降りてエントランスを出るまでは十秒もかからないとのこと。

「たった三分間しかマンション内に留まっていない……。より正確に言うと、三分四十五秒ほどしか」

火村が呟《つぶや》く。秒の単位まで見ていたのか。

「はい。残念ながら508号室に出入りするところは映っていませんが、証言どおりスーツケースを部屋の玄関に置いてすぐに立ち去ったようにしか見えません」

私には質《ただ》したいことがあった。

「奥本を殺害する時間はなかった、ということですね。しかし、『これが当日の歌島の行動のすべて』とは言い切れないんやないですか？　いったん去った後で、こっそり引き返してきた可能性もあるように思います。二度目は正面玄関からではなく、カメラが付いていない出入口を通って、階段を上がった、ということは？　エレベーター以外に階段があるはずですし、出入口が一カ所だけというのはあり得ないでしょう」

「もちろんです。駐輪場を通り抜けると、すぐに一階の廊下と階段になっています。そして、そちらにも防犯カメラはちゃんと設置されています。各階の廊下や階段にはカメラはありませんが、人間の出入りはすべて撮影できるようになっているんです」

聞くまでもなかった。自分が住んでいるマンションも同じだ。

「玄関以外の出入口にはカメラが付いてないなんて不用心なマンション、あるわけないだろ」

火村が平板な口調で言う。バツが悪そうにしている私に言わなくてもいいよけいな台詞だが、そういうものを聞くのも久しぶりで懐かしくすらあった。

「このマンションには何台のカメラが設置されているんですか？」

私は尋ねてみる。自分のマンションに何台あるかは知らない。

「駐輪場、駐車場、その他共用部分に計十八台。エレベーターを除けばすべて一階にあります」

「十八台もあるんですか。多いですね」

ふだん意識していないので、ちょっと驚いた。

「規模からして、特別多いということもないでしょう。オーナーの富井氏は開示請求に応じてくれたので、われわれはすべてのカメラに収められた映像記録をとっくりと調べました。歌島の姿が映っているのは、今ご覧になった三分四十五秒間しかありません」

警察が精査したと言うのだから洩れはないだろう。しかし、ここは疑《うたぐ》り深くなっていい場面である。

「入念にチェックなさったことは承知しながら言いますが、彼女、マスクをしていましたよね。顔の下半分が隠れていてよく見えません。違う服に着替えて舞い戻ってきたら、見落としてしまいそうに思うんですけれど」

不興を買うことも覚悟したのに、警部補は目を細めて微笑した。断じて苦笑ではない。眼鏡の奥の目には、私への好意が窺える。

「いいですねぇ、有栖川さん」

「は？」

「私が言うことを鵜呑《うの》みにせず、捜査に洩れがあるのではないか、と疑っていただくのはありがたいことです。警察の捜査自体をチェックする外部の目。それこそ、われわれが火村先生と有栖川さんに期待しているものです」

私の態度が評価されたわけだが、さすがにその言い方は大袈裟《おおげさ》でしょう、と思った。

「ですが」鮫山の目許の笑みは消えている。「見落としはありません。本件において、当該マンションに出入りしたすべての人物を記録した防犯カメラの映像は極めて重要です。捜査員は三人がかりでつぶさに調べ上げています。歌島冴香が出入りしたのは、二十五日午後四時一分から四分にかけてと死体発見時の二度だけ。マスクによって顔の識別が平素よりややりにくくなってはいますが、間違いありません」

そこまで断言されたら、疑義を呈する気はなくなる。鮫山の言葉には「大阪府警の名誉にかけて」と付言しそうな迫力があった。

火村が質問する。

「マンションのすべての防犯カメラの映像が開示されたそうですけれど、それはいつからいつまでの記録ですか？」

「八月二十四日午前零時から死体が発見された二十八日の午前十一時三十分までのものです」

「大変な分量ですね。その中に、被害者の姿はありましたか？」

「はい。二度外出して帰宅する姿が映っていました。一度目は二十四日の午後十時頃。二度目は二十五日の午前十一時二十分で、いずれも近くのコンビニやスーパーへ買い物に出た時のものです。手ぶらで出掛け、店名入りのビニール袋を提げて帰ってきています。それらの店に聞き込みを掛けて確認しました」

「二十五日の午前十一時二十分。それは帰ってきた時刻ですか？」

「いえ、出掛けた時刻です。帰ってきたのは……」手帳を開く。「十一時五十一分ですね。スーパーまでの所要時間などからして、買い物だけをして戻ったと見るのが自然です」

「間違いなく奥本ですね？」

「彼もマスクを着用していましたが映像から確認できますし、エントランスの清掃をしていた管理人の証言もあります。挨拶を交わしているんです」

火村は顎を上げ、天井に視線をやりながら言う。

「二十五日の午前十一時五十一分までは、奥本は生きていたんだ」

「ああ……いや」

鮫山の呂律《ろれつ》が怪しくなる。

「違うんですか？」

「確認中なんですよ、先生。二十五日の午後三時前まで被害者の部屋にいた、という人物が見つかりまして……。昨日、明らかになったところです」

「どういう人ですか？」

「女です。名前は黛美浪《まゆずみみなみ》。奥本の知人で、歌島とも懇意にしているそうです。彼女の証言が事実であれば、生きている奥本と最後に会った人物ということになります。気になるでしょうが、その女についてはもう少し確かなことが判ってからお話しさせてください」

火村にお召しの電話が入ったのは一昨日。フィールドワークに出るにあたり、准教授は昨日一日を費やして色んなことを片づけた。その間に捜査に動きがあったらしい。

「黛美浪の証言については後回しにして、奥本が映った最後の映像を見ていただこうと思うんですが」

「拝見します」

「失礼しますよ」鮫山はパソコンの向きを変え、何やら操作する。「これです」と示した映像に、私は思わず身を乗り出していた。

時刻の表示は11:20。買い物に出る時は後ろ姿しか見えないので、黄色いシャツが派手だな、と感じただけ。問題は帰ってきた場面である。

時刻は11:51。奥本は写真で見たままのイメージで、百貨店で紳士服を着ているマネキン人形を連想させた。小柄で細身なのだが、背筋が伸びていて足の運びに貫禄がある。堂々と歩くマネキン人形は、重たそうなビニール袋を右手に提げていた。外出の回数を減らすためにあれやこれや買い込んできたらしい。

箒《ほうき》を手にしたベレー帽の男性が画面の隅に現われた。帽子の脇から覗く頭髪が白い。席を立って私たちの後ろに回り込んだ鮫山が「管理人です」と言った。

奥本は足を止め、管理人と何か話していたが、挨拶程度だったらしく、ものの数秒で歩きだし、エレベーターに向かった。五階に着くまでのエレベーター内の映像もある。ビニール袋の中を見て、買い忘れがないか確かめているふうだった。

「マスクをしていても、先ほどお見せした写真の男だとお判りいただけたかと思います。言葉を交わした管理人の証言もあり、本人に相違ありません」

鮫山は自分の椅子に戻って、パソコンの向きを変えた。

4

「歌島は奥本と親しい間柄で、合鍵を預かっていたそうですが」火村が言う。「どんな関係だったのか、詳しく伺えますか？」

「そこから先にご説明すべきでしたね。――年齢は三十歳です。これは言いましたっけ？　大阪市西区在住。株や外国為替取引で生計を立てています。凄腕なんでしょう。暮らし向きはかなりいいようです」

「コロナ禍でしっかり儲けた口ですか」

「私には理解できないんですけれどね。世界的な災難が襲ってきて、どの国の経済も大きなダメージを受けています。経済がぼろぼろになって株なんか大暴落するんやないか、と思ってました。ところがその反対に、日本でもアメリカでも株高になってるのはどうしてなんでしょうね。歌島は大いに稼いだそうです」

「どういうメカニズムでそうなるのか、新学期に経済学部の教授に会ったら訊いておきましょう」

火村が軽口を挟んだ。鮫山はさらにぼやく。

「彼女、説明してくれたんですけれどね。『二〇〇八年のリーマン・ショックとは違うんです。どの国もいっせいに危機に陥ったから積極的に財政出動するしかなくなって、市場にお金があふれ返ることになったんですけれど、その行き場がない。株を買うしかないから、値が上がるのは見えていました』とか。生活に困っている人間がいっぱいなのに、お金の行き場がない、というのが不思議です。金融や経済の知識があったら、そういう判断になるんですかねぇ」

雑談に流れたわけでもなく、歌島の人となりにも話はつながる。

「度胸たっぷりには見えないのに、ここぞという勝負どころで強い手を打つみたいです。三月頃でしたか、ヨーロッパに遅れてアメリカでも感染が広まりだして、あちらの株がどーんと暴落した時に、動かせる金を全部はたいてアメリカ株を買った」手帳をちらりと見て「『セリング・クライマックスというそうですね。株が売られるのは今が頂点。この次にものすごい反動がくる、と読んだわけです。予想どおりになって大儲けした、と」

セリング・クライマックスという聞き慣れない言葉が印象的でメモしていたのか、と笑いそうになった。

「彼女の父親も投資家だったそうで、薫陶《くんとう》よろしきを得たんでしょう。高校生の頃から

『やってみろ』と勧められて、お小遣いを稼いでいたそうです。大学卒業後に銀行に勤めた時期もありますが、二年もせずに退職して、以後はパソコンを打つ指先で大いに稼ぎ、余裕のある暮らしをしているとのことです」

遊ぶ金にも不自由はない。気晴らしにミナミのホストクラブに出入りするうちに出会ったのが奥本栄仁。

「二人が初めて会ったのは三年半ほど前。奥本がホストを引退する少し前です。歌島自身の言によると、『惚れ込んだわけではありません。気に入ったんです』ということですが、どうなんでしょうねぇ。熱心に店に通いだしたら、彼が『ホストは辞めた』です。ならばホストとお客ではない関係で付き合いたい、と彼女は心の中で希《ねが》ったんですけれど、『大阪に飽きたから東京にでも行くわ』と言うので諦めたとか」

なんだ諦めたのか、と拍子抜けした。

「えらくあっさりしていますね。『だったら私も』とはならず？」

「『彼にとっての自分は店の客の一人にすぎないから、東京まで追っていったら煙たがられそう』と怯《ひる》んでしまったそうですよ。ところが、この二人は去年の秋に再会します。奥本の方から、歌島に連絡してきたんです。『久しぶりに会わない？』ですよ。それで交際が始まり、互いにマンションの部屋の合鍵を渡すほど親密な関係になっていきました。コロナのせいで、会ったり行き来したりするのに不自由していたようですが」

「奥本は、いつ東京から舞い戻ってきたんですか？」

火村が尋ねる。

「実は、彼はずっと大阪にいました。『東京に行くつもりだったけれど気が変わった』とかで。『ホストクラブを辞めてからは、自由気ままに暮らしていた。冴香さんのことを思い出したら会いたくなって』と言われて、彼女は喜びました。『自由気ままに何をしていたの？』と訊いたら、『主にパチンコ』」

「よう判らん人ですね」私は言った。「ホストを辞めてパチプロですか。で、瞑想にも凝っていたんでしたね？」

「はい。摑みどころがない感じもしますが、本人の中ではつながっているのかもしれませんよ。売れっ子ホストだっただけあって、話術が巧みで女性の歓心を買う才能もあったんでしょう。そういう気苦労の多い仕事に疲れてリタイアし、パチンコの腕前も優れていたので気ままな生活をしているうちに、それにも飽きて精神的なものに興味が向かうこともありそうです」

要するに気紛れで飽きっぽい男なんでしょう、というのが鮫山の見立てだ。彼も生前の奥本本人に会っていないが、それが当たっているのかもしれない。

「二人の交際はうまくいっていたんですか？」

犯行の動機に関わることを火村が訊いた。

「歌島によると良好だったそうですよ。しかし、これについては裏取りが必要です。大喧嘩をして殺してやろうかと思っていたとしても、ありのまま言うはずはありません」

「どっちが熱を上げていたんでしょうね。これも歌島が正直に話すかどうか判りませんけれど」

「私も同じ疑問を持って尋ねたら、それについては『私です』と彼女は言いました」

「奥本から電話をかけてきたのに？」

「きっかけは彼からの電話でしたけれど、自分の愛情の方が強かった、と言い切っています」

信用できないな、と思ったら、声に出して呟いていた。火村は聞き逃さない。

「嘘だと思う根拠はあるのか？」

「耳に入ったか」

「ウイルスに配慮していつもより距離を取っているとはいえ、隣で呟かれたら聞こえるさ」

「事実がどうであれ、『私です。自分の方が愛していた』と言うやろう。『そんな私が彼を殺すはずがありません』というアピールになるからな」

「と勘繰《かんぐ》っているわけか」

「勘繰るのが探偵助手としての使命やないか。お前は、彼女が答えたまま信じるのか？」

「信じてもいないけれど、ことさら疑ってもいない。お前が言うように『そんな私が彼を殺すはずがありません』とアピールしたかったのなら、ある日、彼から不意に電話がかかってきたのではなく、彼のことが忘れられなくて自分から連絡をして交際が始まった、と話せばよかったとは思わないか？　――どちらがより強く惚れていたかについては、あまり意味はない。真実を語っていたとしても、激しい愛情が激しい憎悪に反転したら、とんでもないことをやらかしかねない」

そういう理屈も成り立つか。ここで言い合っても仕方がない。私は、鮫山に尋ねる。

「歌島はどんな様子ですか？　奥本を愛していたのなら、ひどく悲しんでいるんでしょうね」

「死体を見つけた現場で取り乱したりはしませんでしたが、消沈しています。衝撃が悲しみに勝っているかもしれません。人定《じんてい》を求められて腐敗した死体と対面していますし、捜査員がそれを極楽袋に詰めて運び出すところも見ていますから」

死体搬出用のビニール製の袋を極楽袋と呼ぶのは知っていたが、幾度となく火村のフィールドワークに同行していながら、実際に耳にしたのは初めてだった。

「精神的ダメージが顕著だったので、コマチがしばらく付きっ切りでケアをしていました」

船曳班でただ一人の女性刑事、コマチこと高柳真知子は傷心の関係者に優しく寄り添うだけではない。悲嘆に暮れている遺族と接していたかと思うと、「気になっていた点について探りを入れたところ、あの人の供述にいくつかの矛盾を見つけました」と捜査会議で爆弾発言をしたりする。

「いつかのようにコマチさんが新事実を摑んだりはしていないんですか？」

「今回は特にありませんね。こっそり期待してたんですけれど」

火村は、さりげなく腕時計に目をやる。この後にアポイントメントが入っているわけでもないのに時計に目をやるところからすると、話の進行が遅いと感じているのだろう。彼は言う。

「鮫山さん、私から質問してもかまいませんか？」

「どうぞ」

警部補は、眼鏡のリムをつまんで応えた。

「この事件において、歌島冴香は被疑者なんですか？」

「だからアリバイについても入念に調べました」

「先ほどは『現時点においては、関心を寄せているだけです』とおっしゃいましたよ」

「予断を持っていただかないように、そう言いました。実際はマル被の一人です」

「彼女が犯人だとしたら動機は？」

「犯行は衝動的なものと推認されます。痴話喧嘩《ちわげんか》が取り返しのつかない事態を招いたとも考えられます」

「歌島は、二人の関係は良好だったと証言していましたね。八月二十五日に激しい喧嘩をしたのではないか、と推測する根拠はあるんですか？」

「明確な根拠はありません。捜査の途中です」

「しかし、入念に調べた結果、彼女のアリバイは成立したんですね？」

「旅行に同行した叔母以外に旅先のホテル関係者などの証言もあって、認めざるを得ません」

「でも被疑者からはずしていないのは何故ですか？」

「被害者から部屋の合鍵を渡されるなど最も近しい人物であり、死体の第一発見者ですから」

「なかなか容疑の圏外に出せない、ということですね」

「そういうことです。加えてスーツケースが引っ掛かる」

「スーツケースの何が？」

「彼女がそれを返しにきたタイミングですよ。犯行は、スーツケースが奥本の許に戻って一日二日の内に行なわれています。まるで死体を詰めるためにあの現場に持ち込まれたかのようです」

「現場にあったから犯人が目に留めて使っただけかもしれませんよ。奥本はスーツケースで殴り殺されていたわけでもない」

「あれが返却されたタイミングについて、先生は偶然にすぎないとおっしゃるんですか？」

「気になっている点もあります。翌日から旅行に出るという時に、どうしてスーツケースを返しにきたのか、ということ。奈良から帰った後、旅行用に借りていたものを返そうとした、というのならば判るんですが」

「説明しそびれましたが、その点について私もおかしな感じがしたので本人に質しました。奈良に行くだけにしては大きすぎるな、とも思いましたから。奥本に借りたスーツケースは旅行用のものではありませんでした。ステイホームのために買い溜めをするので、買い物に使いたいから借りていたんだそうです。そのうち通販サイトで素敵なスーツケースを見つけたので購入した。だから、要らなくなった奥本のものを返しに行ったのだ、ということです」

「旅行の前日ではなく、帰ってきてから土産物と一緒に返しに行ってもよさそうな気もしますが」

「二十五日に奥本のマンションの近くを通るついでに寄ったのだそうですよ」

「どんな用事のついでですか？」

「今言おうとしていました。父親の命日だったので、石切《いしきり》霊園に墓参りに行ったそうです」

彼女の自宅マンションがあるのは大阪市西区。石切に墓参に行くのなら、奥本のマンションについでに立ち寄ったというのは自然だ。

「ああ……。先ほど、歌島の父親について『投資家だった』と過去形を使われましたね。そうか、健在ではなかったのか」

「三年前に病気で亡くなっています」

「母親も一緒に車で墓参りに行ったんですか？」

「そちらは石切在住でして、実家で法事を済ませてから墓地へ行き、墓参を終えると母親を家まで送ってから奥本のマンションに向かった、と話しています。今回の事件には関係がないでしょうが、母親とはあまり折り合いがよくないようですね」

「母親とは折り合いがよくないけれど叔母とは二人で旅行に行くほど仲がいい、というわけですか。――当日、スーツケースを返却しに行った必然性について理解しました」

私が「ちょっといいですか？」と割り込む。

「もしも彼女が犯人やとしたら、父親の墓参りに行った帰りに交際していた男を殴って死なせた、ということになります。喧嘩による衝動的な犯行やったら、そんな悲劇が起きることがあるかもしれません。しかし、それなら彼女が受ける精神的なダメージは甚大《じんだい》で、何でもないふうを装って叔母と旅行に出られるでしょうか？　常識的に考えにくいんですけど」

私は、ぴんと立てた人差し指を火村に向けながら訊く。

「どや。俺が言うてること、説得力があるやろ？」

彼も同じように人差し指を立て、私に向けた。

「ある」

私たちの見解は一致したが、なおも捜査陣は歌島への疑いを解いていない。警察というのは恐ろしいものだな、と感じた。

「先生方のおっしゃることは、もっともです」鮫山は鷹揚《おうよう》に言う。「私も有栖川さんに同意したい。しかし、歌島がどんな食わせ者かは判らないし、動機によっては平静を装うことも不可能ではない、と言う者もいます」

「もしかして、船曳さんですか？」と私。

「茅野《ちの》です」

船曳班の古参刑事だ。私たちに気持ちよく接してくれているが、肚《はら》の中が読めない人でもある。

「はぁ、茅野さんでしたか。歌島に対してシビアですね」

「彼女は心証が悪い、冷酷非情な女に見える、というのでもないんですよ。茅野はこう考えている。——人を殺して平然としていられる人間は鬼畜だから、刑務所に叩き込んでも矯正《きょうせい》なんかできないどうしようもない存在で、手錠を掛けて連行されながら『こんなことになって自分がかわいそうだ。俺を罰しても死んだ人間が生き返るわけでもない。もう済んでしまったことなんだから見逃してくれてもいいだろう』としか思っていない」

苛烈《かれつ》な見方だが、刑事生活の中でそう感じることが茅野には何度もあったのかもしれない。

「しかし」鮫山は続ける。「どこにでもいそうな人間であっても、人を殺《あや》めて平然としていられる場合もあるだろう。相手が殺されるのは当然と感じた場合は、犯行後に晴れ晴れとした気分にすらなるかもしれない。そんなことが自分には絶対に起きないとは言い切れない——と。あいつの刑事哲学です」

「興味深いですね」

応える火村の目は輝いていた。犯罪の話にはすぐ飛びつく。

「茅野さんが歌島への疑いを解かない理由が呑み込めました。彼女が鬼畜に見えるわけではないが、犯行の動機によっては鬼畜のごとくふるまうこともあり得た。そういうことですね？」

「そういうことです。恋人同士の痴話喧嘩なんていうものは今この瞬間にも世界中に何十万件も起きているでしょう。殺人にまで発展しないのが普通ですが、思いがけない弾みや喧嘩の仕方によって稀《まれ》に起きます。また、原因によっては犯人が『あいつは殺されて当然』と思うこともあるかもしれません」

私は黙っていられなくなった。

「言わんとすることは判りますけれど、この事件に関しては当て嵌まりそうもないでしょう。さっきのビデオを観たら、歌島は四分ほどしかマンション内に留まっていませんでした。スーツケースに死体を詰める時間がなかったこと以上に、おかしなことが生じます。この事件は衝動的な殺人のようなのに、たったそれだけの短い間に、『あいつは殺されて当然』と思うほどのことが起きた？　そんな展開、想像もできません」

はいはいと、私を宥《なだ》めるように鮫山は頷く。

「至極ごもっとも」

「何が起きたらそうなるのか、茅野さんは仮説をお持ちなんですか？」

ミステリ作家として後学のために聞かせてもらいたいものだ。

「こういうことではないか、という仮説を茅野は持ち合わせていません。『俺の頭では無理や』ですよ。あいつは、自分には無理でも火村先生ならできるんやないかな、と考えてるんです。――いかがですか？」

助っ人に丸投げか。私が火村だったら、「えー、冗談はさて措《お》いて」と話を変えたくなっただろうが、准教授は真顔で答える。

「面白い発想ですね。すぐには浮かびそうもありませんが、考えておきます」

真面目に検討するのか。私にはその価値がないように思えるのだが。

「何か閃《ひらめ》いたら教えてください。――でも、激しい殺意が瞬間的に湧き起こって奥本を殴殺してしまったとしても、スーツケースに早業で詰める方法はないのでは？」

「これまた思いつきませんね。後でこっそりと引き返してきて……という可能性は否定されていましたね」

「引き返してきたら必ず防犯カメラに映ったはずですから。しかし、映っていない」

苛立《いらだ》ちを静かに表現したかったのか、鮫山は指先で机をコツコツと叩いた。

5

その音に呼応するかのように、部屋のドアがノックされた。「入りますよ」と声がして、船曳が顔を出す。後ろに制服姿の女性が立っていた。袖章に紺色と金色の線が入っているから階級は警視だと知れる。

「レクの途中だと思いますが、失礼します。署長がご挨拶をしたい、とのことで」

大阪府警で何番目かの女性署長だ。穏やかな目をしているが、表情が引き締まっていて、愛想笑いとは無縁のタイプだろう。自分の上司だったら、下命《かめい》のために呼ばれるたびに緊張してしまいそうである。

「布施署長の中貝家です。この度は捜査にご協力いただき、感謝いたします」

私たちは立ち上がって短く自己紹介をしてから、名刺を交換した。中貝家は差し出された名刺を丁重に受け取り、それぞれをしっかり見てから仕舞う。そして、鮫山に顔を向けた。

「ご説明はどこまで？」

「事件の概要はお話ししました。歌島冴香がスーツケースを搬入した際のビデオ映像もご覧いただいています」

「この一週間で集めた情報をまとめて聞いていただくわけですから、火村先生と有栖川さんも大変でしょうね。いっぺんに聞かされた頭が破裂しそうになるかもしれません」

「先生方は慣れていらっしゃいますから」と鮫山は応える。

これしき火村は平気だろうが、私は脳に負担を感じかけていたので、署長のご挨拶で中休みが入ったのはありがたい。

「レクのお邪魔をしてはいけませんが、お目にかかれた機会に少しだけ伺ってもかまいませんか？」

火村の「どうぞ」を聞いてから、署長は尋ねる。

「先生が殺人事件の捜査に当たる際、最も注目するのはどんな点ですか？」

彼がどう答えるのか、私にも予想がつかない質問だった。准教授は即座に言葉を返す。

「事故に近い突発的な犯行から計画殺人まで、事件は多様です。一概にどうとは答えにくいのですが、強いて言うならば謎を孕《はら》んだ箇所でしょうか。その事件に固有の謎です。侵入経路だったり、凶器の選ばれ方だったり、現場の特異な状況だったり、事件によって着眼点は変わります」

「これはどうしたことだろうか、と捜査員が頭を悩ませる謎があったら、それが解決への突破口に通じている、ということですか？」

「謎に真正面からぶつかることで活路が拓《ひら》ける。そんなイメージを持っています。えてして謎は、犯人の弱みを示してくれます」

「今回の事件にも、そういう箇所がありますか？」

「探しながら警部補のご説明に耳を傾けていたます。最後まで伺っていないので、まだ何とも」

「謎が犯人の弱点を示してくれる、とは？　もう少し詳しく」

これでは探偵・火村英生へのインタビューだ。

「一個の犯罪は、犯人が人目に触れないように築いた建造物のようなものです。手の届く範囲の材料でこしらえた小屋であれ、精密な設計図に則って建てた城であれ、人目を憚《はばか》っての不自由な作業であることに加えて、安定した地盤に建てられないのが弱点です。その脆弱性《ぜいじゃくせい》をカバーしようと、犯人は必死でもがいたり策を弄《ろう》したりする。謎はそれが表面化したもので、犯人の砦《とりで》であると同時に急所です」

署長さんとは初対面なのだから、もっと判りやすくしゃべれよ、と忠告する間はなかった。中貝家警視は心が広いのか、とりあえず受け留めてくれたようだ。

「手の届く範囲の材料で建てられたのが突発的な殺人、設計図に則って建てられたのが計画殺人という喩え方は面白いですね。今回の事件はどちらの匂いがしますか？」

「突発的に行なわれたようでいて、案外……ということもあります。慎重に見極めたいと思います」

最後は無難に締めやがった。

「お答えくださって、ありがとうございます。もう一つだけ。先生に捜査をお手伝いいただいた事件の中で、未解決に終わったものはありますか？」

署長の問いへの回答は「ありません」だった。

「打率十割ですか。頼もしい。——では、よろしくお願いいたします」

署長と警部が退室すると軽い休憩モードになる。鮫山は、私たちがくる前に署長たちがどんな会話を交わしていたかを話してくれた。

「私たちが楽屋入りする前はそんな感じやったんですか。おかしな奴らを捜査本部に招き入れるんじゃないでしょうね、と署長さんは警戒してたみたいや。対面して安心してもらえたかどうか、心許《こころもと》ないな。あの判ったような判らんような喩え話をどう思いはったか」

私は気になったが、当の火村はまるで意に介していない。

「気の利いたコメントをしたってお役目は果たせない。捜査協力で成果を挙げればいいのさ」

そんな片言《へんげん》からも、久方ぶりにフィールドワークに出られた火村の高揚感が伝わってくる。警部補の怒濤のレクチャーに聞き入りながら、きっと早く犯行現場を見分したくてうずうずしているのだ。

「ところで、お前はこれまで俺と一緒に捜査に加わった事件に小説みたいなタイトルをつけてたよな。今回のはどうだ？　まだ訊くのは早いか」

よけいなことを言うな。

「事件にタイトルとは、どういうことですか？」

鮫山が食いついてきた。恥ずかしながら打ち明けなくてはならない。いくつか例を挙げつつ。

「『スイス時計の謎』はぴったりですね。『白い兎が逃げる』というのは面白い。事件にタイトルやなんて考えたこともありませんでした」

当たり前だ。そんな粋狂《すいきよう》なことをしている刑事がいたら日本の警察への信頼が揺らぐ。

「本件については、まだタイトルがつく段階ではないでしょうね。今のところは『取調室のレクチャー』としか言えないでしょう。まだご説明することがたくさんあるんですよ。核心となりそうな謎も」

鮫山も高揚しているのか、前宣伝じみたことを言った。そして、にやりと笑う。

「『ジョーカーだけが知っている』というのはどうでしょう。ぱっとしませんか？」

ものすごくB級っぽいそのタイトルがどこから出てきたのか、訊かずにはいられなかった。

「お二人が来る前に、船曳さんが言ったんです。正確には覚えてませんけど、『この事件にはジョーカーが紛れ込んでいるみたいや』とか、そんなことを。『捜査を掻き回す奴がいるせいで見通しがよくない』だったかな。それが誰かと尋ねたら、『どいつか判らんからジョーカーやないか。ヒトとは限らんな。モノかもしれへん』と返されてしまいました」

警部にしては洒落た言い回しだ。まだその性質に解明されていない部分が多い新型コロナウイルスが私にはジョーカー的存在に思えていたが、この事件にもジョーカーが潜んでいると船曳は感じているのか。もしそんな存在が隠れていたとしても、鮫山の考えたタイトルは却下だ。

「ヒトやとしたら、さっきお話に名前が出た黛美浪ですかね。モノやとしたらスーツケース」

「私の話の続きに登場するかもしれませんよ」

気を持たせる口調からして、鮫山には思うところがあるらしい。

6

ひと口お茶を飲んでから、火村は質問を再開する。

「歌島冴香について、『マル被の一人』とおっしゃいました。被疑者は他にもいるわけですね？」

「一人います。二人に増える予感もしているんですけれど」

「リストに加わりそうなのは黛美浪ですか？」

「ご明察です。そっちはまだ海のものとも山のものとも判りませんが、何とも微妙な時間に奥本を訪ねているので無視できません」

「現時点でリストの筆頭を歌島と争っているのは誰ですか？」

「久馬大輝《きゅうまだいき》という男です。奥本から三百万円近く借金をしており、返済を迫られていました」

「動機としては判りやすい。どういう人物なんですか？」

「不動産テックの会社でリフォームだのリノベーションだのを担当しているとか。奥本とは大学からの付き合いだそうです。現在二十八歳。奥本が一浪しているので、久馬が一つ年下です。

声優を夢見ていた久馬は大学二年で中途退学し、親の援助も受けながら専門学校に通っていましたが、まったく見込みがないと自分に見切りをつけたのが二十五の時。不動産やITやら一年ほどかけて必死で勉強し、二十六歳で転職に漕ぎつけたということです」

「借金はどういう経緯で？」

「ギャンブルの負けを補塡《ほてん》するためと言っていますが、種銭《たねせん》だったのかもしれません。そんなもん、いつまで経っても返済できませんよ。声優の夢と格闘していた時期に、芽が出ないことに苛々して悪い遊びに耽《ふけ》ったんでしょう」

「奥本はよほど親しかったから貸したんでしょうか？」

「腐れ縁のようでもありますね。それでもギャンブル好きにじゃぶじゃぶ金を貸す奴はいない。〈担保〉があったんです。久馬の生家が裕福だったために過剰融資して、いざとなったら彼の親から返済してもらう肚があったと見受けられます。ところが——」

ギャンブル好きは親譲りだったのか、久馬の父親がいかがわしい投機話に乗って大失敗をし、経営していた機械部品工場も自宅も失うはめに陥ってしまった。今は九州の生家に引っ込んで小さな商いで細々と暮らしている。奥本が当てにしていた〈担保〉は泡と消えてしまったのである。

「返済期限の延長に繰り返し応じてきた奥本は、がらりと態度を変えます。紙に書いて約束したとおり今年の十月末までに耳を揃えて返せ、と迫っていたんです」

「迫られていた、と久馬自身が警察に打ち明けたわけではありませんよね？」

「もちろん。借金が焦げつきそうで困っている、と奥本は歌島にこぼしていたんです。それを裏づける借用書が、事件後の捜査で奥本の部屋から見つかっています」

「久馬が犯人だとしたら、借用書が現場に残っていたのはおかしいのでは？」

「折り畳まれて食器棚に重ねた大皿の下に敷いてありましたから、見つけられなかったんでしょう」

「一昨日の電話で、室内を物色した形跡はないように聞いていますが」

「もとより犯行そのものは発作的なものでしょうし、被害者を脅して借用書の在《あ》り処《か》を吐かせる間もなかったのではないかと。それで、家探《やさが》しをする気力も起きずに逃走した、という見方もできます」

「なるほど。警察が怪しむには充分か。しかし、犯人と断定するには決め手を欠いているようですね」

「彼につながる証拠や目撃情報を懸命に探しているんですが、まだ摑めません」

「ビデオはどうでした？」

鮫山は、肩を上下させるほどの溜め息をついた。

「それなんです、先生」

「映っていないんですね」

「いや、似た人物が出入りするところが映っているんですよ」

ならば画像を解析して特定させればいいではないか、と思ったのだが、あの解像度では難しいか。

「映像の鮮明さが足りず、断定するには至っていないんですが、久馬らしき男をカメラは捉えています。お見せしましょう」

警部補はパソコンの画面にそれを呼び出す。私は、真っ先に表示されている日付と時刻を見た。

2020.08.25 23:55。スーツケースが現場に持ち込まれた約八時間後だ。

「エントランスではなく、駐輪場とつながった出入口、いわば裏口のカメラの映像です」

私たちの後ろに回った鮫山が言う。「カウンターが五十六分になりましたね。まもなくです」

人影が現われた。白っぽいバケットハットをかぶり、サングラスにマスク。これではどこの誰やらさっぱり判らない。見たところ年齢は二十代から三十代。体形は隠しようがなく、腹に贅肉《ぜいにく》のついた小太りの男だった。服装は、青いTシャツにゆったりとした黒のロングパンツ、白っぽいスニーカー。

歩き方が妙だ。入ってきた時から肩をすぼめて前傾姿勢を保ったままで、足許が少しふらついている。気分が悪いようでもあるが、表情がまったく見えないのでそう推測するにも材料が足りない。

男は、その姿勢とその歩き方のままカメラの下を過ぎ、画面の外へと去った。映っていたのは、およそ十秒間。

「これが久馬ではないか、と警察は見ているんですね？」

火村の問いに頷く鮫山。

「はい。顔はまったく見えませんでしたが、体形は非常によく似ています」

「相撲取りのような巨漢というわけでもなかった。ああいう体形の人はたくさんいます
よ」

「ですが先生、夜の零時前にサングラスですよ。不自然でしょう。それに背中を丸めたあ
の姿勢、あの歩き方」

「何がおっしゃりたいのか見当はつきます」

「カメラが天井に付いていることは、少し離れた場所からでも判ります。マンション内に
入ろうとしたらビデオに記録されるのは避けられません。もしも犯罪を企てていたのなら、
帽子やサングラスで風貌を隠そうとするだけでなく、身長もごまかそうとするはずです。

小太りの体形もカメラに晒《さら》したくなかったでしょうけれど、それはばかりはごまかせない。

痩《や》せた人間が太っているように化ける手はあっても、その反対はできません。まして薄着
の季節には」

火村は、こちらを向いた。

「どう思う？」

唐突に意見を求められ、うまい返答ができない。

「『これはあなたですね？』と久馬に言うても、『いいえ、違いますよ』と否定されたらおしまいやな。──マンションから出て行く映像もこんな感じですか？」

鮫山はビデオを早送りして、日付が変わった二十六日午前一時五十分で停止させる。サングラスの男は、マンションに入ってきた時と同じような姿勢と歩き方で出て行った。振り向きもしないから顔はまったく見えないが──

「この男がマンション内に留まっていたのは約二時間。奥本と諍《いさか》いになって殺してしまい、しばらく茫然《ぼうぜん》として、死体をスーツケースに詰めてクロゼットに隠すのに充分すぎる時間やな」

火村に向けて言ったのだが、応えてくれたのは鮫山だ。

「われわれも同じことを考えました。歌島の場合は、それらがわずか四分弱で起こったことになって不可解ですが、こちらはたっぷりと時間がある。死亡推定時刻にも矛盾がなく、犯人の要件を具《そな》えた不審人物です」

「というか、こいつが犯人でしょう。夜中にサングラスはないわ」

左隣から声。

「簡単に飛びつくなよ。この男の着衣に返り血が付いていたわけでもないのに」

体の前面に付いていたのかもしれないが、帰りは後ろ姿だから見えない。付着していたとしても微量だろうから、このビデオの画質では捉えられなかっただろう。

「せやけど、歌島よりは断然怪しいやないか。付近のコンビニのカメラなんかにも映ってるんやないかな。――どうですか？」

　鮫山に尋ねると、抜かりなく調査済みだった。

「この界隈は半径二百メートル以内にコンビニがなく、路上を映す防犯カメラを設置した工場や民家もほとんどないんです。どの方角からでも、防カメを回避しながらここまで歩いてこられます」

　マンションの外での聞き込みで成果がなかったのなら、内はどうだ？

「マンション内にサングラスの男を目撃した人はいないんでしょうか？」

「全室の住人に一度ならず聞き込みをかけています。事情があってまだ会えていない人も若干名いるんですが、是が非でも、一人の洩れもなく全員に話を聞かなくてはなりません。不審者の目撃情報を得ることだけが聞き込みの目的ではありませんよ」

　マスクをしていなかったら唾が飛びそうな勢いで、警部補は次のように語る。

「サングラスの男は奥本殺しとは無関係で、マンション住人の誰かを訪ねてきただけかもしれません。そうであれば捜査対象から除外しなくてはならない。はずれのネタを消し込む作業も重要です」

「これまでのところ、どうですか？」

　私は答えを急《せ》かす。

「『こんな人は知らない』ばかりです」

「んっ。ということは、サングラスの男が訪ねた相手は奥本で、つまりは犯人ということになりますね」

「有栖川さん、落ち着いてください。まだ全員の話は聞けていない、と言いましたよ。二人残っているんです」

「なんで聞けないんですか？　殺人事件の捜査への協力を拒む住人がいるとも思えませんけど」

「一人は長期の留守で連絡がつかず、もう一人は職場で新型コロナに感染して八月二十四日から入院しています」

連日マスコミが大騒ぎしているものの、私の身近には一人もいなかったのだが、ここで出現するか、コロナ感染者。

「症状は重いんですか？」

「中等症です。当該人物は四十七歳会社員の男性。発熱が続いており、呼吸困難と肺炎の所見がみられたそうです。ただ、酸素吸入は行なわれていません。同居人である妻は発症していないんですが、PCR検査で陽性と判定されたため、ホテルで隔離生活に入っています。妻は元気なので、スマートフォンを使って話が聞けました。サングラスの男の画像を送って見てもらったら、こんな人を見掛けたことはないし、何者なのか心当たりもない、とのこと。『こんなお兄ちゃん、うちの人も知らないと思いますよ』と話していましたけれど、旦那の容態が改善したら確認してもらいます」

「留守にしてる人がいつ帰ってくるか、判っているんですか？」

「いいえ。三十七歳の旅行好きの女性でして、日本中を飛び回っているのでどこにいるやら判りません。歌島といい、その女性といい、このご時世によく旅立ってくれますよ。もっと涼しくなってから出歩けばいいと思うんですけど」

歌島の叔母と同じく、旅を自粛していた反動に加えて、政府の観光需要喚起策ＧｏＴｏトラベルキャンペーンが効いているのだ。秋とともにコロナの第三波がくるという予感に基づき、今を逃すといつ旅に出られるか判らないぞ、という意識も働いていそうである。

「携帯電話で連絡をつけられないんですか？」

「連絡先は管理人が把握しているんですが、通じないんですよ。バカンスだから電源を切っているのやら、電波が届かない僻地《へきち》に滞在しているのやら」

防犯カメラのデータを警察に提出してもらうにあたり、マンションの住人の了解も得ているという話だったが、住人全員ではなかった。連絡が取れなかったのだから仕方がないか。

「その二人と奥本との間に、何かつながりはあるんですか？」

「あると思わせるものは皆無です。歌島は『マンション内に親しくしていた人がいると聞いたことはない』と証言しており、管理人もそんな印象を語っていました。――有栖川さんは、その二人が事件に関係していると疑っていますか？」

「積極的に疑っているわけでもありません。ちょっと刑事ぶってしまいました」

「見上げた刑事魂ですが、その線は考慮しなくてよさそうです。四十七歳会社員は寝込んでいて、妻は保健所との連絡などに追われていました。三十七歳女性が旅行に出発したのは二十五日の朝。スーツケースを引きながら出て行くのが防犯カメラに映っていますが、帰ってきた映像はありません」

「二十五日に出発して、まだ帰っていない。もう十一日目ですか。海外に行けなくなってるのに、長い旅行ですね」

「管理人によると、その人にしては少し長めというぐらいらしい。フリーランスのセミナー講師だそうですよ。帰りを待つしかありません」

「サングラスの男が久馬大輝なのか、別人なのか、それまで棚上げですか」

また鮫山が小さく吐息を洩らす。二度目は芝居がかっているように感じた。

「セミナー講師が帰ってきて、『こんな人は知りません』と答えたとすると、久馬と体形が似たサングラスの男が犯人である疑いがさらに濃厚になります。しかし、あれを久馬とするには厄介な問題があるんですよ。二十五日の夜、彼は福岡県にいたと言っています」

7

「つまり……アリバイがある？」

「こちらは夏季休暇を利用した帰省です。八十を過ぎた祖母の体が弱ってきているので、コロナの終息を待たずにぜひ会っておきたかった、と」

「お祖母《ばあ》ちゃん子なんですね。気持ちは察しますが、大阪からウイルスを運んで高齢の祖母に感染させたら大変だ、とためらわなかったんでしょうか？」

「当然、それを恐れました。ですから北九州市・小倉《こくら》の生家には一歩も足を踏み入れず、垣根越しに手を振って十分間ほどしゃべっただけ、とのことです。両親とも垣根を挟んで『元気でやってるよ』『気をつけてな』ぐらいの会話をしただけ。あまりにも短い里帰りを済ませた後は、脇田《わきた》温泉に泊まってのんびりした。北九州市と福岡市の中間にある温泉地だそうです」

「まさか野宿したとか言うんやないでしょうね」

「もちろん。ちゃんとした旅館に泊まっています」

脇田温泉の正確な場所は知らないが、北九州市と福岡市の中間と聞いただけで犯行現場からの距離や所要時間の見当はつく。新幹線を使って移動したとしても、片道四時間は要するだろう。

「裏は取れているんですか？」

「彼が投宿したという〈明風閣〉に照会し、裏取りはできています。チェックインしたのが午後六時。翌朝十時にチェックアウトしています」

チェックインするなり旅館を脱兎《だつと》のごとくエスケープすれば、日付が変わるまでに現場に到着できそうだ。そして、翌朝の始発の新幹線に乗って引き返せば、十時までに旅館に戻ることもできなくはない——というのは机上の空論だろう。宿の従業員に不審に思われることなく実行できるとは考えにくい。

「お前がどんなトリックを思い描いたのか、判るよ」火村が言った。「チェックインとチェックアウトの間に空白の十六時間があるから、久馬は宿と犯行現場を往復できたんじゃないか、と考えただろ？」

「考えてみるべきことやろう」強弁してみる。「可能性の検討で、それしきはトリックというほどのものでもない。往復だけなら不可能でもなさそうや。せやけど、現実的やないな。どんな旅館か知らんけど、こっそり出入りするのが難しいやろう」

鮫山が口を開く。微かな可能性も断ち切るのだな、と予想できた。

「空白の十六時間は幻です。彼は〈明風閣〉に着いた日の午後七時に浴衣《ゆかた》姿で食堂に現われ、夕食を摂っています。地酒もたしなんで部屋に戻ったのが八時頃。そして翌日の午前八時に同じ食堂で朝食を摂っている。最大限に見積もっても空白は十二時間です」

「……八時まで浴衣姿で旅館にいたとすると、零時前までに〈トミーハイツ〉に着くのが厳しくなりますね」

宿からタクシーを飛ばして一時間で北九州市の小倉駅に行けたとしよう。午後九時過ぎ。新大阪まで行く最終の山陽新幹線に滑り込みで間に合いそうだ。

「ちょっと失礼します」

スマホを出して調べると、二十一時二十五分発の〈みずほ〉があった。新大阪駅の到着時間は、二十三時三十七分。「ぐわっ」と声が出た。

サングラスの男が現場マンションに現われたのは二十三時五十六分だった。新大阪から現場まで、二十分未満で移動するのは非常に苦しい。深夜なら不可能とも言い切れないのか？

「いやいや」

また左隣から声が飛んだ。

「何をごちゃごちゃ言ってんだよ。あと少しのところで間に合わないから残念がってるのか？」

「保留にしたい。野球のルールでも、走者の触塁《しょくるい》と野手による触球《しょっきゅう》が同時だったら判定はセーフや」

野球の喩えが好きだな、と嗤《わら》われるかと思ったら、火村は意外な知識で突っ込んできた。

「ルールブックにそんな規則はない。触塁の前に触球されたらアウトである、というルールがあり、前でなく同時ならアウトにならないからセーフである、と解釈されているにすぎない」

野球に興味がない男にこんな返しを食らうとは。彼は大学時代に法学部の授業をよく聴講していたから、野球好きの教授が雑談でしゃべったのかもしれない。

「校閲者みたいに鋭く指摘してくれんでもええ。とにかく保留したい」

だが、そんな姑息《こそく》は鮫山によって打ち砕かれる。

「現場にたどり着けたとしても、帰りはもっと厳しいですよ。時刻表を見るまでもない。

六時始発の新幹線に乗ったとしても、小倉駅着は八時を過ぎますから、旅館の朝食に間に合いません。午前二時頃にマンションを出るなり車で西へ向かい、山陽自動車道を飛ばしても駄目です。おそらく山口県内を走っている途中で、始発の新幹線に追い抜かれてしまうでしょう。いや、広島県内で抜かれるかも」

「奮発してヘリコプターをチャーターしないとな」火村からも一撃。「マンションの前から旅館の前まで直行できるはずないから、それでも朝食に遅刻しそうだ」

久馬大輝にアリバイがあることを認めるしかなくなった。〈明風閣〉の従業員の証言が真《しん》であれば、という条件付きで。

「冷静になってみようか」

火村が凪《なぎ》のような穏やかな口調になって、私に言う。

「興奮はしてない。このとおり冷静やぞ、俺は」

「だったら、久馬犯人説にはアリバイ以外にも難点があるのを判ってもらえそうだ。彼が九州に行った目的は？」

「記憶力テストかよ。小倉のお祖母ちゃんの顔を見に行くのが主たる目的で、ついでに脇田温泉で寛《くつろ》いできたんや」

「覚えてるじゃないか。お祖母ちゃんに元気な顔を見せてから、『よし、計画どおりに奥本を殺しに行こう』となったとお前は言っているわけだが、人間心理としてそれはどうだろうな」

不覚を取った。祖母のことがすっぽり頭から抜け落ちていた。

「まずあり得んな。祖母への想いが偽りやった、という嫌な可能性も残るけど」

「残るな」ということは火村も認める。殺人という大それたことをしでかす前に、祖母と両親に対面しておきたかった、ということさえ考えられなくもない。

大阪駅の時空《とき》の広場で会った因幡は言っていた。

――この捜査が難航している。

――疑わしい人物が浮上しているらしいんですけれど、そいつが犯人だと絞り切れない。

――大きな壁があるらしい。

こういうことか。スーツケースとともに被害者の部屋を訪ねた歌島冴香には犯行に及ぶ時間がなかった。久馬大輝には鉄壁のアリバイがある。

――よくある平凡な事件ですよ。

そんなふうに言った因幡は、捜査を阻む壁がどんなものか具体的には知らないのだろう。外面に現われた事件の様態はありふれていながら、狂逸《きょういつ》な真相が隠れているように思えてきた。

「どういう事件なのか輪郭が見えてきました」

私の言葉に、鮫山は何も応えない。彼のレクチャーを理解したと表明しているのに、戸惑っているようにも見えるのが解せない。

「ご説明しておかなくてはならないことがまだありまして」

「他にも被疑者が？」と訊く。

「陰の被疑者と言えるでしょうかね」

彼は資料のファイルから二枚の写真を取り出した。一枚は死体が入っていたスーツケースの内部を写したもの。もう一枚は一部が不鮮明な指紋を拡大したもの。

「先ほどジョーカーがどうのこうのとお話ししましたね。先生方がくるまでに、そういう攪乱《かくらん》要素があるとしたら誰やろう？　あるいは何やろう？　と考えたりしました。昨日になって浮上した黛美浪が思いがけない話を始めて、捜査を掻き回してくれるのかもしれません。――さらに、こんなものが」

指紋の写真を、すっと机の真ん中に押しやった。火村と私は、顔を近づけすぎないようにして覗き込む。

「現場で採取した遺留指紋です。大きさと形からして拇指紋《ぼしもん》と思われます。スーツケースの内部に付いていました」

続いてスーツケース内部の写真を前に差し出す。

「鞄を横に倒して置き、蓋のように開く側をトップボディと呼ぶそうです。そのトップボディ側の中バンドの端に、写真の指紋が遺っていた。被害者のものではありません」

「では、スーツケースを借りていた歌島が触った跡ですか？」

写真を見つめながら私が訊いた。

「彼女のものとも一致しません。未知の人物の拇指紋です」

火村は、指紋の写真に強い関心を持ったようである。

「よく見ろよ、アリス。指紋の右端が滲《にじ》んでいるのが判るか？」

見れば、確かに。水で濡れた指で触ったからでもない。指紋の脂分は、赤い液体と混じり合っているらしい。

「お気づきになりましたか」鮫山が言う。「よくよく注意して見ないと見逃してしまいそうなんですが、その指紋は血で汚れた指によって付けられたものと思われます。被害者が流した血であることは確定している。死体をスーツケースに収める際に、うっかり付けてしまったんでしょう」

「だとしたら、これは犯人の指紋？」

ここにきてそんな重大な証拠品の存在を示されるとは。レクチャーの冒頭で話してくれてもよかったのでは、と思う。

「非常に微妙な状態なので、被害者の血で汚れた指で付けられたものである、と断定するには至っていないんですよ。鑑定者によっては異論を唱えるかもしれず、慎重に取り扱うべきです。しかし、その指紋の持ち主が事件に大きく関わっていることは間違いありません」

「久馬大輝の指紋は調べられたんですか？」

火村は尋ねる。

「事情聴取の場で、『犯行現場に遺っている指紋と照合する必要があるなら、僕の指紋を採ってもらってかまいませんよ』と本人から協力的な申し出があり、採取していました。照合の結果は不一致です」

「そしたら、指紋の持ち主は——」

言いかけた私に、鮫山は言葉をかぶせた。

「繰り返しになりますが、未知の人物であるとしか言えません。船曳さんの言うジョーカーは、まだ舞台に現われていないそいつかもしれません」

そいつだよ。

第二章　高く厚い壁

1

　私たちへの長いレクチャーを終えると、鮫山警部補はペットボトルに残っていたお茶を飲み干した。聞くだけでも疲れたのだから、説明する側は大変だったと察する。

「私がしゃべりまくって、先生方は資料に目を通す暇もありませんでしたね」彼は口許をハンカチで拭った。「じっくりとご覧ください。ちょうど昼時ですからお食事も済ませていただいて、午後から現場を見ていただきましょう。森下を付けますので存分に使ってやってください。あいつは外に出ていますが、一時にはこちらに戻ってきます」

　森下刑事がアテンドしてくれるのか。若手の彼ならば警部補より気を遣わないのがありがたい。

「私は手早く食事を済ませて、ひと足先に現場に行っています」

警部補が席を立って静かになった取調室で、火村と私は資料に当たった。「じっくりとご覧ください」と言われたが量が多いから、気になる箇所を拾い読みするのがやっとだ。火村は恐ろしい速さでページをめくっていた。

やがて、顔を上げて「読めたか？」と訊いてくる。

「読んだというか、全部見たわ」

「じゃあ、飯にしよう」

彼の号令に従い、署内の食堂へと向かった。ここでもソーシャルディスタンスを取るように周知されていたため、隣合わせや向かい合わせになっている者がいない。私たちはテーブルを挟んで斜めに座った。

「新学期の準備は？」

食べながら訊いた。

「昨日で万端整った」

「夏休みはまだ一週間ある。それやったら余裕やな」

「楽観的に言ってくれるじゃないか。この事件はどう転ぶか判らない」

「君まで嫌な予感がするとか言うんやないやろうな？」

「そんなものはない。まだ持つに至っていない、かな」

周囲の警察官や職員たちは無駄口をきかずに黙々と食べていたので、私たちも口を噤《つぐ》んで箸を動かすことにした。食べながら視線を泳がせていたら、思いがけない顔が目に飛び込んでくる。ラーメンがのったトレイを手にした先方も私に気づいて、寄ってきた。

「どうも。ご無沙汰しています」

返事をするため素早くマスクをつけた。

「お久しぶりです、繁岡《しげおか》さん。応援にきてるんですか？」

「いえいえ」と相手は首を振る。「私、去年の秋に異動で布施署にきたんです。ここでまたお会いできるとは」

『鍵の掛かった男』以来ですね、と言いそうになった。中之島《なかのしま》のホテルで起きた事件で世話になった巡査部長である。当時、彼の所属は天満《てんま》署だった。話し方や物腰は無愛想なのだが——そして下唇が厚く、肌が荒れている——、警察の見解を覆《くつがえ》そうとする私にも親切に手を貸してくれた。

繁岡は火村とも会釈を交換する。

「先生方は〈トミーハイツ〉の殺しの件で？」

問われて、距離が近い私が答える。

「ええ。さっきまで鮫山警部補から事件の概要について伺っていました。繁岡さんも走り回っているんでしょう？」

「足を棒にして歩き倒しています」

「まぁ、そこへ」と空いている隣のテーブルの席を勧めた。

「聞き込みをしているうちに署の近くまで戻ってきたので、昼飯を食べに寄ったんです。ここでお会いできるとは」

「ラーメンが伸びないうちに、どうぞ。話は食べてから」

気を利かせて言ったら、「ふぉい」と返ってきた。これを聞いたのも久しぶりだ。口調が投げやりなので、この人の返事は「はい」と聞こえない。

「どの方面を担当しているんですか？」

彼の丼があらかた空いたところで私が尋ねる。

「今は本部からきた生きのいい人と関係者の聞き込みに回っています。動けば動くだけ書かないといけない報告書も増えるのがつらい」

真面目な顔で言うが、彼にすれば冗談なのかもしれない。

「本部の誰と組んでいるんですか？」

「高柳さんです。頭の冴えた人ですね」

「よく知っている人です。繁岡さんとコマチさんが組めば最強のコンビやないですか」

「社交辞令は小説家に似合いませんよ、有栖川さん。最強のコンビどころか、彼女は一人で突っ走りたそうです。『手分けして回りましょうか』とよく言われます。邪魔者扱いされているんやないか、と心配です。――高柳真知子やから愛称がコマチなんですね。私なんか勘が鈍いので、それに気づくのに三日かかりました」

「コマチさんが繁岡さんを邪魔者扱いするわけがありません。あの人は単独で動くのが好きなんですよ。性分です」

「単独で動くのに私は邪魔なんやな。拗《す》ねてるわけやないですよ。高柳さんの気持ちは判ります。私も一人でネタを漁《あさ》るのが大好きですから」

チームで事件解決という目標に突き進む面白さがある一方で、単独のプレイヤーとして動く醍醐味《だいごみ》が刑事にはあるらしい。

「繁岡さん、拗ねるどころかうれしそうやないですか。今日の午前中も別行動やったんですか？」

「さっきまでは一緒でした。聞き込みを一件済ませたところで『署で昼飯を食ってから報告書を書きたい』と言うたら、『私はちょっと他を回ってみます』です。どこへ行くかは言わんのですね。刑事にありがちですけど。現場を見に戻ったりもしてるみたいですね」

刑事は二人ひと組で捜査に当たる。本部のベテランと所轄の若手がコンビを組む――というイメージが刑事ドラマなどで定着しているが、警察にそのような規則はない。一人で動く者もいるし、本部の中堅同士がコンビとなることだって普通にある。

二人ひと組で捜査にあたるメリットについて、以前、船曳警部がこっそり語ってくれた。一つは見落とし聞き落としの防止。もう一つは安全の確保。残る一つは「二人やったらサボりにくいでしょう」とのことだった。

「誰に会ってきたんですか？」

火村が訊く。

「黛美浪です。先生、この名前は聞いていますか?」

「鮫山さんの説明に出てきました。奥本の知人女性で歌島冴香とも懇意にしていた、と。二十五日の午後三時前まで被害者の部屋を訪ねていたんですよね。それ以上のことは知りません」

繁岡は尻ポケットから薄い手帳を取り出した。

「年齢は三十一歳。被害者の奥本栄仁とも歌島とも三年半ほど前からつながりがありました。奥本がいたホストクラブで知り合ったそうです」

「客として、ですね?」

「ふぉい。当時の黛はコンパニオンをしており、遊びに行ったホストクラブでまず奥本と知り合います。その後、歌島とも客同士で仲よくなったとのことです」

「コンパニオンという人たちやホストクラブに縁がないので判らないんですけど」私が質問を挟む。「そういう店って、お客同士で仲よくなるもんですか?」

「友だちを作るための社交場ではありませんが、何かの拍子に隣のテーブルの客と言葉を交わして、盛り上がったり意気投合したりすることもあるのでしょう。不測のトラブルが発生するのを避けるため、お客同士の交流を禁止している店もあるそうですけど、奥本がいた店はうるさくなかったらしいですね」

「隣のテーブルの客なんか、普通は無視すると思うんですけど」

「黛と歌島の場合、偶然のきっかけがありました」

　歌島冴香と黛美浪。二人の誕生日は一日違いだった。黛が高級シャンパンを開けて「ハッピー・バースデイ！」と取り巻きのホストたちに祝福されている隣のテーブルにいたのが歌島。「あと一時間で私の誕生日だから、こっちも始めましょう！」と騒ぎだし、浮かれた女二人は乾杯を交わした。別の日であれば隣合せになっても口をきく契機がなかったかもしれない。

「両人が同じホスト目当てで店に通ってたら、反目することもあり得たでしょう。ところが、そうではなかった。歌島はもっぱら奥本を指名していましたが、黛が贔屓《ひいき》にしていたホストは辞めてしまい、特に誰が目当てでもなかったのが幸いしたんでしょう。誕生日を祝い合った日に二人は友人になったようです」

　奥本がホストを辞めた後も、馬が合った彼女らは交友を続けていた。しかし――

「歌島はコロナ禍をものともせずに稼いでいたようですけど、黛の方は大変でしょう。クラブやらバーやらラウンジやらいわゆる〈夜の街〉は感染の温床みたいに言われて、以前のように営業できなくなってますから。私、行かないから知らないんですけれどね」

「しつこく念を押しますね、有栖川さん」

　刑事は言葉の端々まで気になるようだ。営業をしていた会社員時代に接待で利用したことだってないのだが。

「二年前にコンパニオンから高級クラブのホステスに商売替えをしていたとのことですが、黛が勤めていた店は先月潰れました。気の毒ですよね。しかし、彼女はその前に辞めていた。『感染のリスクがなくなって、ほっとした。接客の仕事を離れてのんびりしたかったところ』なんやそうです。『貯えがあるから一年ぐらいは遊んでいても平気』とも言うてましたね」

一年もすればコロナ禍も終息に向かうだろうから、それまでの辛抱と肚を括《くく》ったのかもしれない。

「黛と奥本は、どうつながっていたんですか？」

火村が尋ねる。繁岡から遠いと話しにくいので、私の向かいの席に移動してきていた。

「奥本が店を辞めてからは縁が切れていましたが、彼が歌島に連絡を取って交際するようになったので、黛も会う機会ができたそうです。歌島が『三人で飲もうか』と誘って、会食したことも」

「奥本と黛がどんな関係だったのか気になります。彼の部屋を訪ねたのは用事があったんですか？」

「答えにくそうにしていましたね」

繁岡は、ぼりぼりと頭を掻く。彼自身が答えにくそうだ。

「借りていたものを返しに行った、とかではありません。話をするのが目的で訪ねたそうです。奥本の気持ちを確かめるために」

「そういう場合の気持ちとは、恋愛感情でしょうか？」

「端的に言うと、それです。黛によると、奥本には自分の気を引くような言動があったそうです。彼女にとってうれしいことでした。しかし、彼は歌島と関係を続けている。本心はどうなのか、と質したかったんです」

　三角関係か。ありがちだが、また話がややこしくなる。

　黛と歌島は親しい友人のようだが、どういう間柄なのかは今一つよく判らない。ホストクラブで知り合ったことから察するに遊び方は似ているのだろう。しかし、片や腕利きの個人投資家で片やコンパニオン。生活環境はかなり違う。繁岡にその点を訊いてみると――

「どちらからも事情聴取をしましたが、会った印象からして違いますね。歌島はどこかおっとりとした感じもあって、一見したところ大金を動かして勝負している人には思えません。話すとしっかり者の片鱗が窺えたりするものの、三十歳の平凡な女性に見えます。むしろ、当たりが柔らかくてふわっとした感じ。黛は前職から想像できるとおり顔立ちからして――マスク越しではありますが――どこか華やかで、受け答えにも如才《じょさい》がない。歌島とは違った意味で頭の回転も速いんでしょう。ずっと〈夜の街〉にいたわけではなく、彼女の水商売歴は五年です。それ以前はまるで別の仕事に就いていました」

「どんな仕事を？」

「看護師です。香川県の高校を卒業後に大阪の看護専門学校に進んで資格を取り、二十二歳から二十六歳まで市内のいくつかの病院で勤務していました」

「がんばって国家資格を取っておきながら転職した理由は何ですか？」

「『激務で心身ともに疲れたんです。院内の人間関係の悩みも重なって辞めようかと考えていた時、街でスカウトされたのでコンパニオンに』が答えでした。『かけ離れているようでいて、どちらも色んな人と接する仕事で、世話好きでないと務まらない点では同じ』なんやそうですよ」

そんな短い説明では判らないドラマがあって職を変えたのだろう。

「まだ一人の関係者とも会っていないので」火村が言う。「頭の中で人物像が結べません。とりわけ奥本がどんな人間だったのか気になります。ホストから瞑想愛好家へ転身したと聞いて、若くして枯れてきたのかと思ったんですが、歌島と黛にふた股を掛けていたかもしれないわけですね」

「死んだ奥本は何もしゃべれません。はたして黛の供述が事実なのか……」

「それはそうですが、黛がそんな嘘をつく必要はないでしょう。奥本がふた股を掛けていたなんて言ったら、三角関係がこじれた結果、かっとなって置物で殴ってしまった、と仄《ほの》めかせているのに等しい。自分の立場を不利にしてしまうだけじゃないですか」

私も思った。ありのままを語っているのだとしたら、黛はとことん馬鹿正直なのか？

「警察の捜査が進んだら、自分と奥本が路上で言い争っていたことなど洗い出されてしまうだろう。そうなったら痛くもない腹を探られるので、あらかじめ伝えておく方が得策だと思った、というのが本人の弁です」

「どこで、何を言い争ったんですか？」

「場所は〈トミーハイツ〉の近く。先月、彼のマンションを訪ねようとしたら路上で会い、話しているうちに興奮して『冴香はあなたにとって何?』とか問い詰めたことがあるんやそうです」

「警察が聞き込みでその事実にたどり着くかもしれないので先手を打ったのか。判らなくもない」

さっきから火村は、ジャケットのポケットに右手を入れて動かしている。煙草が吸いたいのだな、と私に見抜かれているのにどうやら気づいていない。

「黛は昨日になって捜査の対象になったと聞いています」准教授はポケットから手を出した。「繁岡さんのお話によると事件に深く関与しているかもしれないのに、舞台に登場するのが遅くはないですか?」

「昨日になって舞台の下からせり上がってきたわけではありません。死体が発見されて捜査が始まった当初から、黛は捜査対象でした。奥本とLINEでつながっていた数少ない知人の一人でしたから。ただ、本人がしゃべらないと気づきにくいことがありました。二十五日の午後二時台に奥本の部屋を訪ねていたことです」

「彼女が訪問したのは、マンションの防犯カメラで撮られていたのでは?」

「ふぉい。ちゃんと映っています。しかし、それを見ても黛だということがしばらく特定できなかったんです。彼女から最初に事情聴取をした刑事でさえも。画質の悪さに加えて、事件後に事情聴取をした際は髪型も変わっていたし、こいつがありますからね」

繁岡は自分のマスクを指差した。

「これは黛ではないか、と疑われてもいなかった？」

「当初は、身元不詳の女としてマークしていました。彼女だけでなく、ビデオと照らし合わせて、あのマンションに出入りした人間の身元は一人残らず突き止めるべく捜査しています」

これは鮫山も強調していた。犯人は必ずその中にいるのだから当然である。

「ことに彼女の場合、奥本の部屋がある五階でエレベーターを乗り降りしていましたから、無視できるはずがありません。黛に似ている、という者もいたんですが、断定はできない状況だった。そこで、高柳さんが『映像の写真を持って、これはあなたではないか、と本人に当たりましょう』と捜査会議で提案したんです。つい『賛成です』と声が出ましたね。私もそれが早いと思っていました」

では言い出した君たちが行け、とばかりに指名された二人が黛の許へ向かおうとしたのだが、その朝に黛の方から「お話ししなくてはならないことがあります」と連絡をしてきた。先手を打たれた形だが、繁岡らは彼女に会うべく勇んで署を飛び出した。

「『疑われるのが怖くて黙っていました。黙っているのも怖いので、自分から警察に話すことにしたんです』と言うのは半信半疑ですけど、吐いてくれたおかげで一気にもやもやが晴れました。そうやって生前の被害者に最後に会ったらしい証人が得られました」

彼は目許をほころばせたが、それは束の間だった。

「しかし、捜査の進展には寄与しませんでした。話した内容は『あなたの気持ちはどうなの？』といったことやったそうです。追及された奥本は、のらりくらりと返事をするだけなので呆れて帰った、ということですが、本当のところはどうだったんでしょうね」

死人に口なしで、黛が自分に都合の悪いことを隠してもバレない。

「しかし、死体が詰められたスーツケースは黛が部屋を出た後で現場に持ち込まれているわけですから、彼女は犯行に及べない。高柳さんも私も、『隠し事をされては困りますね』と渋い顔をして引き下がるしかありませんでした」

「黛の証言をひとまず信用するとして、奥本の様子に変わった点などはなかったんでしょうか？」

「なかったそうですよ。いつもどおりの彼で、『瞑想に耽りたがっていたからなのか、自分に対してやや邪険な感じだった』と言っています」

私たちが話している間に、周囲では次々に人が入れ替わっていく。警察署の食堂だけあって、だらだらしている者はおらず、みんな食べるのが早い。

「色々と話していただき、ありがとうございます。私たちはこの後、現場を見てきます」

火村が切り上げにかかったのは、一時が迫っていたからだ。私たちをアテンドしてくれる森下は、もう待機してくれているだろう。

目が合うなり、若手刑事は顔をほころばせた。私も同じような表情になっていただろう。挨拶に続けて「よろしくお願いします」と畏まる森下に、火村が「こちらこそ」と返す。いつもながらのアルマーニのスーツ。コロナ禍の中であっても、鮫山警部補に勝る意外性を発揮してくれている。

2

「まずは現場にご案内します。管理人から話を聞くこともできます。その後、歌島冴香に会いに行く、ということでいいですか、先生？」

「セッティングしていただいているんですね。ええ、結構です。関係者にはひととおり会いたい」

「まずは歌島からでしょう。久馬大輝とも会えるように手筈《てはず》を調えます。テレワーク中で自宅にいるはずです」

乗り込んだ警察車両のフロントガラスの脇には、疫病退散のご利益があるという妖怪アマビエのマスコットがぶら下がっていた。走りだすと、ゆらゆら可愛らしく揺れる。

現場へ向かう車中、運転しながら森下は捜査がやりにくい現状をぼやいた。新型コロナに感染してはならない、という重圧が相当に大きいのだ。

「よその県警では四月にクラスターが発生していましたね。交番勤務の警察官も気が抜けないでしょうし、警察学校も神経を使《つこ》てるやろうな。万一、大きなクラスターでどこかの署が機能不全に陥ったりしたら大変です。かといって、この仕事は人の海を泳ぐようなもんですから、〈密〉を避けるにも限度がある。早く収まってくれんと、そのうちどこかで……」

案じる森下恵一。道中、彼が事件をどう見ているかという話にもなりかけたのだが、移動時間が短くて本題に入る前に目的地に着いてしまった。

鮫山警部補に地図を見せられた時から気がついていたが、一昨日、私が乗ったＪＲおおさか東《ひがし》線はここから遠くない。右手の車窓をよく見ていたら、〈トミーハイツ〉が見えていたかもしれない。

十階建てなのだが、まわりに高い建物がないので隣接する雑居ビルと肩を並べるように聳《そび》えている。とりたてて特徴のあるマンションではない。

エントランスに入ったところで、火村は足を止めて天井に目をやった。防犯カメラの位置を確認しているのだ。視線を左に振れば管理人室の小窓。森下が覗き込んで、すぐ振り向いた。

「管理人は染井良夫《よしお》さんといいます。掃除に回っているのか、今はいませんね」

「花見に出掛けたくなる名前ですね」

きょろきょろとエントランスを見回しながら、火村が澄まし顔で言った。エレベーターには向かわない。

「もう一つの出入口を」

また外に出て、駐輪場に回った。やはり防犯カメラを確かめてから、その下をくぐる。右手に一階の廊下が延び、左手はすぐ階段。正面はフェンスを挟んで金属加工工場の壁面なので、いたって殺風景だ。騒がしくない程度に、ガチャンガチャンと間断なく機械音がしていた。

彼の気が済んだところで、エレベーターで五階へと上がった。三人とも、ついついカメラに目が行く。

森下は律儀に508号室のドアホンを押してからドアを開いた。部屋の廊下の扉が開け放たれていて、リビングに佇む鮫山が見えた。

現場に足を踏み入れた犯罪学者が最初にしたのは、麻のジャケットの両袖をまくること。戦闘モードに入るという宣言か。いや、室内がむっと暑かったせいだろう。先に来た鮫山がバルコニーの窓を開けて風を通してくれていたが、それでも熱気が立ち込めている。

「お待ちしていました。ご質問があれば何なりと」

警部補が言うよりも早く、火村は常々フィールドワークで愛用している黒い絹の手袋を嵌《は》めながら、鋭い視線を四方に投げていた。鼻をひくひくと動かし——たりはしない。

「死体発見時は、ひどい臭いがしたんでしょうね」

私に応えて、「はい」と鮫山が頷く。

「もっとえげつない現場にも何回か立ち会ってきましたけれど、腐敗臭というのは慣れることができません。人間なら誰もできない」

　モノが少ない部屋だ。独りでこういう生活様式を守っていたのなら、ワンルームでも充分に思える。そんな疑問にも鮫山は答えを用意していた。

「管理人との雑談で奥本が話したところによると、モノを置くスペースは要らないが狭い部屋は苦手なんやそうです。広々とした余裕のある空間で暮らすために、リビングがゆったりとしている2LDKのここを選んだ、と」

　先住者は独居老人で、いわゆる孤独死をしていた。そのせいでこの部屋は心理的瑕疵《かし》物件のようになり、家賃が割安だったことも理由だという。

「家賃を気にしたんですか。奥本の暮らし向きがよう判りませんね。元売れっ子ホストで、人に百万円単位の金を貸していたぐらいですから、金銭的には余裕があったんやないかと思うんですけど」

「心理的瑕疵がまったく気にならないのなら、家賃は安いに越したことありませんよ。ホスト時代は羽振りがよかった奥本ですが、その世界から足を洗った後は収入が激減して、質素にやっていたみたいですね。それで久馬に貸したままの金が猛烈に惜しくなって、きつく取り立てていたんでしょう」

　奥本の銀行口座の残金は八百万円少々だった。ホストで荒稼ぎした名残りか。パチンコでどれほどの利を得ていたのかは見当がつきかねる。

「奥本栄仁という人は、どこか謎めいていますね。被害者について理解したら、事件の真相が見えてくるんやないですかね。——どう思う？」

迂闊《うかつ》にも火村に意見を求めてしまった。ソファを動かして現場検証中の男は完璧に私を無視した。そんな彼の姿を、真剣なまなざしで森下が注視している。

「奥本のスマホには、何人かの知人と連絡を取っていた跡がありました」鮫山が相手をしてくれる。「最近やりとりをしていたのは、歌島や黛を除くとパチンコ仲間だけです。彼らから話を聞いてみても、この部屋を徹底的に調べても、奥本に秘密めいたところは見当たりません。久馬に借金の返済を迫っていた他にはトラブルもなく、あまり謎めいてもいませんよ。ホストは『お前なら向いてるかも』と知人に誘われてなったものの、やっているうちに飽き飽きして、金も貯まったし辞めるわ、だったようです。生き方に軸がないのが生き方というところでしょうか」

「鮫山さんの洞察どおりやとしたら、なかなか自由に生きていた、とも言えますね。風の向くまま、気の向くまま。コロナ禍で不自由な暮らしをしているうちに、事態をやり過ごす縁《よすが》として瞑想に嵌まったのも奇妙ではないかもしれません」

火村が隣室に移動したので、あとに続く。スーツケースが発見されたクロゼットがある寝室だ。

「何故だ？」火村が声を発した。「死体をわざわざスーツケースに詰めた理由がはっきりしない」

助手としては、反応すべき場面だ。

「腐敗臭が広まるのを遅らせたかったんやないのか？　実際には大して効果はなかったとしても、犯人がそうする心理的必然性はあるやろう」

「だったらクロゼットをぴしゃりと閉めておきそうなものだ」

「そうするとエアコンの冷気が遮断されるから、かえって腐敗が早まると考えたんやろう」

「一理あるな」と言わせることに成功した。

次に彼が向かったのは浴室だ。死体はここに運び込まれた形跡がある、と資料にあった。ただし、ほんの一時的に場所を移されただけなのか、長時間にわたって放置されていたのかは判らない。

「リビングから浴室に運ぶのは、そんなに面倒でもなさそうだ。でも、理由もなく移動させるはずもない。どうして運んだ？——有栖川説を聞かせてくれ」

「反射的に答えると、こういうことかな。犯人は死体をマンションの外に運び出しやすくするために、キッチンの包丁でバラバラに解体しようと考えたんやろう。そのための作業場としてふさわしい浴室に運んだが、包丁だけでは難しそうだと思い直したのか計画を中止して、スーツケースに詰めるに留めた。寝室のクロゼットに移したのは、エアコンによって腐敗の進行を少しでも遅らせるため」

「なるほど」

今日の彼は、私の言うことを素直に受け容れる。自粛生活をしているうちに人格が陶冶《とうや》されたわけでもないだろうが。

「他に疑問は？」と私は調子に乗って言う。

「じゃあ、君の脳細胞が活発に働いているうちに尋ねてみるか。――スーツケースの内側のバンドに遺っていた指紋は何だ？」

「何だ……とは？」

「誰によって、どういう経緯で付けられたのか。仮説があれば聞きたい」

正解が返せるわけもないが、リクエストされているのは仮説だ。

「指紋の主は犯人。あるいは共犯者とするしかないな。当然、死体を詰める際に残されたものや」

「極めて妥当な見方だ。しかし、なお疑問は解消されない。死体を詰める際、当該人物は手袋を嵌めていたと考えるのが自然だ。スーツケースに指紋を残すことは命取りになるし、そうでなくても手を汚したくなかったはず。なのに、どうして素手でことに当たったのか？」

「手を汚したくない、というのは腐敗しかけた死体を想定してのことやろう。作業をする時、まだ死体は新鮮な状態だったと考えられる」

「新鮮な死体とは斬新な表現だな。――今の推理、どうですか？」

火村は向き直って、鮫山と森下に訊いた。警部補が答える。

「捜査会議でも同じような話になりまして、おおむね有栖川さんと同じ見方がなされています」

だろうな、と思った。火村は小さく頷く。

「死体の鮮度がどうだったかは判りませんが、そのように考えれば筋は通りそうですね。しかし、手袋をしていなかった不自然さは払拭《ふっしょく》できないのでは？　スーツケースの他の部分には遺留指紋がなかった。どうしてバンドにだけ？」

「火村先生はどうお考えですか？」

森下が反問した。

「判りません。謎ですよ。謎だから、ここに犯人の急所があるのかもしれない」

中貝家署長の前でも、彼は「急所」という言葉を使った。犯罪が不可避的に孕む脆弱性をカバーしようと、犯人は必死でもがいたり策を弄したりする。謎はそれが表面化したものので、犯人の砦であると同時に急所だ、と。

だが、バンドの指紋については深く考えすぎのようにも思える。

「犯人が手袋を嵌めへんかったんは、夏場のことで持ち合わせてなかったからやろう。突発的な犯行みたいやから準備してなかった。臨床犯罪学者やその助手とは違うからな」

フィールドワークに同行するので、今日は私も白い手袋を用意してきている。

「まぁ、手袋は持ち歩いていなかっただろうな。常に携帯している俺は特殊だ」

「残暑厳しい折にも手袋を持ち歩くのは、計画的犯罪を企んでる人間や。この事件は違う。バンドにだけ指紋が付いてたのは、単なる拭き洩らしやろう。そう考えたら謎でもない」

「目に見えない指紋を洩れなく拭き去るのは難しい。うっかりミスを犯すこともあるだろう。それにしても、あのバンドの指紋だけを消しそびれたのは合点が行かない。写真でしか見ていないけれど、わずかながら血で汚れていた。目立ったはずなんだ。神経を集中させて、ここもあそこもと指紋の拭き取りをしていた犯人が見落とすか？」

「ここで論じても結論が出えへん問題やな。人間は誰しもミスを犯すことがある」

「そりゃ大人が得意な一般論だ。子供はそんなふうに納得したりしない。知識欲が旺盛だから、なんで？　なんで？　とうるさいだろう。俺は捜査の現場では子供を見習いたいね。お前が専門にしているミステリに出てくる名探偵はどうだろうな。お前自身が小説で書いてる名探偵だって、こういう時は子供の目をもって正解に至る謎を見つけるんじゃないのか？　謎を解くことにも増して謎を見つける才能に富んでいるのが名探偵だから」

刑事二人を前にして、犯罪現場で「名探偵」の連呼に驚かされた。華のない事件の捜査が、もうファンタジーになりかけている。

「今日の火村先生はテンションが高いな。こうなると予想はしてたけど」

「俺は平常運転だよ」

「どうかな」

彼と言い合って脳が刺激を得たせいか、おかしなことを思いつく。フィールドワークの助手を務めている時は、思いついたことはその場で口にする。

「犯人があの指紋を見落とすことがないとしたら、意図的に残したことになる。なんでそんなことをしたのか、仮説が浮かんだわ。あれは捜査を攪乱するための偽装工作かもしれへん」

「出たな、捜査攪乱説」火村はうっすら笑う。「警察を悩ませるために、わざと自分の指紋を残す犯人がいるか？」

「自分の指紋やなかったら？　犯人は、事件に無関係な人間のものをプリントしたと考えられる」

「何の関係もない奴を殺人現場に連れてきて、『すみませんがここを親指で押してください』とか頼めるとは思えない」

「なにアホなことを言うてるんや。そんなんやない。誰のものかは判らんけど、犯人は事件に関係のない人物の親指を持ってたんや。死んだ人間の指とも、切断された指とも考えられるな。恐ろしいことに、それをスタンプとして利用した——」

「——わけはない。『なにアホなことを言うてるんや』はこっちの台詞だ。じゃあ何か、衝動的に殺人をやらかした犯人は、手袋を持ち歩いていないのに他人の親指は服のポケットに入れていたのか？　シュールすぎるだろ」

派手にやらかしてしまった。

「……そんなシュールな奴はいてないわな」

「お前の推理がシュールなんだよ。どこかの現代美術館に飾りたいぐらいだ。担当編集者が聞いたらホラー小説への転向を勧められるぞ」

降参の印に両手を上げてみせた。眉間《みけん》を撃ち抜かれて死んでいる相手に何発も銃弾を放つな。

鮫山の咳払い。

「闊達《かったつ》な議論に聞き入ってしまいました。スーツケース内のバンドの遺留指紋について、何か判ればすぐにお伝えします」

さらりと流してくれて、ありがたい。益体《やくたい》もないやりとりが続いたら、船曳班のホープである森下の教育上よくない、と思われたのかもしれない。

火村はバルコニーも検《あらた》める。私も出てみたが、死体発見から一週間が経って何の証拠が残っているわけもない。周辺の景色に見るべきものはなく、柵越しに見下ろすと裏手の工場の屋根があるばかりだった。

「管理人に話を聞かせてもらいましょうか。ビデオに映った黛美浪も観たい」

「先ほど、その部分はご覧いただいていませんからね。管理人室のモニターに映してもらいます」

鮫山が歯切れよく応えた。

3

ベレー帽の染井良夫は、冷房がよく効いた管理人室に私たちを通し、辞しているのに麦茶を出してくれた。先ほどまで階段の掃除をしていたという。

「オーナーの富井さんが頭を抱えています」管理人は語る。「508号室に奥本さんの前に入居していた方は、ご病気で急逝しています。その方は通っていたケアマネージャーさんが訪問する数時間前に亡くなったので、発見が早かった。季節も冬だったそうですし、きれいな姿で倒れているのを見つけられたそうです。しかし、奥本さんは惨《むご》い有り様だったようですね。同じ部屋で続けて人が死んだだけでも借り手がつかなくなるのに、二人目は殺されたとなると折り紙つきの事故物件です」

ほとぼりが冷めるまで相当な時間がかかりそうだ。昨今はネット上に事故物件の情報が残るから、なおのこと。

「何を訊いてもらっても知っていることはすべてお話ししますけれど、お役に立てるかどうか。これまでにも何度か事情聴取をお受けしていますからね」

元銀行員だという管理人は、証人として頼もしく見えた。話しぶりがしっかりしていて、不確かなことやこちらの期待に合わせた適当な答えはしないように思える。

彼が管理会社を通して〈トミーハイツ〉に勤めるようになったのは五カ月ほど前。トラブルを起こす入居者もおらず、事件や事故とも無縁で心穏やかに働けていたそうだ。

「いい職場だと思っていたら、いつも挨拶をしたり、たまには立ち話をしたりしていた人が殺されるという事件が起きたので本当にびっくりしました。物盗りの犯行ではないんでしょう？　奥本さんは誰かの恨《うら》みを買って殺されるような人とは思えないんですけれど火村が根拠を尋ねると、染井は「そうは見えませんでした」と印象を述べるだけだ。警察から聞かされるまで奥本の前職も知らなかった。

「パチンコに強いというのは聞いていましたが、小遣い稼ぎをしているぐらいだろう、と思っていました。本職は別にあるんだろう、と。それは何か？　住民さんのプライバシーに立ち入ったりはしませんよ。退屈しのぎに想像したことはありますけれどね。近頃はパソコンがあればできる仕事がたくさんありますから、商品をネット上で右から左へ動かして儲けているのかな、とか。絵や文章を売っているのかな、とか。何にしても羽振りがいいようには見えませんでしたね」

火村は質問を繰り出していく。

「奥本さんの身辺で何か変わったことがあったりは？」

「いえ、特に何も」

「最近の彼の態度に変化もありませんでしたか？」

「ありません。最後に会ったのは二十五日の正午《ひる》頃ですが、その時もふだんどおりでした」

「ビデオに映っているのを見ました。奥本さんはスーパーの袋を提げて戻ってきて、染井さんと何か言葉を交わしていましたが――」

「お天気の話をするように、『コロナには困ったものですね』『早く収まってもらわないと』といった話をしただけです」

「彼の部屋へ人が訪ねてくることはよくあったんでしょうか？」

「知りようがありません」

「では、奥本さんについての噂を何か耳になさったことは？」

「一度もないですね」

これでは奥本の人物像を描けない。少なくとも表面上は平穏無事に暮らしていたらしい、ということしか伝わってこない。もとより奥本と個人的な付き合いのない管理人では無理もないのだが。

以降はビデオ映像を観ながら話を聞くことになり、「こちらへ」と奥の個室に通される。自分のマンションも同じような構造なのだろうが、一度も覗いたことがないスペースだ。五人もの人間が入ると〈密〉になるため、鮫山と森下は後方に退いて立った。

二十八インチのモニターが二台設置してあった。おのおのの画面は九つに分割され、エントランス、エレベーター内部、駐輪場、駐車場などが映し出されている。管理人がずっとこれを監視していられるはずもない。事故が発生した時など必要に応じて観るものだ。

捜査上の必要性は意識せず、私は興味本位で染井に尋ねた。

「防犯カメラが撮ったこういう映像がハードディスクに記録されるわけですね。そのデータが保存される期間はどれぐらいですか？」

「このマンションだと四週間です。それを過ぎたら自動的に上書きされます」

「『このマンションだと四週間』ということは、よそは違う?」

「一律に決まってはいません。短いところだと十日、長くて三十日ぐらいらしいですよ」

「初めて知りました」

染井は、火村の要望に応じて二十五日のエントランスの映像を呼び出し、右側のモニター画面いっぱいに拡大した。そして、時間を十六時に合わせる。歌島冴香が入ってくるところだ。

「この女性はあなたに軽く会釈しています。以前に見掛けたりしたことはありましたか?」

「はい、二度ばかり。住人さんのお身内かお友だちだろうと思っていましたが、どなたとつながっているのかは知りませんでした」

「見掛けたのは昼間?」

「私の勤務時間は午前九時から午後五時ですから、日中です」

「彼女に対して、何の不審も抱いていらっしゃらなかった?」

「はい、不審なところはありませんでしたから。この時は大きな鞄を引いていらしたので印象に残りました。遠くから誰かの部屋に泊まりにきたのかな、と」

火村が黙ったので間が空いた。それを埋めるように森下が言う。

「黛美浪を見ますか? ——染井さん、十四時過ぎの映像をお願いします。正確な時刻は、えーと、十四時十三分やったかな」

管理人は、てきぱきと言われたとおりにする。火村は椅子に座り直した。

赤いキャミソール、黒いスカートにサンダル履きの女が入ってくる。栗色に染めたセミロングの髪を後ろで括っており、さほど上背はなさそうだ。それでも四肢がすらりとしていてスタイルがいい。マスクのせいで目許しか判らないが、きりっとした顔のようだ。首筋が凝っているのか、頭を左右に傾けたりしている。小ぶりのバッグを肩から斜めに掛けていた。すたすたと歩いてカメラからフレームアウトした時刻が14:13。

「同時刻のエレベーターの映像を」

森下の指示によって画面に映し出されたのは、その女が五階に上がっていく場面だった。電光表示をぼけっと見ているだけで、とりたてて変わった様子はない。

「これが黛です。次に画面に現われるのは十四時五十四分になってすぐ」

管理人は、もうその画面を呼び出しにかかっていた。無人のエレベーターに五階で黛が乗り込んできて、壁にもたれる。顔が映ったのは一瞬のことで、どんな表情をしているのかも見届けられなかった。

「もう一度お願いします。彼女が乗ってきたところで静止画像にしていただけるとありがたい」

火村も表情を確かめたいのだ。染井は絶妙のタイミングで一時停止にしてくれたが、駄目だ。マスクのせいでほくそ笑んでいるのか怒っているのかも判らない。悲しんでいたり戦慄《せんりつ》していたりする可能性すらある。あるいは、まったく無表情だったのかもしれない。

「出入りするところは映ってへんけど、508号室を訪問したんやろうな」ここで私は暗算をする。「滞在時間は四十一分」

繁岡に聞いたところによると、黛は奥本の気持ちを確かめようと問い詰めたが、のらりくらりとかわされて呆《あき》れて帰った、と供述している。四十一分はそれだけに費やされたのか？　彼女が真実を語っているという保証はなく、確実なのはビデオに記録された滞在時間だけである。

「大喧嘩をしたのでもなさそうですけれど、顔の下半分が隠れて表情が読めませんからねえ」

森下がこぼす。

「うむ。マスクをはずしたら、怒りで唇が歪んでるかもしれませんね」

管理人が求められていないコメントをしたので、刑事は慌てた。

「ご意見は伺っていません。染井さんは立会人ですから」

黛美浪の姿を収めた映像の情報量が乏しいせいか、火村はあまり興味を示さない。口を開いたかと思うと、染井にこう頼んだ。

「歌島冴香の映像に戻していただけますか？　彼女がこのマンションに入ってくる直前まで。……ストップ。そこから再生してください」

歌島がスーツケースを軽く持ち上げる場面だ。

「染井さんにつかぬことを伺いますが、あのスーツケースには荷物が詰まっているように見えましたか?」

「いいえ」

「でも、誰かの部屋に泊まりにきたのかと思われたのでしょう? だったら色々ものが詰め込まれているはずです」

「泊まりのお客さんかな、と思ったのは鞄を引きながらやってくるのを見た時です。あの人は今、玄関扉の溝のところで鞄をひょいと持ち上げましたよね。いとも軽々と。それを見たら中身が空っぽなんだな、と判りました」

「『判りました』は言いすぎではありませんか? 中を開けてご覧になっていないのだから」

「どう見ても空ですよ、あれは。何か入っていたとしても着替えや洗面道具ぐらいでしょう。とにかく重たいものは入っていなかったはずです。キャスターが回るコロコロという音も軽やかでした。ゴロゴロではなくコロコロ」

「音で判るものでしょうかね」

「判ります。この女性が筋骨隆々としたプロレスラーだったら話は変わってきますが、とてもそうは見えません」

私にもあのスーツケースは空っぽであるように思えた。火村がしつこく質す意図を汲みかねる。かてて加えて、歌島は五階でエレベーターを降りる際もあのようにスーツケースを扱っていたではないか。

「尋ね方がくどくて失礼しました。——彼女と話したことはありますか?」

「ありません。目が合うと会釈をしてくれるだけです。礼儀正しい人ですね。マスクをはずしたら美人だろうな、と思うんですけれど」

「残念ながら、私もまだお会いしたことがないんです。対面してもマスクをしたままでしょうね。——質問を変えます。奥本さんの件を除いて、最近このマンション内で何か不審な出来事はありませんでしたか? 普通ではない苦情が住人から寄せられたとか、敷地内でおかしな悪戯《いたずら》が為されていたとか」

「警察の方にも訊かれましたが、ありません」

「では、この近辺では?」

「平和なものです。妙な噂も聞きません」

有益な情報を引き出そうとする火村の努力がその後も続いたが、どうやら報われなかったようだ。ひととおりの質問を放つと、「お時間を取っていただき、ありがとうございます」と謝して聞き取りを終えた。

4

まだ捜査に加わって半日も経っておらず、一人の被疑者とも対面していないのに、もうこの事件の手強さが感じられるようになった。

平凡な殺人事件のようだが、行く手には壁が立ちはだかっている。どうやらそれは、乗り越えるには高く、ぶち破るには厚いようだ。大学の後期の授業が始まるまでの一週間は、火村にとって充分な時間ではなくなるかもしれない。

と同時に、もつれた糸がするりと解ける可能性がなくもない。防犯カメラに映っていた青いTシャツにサングラスの男。あの男の素性が割れ、奥本栄仁と深くつながっていると判明したら、殺人犯であることの立証まで一気に捜査が進むことだってあり得る。スーツケース内のバンドに残っていた指紋とぴたり一致すれば、勝負あった、だろう。

そういう展開においては警察の組織的捜査と科学捜査が最大限に力を発揮するから、残念ながら火村や私の出番はなくなる。「ご苦労さまでした」と言われてお役御免だ。高くて厚い壁を攻略せずとも、横から回れば向こうに行けた、という感じか。

だが、ことはそんなふうにうまく運ばない気がする。もしも私が犯人だったら、帽子とサングラスで顔を隠し、おかしな姿勢で歩いて身長を判りにくくするぐらいでは安心できない。防犯カメラに全身を晒すという危険を冒すのだから、徹底的に身体的特徴を消す。

駐輪場に近づく前に、シーツやマントを頭からかぶるぐらいのことはするだろう。不審の極みだが夜更けで誰にも見られていないし、警察にビデオの映像を調べられても何者であるとも特定できない——と思うのだが、どうだろうか？

〈トミーハイツ〉を出た私たちは、コインパーキングに駐めた車へと戻る。署に帰るという鮫山は助手席に乗り込んだ。森下がエアコンを点けるが、換気のために窓は細く開けたままにしておく。

「歌島冴香のマンションは中央大通をまっすぐ西に行けばいいんですけど、いったん布施署に寄らせてください。遠回りですみません」

申し訳なさそうに言う鮫山に「かまいませんよ」と後部座席から応えた後、私は火村に尋ねる。

「管理人さんにおかしなことを訊いてたな。歌島が引いてたスーツケースには荷物が詰まっていたのではないか、って。あれはどういうことなんや？」

窓を向いたまま「ちょっとな」

「隠すことはないやろ。あの質問の意味が判らん」

鮫山が右手を小さく上げて、森下を制した。後ろで熱い議論が始まりそうだからまだ発車させるな、という合図だ。聞いてもらおうではないか。

「スーツケースに何が入ってると想像したんや？」

彼はこちらに向き直って、醒《さ》めた表情で言った。

「奥本の死体さ」

咄嗟《とっさ》に言葉が返せない。

「そんなに驚くようなことか？」

「驚くわ。ミステリ作家のお株を奪う気か？　どこからそんな発想が——」

「茅野さんの期待に応えようとしてみたまでだ」

スーツケースを508号室に運び入れたのは歌島冴香。その際に早業で奥本を殺害したのではないか、と茅野は疑っているらしい。二十五日の午後四時過ぎに、歌島と奥本とスーツケースが一点に集まっていたのは確かだ。

しかし、ビデオ映像によると彼女はマンション内にたった三分四十五秒ほどしか留まっていない。それだけの時間で突発的に事件が発生し、犯行から死体の処理まで済ませるのは不可能。その謎を解いてもらいたい、という茅野の無茶な要望に応えようとしたのか。

「彼女が犯人だと仮定したら、どうすれば死体をスーツケースに詰められるのか考えてみた。方法は一つ。マンションの外で殺害し、スーツケースに詰めてから508号室に搬入する。それしかない」

コロナ禍によるブランクで、ここまで火村英生の勘が鈍っているとは嘆かわしい。

「どこから反論しようか迷うわ。まず、鑑識によると犯行現場が508号室のリビングやぞ。勝手にマンションの外にしたらあかんやろ」

「犯行現場が508号室だと断定はされていない。ほぼ確定ということだった。――そうでしたよね、鮫山さん？」

助手席から「はい」と返ってくる。

「まず間違いないようなんですけど、偽装工作が為された可能性も残ります。わざと被害者の血を床に垂らしてから拭き取るなど」

ありそうもないことで、鮫山自身はそう見ていないはずだ。まぁ、その点には目を瞑《つむ》るとしよう。

「マンションの外で殺害って、どこで？　身を隠すブロック塀もないぞ。鬱蒼《うっそう》とした森もない」

「場所は不詳。とにかく人目に触れない場所だ。外で殺して死体をスーツケースに詰めた」

「あの日の奥本はスーパーでの買い物から戻ってきた後、外出してない。出たらビデオに映ってるはずやからな。どうやったらそんな男をマンションの外で殺せるんや？」

これで王手だと思ったが、彼はまだ白旗を揚げなかった。

「何らかの方法で犯人に引き出された。あるいは奥本が自分の意思でカメラを避けて外へ出た」

「せやからその方法は？　パラシュートで降下できたとは思えんな。自分の意思でもしバルコニーから飛び降りたとしたら、龍の置物も持って行ったことになる。これで僕を殴ってください、と歌島に手渡すために。ダリや古賀春江《こがはるえ》も真っ青のシュールな情景やないか」

先ほどの仕返しの好機を逃してなるものか。

「方法についてはお前の得意な保留ということにしておいてくれ、どうにかしたんだろう」

「できん相談や。現実味が欠片《かけら》もない。――まだ何か言いたそうやな」

「凶器に使われた置物は事前に歌島に渡っていたとも考えられる。彼女が適当な理由をつけて借りていたとか」

「適当な理由ねぇ。押し花作りの重しに使うとか？ それを凶器にすることで、犯行現場が508号室であるように見せ掛けたわけか。ないわ」

「ないだろうな。仮説にしても乱暴すぎる。それでも検証しておきたかった」

ことがマンションの外で行なわれたのであればスーツケースに死体を詰める時間は確保できるが、無理が大きくなるだけである。火村もそれは承知しながら管理人に問わずにいられなかったらしい。

「もう一つ言うてもええか。歌島が犯人やとしたら動機は何や？ 亡き父親の墓参りの直後、そんな犯行に及ぶ心理的な不自然さにも説明が欲しい」

「その場合は明らかな計画殺人だから、かねて殺意を秘めており、墓参りの帰りだから決行した、という見方もできる。奥本を殺したのが父の仇討《あだう》ちだとしたら必然性が生まれるだろう」

「これから憎いあいつを仕留めてまいります、と誓《ちこ》うたわけか」

「それを仄めかす情報は今のところ爪の先ほどもないけれどな」

「まるで時代劇や。父の仇討ちという日本語があるのを忘れてたわ。彼女が奥本に接近したのは、仇を討つためやったとでも言うか？」

「だったら何年も待たず、もっと早く行動に移したと思われる。去年の秋に彼から連絡がきて、交際を再開してから遺恨に気がついたと考えれば筋は通る。——強引に筋を通したところで、茅野さんがお望みの答えにはほど遠いな」

本人の前で開陳しなくてよかった。

「森下さん、そろそろ行きましょうか」

議論を一方的に切り上げた火村が運転席に声を掛け、車は布施署に向けて発車した。

5

鮫山を署の玄関前で降ろすと、私たち三人は大阪市西区の歌島冴香の許へと向かった。なにわ筋《すじ》に面した四十階建てのタワーマンションだという。

「もうすぐですよ。前方に見えてきています」

青みがかったビルで、窓のデザインが洒落ている。

「屋上にヘリポートがある。歌島は三十前にして購入したんかな。どれだけ稼いでるんやろう」

ぶつぶつ言う私に、森下が豆知識をまぶして答えてくれる。

「たまたま知っているだけですけれど、高さが百メートルを超える建築物にはヘリポートを設置する義務があります。歌島は賃貸で入居しているそうですよ。縁がなさすぎて家賃が月いくらなのかは知りません。僕の月給より高いことは確かでしょうね」

地下駐車場の来客用スペースに車を駐めて、正面玄関へと回った。歌島の部屋は2510号室だという。森下がインターホンで呼び出すなり「ロビーでお待ちください」と女性の声がして、オートロックが解除された。

広々としたエントランスホールへ入ると、ホテルと見紛う。正面がエレベーターホール。その上の壁には色違いの大理石でモザイク模様が描かれ、ダウンライトが誇らしげに照らしていた。これだけで高級感たっぷりだ。頭上を見れば現代風のシャンデリア。右手の壁には巨大な抽象画が飾られている。左手に目をやると天井から床までがガラス張りだ。明るい陽光が差し込み、よく手入れされた庭の緑が美しい。

「ロビーって、あれか」

私は指差す。庭に面して大きなソファとテーブルが何組も向かい合わせで並んでいた。あれではありませんよ、と言われたら途方に暮れる。

「だろうな。コンシェルジュが席をはずしているようだから、あれがロビーであることに賭けよう」

大袈裟なことを言う火村を先頭にソファの方へと移動し、じきに歌島が現われるだろうがいったんソファに座った。

今朝から何度も事件関係者たちの名前を口にして、彼女やら彼やらの動機やアリバイについて思うままに話してきた。当人と対面するのは歌島冴香が最初である。その瞬間を前に、急に緊張してきた。

もうくるかな、と思ってから五分以上待たされる。エレベーターの扉が開く音がするたびに身構えては肩透かしを食った。悪意を持って私たちを待たせているのだろうか、と思いかけたところへ、ようやく降臨あそばす。私たちは座り心地のいいソファから腰を上げた。

どんなファッションに身を包んで登場するのかと思ったら、藍色のブラウスに膝丈の黒っぽいスカート、黒いハイヒール。シックというより地味な出で立ちだ。装身具はピアスと胸許に垂らしたネックレスだが、どちらも派手さからほど遠い。恋人の喪《も》に服す意なのだろう。

「お待たせして申し訳ありません」

落ち着いた声で言う。下りてくる支度に手間取っただけで、他意はなかったようだ。頭を下げた拍子に、長い黒髪がさらりと顔にかぶさった。

「ここでお話しさせていただこうと思います。かまいませんか？　私の部屋よりも空間がゆったりしていますし」

髪を払いながら顔を上げ、私たちの意向を問う。二重瞼《ふたえまぶた》の涼しげな目をしていた。ビデオで見たスーツケースの女の面影がある、というよりまさに当人だ。エレベーターホールからこちらに近づいてくる時の足の運びや姿勢と合わせて確信する。マスクをしているせいか、つい眉の形に注意が向く。弓なりの優雅な眉は、弥勒菩薩《みろくぼさつ》像を思わせた。

「私たちはかまいませんが、歌島さんに支障はありませんか？」森下が気遣う。「人の目がありますし、話し声が誰かの耳に届くかもしれません」

「マンション内に親しくしている方はいません。ホテルに泊まっているようなものです。ロビーに何人も人がいたら場所を変えるつもりでしたけれど、幸いこのとおり誰もいませんし、普通にしゃべる分には出入りする人に話を聞かれることもないでしょう」

「歌島さんがよろしいのなら」

森下は彼女と面談したことがあり、火村と私のこともアポイントを取るにあたって伝えていた。私たちが差し出す名刺を受け取ってから、彼女は言う。

「私、名刺を使うような仕事をしていないもので」

気にしなくてもよいことを、すまなそうに言った。繁岡は、彼女のことを「当たりが柔らかくてふわっとした感じ」と評していた。会ったばかりで、もうそんな感じだ。株でしっかりと儲けるには、鋭い分析力に加えてたくましい決断力や敏捷性《びんしょうせい》を要すると思われるが、それらは必ずしも表面には出ないものらしい。

「アドバイザーの先生方にもご協力いただいているということは、あまり捜査が進んでいないんですか？」

問われる森下。

「そういうことではなく、早期の解決を図るために先生方のご意見を伺っているだけです。警察をご信頼ください。犯人逮捕のために、ぜひご協力を」

「はい。こちらこそ、よろしくお願いいたします」

「火村先生、どうぞ」と若手刑事はバトンを託した。犯罪学者は穏やかに切り出す。

「お疲れのようですが、体調はいかがですか？」

「気遣っていただいて、ありがとうございます。体の不調はありません。精神的にも大丈夫ですよ。雲の上を歩いているみたいに現実感がなくなることもありますけれど」

自分の気持ちを表現したがっているようだった。それを察したのか、火村は彼女が話すに任せる。

「恋人が殺されて、しかもあんな姿で見つかって、すごくショックです。だから先生も優しく接してくれているんでしょうけれど、今になって思うと彼は恋人だったのかどうか……。部屋の合鍵を預かって、何度か朝まで一緒だったことがあっても、気持ちがぴったり重なっている関係でもありませんでした。私がぐいぐいと寄って行ったのを、彼が拒まず受け容れてくれただけのような気がしています」

「それは錯覚ではありませんか？　お二人の交際が始まったきっかけは、奥本さんからの連絡だと伺っていますよ」

「当初は、彼から寄ってきてくれました。でも、半年もすると私への関心が薄らいでいったように思います。私はあまり中身のない人間ですから」

「中身がない人間は、そんなふうに言わないものです。私の実体験からすると」

歌島は、森下の方を向く。

「この先生はカウンセリングにきたんですか？　慰めるのがうますぎます」

「火村先生は犯人にとっては鬼です。そうでない方には優しいんです」

優しいとまでは言い切れないが配慮はする。しかし、現時点で歌島は被疑者の一人だからひたすらクールに見ているはずで、優しげなのはしゃべらせるための方策だろう。

「あなたの実感では、二人の関係には変化があったようですね。何かきっかけでもあったんですか？」

「いいえ。そういうのはなくて、彼が瞑想に凝っていくほどに私への関心が薄らいだ感じです。精神的な世界に目覚めたら、私の俗っぽさが嫌になったのかもしれませんね。私の仕事はご存じですね？　四六時中、お金のことで頭がいっぱいです」

「奥本さんもお金の回収に躍起になっていたように聞いています。悟りの境地を目指していたようには思えませんが」

「返してもらっていない三百万円のことですね？　人は現実から完全に自由にはなれない、ということでしょう」

奥本が瞑想に夢中になったのは、書店で何気なく手にした本の影響だという。もともと興味はあったらしい。

「実践してみて、心の平穏が得られそうな感触があって、でも完全には得られなくて、よけい熱心になっていったようです。コロナで家にこもる生活も追い風になったんでしょうね。会う回数もＬＩＮＥでやりとりする回数もだんだん減っていきました」

溜め息をついて、一拍置いてから続ける。

「そう思っていたんです。瞑想が私たちの仲を邪魔しているんだな、と。だけど、本当のところは違ったみたいです。彼の心がふらついていただけなんですね。鈍感だから、美浪さんにも色目を使っていたとは知りませんでした」

「黛美浪さんですね？」

「はい。仲のいい友だちです。事件の後で打ち明けられました。考えてもみませんでしたね。えっ？　という感じです」

「どんな言葉で打ち明けられました？」

「まず謝られて、『深い仲やないからね』と何回も強調していましたね。『言い訳するようやけど、彼から誘いを掛けてきたんや』とも。今となっては、どっちから誘ったかなんてどうでもいい」

「黛さんは、その事実をあなたに隠したままでいることもできたように思うのですが――」

「警察の捜査が進んだら炙《あぶ》り出されることで、私には隠しておけないと思ったんですよ。本人がそう言っていました。LINEでは彼とあまりやりとりをしていなかったそうですけれど、履歴を遡《さかのぼ》ったら『ちょっと会える？』とか自分が書いたメッセージが見つかるから、変な疑いを掛けられないうちに警察に話すしかない。そうしたら内容を確かめるために警察は歌島冴香の話を聞こうとするだろうから、結局はバレてしまう。だったら自分の口から歌島に打ち明けるしかない、と」

「黛さんの話を信じますか？」

「都合が悪いところは多少ごまかしているかもしれないけれど、八割から九割は本当なんだと思います。嘘の部分を剝ぎ取った本当の本当はどうだったかについては、もういいです。友だちに裏切られた、とは思いません。こんなの、よくあることでしょう。きっと奥本さんの責任も大きいんだろうし」

さばさばした口調だが、心底の吐露《とろ》というより自分に言い聞かせているようでもあった。マスクのせいなのか、目許の憂《うれ》いが濃く映る。

彼女は、大事なことのように付け足す。

「私は美浪さんが好きなんですよ。友だちでもあり、お姉さんみたいな感じ。仮にあの人が奥本さんと深い仲になっていたとしても、恨んだり憎んだりすることはありません」

「黛さんからその話を聞かされたのはいつですか？」

「一昨日の夜です。『こんな時に嫌なことを聞かせるけれど』と言いにくそうに切り出しました。二十五日の午後、彼の部屋に行ったことも。『いずれ警察に突き止められるやろうから、明日の朝、電話して正直に話す』と言うので、そうするのがいいと勧めました」

「午後二時十三分にマンションに入り、二時五十四分に508号室を出たのが防犯カメラの映像で判っています。その時、奥本さんとどんな話をしたのかも打ち明けてくれましたか？」

「『冴香とずっと続けていくの？　あの子が本命で、私とも遊びたいだけ？』という調子で本心を訊こうとしたけれど、『最近は冴香ともあんまり会ってないよ』だの『美浪さんが離れていったら淋《さび》しい』だのピントが狂った返事ばっかりで、『アホらしいから呆れて部屋を出た』と言っていました。『もう会わんつもりやった』とも。最後のひと言だけは、私へのフォローみたいなので信じかねていますけど」

「その頃、あなたは亡きお父様の法事やお墓参りをなさっていたんでしたね。そして、奥本さんにスーツケースを返しに行く旨をLINEで連絡している」

「石切霊園の帰りに立ち寄るつもりで、前から伝えていました。当日も確認のためにLINEを」

「〈借りてた鞄、四時頃に返しに行くね〉。送信時刻は履歴によると三時ちょうどでした」

「お墓参りを済ませた直後に霊園から送りました。一緒だった母を家まで送ったら、彼のところに寄るのは四時ぐらいかな、と予想して」

「すぐに既読になりましたか？」

「その時は確かめませんでした」

「返信が三時十九分に届きましたね。文面は〈悪いけど、瞑想に入るので置いて帰って〉。無愛想なメッセージだ」

「彼らしい返事です。マイペースで、他人に合わせようとはしません。でも彼に限らず、だいたい男性ってそうですよね。特に、楽しみやしようとしていることを中断させられるのをすごく嫌う」

「身に覚えがあります。——黛さんがマンションを出たのが三時前。彼女と奥本さんの間では、緊張を伴う会話が交わされたのかもしれません。ほっとした彼がスマホを手にしたらLINEにあなたからのメッセージが届いていたので、おもむろに返信した、というところかな」

「女二人が鉢合わせしなかったことに胸を撫で下ろしながら、でしょう」

歌島の送信があと数分早かったら、まだ黛が部屋にいたわけで、奥本がLINEを見たら動揺したのではないか。私だったら、黛に帰ってもらおうとして妙なことを口走り、相手に怪しまれそうだ。黛が三時半ぐらいまで長尻をしているうちに、歌島が「早く着いちゃった」とやってくることだってあり得た。奥本にすればスリリングな時間だったであろう。

〈悪いけど、瞑想に入るので置いて帰って〉

この無愛想な返信は、いかにもその時の奥本が書きそうなメッセージにも思えてきた。スーツケースを返しにきた歌島を部屋に上げたら、一時間前まで黛がきていた痕跡を見つけられてしまうかもしれない。香水の残り香など非常に危険だ。また、痕跡は一切残っていなかったとしても、自分がいつもと違う挙措《きょそ》をして不審がられるおそれもある。適当な理由をつけ、部屋の外にスーツケースを置いて帰ってもらうに如《し》くはない。

私がそんなことを考えている間にも、火村と歌島のやりとりは続いている。

6

「警察の者なんやけどね」

インターホンに向かって言うと、「お待ちください」の声がして、ドアが細めに開いた。茅野は警察手帳の記章を示す。「茅野やんは見るからに刑事やから手帳は要らんな」と仲間内で言われているが、必ず丁寧に見せるようにしていた。

「何度もすんません。ちょっとだけ、いいですか？　508号室の事件のことで」

顔を出したのは爽やかな水色のポロシャツを着た四十歳ぐらいの男性だ。この303号室を訪問するのは二度目だが、前回は同年輩の妻が応対に出た。表札には池中《いけなか》とある。

「聞き込みですか。ご苦労さまです」

池中は、迷惑がっているふうではない。

「お仕事の手を止めて、すんませんな。テレワーク中のようですね。オンライン会議は大丈夫ですか？」

「もう済みました。リモートで会議をしてたとよく判りますね。やっぱり刑事さんは勘が鋭い」

大袈裟に感心するので、にやにやしてしまう。

「八月の二十五日から二十七日にかけて、不審者を見掛けたり、おかしな物音を聞いたりはしてない、と以前の聞き込みで奥さんから聞いてますけど、その後に何か思い出した、ということはありませんかね。些細なことでもかまわんのです」

小躍《こおど》りしたくなるほど重大な情報が出てくるとは期待していないが、駄目でもともと、とばかりに各戸を回っている。靴の底を磨《す》り減らすのも仕事のうちだ。

「事件について、奥さんと話したりしはると思うんです。その時に、『そういえばあんなことがあったな』という話が出たりしてませんか？」

「出るには出たんですけれど……」

聞き込みはハズレのくじを引き続ける覚悟を持ってやるものだ。どうせ「いいえ」が返ってくると思っていたので、どきりとした。つい前のめりになる。

「出た？　ほぉ、聞かせてください。どんなことです？」

「事件に関係ないやろうと思うて警察にはお報《しら》せしてなかったんです。すみません。二日ほど前のことです。晩飯の後、妻が好きなＤＶＤを観ていた時に話題になりまして――」

韓国の男性アイドルグループのミュージックビデオだった。それを端《はた》で見ていて、夫はあることを思い出した。

「八月の十日頃でしたか、夕方に夫婦で買い物に出て帰ってきた時のことです。四時過ぎやったかな、五時過ぎやったかな。奥本さんが若い女性とマンションに入って行くのを見掛けたんです」

よけいな質問は挟むまい、と思いながら茅野は訊いてしまう。

「奥本さんのことはご夫婦とも知ってたんですね？」

「名前までは知りませんでしたけど、エレベーターで乗り合わせたりするので顔は。何をしてはる人やろう、と気になる感じやったんで」

「若い女性の方に見覚えは？」

「ありません。その人が目を引いたわけやないんです。女友だちが遊びにきたんかな、と思うただけで。問題は、奥本さんたちの後から歩いてきた男性です」

ただの通行人かと思ったら、奥本らがマンションに入るのを確かめるようにエントランスを覗き込み、池中夫妻と目が合うなり慌てて顔をそむけ、隣のビルの中華料理店〈永楽軒〉に入ったという。

「不審な行動に思えて記憶していたわけですね？」

「怪しい奴やと、警戒するほどでもなかったんですけどね。後になって思うと引っ掛かるなぁ、という感じです。奥本さんを尾行してマンションまでついてきたようですから」

「音楽ビデオを観てて、なんでそれを思い出したんですか？　つながりが判らんのですけど」

「その男が、妻の好きなメンバーに似てたんです。くりくりの髪を緑色に染めてる子で、コンジュ……いや、コンジャや。韓国語で孔雀《くじゃく》のことらしいです。今、本人が歯医者に行ってまして」

「グループの名前を」

「アウィス。ラテン語で鳥やそうです」

そんなことはどうでもいい。固有名詞を手帳に控えてから、スマートフォンで検索をかけ、アウィス——綴《つづ》りはＡＶＩＳ。読めやしない——のコンジャの画像を呼び出した。

「この子ですね？」

「はい、そうです」

「アウィス。私が知らんだけで、人気があるグループなんやろねぇ」

「日本でもかなり。何度か来日してますよ」

「プロフィールによると二十五歳か。——マスクをしてても似てると判ったんですか？」

「髪の毛のくりくり具合と、目許がよう似てました。切れ長で淋しげな目をしてるんです。見た後ですぐ妻が『あの人、コンジャによう似てたわ。茶髪やったけど。何してたんやろね』と言いました」

「奥本さんの連れの女性はどんな人？」

「二十代後半でしょう。髪は栗色。Ｔシャツを着てたかな。顔はよう見えませんでした。俯《うつむ》き気味やったんで」

「髪型は覚えてませんか？」

「長さは肩の上あたりやった気がします。ヘアスタイルは説明が難しいですね。お洒落にパーマが掛かってたかな」

黒髪のロングヘアでなかったのなら、歌島冴香ではない。

「長さは肩の上あたり、と」

「顔は見えませんでしたけど、スタイルがよかったのは印象に残ってますね。これは妻の前では口にしてませんけど」

女が何者なのか見当がついた。

「その男性や連れの女性を見たのは一度だけですか？」

「はい。事件の二週間以上も前のことですし、関係ないとは思うんですけど、『警察に言うた方がええかなぁ』『よけいな情報は捜査の邪魔になるだけ違う？』と話してたんです。そこへええタイミングで刑事さんがいらした」

「男性が中華料理店に入る様子に不自然なところがあったんですか？」

「変でしたよ。いったん止めてた足を動かしだしたかと思うと、ほぼ直角にぷいっと入ったんです。Uターンしたら露骨におかしいし、そのまま進んで私らと接近するのも嫌や、というようでした」

「正確な日付を思い出せませんかね」

「夫婦でスーパーに行くのは日常ですし、前後に変わったこともありませんでしたから、八月十日前後としか……」

これで満足すべきだろう、と情報提供の礼を言う。ドアが閉じる直前に、池中の叫ぶ声がした。

「うわっ、下、パジャマのままやった！」

茅野は階段で一階に下りて、足早に〈マッキービル〉の中華料理店に向かった。カラリと戸を開けてみると、幸いなことに昼食時を過ぎたおかげで客は一人もいない。「いらっしゃいませ」とカウンターの中で声を出したのは二十代半ばと思しき女性だった。幸運の予感がした。

「ごめんやで。お客と違う。警察なんや」

記章を見た女性は、「はあ」と怪訝《けげん》そうにする。丼を洗う手が止まった。

「隣のマンションで起きた事件について調べてるんで、協力してもらえるかな。一つ訊きたいことがあるねん。――先月の十日頃、あんたは店に出てた？」

「昼時から夜の八時までは、だいたい」

彼女は店主の娘で、数カ月前に派遣の仕事が切れたので店の手伝いをしているという。

「四時とか五時頃は、お客さんが少ないやろうね」

「だいたい、そうですね」

茅野はスマホを取り出し、コンジャの画像を見せる。

「十日頃の四時か五時頃、これに似た人がきたことはない？　髪は緑色やのうて茶色」

「あ、コンジャ」

店主の娘がカウンターに立っていてくれてよかった。大将だったら緑色の髪でコンジャ本人がメンバーと一緒に来店しても、派手な兄ちゃんらやな、としか思わなかったかもしれない。

「どうやろ？」

「きましたよ、そういう人」

よっしゃ！　とカウンターを叩きたくなった。

「飛び込むように入ってきて、ラーメンを食べていかはりました」

「ええ記憶力やね。何を食べたかも覚えてるやなんて」

「その時間帯やったら、軽くラーメンという人ばっかりです」

「八月の何日やったかまではさすがに覚えてないやろうなぁ」

「聖徳太子《しょうとくたいし》やないから無理ですよ」

聖徳太子についての理解がおかしかったが、それはどうでもよい。

「その人について、覚えていることがあったら話してもらいたいんや」

「さっさと食べて出て行かはりました。ようけ残して帰りはったんで、変な感じでした。お腹が空いてるから中途半端な時間に飛び込んできたんかと思うたのに」

そのせいもあって印象に残ったようだ。男が店に駆け込んだのは、極力通行人に顔を見られたくなかっただけで、欲しくもないラーメンを仕方なく注文し、とても食べ切れなかったのだ。

「きたのはその一回だけ？」

「はい。見掛けたことのない人やったし、それ以降はきてません」

「おおきに。ありがとう」

〈永楽軒〉を出た茅野は道端で立ち止まり、扇子《せんす》を使いながら考える。

――茶髪の男が奥本を尾行してたんやとしたら、なんでや？　何かの怨《うら》みがあって、ねぐらを突き止めようとしてたみたいやないか。奥本やのうて同伴の女をストーキングしてたのかもしれへん。女に執心で、その彼氏が何者かを調べてたんやとしたら……。

奥本を憎むべき恋敵《こいがたき》と認定し、部屋に押しかけて――口論があったのかもしれない――憤激のあまり殴り殺した。その可能性を検証すべきだ。

――得体の知れん男を部屋に上げて、隙を見せたというのはありそうもないか？　なんにせよ、その韓流アイドルに似た男が何者かを突き止めることや。見つけ出して叩いたらはっきりする。

そう思う一方で、茅野には振り払えない疑念があった。歌島冴香がどうにも臭う。奥本が最も油断する相手は彼女だ。スーツケースを返しに行った理由を語ってはいたものの、別の魂胆があって現場に持ち込んだようにも思えてならない。

歌島犯人説に大きな無理があることは承知していた。それでもなお、諦め切れない。

――火村先生、有栖川さんとは朝からすれ違いで、まだ顔も見られてないな。捜査会議で会えるか。あの先生は俺にない発想で事件を斬ってくれるんやないか。あんまり頼ってばっかりではこっちの恰好がつかんけどな。

ともあれ、奥本を尾行していたらしき謎の男というネタを拾った。会議でそれを発表した時のみんなの反応が楽しみだ。

7

歌島は語る。

彼女が奥本や黛と知り合ったいきさつは、すでに繁岡から聞いたとおりで、耳新しいことはない。奥本については、変わったホストだな、という印象だったらしい。

「愛嬌《あいきょう》のある方ではなかったし、二十六歳でしたから若々しさでも格段に他の子に劣りました。それでも人気があったのは、そのズレたところが魅力に転じていたからです。生前の彼と会っていないと判りにくいでしょうね。写真はご覧になりました？　ハンサムでしたよ。でも、顔の整い方がどこか作り物めいているんです。整形した顔っぽいとかいうのではなく」

「紳士服のマネキン人形のような……」

我慢できずに私が言うと、目許に笑みが浮かんだ。

「うまい表現です。そう、マネキン人形みたい。人間味がなくて無気味というのでもありません。ほんのりと滑稽で、哀しげに見えることもあった。地球人に化けた宇宙人と言ってもいいかな。どこかアンバランスで……。贔屓にして、この人のことを色々と知りたいなと、思わされました。私以外にもそんな人が何人もいたから人気ホストの座に就けたということですね」

「不思議な魅力もあってモテたわけですね」

「変人すれすれだったかも。不思議にも色々ありますけど、あれはモテる不思議さでした。やたら女性に手を出すこともない……と思っていたんですが、美浪さんの件は意外です」

「黛さんは当時の彼についてはどう思っていたんでしょう？」

「奥本さんは彼女の眼中にはなかったでしょう。他の若い子がお気に入りだったし、誰かに熱を上げるのではなく、ひたすらちやほやされるのを楽しんでいました。コンパニオンとして大勢の客をもてなした疲れを癒すためのホストクラブ通いでしたから」

「再会した後の奥本さんは、変わっていましたか？」

「別人になったというのではなく、別の面を晒して生きるようになっていた、という感じです。むしろホストをしていたのが気の迷いでしょう。別世界でひととおりの刺激を受けたら、もう飽きた、となる。瞑想にしても同じようにいずれ飽きたに違いありません」

「性格が険しくなったとか、柔和になったという変化は？」

「感じませんでした。気紛れなまま」

「パチンコで稼いでいたと聞きます。ギャンブルは好きだったんでしょうか？」

「器用で勘のいいところがあるので、パチンコでお金が稼げたんですよ。ギャンブル自体は好きでもなさそうでしたよ。パチンコって、運ではなく技術でしょう。玉が出る台の見極めをしたら勝てる。そういうの、あの人に向いています」

「私はパチンコについてよく知らないんですよ。コロナの感染が広まりだすと、お客が密集するパチンコ店への風当たりが強くなり、自主的な休業を求められたりしました。奥本さんにも影響があったように思うのですが、いかがでしたか？」

「もろにダメージを受けていました。パチンコ店でクラスターは発生していないからと営業が再開されてからも、『店が開いているだけで喜ぶ間抜けなお客のせいで、無茶苦茶に釘《くぎ》を締めてやがる。こんなんではアホらしくてやってられない』と憤慨していたことがあります」

「色んな苦労があるものですね。――合鍵を預かっていたぐらいですから、彼のマンションにはよく行ったんですか？」

「そんなには。『持ってもらっていたら便利なこともあるかもしれない』と言って渡されたんです。こんな形になるとは思ってもみませんでしたけれど……」

「奥本さんがあなたの部屋を訪ねることもありましたか？」

「一度だけ。きれいな花を飾ったりしていたのに、『見晴らしがよすぎる。高いところは落ち着かん』が感想でした」

「豪華なマンションだ、と感心していたのではないですか？」

「私の借りている部屋は狭いタイプで、そんなに高級感はありません。豪華なのはエントランスと一部の部屋です。私にすれば贅沢なマンションではありますね。自分に気合いを入れるために、かなり背伸びをしていますから」

「気合い、ですか」

「適切なタイミングで適切なところへお金を動かして殖《ふ》やす。私にはそれしか得意なことがありません。父譲りの才です。うまくいけば大きく儲かって、とても面白い。でも、緊張感とは背中合わせです。たまに弱気の虫が顔を出したりもする。ですから、気合いが要ります。『しっかり稼がないと賃料が払えないぞ。引っ越さないといけなくなるぞ』と自分を鞭《むち》打っているわけです」

しんどそうだな、と思ったが、それもまた刺激的で楽しいのかもしれない。

私には一つ尋ねたいことがあった。ここで訊いてもいいだろう。

「奥本さんは将来にどんな夢を懐《いだ》いていたんでしょうか？」

歌島はいとも簡単に答える。

「何もなかったと思います。飽きっぽくて気ままで、夢からも自由な人でした」

生き方に軸がないのが生き方。これは鮫山の評だ。〈夢からも自由な人〉も同義かもしれない。

火村は私の質問を支点にして、話題を久馬大輝へ滑らせる。

「自由人であっても、現在の日本で生きていたらお金から完全に逃れることはできません。久馬大輝さんに貸し付けた三百万円が返済されないことについて、悩んでいたようでしたか？」

「困ったとは言っていました。差し当たってお金が入り用だったのでもないんですが、こういう状況ですから手許にまとまった金額を持っておきたいのが人情です。どれだけ厳しく取り立てていたのかは関知していません。ただ、彼が無茶な手段に出るつもりがなかったことは断言します。そんなタイプではありませんから」

うん、そんなタイプではなさそうですね——と思いかけて、思考の急ブレーキを踏む。歌島が話すことをするすると受け容れていたが、彼女は被疑者の一人だ。奥本の人となりに限らず、一から十まで嘘をついているのかもしれないではないか。

目の前に座っている、ふわっとした女。

彼女がシロともクロとも知れないことを思い出した。とことん勘が鈍っているのは私か。

「奥本さんと久馬さんは大学時代からの友人だった。久馬さんについて、お金を貸していること以外に何か話していませんでしたか？」

「『いい加減なところがある奴だからな』とか、ぼやくのしか聞いていません。でも、友だち付き合いしていたのだから、気が合うところがあったんだと思いますよ。だけど……」二秒ほど言葉を切る。「あの人以外に、疑う人がいないんですね？」

「見落としていたら大変だから、警察が懸命に調べている最中です。——そうですよね？」

訊かれた森下は「そのとおりです」と即答した。

続いて火村は、スーツケースを奥本から借りた経緯について確かめる。歌島の答えは淀みがなかった。

「ネット販売では買いにくいものもありますから、街に出たりもします。外出を減らすために買い溜めをするんですけど、その時にお店から駐車場まで買い物袋をいっぱい持って歩くのが大変だから、あれを借りたんです。美浪さんに買い物に付き合ってもらった時、彼女も『それ、ええね』と言っていました。あると便利ですよ。母や叔母に買ってくるよう頼まれたものを持って行く時も重宝しました」

母親とは不仲と聞いたが、粗略にはしていないようだ。

「写真でしか見ていないのですが、まだ新しいもののようでしたね」

「はい。奥本さん、あれを持って旅行をしたことがなかったみたいですよ。あんまり旅好きでもなかった」

「だったら、何故あんな大きくてしっかりしたスーツケースを持っていたんでしょうね」

「彼はモノを溜め込まない人でしたけど、骨董市やフリーマーケットを冷やかす癖があったんです。あのモスグリーンの鞄は、フリマで見た時にぱっと閃いて買った、と言っていました。旅行用ではありません。自分の持ち物はもっと減らせる。無駄なものを削った後、これに収まるぐらいがいい、と考えたんだそうです。『一度も使っていない新品です』と奨《すす》められ、色も好みに合った。本当に最後は持ち物のすべてをあの鞄に詰めようとしたのかもしれません」

三十歳にもなっていなかったのに、終活をイメージしていたのか。そんな日はまだ遠い先だと思いつつも、絶好の品を見つけて買うという心理――これも歌島の作り話の可能性もあるが――は、私には理解できた。

彼女の眉間に小さな皺《しわ》が寄る。

「龍の置物は、骨董市で面白半分に買ったものです。鞄と置物。どちらも彼の人生の幕切れに関係しています。不吉なものを自分で買い集めたから、あんなことになったみたい」

疑いだせば、これも超自然的な恐怖に慄《おのの》く芝居に見えなくもない。彼女がホラー小説をこしらえるのであれば、私は対抗して別の物語を創作することもできる。

奥本栄仁を殴殺してしまった歌島冴香は、犯行後に自分が運んできたスーツケースに目を留める。死体を抱えてその中に入れ、腕や足を折り曲げてみっしりと収める。鬼気迫る形相で。

どこかへ運び出すわけではない。宅配便にして発送するわけでもない。ただ、詰めるために詰め込む。

――あなたの望みどおりにしてあげる。人は誰だって、あの世に何も持ってはいけない。人生で得た何もかもを手放して、最後は体一つになる。あなたのすべてを、あなた自身を、この鞄に詰めてあげるわ。本望よね。

マンション内にたった三分四十五秒ほどしか留まっていない彼女に、そんなことをするだけの時間はなかった。そう承知していながら、頭に浮かぶ情景はリアルだ。スーツケースに死体が詰められていた謎の答えにもなる。

しかし――それが起きたのはどの時空だ？　一分が六十秒しかないこの世界では不可能だった。

火村の声が、私を現実に引き戻す。

「スーツケースを誰かに又貸しするようなことはありませんでしたか？」

「いいえ。私しか使っていませんよ」

「お母様や誰かが手にする機会もありませんでしたか？」

「ええ。——あの鞄がどうかしたんですか？」

バンドに不審な拇指紋が残っていたことは捜査上の秘密なので、火村は「いえ、別に」とだけ答えた。

瞑想中だとLINEで伝えてきた奥本の機嫌を損ねぬように、彼女はスーツケースを玄関内に置いてすぐに508号室を去っている。静かな室内からは、ただエアコンが微かに唸る音だけが聞こえるばかりで、何も気がついたことはないという。

死体発見時も同様で、彼女の証言の中には事件解決に結びつきそうなものはない。被害者のトラブルについても、久馬の借金のことしか思い当たるものがないと言われてしまい、まるで収穫がない。

「久馬という人がやったのではないんですか？　ビデオに映っていると思うんですけれど」

歌島は、捜査状況について逆に質問してきた。森下が回答する。

「ビデオは時間をかけて慎重に調べています。やがてはっきりします」

「変装を疑ってくださいね。犯人は思いもよらない道具を使ったりして、巧みに化けていたかもしれません」

「二十四日からご遺体が発見された時点までのビデオを洗って、映像に映っている全員を割り出し、何のために出入りしていたのかまで特定しようとしています。若干、確認が取れていない人がいる、という状況です。留守にしている住人と連絡が取れたら、捜査が進展するかもしれません」

歌島はまだ何か言いたそうにしてから、口許まで出た言葉を呑み込み、「よろしくお願いします」のひと言に差し替えたようだった。

「奈良にご旅行にいらしたそうですが、それなりに人は出ていましたか？」

ここからは雑談です、という感じで火村が言った。

「あまり多くは。まだ残暑が厳しい中でしたし、行った先がリゾートではありませんから」

「どんなところを回られましたか？」

「叔母の希望で、一日目は車を飛ばして女人高野《にょにんこうや》の室生寺《むろうじ》へ。途中、桜井《さくらい》で安倍文殊院《あべもんじゅいん》に寄りました。大化元年に創建されたお寺で、安倍晴明《あべのせいめい》が陰陽道《おんみょうどう》の修行をしていたところでもあります」

警察が裏を取っているのに、本当に行ってきたんですよ、とアピールするかのように話す。

「本堂に快慶《かいけい》作のすごい仏像があるんです。日本最大と言われる文殊菩薩で、圧倒されました。お供みたいに従えている他の仏像と合わせて、トカイ……えーと……渡海文殊群像《とかいもんじゅぐんぞう》と呼ぶそうですね」

他意はなく感激を語っているだけにも思えてきた。ここしばらく、どこそこに行ってきて楽しかったよ、と話す喜びも私たちは奪われてきたから。

頷きながら聞いていたら、「ご存じですか？」と訊かれた。

「国宝ですね。観光ポスターや雑誌の写真で見たことがあるだけで、実物を拝んだことはありませんけど」

右手に降魔《ごうま》の利剣《りけん》、左手に蓮華《れんげ》を持った文殊菩薩が、巨大な獅子の上に座っている像だ。これがヒロイック・ファンタジーの主人公のようにカッコいい――などと形容するのは不敬か。

「行って実物を拝まないと駄目です。高さは七メートルもあります。写真では大きさも神々しさも伝わりません。圧倒されるんです」

〈圧倒される〉は彼女にとって最上級の賛辞らしい。

室生寺の奥之院まで参った後、彼女と叔母は室生山上公園芸術の森にも足を運んでいた。緑なす山林の中の拓けたエリアに、イスラエルの現代彫刻家ダニ・カラヴァンが巨大なオブジェを配置して創ったアート空間なのだそうだ。そこも一見の価値がある、と歌島は強く薦める。

「とてもシュールな景色でした」

ならば火村と私向きだ。

二人は芸術を堪能すると奈良市内に移動してホテルに泊まり、翌日は奈良公園で鹿と戯《たわむ》れたり東大寺で大仏を拝んだりして時間を過ごしたそうだ。

「ご旅行に出た日の午前九時三十分に、奥本さんのスマホからLINEに送信がありましたね。〈元気そのもの〉で始まり、〈今日はいい天気でよかったね〉で終わるものが」

歌島の微笑みは潮のように引き、「はい」と細い声で答える。

「あの文面に、いつもと違うところはありませんか？　言葉の選び方、文字遣い、句読点の打ち方、絵文字の有無、文章の長さ。何でもかまいません」

「警察の方にも訊かれましたが、特にありません。最後に届いた言葉です。彼が書いたものかどうか、せめてはっきりさせて欲しいです」

「事件が解決すれば、おのずと明らかになります」

火村は、まっすぐに歌島の顔を見ながら宣言するように言う。彼女はその視線を受け留め、目を逸らさなかった。

第三章　二つの捜査会議

1

捜査会議は午後七時過ぎに始まった。

この事件の捜査本部に投入された捜査員は約五十名と聞いたが、感染予防の観点から全員が座れるだけの席がないため、会議は今晩と翌朝の二度に分けて行なわれることになっている。翌朝に出席する捜査員の多くは、「ならば署に戻らなくていいな」というわけで、暗くなってからも情報を求めて外に出たままだった。

火村と私は、いつものように最後部の壁際の席に着く。茅野と高柳が遅れて入室してきた。目が合ったけれど彼らは急いで自分の席に向かったので、互いに遠くから頭を下げただけだった。

冒頭、捜査本部長である中貝家署長が、火村と私を捜査員たちに紹介した。いっせいに後ろを振り向いた顔の中には別の事件で一緒になった捜査員のものもいくつかあり、ちょっと微笑してくれる人もいたので安堵《あんど》する。

進行役はすぐに副署長に替わり、まずは地取《じど》り班が摑んできたネタを発表していく。最初に立った茅野から、いきなり興味深い情報が出た。

「おい待て、茅野やん。奥本とマンションに入って行った女というのは、黛美浪やないか？」

前の長机の席に署長や管理官らと並んでいる船曳警部が声を上げた。司会進行は副署長が務めているが、実際にこの会議を仕切るのは主任捜査官の船曳だ。

刑事はどんなネタを本部に持ち帰るかが勝負である。背中しか見えていないが、茅野は得意げな表情を浮かべているのだろう。

「午前中に黛に当たった高柳に経緯を伝え、当人に尋ねてもらいました。八月十日頃の夕刻、奥本とともに彼のマンションに行ったことがあるか、と。答えは『あります』でした」

事実ならば、躊躇《ちゅうちょ》なく認めただろう。黛にしてみれば、今さら隠したり嘘をついたりする理由がない。

「二人を尾行してた男は何者かっちゅう話やな。誰に似てるのか、もういっぺん言うてくれ。——アゥイスのコンジャ？　外国語は覚えにくいのぉ」

そんなに長い名前でもないのに、船曳は迷惑そうにこぼした。

「コンジャは韓国語で、孔雀という意味やそうです」

茅野が言うと、警部は「ほお」と面白がる。

「ほな、その不審な動きをしてた茶髪の男の仮称を〈孔雀〉としよか」

アウィスについて私も詳しくは知らないが、六人——だったはず——の髪を青やピンクに染めたメンバーの名前は各国語で鳥の名前になっており、日本語のツバメもいると聞いたことがある。

隣で署長が「賛成です」と了解し、さっそく茅野はその仮称を使って続ける。

「孔雀を目撃した者が他にいてないか、マンション内や近隣で聞き込みを掛けたんですけど、見つけられてません。そのかわりに、スタイルのいい女についての新しい証言が拾えました」

八月の初めに、奥本が路上で女と口論しているのを見た者がいた。場所は、奥本が利用していたスーパーとマンションの間。大声で罵倒《ばとう》し合ったり、摑み合いになりそうだったりという激しい喧嘩ではなかったが、証言者は通り過ぎてから、何事だろう、と振り返ったという。

「喧嘩の内容は?」

「どんな言葉が飛び交ってたかはよく覚えていないが、痴話喧嘩やったということです」

「断言できるんやな。証人の思い込みということはないか?」

「女の方が、『あんた、あの人のことどう思うてるの？』ときつく詰め寄ってたのは確からしいんです。痴話喧嘩やなかったら何でしょう？」

「三角関係のもつれ……に聞こえるわな」

新情報ではあったが、こちらは重要性が低そうだ。食堂で繁岡から聞いたところによると、黛は路上で奥本と言い争ったことがある、と自ら語っていた。茅野が拾ってきたネタは、それだろう。彼女が事実を一つ語ったことが証明されただけである。

茅野がおいしそうなネタを披露した後、〈トミーハイツ〉の住人への聞き込みの結果報告が続くが、めぼしいものはない。テレワークが推奨されているおかげで在宅率が高くなっているとはいえ、日中は留守宅も多い。翌朝の会議に出る捜査員たちは、今この時間もマンションの各戸を訪問して回っている。

「洩れなく、完璧に」

会議の席上、船曳は一度ならず強調した。事件は防犯カメラの監視下にあるマンションという閉ざされた空間で起きている。そこに出入りした者を洩れなく調べれば犯人が割れるはず、と言いたいのだ。割れるはずなのに——割れない予感に警部は襲われて火村を招く決断をした。

目下のところの容疑者は、歌島冴香と久馬大輝。だが、両名とも強固なアリバイに守られて手出しができない。黛美浪も疑わしくはあるが、スーツケースが現場に運び込まれて以降はマンションに立ち入っていない、という意味ではやはりアリバイがあった。

問題は孔雀だ。ようやく捜査線上に浮かび上がったが、事件にどう絡んでいるのか？　関係しているとしたらどんな役割を演じているのか？　まだ何も判らない。

はっきりしているのは、二十五日午後十一時五十六分に防犯カメラが捉えたサングラスの男ではない、ということ。顔貌については何とも言えないが、体形が違いすぎる。太った者が瘦せているように見せる方法がないのに対して、そうでない者が太っているように化けるのは可能だ。とはいってもおのずと限度があるし、ビデオの映像を見た限りにおいて、サングラスの男が服の下にバスタオルを巻くなどの細工をしているとは思えなかった。

ビデオの検証はまだ継続している。二十四日午前零時から死体発見までの間に防犯カメラが捉えた人物のうち、いまだ身元が特定できないのはサングラスの男一人となっていた。彼が犯人であるか否かは、新型コロナで中等症に陥っている男性と長旅に出たっきりの女性の証言にかかっている。二人が「知りません」と答えてくれたら確定だ。

フリーのセミナー講師だという女性とは連絡が取れないままである。スーツケースが〈トミーハイツ〉内に搬入された時間の問題がなければ、その女が殺して逃走したのではないか、と思いたくなるところだ。

一方、入院中の男性については吉報があった。症状に改善が見られ、かなり楽に会話ができているというから、明日あたりには警察の質問に答えてもらえるかもしれない。

サングラスの男がどこからきたのか、近辺での聞き込みや車当たりも行なわれているが、成果はない。おかしな歩き方をしているのは単に酔っていたからではないか、と周辺の居酒屋などもつぶさに調べられたそうなのだが。

これまでチェック済みの人物については、重ねて調べるように船曳が言う。

「孔雀が紛れ込んでるかもしれへん。洗い出すんや」

コンジャに似た男をマークしろ、という指示だ。今日一日の疲れのせいか、何故そんなことをするのか判らない。

「調べてどうするんや？　サングラスの男の他に怪しい奴はいてなかったのに」

呟いたら、火村が小声で相手をしてくれる。

「孔雀は、マンション住人の誰かの知り合いかもしれないからさ」

「知り合いやったらどうやねん？」

前の机とは距離が取られているので、私語を交わしても会議の邪魔にはならないだろう。

「ストーカーの孔雀は、たとえば401号室の友人Aに用事があって訪ねた後、ついでに508号室に寄って奥本を殺害したかもしれないだろう。理解したか？」

した。なるほど。

「判ったらしいな。そういうことだ。孔雀がストーカーなのかどうか、はっきりしないけれどな」

マンション住人の全員についても、捜査員たちは丁寧に洗い直している。奥本に殺意を抱いていたと思しき者の出入りがビデオに記録されていないのなら、隠れたトラブルがあって、入居者の中に犯人がいる可能性を再検証しなくてはならないからだ。根気の要る作業である。

　捜査本部は、私が思いもかけないことまでやっていた。奥本が所持していたのと同型のスーツケースを用意し、そこに死後硬直前の死体を詰め込むのにどれくらいの時間が必要かの実証実験を行なったのだ。被害者の体格に合わせた人物大の人形を使ったり、体格がよく似た捜査員が死体役になったりして調べたという。

「そんなことまでしたんやな」と言う私に火村は何も応えず、実験を担当した捜査員の報告に聞き入っているようだ。

「リビングに倒れている〈死体〉の横にスーツケースを運び、その中に詰め込んでからクロゼットに収納するのに要した時間。標準的な体格の男性捜査員が試みた場合は二分二十五秒。同じく女性捜査員が試みた場合は三分四十秒でした」

　船曳は不満げだ。

「そんなに時間が？　死体を空のスーツケースに押し込むだけやったら一分ぐらいでやれそうに思うぞ。生身の人間に死体役をやらせたから手加減したんやろ」

　担当者は「いいえ」と強く言う。

「いっさい手加減も遠慮もしていません。布施署交通課から捜本に加わっている田崎《たざき》に死体役をしてもらいましたが、手荒に扱われた同巡査は右足首を捻挫し、顔や手に数カ所の擦過傷《さっかしょう》を負ったほどです」

　警部は一座を見回した。

「田崎というのは、どこや？」

「治療のために早退しています」

「受傷事故やないか。署内で何やってんねん。精神的にも応えたんとちゃうか」

担当者の説明によると、あのスーツケースに奥本ぐらいの体格の男を詰め込むのは容易な作業ではなく、体の向きを調整するのが手間だし、蓋を閉めるのにもひと苦労するとのこと。上に乗って体重を掛けたというから、〈死体役〉のつらさは如何《いか》ばかりであったか。しかも、男女の捜査員がそれを交代で行なったのだから、手当をつけてあげて欲しい。

「やってみたらそんなに時間が……。予想外ですね」

署長は腕を組みながら言う。知らない間に私も腕組みをしていた。

「生きた人間を死体役にしての実験結果って、どこまで参考になるやろうな」

「俺にとっては予想外でもない」火村は言う。「それぐらいは時間がかかると考えていた。酔っ払いの介抱だって大変だろ」

「火村先生は何でもお見通しか。――しかし、女性捜査員が試して三分四十秒やとしたら、歌島犯人説が完全に消える。彼女の持ち時間は三分四十五秒なんやから、奥本を殺害できへんかっただけでなく、エレベーターで五階まで行く時間すらなくなってしまう」

「そう思うのなら、歌島の名前を被疑者リストから抹消しておけよ」

「含みのある言い方やな。お前はまだ名前をリストに残すのか？」

彼が答える前に、中貝家署長の声が飛んできた。

「火村先生と有栖川さん。さっきから何かお話しなさっていますが、ご意見かご質問でも？」

私が狼狽《ろうばい》していたら、火村は立ち上がって発言する。

「些細なことが気になるので、一つだけ確認させてください。二十五日午後四時より前に、死体が入っていたのと同型のスーツケースが〈トミーハイツ〉に持ち込まれた可能性はあるでしょうか？」

意味不明の質問に、署長の返答が少し遅れた。

「……あったとも なかったとも報告を受けていませんが――そのご質問の意図するところは？」

「仮定の話をします。もしも同じ型のスーツケースが事前にマンション内にあったとしたら、奥本殺害は歌島が508号室を訪ねる前だった可能性が生じます。午後四時以前に殺され、車輪付きの小さな柩《ひつぎ》に押し込まれたのかもしれません」

署長の頭の回転は速かった。

「つまり、先生はこんな仮説を持ったわけですね。犯人は午後二時台に508号室を訪れた黛美浪。彼女は奥本を殺害した後、歌島が借りていたものと型が同じ別のスーツケースに死体を詰め、歌島がくる前に現場を離れた」

「そうです」

いくつもの顔が発言者が替わるたびに振り向いて、私たちを見たり署長に向き直ったりする。

「黛がそのようなことをできたと仮定して、歌島が返しにきたスーツケースはどうなったとお考えですか？　氷か雪のように融けてしまうはずもありません」

「無責任に聞こえてしまうかもしれませんが、そちらのスーツケースの行方は判りません。雑駁《ざっぱく》にお答えするならば――何者かが持ち去って破壊し、ゴミとして捨てた。あるいはバルコニーからロープで吊るして地上に降ろしてから処分した。あまり現実味はありませんが、物理的に可能ではあります」

「犯人は、何故そんなことを？」

「歌島に罪を着せるため、でしょうか。彼女の支配下にあったスーツケースに死体が詰められたかのように偽装する工作ですから」

「歌島はスーツケースを508号室に置いて、ただちに退去しているので犯行に必要な時間がありません。それは黛にとって誤算だった？」

「はい。実際にそのようなことがあったと信じているのではなく、可能性の検証です」

「なるほど」

ここで中貝家は、船曳に目をやる。警部は「私から説明を」と言って火村の方を向いた。

「先生、その可能性はありません。死体が入っていたのは、間違いなく歌島が返しにきたスーツケースなんですわ。理由は二つ。まず、歌島本人がキャリーバーと呼ばれる把手《とって》の瑕《きず》を覚えており、自分が借りたものであると証言しています。もう一つは決定的で、ボデイヤフレームから歌島の指紋が検出されています」

「そうでしたか。ご説明をありがとうございます。納得しました」

火村は、悠々と引き下がった。

2

歌島冴香について森下が報告をすると、警部は、彼女と黛美浪の関係について「よう判らんな」と繰り返した。彼と一緒に話を聞いた火村と私を、ちらりと見たりしながら。そのうち声が飛んできた。

「火村先生と有栖川さんの感触はどうでした？　二人の間柄について」

お前も発言しろよ、と目顔で言われて、緊張しながらゆっくりと立つ。予習をしてこなかったのに語学の授業でいきなり指された学生の気分だ。

「友人であると同時に姉のように慕っていた、と話していましたが、私たちは黛とはまだ会っていませんので、実感としては何とも。ただ、奥本とこそ会っていた黛に対して、表立っては悪意を見せませんでした」

船曳の質問は続く。

「態度は協力的でしたか？」

「はい。私を疑るのはお門違いでしょう、という感じではなく、答えを渋る場面もありませんでしたね」

「特に気になった点はありませんか?」

「奥本が黛の気を引こうとしていた点、黛が彼の部屋を幾度か訪ねていた点については、かなり意外だったようです。『えっ? という感じ』と表現していました」

「ふた股を掛けられてるとは夢にも思うてなかったんかな。――奥本が黛に接近しようとする裏に何か魂胆があったのでは、と疑うたりはしてませんでしたか?」

「そんな素振りはありませんでした。――なぁ?」

ついつい火村に相槌《あいづち》を求めてしまった。捜査会議の場でこんなにしゃべったのは初めてで、早く着席したい。署長がまっすぐこちらを見据えているし。

「歌島冴香という女性は、日々、世界経済の動向や株の値動きに目を光らせているほどには、身のまわりの人間を観察していないのかもしれません」

火村が再び立ったので、座ってもよさそうだと判断し、私はそっと腰を下ろす。

「そんなタイプの人間もいるでしょうな。私というものがありながら奥本が浮気をするはずがない、と信じ切っていたのか、自分の魅力によほど自信があったのか」

「黛と会えば見えてくるかもしれません。奥本と彼女の組み合わせが意外だったので気づけなかった、ということもありそうです。――何にせよ、現在も黛に悪い感情は持っていないようでした」

私が聞いていても物足りなかったが、今の火村に言えるのはこれぐらいのものだろう。

黛とは、明日の午前中にアポイントが取れている。

その黛についての報告は、高柳と繁岡から。階級はどちらも巡査部長。年齢は繁岡が上だったが、高柳に先を譲っていた。

「東大阪市長田《ながた》南一丁目の黛美浪宅を訪問し、話を聞いてきました。同人の自宅ではなく、ホステス時代に親しかった知人から留守宅を預かり、昨年の十月から居住しているとのことです」

知人女性は、アメリカにいる母親の介護をするため、長期間にわたって家を空けざるを得なくなったので、黛に留守番を頼んだという。当初の予定どおりなら来月には帰国するはずだが、母親のリハビリが進まないことに加えて、コロナ禍で身動きが取れなくなったものだから、いつまで留守宅を守ればいいのか先が読めなくなっていた。

黛の経歴については、食堂で繁岡から聞いたとおりだった。香川県丸亀《まるがめ》市の高校卒業後に大阪にきて看護師となるが、コンパニオン、ホステスを経て現在無職。

勤めていたクラブが経営難で店を畳むより前に、彼女はホステスを辞めていた。以来、独りで住むには広すぎる家でのんびり人生の休暇を過ごしているのだとか。

「この感染症は一年以内に終息しない。頼りないオーナーが放漫経営をしている店は夏には吹き飛ぶだろう、と読んでの退職でした。感染のリスクがある接客業を続けるのが不安でもあった、とも話しています。だから、人生の休暇を取ることにしたそうです」

コンパニオン時代からの貯えがあったおかげで、一年やそこらの生活費には困らなかったのである。困窮している人が大勢いる中で、人生の休暇とは優雅な表現だ。

「休暇はええけど、何をしてるんや、毎日？」

　船曳が質問を挟む。

「ステイホームでインターネットを見たり、ケーブルテレビで映画やドラマを観たり、愛用の自転車を近場で乗り回したりといったことです」

「おとなしく暮らしてるわけか」

「水商売で疲れたので、骨休めをしているそうです。『さすがに飽きてきた』とも話していましたが」

　歌島や奥本と知り合った経緯は、これまでに聞いたとおり。彼女にとって歌島は、〈気が置けなくて、話していて楽しい友だち〉なのだという。仲がいいのだな、ということしか伝わらない。

　奥本との関係については、歌島と三人で会った時に好感を持ち、布施駅前でたまたま出会ったのがきっかけで、親しさを増していった、と。確かに二人の住まいは近く、買い物に出て顔を合わせる機会も自然にあっただろう。

「『深い仲まで行ってませんでした』と言うんですけど、そう答えておけばもう追及はされないだろう、と思っている節もあり、真偽のほどは判りません。彼のマンションを三度訪ねたことは認めています。しかし、いずれも日中のことで、『深い仲ではない証拠です』と。

「私は、彼女が五月まで勤めていた北新地《きたしんち》のクラブで同僚だった女性を探し、話を聞いてきました」

「店は潰れたんやないのか？」

「はい。ですが、他の店に移ったホステスを見つけられました」

「さっき慌てて帰ってきとったな。その同僚探しに時間が掛かったっちゅうことか」

「言い訳をしてはいけませんが、コロナで捜査の効率も落ちていまして」

ホステス時代まで遡って調べるとはご苦労なことだな、と思いながら私は聞く。

黛は客あしらいに長け、人気があったという。本気で言い寄る客もいたが、相手に嫌な思いをさせないように拒み、隙は決して見せなかったのだそうだ。接客を楽しんだり面白がったりしているふうではなく、上手にこなして稼げるから仕事にしていただけらしい。

「お客とは特別な関係にならず、店の内部で問題を起こすでもなく、最後は円満に退店しています」

「孔雀はどうや？　その頃の客で、黛がホステスを辞めて会えんようになったことを淋しがって、ストーカーに転じた男かもしれへんぞ」

「元同僚に質してみました。コンジャの写真を見せながら、これに似た馴染み客はいなかったかと訊きましたが、『マスクをしたらコンジャに似ている客がいなかったか、と訊かれても困る。マスクをした客なんか最近までいなかったから』と言われてしまいました」

それも道理である。孔雀がK‐POPアイドルに似ているのは目許だけで、マスクをはずしたらまるで別人かもしれないのだから。

はっきりとした回答は得られなかったが、やはり高柳は刑事として優秀だ。抜かりがない。私が黛のホステス時代の同僚の話を聞いて帰り、「孔雀はどうや？」と警部に訊かれたら、「孔雀がどうかしましたか？」としか返せていないだろう。

船曳は独り言めかして、しかし大きな声でぶつぶつと言う。

「孔雀がホステス時代の黛に惚れて、ストーキングをしてるうちに奥本の存在を知り、憎らしくなって殺した、という話も成り立つんやけどなぁ。どこの誰かも判らんままでは手の出しようもないか」

高柳は右手を上げて肘を直角に曲げ、宣誓するように直訴する。

「私を黛に張りつかせてください。孔雀がストーカーならば、いずれ彼女の身辺に姿を現わすのではないでしょうか。見込みは薄いかもしれませんから、人員を何人も割けないと承知しています」

繁岡が援護した。

「高柳さんは適任かと。黛の協力も得やすいかと思います。あの人は、男の刑事を煙たがっているようでした」

警部は逡巡《しゅんじゅん》なく決断する。

「しばらくコマチ一人でやってみるか。無駄に人は割けん。脈がなさそうやったら中止や」

「はい」

着席する彼女と入れ替わりに繁岡が立った。彼は、二十五日の午後以降の黛の行動について、できるだけ裏を取ろうとしている。彼女の証言にどれだけの信憑性《しんぴょうせい》があるかを確かめているのだ。その中途報告を、警部は頷きながら聞いていた。

「証言の裏取りを続けてくれ。防カメに映ってた時間帯以外に、黛が〈トミーハイツ〉に近づいた形跡はない、と判ったらええ。――次、久馬の件。もういっぺん森下」

若手刑事が起立し、二時間ほど前に久馬と対面して聞き込んだことを報告していく。また署長から「火村先生と有栖川さんのご意見は？」とのご下問《かもん》があるかもしれない。私は緊張を新たにしつつ、久馬と会った場面を思い返していた。

3

久馬大輝が私たちと会うのに指定した場所は都島区《みやこじま》にあるカフェレストランだった。大川《おお》《かわ》に面したテラス席ならばゆったりとしていて、ディナータイムまで人気《ひとけ》がなく、屋外なので感染症対策にもなる、と考えたらしい。

指定した時間は、彼のテレワークが一段落する夕方五時。まだ太陽は元気で、川面を眩しく光らせている。初秋の気配を感じさせなくもない風が吹いていて、目映《まばゆ》い漣《さざなみ》が立っていた。

「僕はこのレストランが気に入ってるんです。客足がめっきり減って苦戦しているらしい。

コロナに負けて潰れてしまわないように、少しでも応援したいんですよ」

喫茶だけの客だが、捜査関係者を三人も招けたから満足らしい。

彼が住んでいるのはこのすぐ近くのマンションで、くる途上で前を通った。十五階ほどもあったが、先ほどの歌島のタワーマンションに比べるとずんぐりとして見えた。

「捜査は順調には進んでいないようですね。僕のところへ何度もくるのがその証拠でしょう。新事実を突きつけて『これはどういうことです？　説明してもらいましょうか』と迫ってくるわけでもないのに」

声優を志望していただけあって美声だ。への字形の眉毛は鮮やかなまでに左右対称で、よく手入れされていた。マスクを取ったら和風の二枚目だと推察するが、人気声優になるのを諦めたことも影響しているのか、体形は崩れ気味である。〈トミーハイツ〉の防犯カメラに映っていたサングラスの男とよく似ている。

「三百万円の借金ぐらいで痛くもない腹を探られるのはかないません。僕は正業に就いて、正しく納税しながら人並みのマンションに住んで暮らしているんです。うちの会社は、ボーナスだって年二回ちゃんと出ますよ。コロナで不動産業も打撃をこうむっていますが、リフォームは活況を呈しています。僕はそんな状況にいるので、『貸した三百万円をぽんと一度で返せ』と言われたら弱りますが、無理のない程度に分割して払うことはできます。奥本だって判っていたことです。彼は『すぐに耳を揃えて返さないならお前を破滅させてやる』と脅したりせず、十月末という期日を延ばす相談に乗ってくれていましたよ。至急、金が要るという事情は彼にはありませんでしたからね。返済計画がまとまったら、僕はそれに従った。あの借金が殺人事件に発展するなんて、想像するのも馬鹿げています」

久馬は能弁《のうべん》だった。マスクをしていなかったら向かいの席まで盛大に唾が飛んできそうだ。かといって立腹し、本気で抗議しているようでもない。多分、おしゃべりなのだ。

火村がやんわりと応える。

「事件が発生したと思われる時、久馬さんが九州にいらしたのは知っています。警察は慎重なので、そのアリバイについてきれいな報告書が書けるまで確認したいんですよ。そして、亡くなった奥本さんについてお尋ねしたいからしつこく足を運んでいるわけです」

「大学の先生とミステリ作家さんをアドバイザーにして？　僕はまだまだ世間知らずでしたね。警察がどういうものか判っていないらしい。——かまいません。善良な市民として、いくらでもお答えしますよ。その前に奥本のこと、お話しします」

出会ったのは大阪府下の大学。教室で隣に座ったのがきっかけで打ち解け、遊び友だちとなった。久馬が一年余りで中途退学し、声優になるため専門学校に通うようになっても付き合いは切れず、腐れ縁として続いたという。

「僕は小倉出身、彼は地元の大阪出身。育った家庭環境から趣味まで、あれもこれも違っていましたけど、気楽に話せるのがよかったのかな。無二の親友とかいうのではありません。だらだらと続く関係でした。まぁ、お互いにメリットはあったか」

言うのをためらうが、ためらっているポーズにも見えた。促してもらいたいのか。その

「どういったことですか？　教えてください」

希望を火村がかなえてやる。

もったいぶってから久馬は口を割る。

「打算ですよ。僕は親から仕送りを受けていて、彼によく奢《おご》りました。食費も飲み代もだいぶ浮いたはずですよ。その代わり、彼のそばにいると僕にも余禄がありました。あいつは女にモテた。不自由したことがない。くる者は拒まずで次から次へと受け容れていた時期もあって、飽きたらつれなく捨てる。そのうち何割かが友人の僕に寄ってくるんですよ。彼より優しいから。このレベルが高くて、お流れしか手に入れられないのを情けなく思うことはありませんでしたよ。彼がホストになった時は、向いているだろうな、と思いましたね。モテるだけで、自分は相手にのめり込まないから」

情けなく思うことはなかった、と言いながらも、言葉の端々に自嘲《じちょう》の色がにじんでいた。本人もそれを自覚しながら、告白モードに入って止まらないのか。

「奥本さんが真剣につきあった女性はいないんですか？」

火村は、医師が問診するように淡々と尋ねる。

「いたかもしれませんけれど、僕には判りません。自分から言い寄る時は、ぐいぐい行ったりしないんです。意味ありげな態度で気を引いておいて、相手がその気になってきたら軽く突き放す。僕がやってもさっぱり効果がないのに、彼がやると面白いほど成功するんだから嫌になります」

歌島冴香や黛美浪にも、その技巧を駆使していたのかもしれない。少なくとも彼が「もっと会いたい」「離したくない」とマメにアプローチしていた節はない。

「ホストになった理由を聞きましたか？」

「独りでよく飲みに行っていた店で知り合った奴に、『やってみろよ。お前なら売れっ子になれる』と言われたのがきっかけだそうです。大学を卒業した後、アルバイトをしながらふらふらしていた時期のことです」

「就職はしなかったんですね？」

「いいえ。物流関係の会社にいったん入ったんですけれど、待遇がひどすぎるからと三カ月で辞めて、とりあえずバイトで食いつないでいました。何かを目標に生きる男ではありません。風に吹かれて、転がっているみたいな奴でした。きつい言葉を使うと、中身のない人間です。僕もそうだから気が合ったのかもしれない」

偶然だろうか。歌島も自分を〈中身のない人間〉と言っていた。もしかしたら、奥本が自分自身に使っていたフレーズが伝染したのかもしれない。

火村は、久馬の自嘲には付き合わない。

「お二人は家庭環境が違う、とおっしゃいましたね。あなたのご実家は裕福だったと聞いています。彼は？」

「貧困家庭で育ったのでもありません。大きく違うのは、僕の両親が息子にひたすら甘かったのに対して、彼の両親、特に父親はやたら厳格だったらしい。高校までは従順だったけれど、その反動がきたのか大学に入ってからは親に背《そむ》いて、ちゃらんぽらんに生きるようになった。時々ある話ですね。僕は、声優の道を諦めるまで五年もかかりました。教材用アニメの仕事を数回やっただけで、まるで夢に手が届かなかった。未練を断ち切ったと話した時、彼は『しんどかっただろ?』とだけ言いましたよ。俺みたいに何も目指さなかったら楽だぞ、ということでしょう」

「お二人はタイプが違うようにも聞こえますが」

「火村先生は僕とさっき会ったばかり。奥本とは一度も会っていない。だから、僕の実感を疑るのはおかしいと思いますよ。僕らは、中身がない人間同士だったんです」

彼はテーブルに両肘を突いて、なお強調する。

「僕の話から奥本の人間像を描いて、事件解決に役立てようとしているんでしょう? 意味がないと思いますね。あいつの内面に複雑なものがあって、それが事件を招いたなんてことはおそらくない。粗末にした女の恨みを買った。あるいは、誰かにとって邪魔になった。だから殺された。それだけのことだと僕は考えています」

「金銭絡みでもない?」

「それは……ないとは言いません。だけど、僕との間では起きていない。あいつ、他にも誰かに金を貸したりはしていなかったんですか?」

少し前から「彼」が「あいつ」に変わっている。この問いには、森下が答えた。

「そのような事実は出てきていません」

「だから僕の疑いが晴れないんですね。アリバイは証明したんですが。――証明されましたよね？」

森下が「はい」と答え、火村が話の続きを引き取る。

「二十五日にあなたが脇田温泉の〈明風閣〉に泊まったことについては確認が取れています。翌日はどうなさったんです？」

「別の刑事さんにはお話ししたんですが、繰り返しお答えしましょう。二十六日に脇田温泉を出た僕は、大阪に戻らず博多に行きました。夏季休暇ですから、GoToトラベルを活用して、のんびり温泉に浸かった翌日は博多の街で遊びたかった。といっても、コロナのせいで大したことはできませんでしたけれどね。キャナルシティ博多をぶらついたり大濠《おおほり》公園を散策したり。夜は名物の屋台でおいしいものを食べて一泊し、あくる日の午後早めの新幹線に乗って帰ってきました。二十六日に宿泊したのは天神《てんじん》の〈ホテルエマーブル博多〉」

彼が同ホテルに投宿したことも警察は確かめていた。チェックインが二十六日の午後四時半。チェックアウトが二十七日の午前十時。日中の行動については充分な調べがついていない。

「僕の休暇中の行動をつぶさに知りたいみたいだ。あいつが殺されたのはいつなのか、警察は話してくれません。捜査上の秘密なんですか？　もしかして、よく判っていない？」

尋ねる久馬の目には強い光があった。相手が痛がるところを突《つつ》いて喜んでいるようでもあり、好奇心に駆られているだけのようでもある。

「捜査上の秘密です」と森下が言った。

「だったら事情を想像するしかありませんね。やっぱり捜査はあまり進んでいないんだ。そうでしょう、火村先生？」

「他人の想像にコメントするのは控えます。――もう少し訊かせてください。最近、奥本さんが親しくしていた女性について何かご存じありませんか？」

「全然知りません。コロナで直接会う機会もなくなっていたし」

「借金のことを電話で話したりはしていましたね。そんな時に、彼がぽろっと洩らすようなこともなかった？」

「ありません」

「彼が女性の名前を口にしたことは？」

「だから会っていないんですって、最近は。ＬＩＮＥのやりとりに女の名前が出たこともない」

「これまでに奥本さんの部屋に遊びに行ったことはありますか？」

「あります。二月だったかな。もらいものの高級ワインを手土産に、ちょっとご機嫌伺いも兼ねて」

「借金の返済についての相談ですか？」

「そんな話も出ましたが、遊びに寄っただけです。豪華客船のダイヤモンド・プリンセス号が横浜沖に停泊させられて、検疫をしていた頃ですよ。コロナの感染が広がったら会いにくくなることを、当時から僕は見越していました」

一瞬だけ風が強く吹き、久馬の前髪がふわりと持ち上がった。

「あなたの借金の原因はギャンブルだそうですね。そちらの方は最近どうですか？」

「熱が冷めて、賭け事はやめました。父親が投機で大失敗をやらかしたのも一因です。今は仕事のスキルの習得に必死です。他の人より遅れてスタートしたもので」

「がんばって追いつこうとしているわけですね」

「ええ、そこは奥本と違う。何かと器用で女にモテたあいつを見習ってはいけない、自分は不器用でモテなくてツキもないんだからしっかりしなくては、と覚醒したんです。……さっきから死んだ友だちのことを悪く言いすぎかな。けなしているつもりもないんですよ。摑みどころがないところも含めて、面白い奴だった」

川べりのテラスでの会見は、かれこれ一時間ばかり続いた。私もいくつか質問をしてみたが、手応えのある回答は得られず仕舞いに終わる。

「こういう言い方は不謹慎ですけれど、とてもいい気分転換になりました。僕に訊きたいことがあれば、いつでもどうぞ。ただ、それが事件の解決につながることはありませんよ」

他意はないのだろうが、彼が別れ際に投げたのはどこか挑戦的にも響く言葉だった。

私たちが別れた時、西の空がほんのり色づいていた。

4

森下がひととおりの報告を終え、船曳警部がいくつかのポイントについて質問をした後、中貝家署長から「火村先生と有栖川さんのご意見も」との仰せがあった。署長は、捜査会議に出席している私たちに発言を求めないのは非礼だと考えているようでもある。

まず火村から。

「警察に尻尾を摑まれはしまいかと怯えているようではなく、態度に余裕が感じられました。もし彼が犯人であったら、警察の捜査が見当はずれなまま進んでいることに安堵し、自信を深めているかもしれません」

「アリバイが完璧だからですか？」

「借金の返済が遅れているだけでは動機が薄弱だ、ということを盛んに訴えていました。あまり強調するので、借金以外の理由で奥本に弱みを握られていたのではないか、と勘繰りたくなったほどです。しかし、探りを入れても何も掘り出せませんでした」

「彼と一時間話してみて、先生のアンテナが反応する場面はなかったということでしょうか？」

「私が最も真実味を覚えたのは、彼が奥本を評して言った『中身のない人間』です。関係者の話を聞いた限りにおいて、私も同様の印象を持っていたので、腑に落ちる感じがしました」

「だから奥本の人間性が事件を招いたわけではない、と久馬は話していたそうですが」

「奥本の中身のなさが犯罪を招いたのかもしれません」

「具体的に言うとどういう状況ですか？」

「まだ抽象的なイメージしか持てていません。集まってきた事実と突き合わせてよく考えてみます」

「久馬の心証はシロですか、クロですか？　直感でかまわないので伺いたい」

「白みがかったグレーです」

私の番がきた。火村と大同小異のコメントをしていたら、久馬のアリバイについて訊かれる。

「有栖川さんがこの事件を小説にお書きになるとして――いえ、お書きにならないのは承知していますが――、久馬を犯人にすることはできますか？　つまり、彼のアリバイが偽装されたものである、という物語は書けないでしょうか？」

無茶なことを言ってくれる。不可能だと即答するのも面白くないな、と思ったせいか、とっさに大胆な答えをしてしまう。

「できそうもないことを可能にするのがミステリの醍醐味の一つですから、何とかしてみたいですね」

「ほお」

署長は初めて微笑した。マスクで口許が隠れていても、はっきり判る。

「たとえば、どんな手を使うんですか？　お聞きになっていると思いますが、久馬は二十五日の午後八時まで脇田温泉〈明風閣〉にいて、翌朝八時に同旅館で朝食を摂っています。その間の十二時間で犯行現場に行って帰る手段は存在しません」

いくつもの顔がこちらを振り返った。その中には高柳や森下のものもある。台本を読まないまま舞台に出てしまった役者のごとく焦った。話しながら推論を組み立てるしかない。

「おっしゃるとおり、新幹線を利用したり車を高速で飛ばしたりしても間に合いません。となると発想を転換させるしかない。犯行現場が奥本の部屋でなかったとしたら、久馬の犯行は可能になります」

「待ってください。508号室のリビングが犯行現場であることは鑑識の結果で判明しているのですが」

「絶対にそうである、と断定はされていなかったのではないでしょうか？　犯人の巧妙な偽装工作によって、いかにもそれらしく見せ掛けられていただけ。そう仮定してみてください」

昼間、火村がそんなことを言いだしたのに倣《なら》ってみる。

「あの部屋が犯行現場ではないのなら、本当の現場はどこです？」

「不詳です。久馬にとって都合のよかったどこか」

署長は頷き、「どうぞ先を」と言う。

「えー、二十五日から二十六日にかけて久馬が〈明風閣〉に泊まったのは動かしがたい事実のようです。東大阪市内のマンションにいた奥本を殺害するのは不可能。それでも彼が犯人であるとしたら、奥本はマンションにいなかったんでしょう」

中貝家が何か言いたそうにしたが、かまわず私は突っ走ることにした。

「生きている奥本を防犯カメラが最後に捉えたのが二十五日の午前十一時五十一分。その後、午後二時台に黛美浪が彼を訪ねたと供述しています。彼女の証言が事実であったとすると、奥本は午後三時頃にマンションを抜け出して新幹線で九州に向かい、午後七時までに脇田温泉に着くことができます」

言い切る快感。刑事になって特上のネタを報告しているような錯覚に襲われた。

「奥本はマンションを出て、九州にいる久馬の許へ向かったんです。生家に嘘をついて金を工面するとか、そこでなら借金を返せる、という適当な理由でおびき出されたのかもしれません。二人は某所で落ち合います。そのX地点が真の犯行現場です。犯行時刻は二十五日の夜でしょうか。その前後に久馬は旅館の従業員が後日にアリバイを証言してくれるように行動したのは言うまでもありません。死体はスーツケースに詰めて、人目につかないところに隠しておき、二十六日のチェックアウト後に回収。それを携えて新幹線で大阪に戻り、〈トミーハイツ〉508号室のクロゼットに置いて、九州に取って返す。迅速に動けば午後四時半に〈ホテルエマーブル博多〉にチェックインできたはずです」

あり得ないことだと一番よく判っているのは私自身だ。それでも捜査会議の場を束の間でも支配できていい気分になり、一同が呆気《あっけ》に取られているうちに、と続けた。

「今回の事件には不可解なことが多々ありますが、死体がスーツケースに詰められていた点もその一つです。犯人がそんなことをする必然性が乏しい。先ほど実証実験の報告にあったとおり、死体を詰め込むにはひと苦労しなくてはなりません。どうして犯人はよけいな手間をかけたのか？　それは、旅行中に持ち運ばなくてはならなかったからです。スーツケースから死臭が洩れないように、ひと工夫したかもしれませんね」

「質問していいかな？」と手が上がった。小癪《こしやく》なことに最も近い席から。

「何や？」

「中貝家署長を始めとする一座の皆さんを代表して訊かせてもらいたい。――死体が入っていたスーツケースは、二十五日の夕方に歌島冴香が５０８号室に運び込んだものだ。どうして久馬の手許にそれが？」

「奥本自身が持ち出したんやないか。やがてそこに自分が押し込まれるとも知らず」

アイロニーが利いていて、この部分は小説に書けそうな気がしてくる。

「君は〈トミーハイツ〉と〈明風閣〉の移動にはざっくり四時間かかるとみているようだ」

「無理のない見方やろう」

「午後三時前に黛が帰った後、すぐに部屋を飛び出したのなら『午後七時までに脇田温泉に着くことができます』と言ったけれど、歌島によってスーツケースが５０８号室に届けられたのは四時頃だぞ。それを待っていたら、〈明風閣〉に着くのが八時になるんじゃないか？」

うっかり間違えた、と訂正する。ちょうど久馬が夕食を終える頃合いやな」

「八時ぐらいに着くことができた、と訂正する。ちょうど久馬が夕食を終える頃合いやな」

好都合ではないか。奥本があまり早く着いたら、宿の近辺をぶらぶらするなどして時間を潰さなくてはならなかった。暗い道をうろつく奥本の姿を見た誰かが不審に思い、後日にひょんなことから警察へ伝わるのを犯人は避けたいはずだ。

「おそらく八時過ぎに二人は宿に近いX地点で落ち合《お》うた。人気《ひとけ》のない森か林の中やろう」

「お誂《あつら》え向きの場所があって、久馬はそこを知っていたわけだ。うまく奥本を誘導できたもんだな」

「言葉巧みに誘導した、と言うしかない」

「すると、二十五日に駐輪場からマンションに入ってきた男は久馬ではない？」

「そうなるな。事件に関係のない人物や。――まだ何かあるか？」

「大きな疑問がある。九州に向かうためマンションを出る奥本の姿はビデオに映っておらず、死体入りのスーツケースをマンションに搬入した際の久馬も防犯カメラは捉えていない。どう説明をつけるんだ？」

威勢よく投げたブーメランが、ヒュンヒュンと音を立てながら私の許に返ってくる。受け留めなくてはならない。それには〈理性〉の二文字が刻まれている。こう追及されるのは覚悟していた。

「説明はつかん」

「今、何と？」

「あいにく、それは謎として残る。俺が試みたのは久馬のアリバイ打破までで、それに付随する問題はこれから考えたい」

「『あいにく』って、飲み会の誘いを断わるような調子で言ってくれるじゃないか。そこをクリアしてから述べるべき仮説だろう」

私はまっすぐ前を向いた。着席するためには締めの言葉が要る。

「中貝家署長のお尋ねへの答えとして、仮説としては不出来ながら発想の転換の一例を披露しました。これで失礼します」

席に着いてぐったりとなった私に、署長の声。

「ありがとうございました、有栖川さん。ご提言に従い、私たちも発想の転換を心掛けたいと思います」

隣から「よかったな」と火村の声。

「何がよかったなや。斬りつけてきやがって」

「友だちの誼《よしみ》で介錯《かいしゃく》を引き受けただけだ。幸いにも署長は感心しているようだぜ。あり得ない喩え話を即座にこしらえて発想の転換を提言したんだから、さすがは小説家と思ったんだろう」

「署長が感心してるって……マジか？　布施署が心配や」


会議が八時半を過ぎて終了するや、茅野と高柳が寄ってきた。私たちがまた捜査に加わったことを喜んでくれている。

「さっきの有栖川さんのお話、よかったですよ」茅野が言う。「どない言うたらええんやろ。忘れかけてた日常が戻ったみたいでしたわ」

そんな言い方をされたら、笑うべきか怒るべきか泣くべきかも判らない。

「フィールドワークの再開、お待ちしていました。また勉強させていただきます」

高柳は、微笑みながら堅苦しいことを言う。捜査が続くと美容院に行く機会を逃しがちなのか、ショートヘアが時々そうでなくなる。今もそうだった。

「あんまりくっついたらあかん。ソーシャルディスタンスや。もうちょっと離れんかい」

愛用の扇子を振り回しながら茅野が言っているところへ、森下がやってきた。

「先生方、今日はお疲れさまでした。行き届かなくて、すみません」

「とんでもない。ありがとうございました。お疲れさまでしたね。明日もよろしくお願いします」

火村に労《ねぎら》われて、若い刑事は顔をほころばせた。距離を保ちつつではあるが人の輪に入れて、感激している自分に気づく。警察の捜査本部で「忘れかけてた日常」を思い出すとは。

「まだ捜査に加わったばかりですけれど、この事件について何か火村先生が感じているものはありますか？　気になっていることなど」

上目遣いで尋ねてくる高柳を、茅野が制する。

「コマチ、落ち着け。焦りすぎやろ。先生はまだ今日一日で仕入れた情報を整理してはるとこや」

彼女は「失礼しました」と引き下がるが、まだ何か言いたげである。孔雀を突き止めるために黛の身辺に張りつくことを希望した先ほどの積極的な姿勢からも、捜査にのめり込んでいるのが窺える。

「明日もお供します」森下が言う。「九時に本部にいらっしゃるそうで、先生もお忙しいですね。これから京都にお帰りになるんですか？」

「彼のところに泊めてもらいます。会議がもっと晩い時間になるかと思ったので用意をしてきました」

火村が私の部屋にやってくるのも随分と久しぶりだ。昨日のうちにざっと片づけを済ませてある。

「お二人で深夜まで第二の捜査会議をするんですか？」

「明日も彼にとっては早いので、夜更かしはしませんよ。もしかして、皆さんは――」

茅野が森下に代わって答える。

「このメンバーは、晩飯を食ったら夜の部を始めます。みんなおいしいネタに飢えて、まだ働き足らんみたいですから」

めいめいが気になっている対象を目指して散り、夜中に本部に戻ったら時計の針がてっぺんを回ってから報告書をまとめるなどのデスクワーク。高柳は女性用休憩室で休み、茅野と森下は道場で雑魚寝《ざこね》をするのであろう。そして明朝は七時半に起動するのだから大変だ。

「ご健闘を祈ります」

火村が言うと、「はい」の声が三つ重なった。

5

八戸ノ里駅近くでさっさと夕食を済ませてから、火村のベンツで私のマンションへと向かった。彼の愛車はすこぶるご機嫌がいいようで、滑らかに走ってくれる。

車中での雑談の話題を探していたら、沼の底からぽっかりと泡が浮上するように言葉が洩れた。

「旅行がしたいな」

運転席の男からは何の反応もない。と思ったら、しばしの間を置いて——

「どこへでも行ってくればいいじゃないか。人が少ないところなら安全だろう」

「海辺のロッジ、山峡の温泉宿。どこでもええわ。コロナの第三波がくるまでに行こうかな。次の冬はえらいことになりそうやから」

「いい予感はないな。貴重な時間に不自由を強いられて学生もかわいそうだ。何とかならないものかな」

愛想を振り撒かない准教授が、学生想いの一面を覗かせた。

部屋に着くと、すぐに石鹸《せっけん》で手を洗ってからリビングのエアコンを点けて、愛煙家の客のために灰皿を出してやる。そして、冷蔵庫から缶ビールを出した。

火村は手を洗ってからもソファに座らず、後ろの壁に掛かった額入りの写真を観ている。この前に彼がきた時には飾っていなかったものだ。陰影のコントラストが極端に濃いモノクロ写真で、被写体は夜の街路を行く路面電車。電車は緩い勾配を上っている途中に見える。

「リスボンだな」

察しがいい。裏面にLisbon, Portugalと書いてあった。だが、典型的なリスボン市街の風景とも言えるので、驚くほどのことでもない。

「だいぶ前に四天王寺《してんのうじ》境内の古書市で買《こ》うた写真や。額にも入れずほったらかしにしてたんやけど、自粛生活で片づけをしてたら出てきたんで、飾ってみた。ええ感じやろ」

すぐには返事がこない。

私が古書市でこの写真に惹《ひ》かれたのは、淋しさの極みを感じたからだ。人気《ひとけ》の少ない夜の市街を行く路面電車。狭い道の両側にはアパートや商店が建ち並んでいるが、かなり夜が更けているのか、どれも扉を閉ざしている。街灯が石畳を照らし、二条のレールを光らせていた。行ったこともない異国の夜の風景だけに、観ているうちに惻々《そくそく》と心細さが込み上げてくる。寂寥《せきりょう》が極まって崇高さすら感じ、私は値段も確かめずに買い求めた。自分の部屋に崇高なものがあれば、よいアクセントになる。

「この部屋に似合っているな。洒落た写真だ」

ようやく火村は言った。自分の部屋には似合わない、とも思ったのではないか。

犯罪という闇にどうしようもなく引き寄せられる彼のまわりにあるべきなのは、学生時代から世話になっている下宿の婆ちゃんや拾われてきた可愛い猫たちだ。こんなものを壁に飾ったら、写真の中に吸い込まれてしまいかねない。彼は取り込まれて、街灯の下に、あるいは電車の明るい窓の向こうに焼き付けられてしまいそうだ。

テーブルにビールとつまみを並べたら、火村はやっとソファに腰を下ろした。同時にマスクを取ると、私たちは揃って「ふう」と息を吐いた。

飲みながら今日一日を振り返る。

「中貝家署長からより高い評価を受けたのはお前だよ」彼は言った。「感心されていたよ な。署長は来年の書き初めで〈発想の転換〉と書くかもしれない」

「それが署長室に張り出されたら、布施署に爪痕《つめあと》を残したことになる。とかアホなことを言うてるだけでは、自主残業をしてる茅野さんらに申し訳ない。ビールで喉を湿らせながら捜査会議の続きをしようか」

「やる気満々だな」

ビールをふた口ほど飲んでから、火村は、うまそうに煙草をふかした。砂漠を何百キロも歩いてオアシスにたどり着いた旅人のような顔で。

捜査会議の第二部が始まる。

「お前がやってみせた久馬のアリバイ崩しの件だけれどな」火村から切り出した。「あれはアリバイ崩しになっていないだろ」

しつこい。私はそういう態度にはあまり耐性がないというのに。

「苦し紛れで言うたことを蒸し返すか。奥本がマンションを出てないのはビデオではっきりしてるんやから、彼がスーツケースを提げて九州に向かったはずがないことは、言われんでも承知してるわ」

「いや、違うんだ。即席トリックの粗《あら》を責めているんじゃない」

宥《なだ》めるように言われたら、耳を傾ける気になった。

「どういうことや?」

「あのトリックは、ある一点を除いて机上の推理として成立する。奥本が防犯カメラに映らずにマンションを抜け出し、久馬がカメラに映されることなくマンションに出入りする方法があればいいわけだ」

「あるのか？」

俄然、興味が湧く。

「奥本がマンションを抜け出すだけなら、絶対に不可能とは言えないかもしれないな。階段で二階まで下りて、まずはロープに括りつけたスーツケースを降ろす。次に手摺《てす》りに通したロープを頼りに北側の工場か東側の雑居ビルとの間のフェンスの上に降り、そこを経由して地上へ降り立つ。まだ陽が高いうちにそんな大胆な真似をするとは思えないけれど、やってみたら誰にも見られず成功した、という可能性はゼロではない」

恐ろしく譲歩しながら火村はしゃべっている。奥本がそんな千番に一番の兼ね合いを実行したはずがないのは、私自身がよく判っている。いったいどんな指示を受けたら、自分のマンションから外出するのにそんな真似をするというのだ。

久馬が催眠術で奥本を操るところを想像していたら「おい、聞いてるか？」と言われた。

「ああ。続けてくれ」

「奥本が防犯カメラに映ることなく外に出られたとしても残る問題点は、死体入りスーツケースを持った久馬がカメラに映らずマンションに出入りする方法。これがあったならばアリバイ工作は成立だ。さて、有栖川有栖はそのトリックで一本書くか？」

「書きたいな。アリバイもののネタは大歓迎や」

「もし書いたら、それはアリバイものにならない。防犯カメラの監視を掻い潜《くぐ》るトリックにすぎないから」

「ええんや。カメラの監視を掻い潜ることによってアリバイを偽装するんやから、立派なアリバイトリックやないか」

ここまでは、火村を説き伏せられると信じていた。

「トリックを見破られた久馬が降参して大団円？　いいや、そうはいかない。ビデオに映らず〈トミーハイツ〉を出入りする方法があるのなら、久馬以外の人間だって自由に犯行現場に出入りできたことになる。歌島冴香が奈良のホテルを真夜中に抜け出したり、黛美浪が自転車でひとっ走りやってきたりして犯行に及ぶこともできたはずだ。違うか？」

「……女性には無理な方法やったら、その可能性は消える」

「急に声が小さくなったな。解明されていない謎のトリックなのに『女性には無理な方法』と仮定するなよ。――俺が言わんとするところが理解できたんじゃないのか？　防犯カメラに映らない透明人間トリックがあったら、犯人捜しは捗るどころか飛躍的に難しくなるってことだ。小説に書くのなら、『捜査はふりだしに戻った』という一文が要りそうだな」

「そんなやり方で久馬のアリバイを崩しても、事件解決はかえって遠のく、ということか。スーツケースが508号室に搬入されて以降、〈トミーハイツ〉に出入りしていない、ということで成立していた歌島と黛のアリバイも消えて、有力な容疑者が増えてしまうから……」

言わんとするところは完全に理解した。仮の推理を組み立てるにしても、私が捻《ひね》り出したトリックは不適切だったというわけか。

「判った。久馬が弄したかもしれんトリックについては再考しよう。二十五日の午後八時に〈明風閣〉を出て、十一時五十六分に〈トミーハイツ〉に駈け込む可能性はかろうじて残っているんやからな。翌朝八時までに旅館に戻れる方法さえ判ったら――」

「待て、アリス。そこも俺には引っ掛かるんだ」

「これから検証しようとしてるだけやぞ。まだ珍トリックは言うてないのに、何が引っ掛かるねん」

「問題の立て方が引っ掛かる。お前、今度はビデオに映ったサングラスの男が犯人だという前提に立とうとしてるだろ？　体形が似ているから久馬ではないか、と疑って」

「別のアイディアを探すために頭を切り替えたんや。色んな前提に立つぞ、俺は」

「サングラスの男が久馬だとしたら、おかしくないか？」

「何が？」

「新たな謎が生じる。彼が乗った新幹線が新大阪駅に到着してから二十分も経たないうちに〈トミーハイツ〉に着けるかというと、かなり難しい。できたとしてもギリギリだ」

「間に合ったと仮定するのが悪いか？」

「どうしてギリギリなんだ？　お前は、あのビデオ映像があるから何とかして十一時五十六分までに彼を〈トミーハイツ〉に立たせようとするけれど、彼がその時間までに現場に着かなくてはならない理由はない。夜は長いんだ」

「しかし……」と言って、後が続かない。

「新大阪駅から無駄に急いでどうする？　事故を起こしたら最悪じゃないか」

「急ぐ理由があったのかもしれへん。犯行に手間取る場合に備えたかったやろうし、トンボ返りのスタート時刻を早めるためにも急ぐに越したことはない」

「サングラスの男がマンションから出て行ったのは日付が変わって午前一時五十分。二時間弱も滞在していた上、出て行く姿に焦った様子はなかった。そんなに時間を欲しがっていたとも思えないぜ。サングラスの男が久馬だとしたら、何故そんなに急いで新大阪駅から駈けつけてきたのかが、新たな謎になるんだよ」

「言われてみたら……謎やな」

これも完全に理解した。十一時五十六分までに久馬を〈トミーハイツ〉に着かせようとしたのは近視眼的だった。私はアリバイ工作の打破に意気込むあまり、本質的なところを見失っていたらしい。

「話を戻すぞ」火村はわざわざ断わる。「防犯カメラに映されない透明人間トリックだ。それが実行されたとしたら、犯行が可能になるのは久馬、歌島、黛だけじゃない。もう一人、ビデオに映っていない人物が容疑者に颯爽《さっそう》とエントリーしてくる」

孔雀の存在を忘れていた。

「船曳さんが予言してたジョーカーは、あいつのことなんやろうな」

「予言なんてものは捜査に関係ないけれど、スーツケースに残っていた指紋の主は孔雀なのかもしれない。ぜひとも身元を特定して確かめる必要がある」

「黛のストーカーに思えるんやけど、黛は心当たりがないと言うてるんやろ。コマチさん一人で見つけられるかな」

「心当たりがないというのを信じていいものかな。かばってることだって考えられるだろ。コマチさんは、チャンスを見つけて黛の口を割らせようとしているのかもしれない」

「黛がかばっているとしたら、ストーカーやないな。知人・友人の類か」

「彼は奥本殺しに無関係だから警察に話す必要がない、と考えた黛が白《しら》を切っているとも考えられる。ここで答えが出る問題ではないな」

「この事件、そういうのが多いな。まだ情報が出揃ってない、ということか」

「明日の午前中には黛に会って話が聞ける。せいぜいよく観察するとしよう」

孔雀の素性以外にも気になることがあった。長旅に出たままのセミナー講師だ。先ほどの会議で名前が出ていた。西辺紗穂《にしべさほ》。企業向けにビジネスマナーの講習をしているという。

「ほんまに彼女はホリデーを楽しんでるんやろうか？　大きなスーツケースを提げて逃亡したようにも思えるんやが」

「スーツケースと一緒に〈トミーハイツ〉を出て行ったのは事件発生より前なんだから、西辺紗穂を犯人にするにはアクロバティックな推理が要るぞ。できるのか？」

「火村英生なら何とかならんか？」

「俺は一社会学者だから、時空に歪みを生じさせるトリックを求められてもなぁ」

西辺がマンションを発ったのは二十五日の朝だ。これが午後三時半あたりだったら、事件はさらに複雑な様相を呈していただろう。彼女が引いていたスーツケースの中に、まだ生きている奥本が入っていたのでは、と疑う余地ができてしまうからだ。そして、某所でスーツケースから出された彼を何者かが殺害して別のスーツケースに詰め替え、歌島が508号室に運び入れた——などという仮説が成り立ちかねない。

「西辺犯人説も無理か。防犯カメラが設置されてたおかげで、かえって悩ましいことになってるやないか。検証すべきことはすべて検証して、何も見落としてないはずなんやけどな」

「見落としているんだ。発想の転換が足りないようだな、われわれは」

夜のリスボンを背中にした火村は、二本目の煙草に火を点けた。「一本くれ」と言いながらキャメルのボックスに手を伸ばした。彼からもらってたまに吸うだけなので、一年以上ぶりの喫煙だ。

ニコチンの刺激のせいか、私の脳内で発想の大きな転換が起きた。たちまち意識の外に逃げてしまいそうだったので、その前に話さなくてはならない。

「閃いたわ。透明人間になれるわけがないやないか。防犯カメラに映されずにマンションを出入りするのは不可能。そこにトリックはないんや。拘《こだわ》ると真実を見落とす」

「何が言いたいんだ？」

「警察がチェックしたのは、二十四日の零時以降の映像やったな。その前については調べてない。捜査は充分やったと言えるか？」

「犯人は二十四日よりも前にマンション内に入っていたと？」

「せや。５０８号室に転がり込んでたんやろう」

「何者だよ、そいつは？」

「たとえば孔雀や。そうやと仮定して話を進めてみよう。孔雀と奥本の間柄はよう判らん。これまで推測してたみたいな恋敵ではなく、知人・友人やったとも考えられる。二人の間で何があったのかは知らんけど、二十五日の午後三時以降に孔雀は奥本を殴殺したんや」

「二時台に黛が訪ねてきていた時は、孔雀はどうしていたんだろうな。クロゼットか浴室にでも身を隠していたのか？」

「イエス。よそのフロアの廊下をうろついていたかもしれへんけど、うろうろしてたら住人に目撃されてしまうから、５０８号室のどこかに潜んでたんやろう。犯行は黛が帰ってから歌島がくるまでの間に行なわれた」

　歌島が玄関先で用事を済ませて引き返すと、これ幸いと届けられたスーツケースに死体を詰めて、クロゼットに入れたのである。

「鞄に押し込んだのは、死臭が広がるのをなるべく遅くしたかったからやろう。死体を詰め込む時間的余裕はたっぷりあった」

「ブラボー！　どんな反論も跳ね返す強靱《きょうじん》な仮説だ。さぁ、ここから先が問題だ。頭からシーツをかぶって出て行くこともできたのに、マンション住人や通行人に目撃される危険を冒してロープで地上に降りる芸当を演じた、とは考えられない。孔雀は、どうやって〈トミーハイツ〉から脱出したんだ?」

「そんな方法はないと思うやろ? そう、ないんや。ないものを探すのをやめた時に真実は海底から浮上する」

「真実っていうのは海の底にあるものなのか。知らなかった」

われながら不適切な表現だと思ったら、この男は編集者のように抜かりなく指摘してくる。

「トリックを解明しているシーンで無粋な突っ込みは慎《つつし》め。マナー違反やろ」黙らせた。

「孔雀は二十四日の零時より前から508号室に入り込んでいて、ずっとマンション内に留まっていたのなら、二十六日に歌島にLINEで〈今日はいい天気でよかったね〉と書いて送ることもできた。では、どうやって脱出したのか? その方法はない。従って、孔雀はまだ〈トミーハイツ〉内にいる」

「警察が立ち入った508号室に潜んでいるはずがない。マンション内の別の部屋ということか?」

「そうなるな。住人の誰かの部屋に匿《かくま》われてるんやろう。捜査員は聞き込みのために一度ならず各戸を訪問してるけど、部屋の中を検めたりはしてない。潜伏した孔雀は、警察官の影がなくなるのを待ってるんや。もう大丈夫だとなるまで、何カ月でも待つ覚悟で。せやから、コマチさんが黛にぴたりと張りついても孔雀を見つけられへんやろう。奴は〈トミーハイツ〉の外にいない」

「孔雀は事件が迷宮入りするまでも待つ気なのか？」

「すごい奴やろ。俺らが闘《たたこ》うてるのは、かつて出会ったことのない敵や」

「すると、あのマンションのすべての部屋を捜索したら孔雀が見つかると考えているんだな？」

「令状が取れるかどうか、そこが問題やけどな」

火村を唸らせるつもりだったが、反応は芳《かんば》しくない。さっきのブラボーは何だったのか？

「いくつもの疑問をなで斬りにする推理にお前は興奮しているけれど、冷静になれ。犯人が孔雀だとしても別の誰かだとしても、いまだにマンション内に留まったりはしていない」

「なんでや？　ビデオによると出て行った形跡がないんやぞ。犯人が出て行ってないという仮説は覆しようがないやろ」

「自然現象を観察しているんじゃなくて、人間界の出来事について考察していることを思い出せ。犯人が犯行後も延々と〈トミーハイツ〉に留まり、警察の監視や警戒が緩むのをじっと待つメリットは？」

くわえた煙草を口から落としそうになった。

またやってしまったか。久馬のアリバイ崩しと同じで、犯人がそのようにふるまう理由について一顧だにしていなかった。

「答えられないだろ。そんな苦しくスリリングなことをせず、犯人はさっさと退去すればいいじゃないか。ビデオに映ってしまうのを絶対に避けたいのであれば、方策はある。さっきも言ったけれど、508号室あるいは自分を匿ってくれた人物の部屋にあるシーツを頭からかぶって出れば事足りた。ひと手間さえかければ、素晴らしい解像度の防犯カメラに映されても何の痛痒《つうよう》もない」

私が名探偵の気分になれた時間は、煙草一本分にも満たなかった。私たちの間を漂っている紫煙が儚《はかな》く見える。

「自信があったようだけど、久馬犯人説の方が面白かった。どうして死体がスーツケースに詰められていたかという疑問に説明がついていたからな」

あれの評価の方が高いのが意外だった。

凹まされてしまったが、やはり火村と話すと頭脳が刺激されて面白い。

今日、彼の口から事件の真相に肉薄するような推論が飛び出すことはなかった。事態の不可解さを再認識するのが目的のごとき仮説の提示はあったが、私が勢いで吐き出した推理を潰すことに熱心だったようにも感じられる。でも、面白い。

そこにトリックはない、それはトリックではない。

思えば私は、これまでのフィールドワークで火村がそのような論証をするのを繰り返し見ている。トリックがないことの証明は彼の得意とするところだった。

事件以外にも積もる話がどっさりあったが、明日のことがあるので夜更かしはできない。私たちは十一時を過ぎたあたりで捜査会議を切り上げた。

6

茅野と共に〈トミーハイツ〉での夜の聞き込みに向かうべく、森下が署を出ようとしたところへ繁岡が寄ってきた。若い刑事から声を掛ける。

「別々に報告してましたね。今日もコマチさんとは別行動でしたか」

「はいな。この調子やったらコンビ解消も近そうや。――先生方、どうやった？」

繁岡は中之島の事件で火村・有栖川の手並みを目の当たりにしており、二人がフィールドワークにやってくるのを楽しみにしていた。アテンドした森下から今日の様子を聞きたがる。

「まだ関係者をひと回りしてませんから、明日からが本番でしょう。何か事件を解く鍵を見つけてくれるんやないですか」

「ちょっとええかな」

肩を押して、森下を廊下の隅に誘導するので、何事かと思ったら――

「ほんまのところ、どうなんか知りたい。高柳さんは、俺のことを嫌《きろ》うてるんやろうか？疎まれることをした覚えはないんやが」

泰然自若《たいぜんじじゃく》としたタイプかと思っていたら気の小さいことを言う。笑ってはいけない、と唇を結んだ。

「あの人が単独で動きたがるのはよくあることです。繁岡さんに原因があるわけやないので安心してください。コマチさん、今回は殊勲《しゅくん》選手の座を狙《ねろ》うてるのかもしれません」

「犯人に手錠《ワッパ》を掛ける役か。あれは達成感があるからな。——ありがとう。聞いて安心したわ。それやったら、せいぜい気張ってもらおか。俺も負けてられんな」

まだか、と言いたげな茅野の顔が向こうに見えたので、「では」と繁岡と別れた。

森下が捜査車両を現場マンション近くのコインパーキングに駐めると、茅野は「晩飯は中華にしよか」と言う。重要なネタを授けてくれた〈永楽軒〉への恩返しのつもりか。彼は情報をくれた娘にあらためて礼を言おうとしていたが、カウンターには大将しかいなかった。

匂いの残らない料理で腹ごしらえを済ませると、手分けをして〈トミーハイツ〉での聞き込み開始である。昼間は留守がちな部屋を潰して回るのだ。「夜分に申し訳ありません。警察の者です。少しお話を——」と低頭しながら。

502号室の住人は、ごつごつと角ばった顔をした歯並びの悪い男だった。通信会社で施工管理の仕事をしているという。協力的な態度ではあったが、こちらを探るような目がどこか胡乱《うろん》である。

「こんな時間に刑事さんも大変ですね」

「早く事件を解決させたいもので」

お定まりのやりとりをしている最中に、森下の胸に黒い疑惑が湧いてきた。

——犯人はまだマンション内にいてるんやないのか？　たとえば、この男が部屋に匿うなどして。

さらに飛躍したことも。

——この男が犯人という可能性すらある。本来の住人を殺して成り代わってるかもしれへんやないか。

いつになく妄想が広がり、制御できない。〈トミーハイツ〉の住人の中に奥本とのトラブルを抱えていた者がいないか丁寧に調べたつもりだが、甘かったのではないか。犯人は彼に強い憎しみを懐《いだ》いた復讐鬼のごとき人物で、犯行の機会を得るためにこのマンションに引っ越してきて、素知らぬ顔で何年も過ごしていたということはないのか？

サスペンス映画のどんでん返しにありそうな真相だな、と思ったところで馬鹿らしさに気づいた。

——犯人がマンションに留まる理由がないやないか。何年も前からここに入居してたやなんて、どれだけ悠長な復讐鬼や。そんなことをする意味がない。

502号室での聞き込みを終えてから、かなり疲れているな、と森下は自分を嗤った。

第四章　灰色の孔雀

1

昨日は日付が変わる前に眠りに落ちたので、生活リズムが切り替えられたようだ。朝七時半にすっきりと目覚めることができた。

リビングに顔を出すと火村英生《ひむらひでお》はもう着替えを済ませており、ソファで朝刊を読んでいる。主より早く新聞を開いたことに対して、「お先に失礼」と律儀に言った。たったそれだけのことで、なんて賑やかな朝だろう、と思った。彼もぐっすり休めたらしい。

朝食はいつものとおりトースト、野菜サラダ、茹《ゆ》で玉子と牛乳。泊まりにくる友人のために私が用意したものは、昨夜の缶ビールとピーナッツバターだけ。私も付き合って今朝は甘いトーストを食べた。

「今日は捜査に進展があったらええんやけどな」

食後にコーヒーを飲みながら呟くと、すぐに犯罪学者から反応がある。

「何かあるさ」

「そうか？　停滞してるようやけど」

「停滞なんかしていないだろ。一昨日は、黛美浪《まゆずみみなみ》が八月二十五日に〈トミーハイツ〉を訪ねていたことが判明したし、昨日は茅野《ちの》さんが不審な男の存在を炙《あぶ》り出した。むしろ捜査は動きだしている。黛の訪問については自ら名乗り出てきたものだけれど、地道な聞き込みでネタを摑んだ茅野さんがゲームを動かした、という感じかな」

奥本栄仁《おくもとえいじん》が殺害される半月前に目撃されたＫ‐ＰＯＰアイドルに似た男。仮称・孔雀《くじゃく》については、事件に関係しているかどうかも不明だが。

「その線に脈があると見てるのか？」

「確かな手応えがあるわけでもない。でも、捜査が膠着《こうちゃく》状態から抜け出すきっかけにはなるかもしれない」

灰皿をテーブルに持ってきてやった。

「吸うとけ。外に出たら次の一服がいつになるか判らんぞ」

彼がキャメルを一本灰にしている間に、私は出かける支度を調えた。

九時に布施《ふせ》署に着くと、船曳《ふなびき》警部と鮫山《さめやま》警部補に挨拶をして、朝の会議の様子を聞く。注目すべき新情報がもたらされることはなく、捜査方針の確認が主たる内容だったようである。

火村は、今日一日は捜査に加わって夜の捜査会議にも出席し、その後いったん京都に帰ることになっていた。新学期の準備を終えてはいたが、やり残していることもいくらかあるらしい。翌日以降の予定はまだ定まっておらず、捜査の動向によっては、火村がホテル有栖川《ありすがわ》に連泊することにならないとも限らない。

警部らとの話が終わるのを森下《もりした》が待っていた。こちらは睡眠が足りていないらしく、心なしか目が赤い。それでも若手刑事は今日も元気で、ドライブに出るような明るい調子で「出発します！」と捜査車両を発進させた。

しかし、目的地は布施署から二キロ少々しか離れていないので、ものの数分で着いてしまう。フィールドワークでなければ散歩がてら歩いてもいいぐらいの距離だった。コインパーキングで車を降りると、地図を頭の中に入れてきていた森下は、迷わず黛美浪が知人から留守を預かっている家を目指した。

ブロック塀で囲まれた一軒家は古びていて飾りけがなく、敷地面積こそ広そうだが、何の変哲もないものに思えた。そんな私の胸の裡《うち》を読んだのか、森下が言う。

「コマチさんや繁岡《しげおか》さんの話によると、中は立派だそうですよ」

彼がドアホンを鳴らすと、すぐに女性の声で「参ります」と返答がある。初めて耳にした黛美浪の声は、落ち着いたアルトだった。

2

門扉《もんぴ》の向こうに現われた彼女は、〈トミーハイツ〉の防犯カメラに映っていた当人に相違なかったが、ビデオの映像よりも髪が随分と短くなっている。耳の上で切り揃えたショートヘアだ。いでたちはオーバーサイズの白いTシャツにラベンダー色のパンツ。ラフなようで高価というのでもなく、上下ともファストファッションの店で購入したものに見える。前職がコンパニオンや高級クラブのホステスと聞いていたので意外だった。マスクも白い不織布製のありふれたものである。

「おはようございます。——がらりとメンバーが変わりましたね。今日は、高柳《たかやなぎ》さんはいらっしゃらないんですか?」

微かに戸惑った様子で訊く。繁岡刑事はどうでもいいらしい。

「メンバーチェンジをして、あらためてお話を聞くことになりました」森下が答える。

「高柳がいた方が話しやすいですか?」

「どなたがいらしてもお話しすることは変わりません。ただ、男性三人と向き合うより女性がいた方が気分的に楽なだけです。——どうぞ」

靴箱の上にアルコールのボトルが用意されていたので、まずは順に手指を消毒する。玄関から奥に目をやって、なるほど中は立派だな、と思った。廊下の幅が広くて天井が高いし、壁の照明器具にもアンティークな味わいがある。

奥まった応接用の部屋に入れば、庭が見事だった。錦鯉が泳ぐ池の畔《ほとり》に雪見灯籠《ゆきみどうろう》が立つ純日本式の庭で、枝ぶりのいい松が三方から水面《みなも》に影を落としている。石灯籠のまわりの苔《こけ》の緑も美しい。これだけの空間が敷地内にあるとは、ブロック塀の外からは想像ができなかった。

「どうぞ」と勧められて、大きな三人掛けのソファに火村と私が、庭を正面に見る肘掛け椅子に森下が着席する。冷えた麦茶を私たちに供してから、黛は私の向かい側のソファに座り、ガラス戸——換気のために細目に開いている——の向こうを見やって言った。

「この庭をご覧になっただけで、留守宅を放っておけない知人の気持ちも判っていただけるでしょう。手入れをするのは私ではなく、庭師さんですけれど」

庭だけではなく、どの部屋も贅沢な作りになっているのだろう。応接室のシャンデリアも布張りのソファも重厚だ。部屋数がいくつあるのか知らないが、掃除をして回るのも楽ではあるまい。

この家を建てたのは黛の知人の祖父で、近辺に多くの土地を所有しているそうだ。月々、相当な地代が入ってくるわけで、投資の才に長《た》けた歌島《うたじま》とは違う意味で、資産を相続したその知人は恵まれた境遇と言うしかない。

火村と私の素性を聞いても、黛は驚いたり抵抗を示したりはしなかった。「ああ、そうなんですか」と言ったのみ。職歴にふさわしく垢《あか》抜けた物腰としゃべり方だが、ファッシヨンと同じく取り澄ました感じはなく、気さくな感じすら漂わせる。

「何でもお訊きください。新しいことは言えないと思いますけれど」

まなざしが火村に向けられていたので、私は彼女の顔立ちや表情が観察しやすかった。殺人事件の捜査を受けているのだから当然かもしれないが、愛想笑いなど浮かべない。

ぱっちりと大きく開いた目には力があり、時折ゆっくりと瞬きをした。マスクをはずしてひと口お茶を飲んだ時に、きりっとして輪郭の美しい素顔が見られた。形のいい唇が艶《あで》やかで、多くの男性に受けがよいだろう。

親しみやすさを漂わせているが勝ち気そうでもあり、口論になったら滅法強《めっぽう》いのでは、とも思わせる。子供の頃は、男の子を言い負かして泣かせていたかもしれない。彼女と並べば、一歳年下の歌島冴香《さえか》が年齢差よりずっと幼く見えそうだ。

「香川県のご出身でしたね。僕の高校時代からの友人が高松《たかまつ》出身なんですよ。彼の案内で屋島《やしま》や栗林《りつりん》公園に行ったことがあります」

場の空気を和らげようとしたのか、森下が言った。あら、そうですか、と彼女は微笑んだりしない。

「私は丸亀《まるがめ》の出身です。同じ讃岐《さぬき》でも高松とは殿様が違います」

藩が違うので別の国です、ということか。高松のカではなくマにアクセントが付いていて、お国訛《なま》りがちらりと覗いた。森下は苦笑して、後は火村に任せる。

「ご出身は香川県。高校を卒業して大阪にいらしたと聞いています。そして、専門学校を出て看護師に。今もそのお仕事を続けていたら大変だったでしょう」

　これには大きく頷《うなず》いた。

「医療の現場がひどい状況ですから、ふらふらになって働くことになったかもしれません。病院や病床を減らした行政が、今になって慌てていますね。過ちを認めようとはせずに、リタイアした看護師に現場復帰をしてもらいたがっています。失政の犠牲になる患者さんは本当に災難ですが、ここで元看護師が救いの手を差し伸べて何とかなったら、『やればできたじゃないか』となって誰も反省しなくなるに決まっています。私は、この世で一番嫌いなんですよ。不手際や無計画の尻拭いを他人にさせておいて、『やればできたじゃないか』と得意げに言う恥知らずな人間が。どの組織にもいますが、体質が古い大学や警察にもたくさんいそうですね」

　そこで、はっとした顔になって口許を押さえる。

「つまらないことを言って、失礼しました。緊張すると無駄口を叩いてしまう癖があるんです」

　信じかねる。緊張しているようには見えなかった。

　看護師を辞めてコンパニオンからホステスへと仕事を替えていったことや、ホストクラブで歌島と知り合った経緯について、問われるままに答えてくれたが、既知の情報しか与えてくれない。誕生日にホストクラブで黛が景気よく開けた高級シャンパンの銘柄など、どうでもいい細部が判っただけである。ただ、彼女が奥本を見る目は思っていたより厳しかった。

「若い子に交じって異彩を放ってはいましたよ。年齢のハンデを愛嬌で補おうともせず、低い声でぼそりぼそりと話すところが、作り物みたいな顔とあいまってミステリアス。それが売りでした。気になる存在を演じるのが上手だったんです。私の趣味ではありませんでしたけれど、冴香ちゃんはああいうのに弱かった。なんであの人、東京に行かなかったんだろう、と思いますよ。目の前から消えたままだったら、おかしなことにならなかったのに」

「『おかしなこと』とは、彼と歌島さんとあなたが三角関係になることですか?」

きっと眉尻が上がった。

「先生、三角関係だなんて誤解ですよ。そんな熱いものはありませんでした」

「では、何が『おかしなこと』なんですか?」

「冴香ちゃんが彼に靡《なび》いたこと自体です。まるで似合いませんよ。あの子、株価の動きは読めても男性を見る目がないので、そばで見ていてはらはらしました」

「辛辣《しんらつ》ですね。そんな奥本さんに水を向けられて、あなたも悪い気はしていないのかと思っていました」

「いやらしいだけの男だったら、顔をしかめて逃げましたよ。何を成すわけでもなく、人間として駄目なくせに、小器用で妙な魅力があるから彼は厄介なんです。少なくとも私はその厄介さを意識して、迷惑に感じていました」

火村は顎をひと撫でしてから、穏やかに言う。

「私の頭を整理させてください。奥本さんのことを、あなたは人間的に評価していないようです。しかし、ミステリアスという言葉を使ってある種の魅力を持つ男性でもあったことは認めている。そんな彼に歌島さんが惹かれていることを案じる一方、彼が思わせぶりな態度で接してくることに困惑していた」

「まとめると、そういうことです。三角関係でないことは明らかでしょう」

「とはいえ、彼の部屋を何度か訪ねていたと伺っています。困惑して避けていらしたわけでもない」

「最初に彼の部屋へ行ったのは瞑想の話に興味を抱いたからです。その時も二度目も三度目も、訪ねたのは真っ昼間ですからね」

「路上で口論をしたこともありましたね。自分に気があるのなら歌島さんとの関係をどうするんだ、と問い詰めたりしたのではないんですか？」

「全然違いますね。冴香ちゃんといい加減な気持ちで付き合うのはやめて、と頼んだだけです。彼女を傷つけることになりかねないので」

「しかし、路上で言い合うというのは穏やかではありません」

「冴香ちゃんへの気持ちを確かめるために会おうと連絡を取ったのに、返事がこない。失礼でしょう。腹が立ったので、いきなり部屋に行こうとしたんですよ。そうしたら道でばったり出会ったので、話しているうちに大きな声を出してしまったんです。私、気が短いので。自分でも興奮しすぎていると感じたから、あの時は文句をぶつけただけで、彼の部屋には行かずに帰りました」

「あなたにとって、歌島さんはとても大切なんですね」

「心の通った友だちです。だから、私と奥本さんが陰でこそこそ交際していたように受け取られたら困ります。丁寧に話したら判ってくれたみたいですけど……」

歌島は友人を信じたというよりも、奥本がこの世を去るなり憑《つ》き物が落ちたようになっていたふうでもあった。

「彼をよく知るある人は、奥本さんのことを〈中身のない人間〉と言っていました。あなたもそう思いますか？」

「それ、奥本さんが自分で言っていましたよ。『俺は空っぽだから』という言い方もしましたね。カッコつけていたんです。冴香ちゃんは影響されて、『だったら私と同じ』なんて言っていましたけれど、あれも好きではありませんでした。自己評価を下げては駄目です。彼女は大変な勉強家で、新聞社の経済部の記者が務まるぐらいです。私に言わせれば、奥本さんは空っぽというより薄っぺらいんです。中身がないんじゃなくて、水で割ったビールみたいに薄くてつまらない。よくいる男とも言えます」

ボロクソではないか。出鱈目《でたらめ》を並べているようにも見えないのだが、奥本が自分にとってどうでもいい存在だったと強調することで、容疑者の圏外に出ようと演技をしているのかもしれない。歌島と同じく彼が死んでしまうなり好意が霧消してしまったとしても、言葉がきつすぎる。

「亡くなった人のことを悪く言いすぎましたね。すみません。平静ではないみたい」

フォローを入れてきた。抜かりがない。

「かまいませんよ。正直な気持ちが伺えるとありがたい」

「では、先生がそう言ってくださるのに甘えてもう少し。私、奥本さんが殺された理由も薄っぺらいものじゃないかと考えているんです。たとえば、玉がよく出るパチンコ台を取り合って、誰かと喧嘩になったのが原因だとか。個人とは限りません。パチンコのプロというのはよくグループを組んでいるから、変な連中に恨まれたのかもしれません」

「喧嘩の相手が彼の部屋を突き止めて、乗り込んできたんですか？」

「あり得るでしょう。その相手が同じマンションの住人だったら、『おい、さっきのことを謝れ』とやってきかねません。警察はちゃんと調べていますか？」

「そこでまた喧嘩になって殺人に発展した、というのはどうでしょうね。そんないきさつで殺してしまったのであれば現場から慌てて逃げるだけで、死体をスーツケースに詰めたりしないと思うんですが」

「発見を遅らせるためのひと手間ですよ。そうじゃないとしたら、どこかに持ち出そうとして、怖くなってやめたのかもしれません」

森下が小さく手を上げてから、捜査員としてきっぱりと述べる。

「奥本さんの周辺で揉め事がなかったかについては、よくよく調べています。行きつけのパチンコ店や飲食店で他のお客に因縁《いんねん》をつけられたりしていなかったのか、など。マンション住人についても全員が捜査の対象です」

黛は軽く頭を下げた。

「素人がつまらないことを言って、失礼しました。この事件の真相として、ぴったりのイメージだったんですけれど」

事務的な口調で、照れて見せたりはしない。火村も無表情のまま質問を重ねていく。

「八月二十五日、あなたが奥本さんを訪ねた時の様子について話していただけますか？」

「事前に連絡をした上で、話し合いに行ったんです。『ふた股を掛けたりしたら、どっちも失うことになるのが判ってる？』と言うと、『誰かを傷つけることは本意じゃないし、誰かに恨まれることも自分は嫌いだ』とか返してくるばかりで、態度をはっきりさせない。こっちは苛々《いらいら》するばかりです。たいていの男は冷や汗を垂らす場面なのに、春風に吹かれているみたいな顔をしていました。女に追及されて、そんないい加減な言葉で言い逃れできるわけがない。なのに、あの人はできてしまう。特殊な才能と呼ぶしかありませんね。暖簾《のれん》に腕押し。手応えのなさに馬鹿らしくなって、力が抜けてしまいました」

「それで、午後三時前に部屋を出た？」

「はい。頭から湯気を出しながらではありませんよ。呆れて半笑いで帰りました」

「その日の奥本さんにいつもと違ったところはありませんでしたか？　元気がないだとか時間を気にしているだとか」

「長い瞑想に入るところだと言って、迷惑そうにされました。それぐらいでしょうか。時間を気にしてるようでもありませんでした」

「つかぬことを伺いますが、あなたは508号室を訪ねた痕跡を残したりしていませんか？　二人で飲食をした跡だとか、忘れ物だとか」

「自分が持っていたペットボトルのお茶を飲んだだけで、飲食の跡なんか残していません。忘れ物もしませんでしたよ」

この証言が嘘でなければ、一時間ほど後にやってきた歌島が室内に上がっても先客があったことに気づきようがなかったわけだ。

「奥本さんがあなたに秋波《しゅうは》を送っていたことに、歌島さんはまったく気づいていなかったんですね？」

「全然。あの子はお人好しの優等生で、人を疑わないので。――ねぇ、先生。男が女の気を引こうとするのも秋波を送るって表現するんですか？　女がする時だけに使うと思っていました」

小説家の私の方を見たので、「使います」とだけ答えた。いや、本来は言わないのか。辞書を調べないと判らなくなってきた。

「すると」火村は話を進める。「ふた股問題で胸を痛めていたのは、黛さんだけということですね。そして、あなたはそれについて歌島さんに知られないようにしていたようだ」

「はい。彼女が心を痛めないように」

「しかし、ふた股を咎《とが》められた彼があなたを選んだ場合、事態を明らかにするしかなくなりましたよ」

「その時はその時。大切な友人を傷つけないようにソフトランディングさせるつもりだったし、私にはできたと思います」

　この人ならできそうだな、と思わせるものが黛にはあった。男女間の問題について、難しい場面をいくつも乗り越えてきたようなたくましさを感じる。

　火村の質問は、彼女が〈トミーハイツ〉を出た後の行動へと移る。自転車で帰宅した後、美容室に行った件について。

「前もって予約を入れていましたか？」

「いいえ。髪が鬱陶《うっとう》しくなっていたので、思い立って切りに行ったんです。電話をしてみたら、いつも担当してくれる美容師さんの手が空いていたので」

「『今からやってもらえますか？』と電話をしたわけですね。よくあることですか？」

「たまにはそんなこともありますよ。――美容室のことが何故そんなに気になるんですか？」

「奥本さんが殺害されたのは何日の何時と特定できておらず、死亡推定時刻にはかなりの幅があります。ですから、関係者の皆さんの二十五日から二十七日にかけての行動を細かく伺いたいんです」

「あはっ」

黛は笑った。いかにもおかしそうに。

「隠さなくても結構ですよ、先生。私が美容室に行った目的が知りたいのでしょう？　高柳さんも同じ質問をしました。警察がとても気にしている点なのは判ります」

「どういうことですか？」

「捜査にあたって警察が何を考えるのか、およその見当はつきます。私が奥本さんに腹を立てて、思わず殴って死なせてしまったとしましょう。平静を装って、何食わぬ顔で現場を離れられたとしても、一つ困ったことがあります。エレベーターやエントランスホールの防犯カメラに映ってしまったことです。ビデオの画質がどれだけのものか知りませんけれど、『出入りした時間からして、この女が怪しい』と目をつけられたら大変。奥本さんとつながりがある人物である私の前には、いずれ刑事さんがやってくるから、『ビデオの女だ』とバレてしまいます。二十五日の夕方、私が予約もなく美容室に行ったのは、ヘアスタイルを変えてビデオの女と印象を変えようとしたからではないか、と疑っている。――そうですね？」

火村が「ええ」と認めると、彼女は満足そうに二度三度と頷く。

「やっぱりそうですか。大事なポイントですよね。この場合、事件に無関係なのに、ビデオに映ったことで疑いを掛けられるのが嫌だからヘアスタイルを変えた、という言い訳は通用しません。奥本さんが殺されたことを私が知ったのは二十八日のはずだから、話が矛盾してしまいますものね。殺人について二十五日にもう知っていたとしたら、それは犯人ということになる。この手に手錠がガシャッ」

しゃべり方が少しずつ砕けてくるにつれ、彼女はいきいきとしてきた。火村との会話を楽しんでいるかのようでもある。

「あなたが二十五日の夕方に美容室へ行ったために、ビデオの女性であることに警察が気づくのが遅れたのは、あくまでも偶然なんですね？」

「もちろん、偶然以外の何物でもありません。そういう目的で美容室に行ったのなら、髪の色もがらりと変えそうなものです。心持ち暗い色にしましたけれど、大して変わっていませんよね」栗色の髪をさらりと撫でる。「だから、そこは勘繰らないでいただきたいですね。先生は犯罪心理学者でしたよね？」

「いいえ、専門は犯罪社会学です」

「失礼しました。——私が犯人だとしたら、犯行を終えたすぐ後で美容室なんかに行かないと思いませんか？　心理的に無理があります。自分がやってしまったことを思い出して内心どきどきしながら、いつもどおりの態度で美容師さんと他愛のない雑談をするのは苦痛ですよ。想像しただけで顔が引き攣《つ》りそう。せめて半日でも置いて行けばよさそうに思います。急いで髪を切りに行かなくても、死体が見つかるのは早くても冴香ちゃんが旅行から帰ってきた後になると予想できるでしょう」

「あなたは、歌島さんが旅行に出ることを知っていたんですね？」

「はい。何日か前に冴香ちゃんから聞いていました。叔母さんと連れ立って水曜日から一泊二日で奈良方面に行く、と」

今度は火村が小さく頷いていた。黛はその反応が気になったらしい。

「それがどうかしましたか？」

「いいえ、別に。——二十六日は朝の散歩を楽しんでから家の掃除。夕方は布施に買い物へ出掛けた」

「はい。二十七日は久しぶりにミナミに出て、ランチを食べたり買い物をしたりしました。どちらの日も独りで過ごしています」

「どなたかと会うための外出ではなかったんですね？」

「はい。二十五日以降、〈トミーハイツ〉の方角には足を向けていません」

「二十五日に満足のいく話し合いができなかった奥本さんに連絡を取ろう、とは思わなかったんですか？」

「そんな気分ではありませんでした。彼のことを考えなかったわけではないんですよ。しばらく距離を取って、彼の出方を見るのがよさそうだ、とか思っていました。あんまり私らしくないんですけれど、問題を先送りしようとしていたんです」

「最近、動物園にいらしたことは？」

黛は、しげしげと火村の顔を見つめた。

「ありませんけれど……そのご質問の意図が判りません。事件にどう関係しているんでしょうか？」

「お気になさらないでください。――八月十日に遡《さかのぼ》ります。奥本さんと会い、彼の部屋に行きましたね？」

「道端で言い合いになった日の数日後のことですね。はい、行きました。落ち着いて話すために近くの喫茶店で会ったんですが、マスクをはずしたまま大声で話す三人連れが入ってきたので危険を感じて、彼の部屋で話の続きをすることにしたんです」

「だから連れ立ってマンションに入って行ったんですね。その時、誰かに尾行されているのを感じませんでしたか？」

孔雀の件については、すでに高柳の口から黛に伝わっている。

「何も感じなかったし、奥本さんが『誰かにつけられている』と言ったりもしなかった。そう高柳さんにお答えしましたよ。ストーカーについても心当たりはありません」

「相手が用心深いので、あなたが気づいていないだけかもしれない。男性です。クラブにお勤めだった頃のお客の中に、そんな行為に出そうな人がいたのではありませんか？」

「本当だったら気味が悪いので、ちゃんと考えてみましたよ。心当たりがない、という返事は変わりません」

森下がスマホにコンジャの画像を呼び出して、「目許はこんな感じらしいんですが」と示しても、黛は首を横に振るだけだった。

「知りません。街を歩いているところを見初《みそ》められたのかしら。もしそうだったら、私には答えようがないでしょう。でも、マスクをしているのにひと目惚れされたとしたら、大したものですね、私」

おどけて胸を張ってから、すぐに真顔に戻る。

「その人、事件とどう関係しているんでしょうね。奥本さんを私の恋人だと勘違いして、嫉妬のあまり襲ったとか？　現実味がありません。他にもっと有力な線はないんですか？　彼から大きな借金をしていた人がいると冴香ちゃんに聞きましたが」

「そちらも調べています。——その件については、どこまでご存じですか？」

「久馬《きゅうま》という学生時代からの友だちに三百万円ばかり貸しがあって返済してもらっていない、と彼女から聞きました。つい三日ほど前に」

「事件の前は知らなかった？」

「『貸した金が返ってこない』と彼がぼやくのを耳にしたことはあります。でも、どこの誰にいくら貸しているのかまでは承知していませんでした」

これまで何度となく火村のフィールドワークに同行してきたから判る。今、私の隣に座っている犯罪学者は静かに苛立っていた。黛との会見で関係者をひと回りしたことになるのに、まるで手応えが得られないのだろう。動物園云々の質問は私にも意味不明で、それだけが引っ掛かっているが。

不意に庭で水音がした。鯉が元気よく跳ねたのだ。それを合図にしたかのごとく、火村は言う。

「不躾《ぶしつけ》な質問にも丁寧に答えていただき、ありがとうございました」

「おしまいですか？　あまりお役に立てなかったようで残念です」

場の緊張が緩んだタイミングで鋭い質問を放つ、ということもない。火村はソファにもたれて、肩の力を抜いたようだ。雑談モードになる。

「コロナ禍が去ったら、何かなさるおつもりはありますか？」

「考えていることがあります。不自由な状況がまだしばらく続きそうですから、それに対応した商売がしてみたいんです。キッチンカーでの移動販売。二、三百万円もあれば開業できるみたいだから、助成金なんかもらわなくても手持ちの資金で充分です。冴香ちゃんほどではないけれど、しっかり八桁の貯金をしていますから」

キッチンカー。愛らしい響きだ。

「何を売るんですか？」

「内緒。本当は、いくつかアイディアがあって迷っているところです。実業家に憧れているんですよ。小さなキッチンカーから始めて、儲かったらお店を構えて、会社組織にして、支店をたくさん出して、日本中の誰もが知っているチェーン店を作りたい。私は有名社長になる。社長という響きが好き。クラブに勤めている頃から抱いていた夢です。ぼんやりしていたものが、だんだん強くなってきています」

彼女はそれまでにも増して能弁になり、料理には自信があるだの、ペーパードライバーだから運転の練習をしなくてはならないだの、楽しそうに語った。

「大きな夢ですね。亡くなった奥本さんは、夢や目標を持たないのが信条だったらしい。

あなたはまるでタイプが違う」

「ええ、違います。空っぽは嫌。中身をどれだけ詰め込むことができるか、誰の助けも借りずに自分の可能性を試したい。クラブにいた時、『店が持ちたいんやったら力になるよ』とか甘い言葉を使って、でれでれ言い寄ってくるお客がいましたけれど、お呼びやない、ですよ」

くっくっと鳥のように笑う。そんな男たちが、よほど滑稽に映ったのだろう。

「私、ホステス時代にいっぱい〈社長さん〉と会ったせいで、上昇志向が刺激されたのかもしれません。でも、上に行きたい気持ちはずっと持っていました。両親が不仲のぎすぎすした家庭で育ったんですよ。おまけに父親が不甲斐なくて、すぐにお金を借りに回るので親戚から疎《うと》まれ、馬鹿にされているような家でした。いつかお金をいっぱい稼いで周囲を見返してやりたい、という気持ちは昔からずっとありましたね。コンパニオンとホステス稼業のおかげで、事業をスタートさせる資金ができたわけです。手始めはキッチンカー。いよいよ伝説の幕が上がる、ってところでしょうか」

彼女と目が合ったので、反射的に私は問う。

「高校を出て看護師になったのは、また別の理由があるんですか？　そちらの方面にも興味や関心があったとか」

「うちの両親、私が高校を卒業してすぐに離婚したんです。母親と暮らすことになったけど、母娘関係もよくなくて、『卒業したら、どこへでもさっさと出て行きまい』と言われる有り様です。『何々しまい』は讃岐弁の命令形です。その時、親身になって相談に乗ってくれたのが担任の先生でした。春先に『看護師はどうや。向いとるんやないかな』と奨めてくれたので進路を決め、それに向けて勉強しました。優しくていい先生でした。親にさんざん悩まされた埋め合わせのように、学校では何度かいい先生に当たりましたね。看護師を辞める時に何の未練もありませんでしたが、その道へ進めと背中を押してくれた先生の期待に背《そむ》くようで、ちょっと申し訳なかったのを覚えています。その時はもう、ご病気で亡くなっていたんですけれどね」

父親とは十年近く音信不通で、母親とも縁を切ったも同然だから電話で安否を訊くこともないとのことだった。

彼女はたくましく生きるしかなかったのだ。看護学校に進む学費を親が出してくれたとは思えず、アルバイトをしながら通ったのだろうが、苦労話めいた部分は省いたようだ。

会見の終わりにあたって、黛はあらたまった口調に戻る。

「コンパニオンやホステスをしたおかげで、私はこれまで色々な方と会って話すことができました。でも、犯罪学者やミステリ作家といった先生方や刑事さんにお目にかかって、じっくりお話ししたのは初めてです。貴重な体験をいたしました」

「愉快ではない質問に答えていただき、ありがとうございます」

火村が礼を口にすると、ゆっくりとかぶりを振った。

「これまでのお仕事では、お客様の話を聞かされるばかりでした。今日はその反対。私が自分のことをたっぷりしゃべれて、悪くない気分です。調子に乗って、最後はつまらない話をしてしまいました。ご容赦ください」

私たちは、玄関先まで見送られて門を出た。

3

布施署では、船曳と繁岡が待っていた。黛美浪に会った後で私たちに見せたいものがある、とは朝から警部に言われていた。何かと思ったら——

「地下鉄・長田《ながた》駅と深江橋《ふかえばし》駅でもらってきたものです。DVDに焼いてもらいました」

繁岡は、駅構内が映った映像をパソコンの画面に呼び出した。カメラは改札口を捉えている。

「鉄道会社から簡単に提供してもらえるんですね。モニターの開示だけでなくDVDに焼いてくれるとは」

私が言うと、船曳の説明が入る。

「捜査関係事項照会書というものを出して提供を受けます。刑事訴訟法第197条第2項に基づいた要請で、DVDについては実費を払いました。——今、画面に出ているのは長田駅です。録画日時は、表示にあるとおり八月二十六日午前九時三十二分」

つまり、黛が散歩先から最寄り駅に帰ってきた時間だ。電車が着いたらしく、数人の乗客が改札口から出てくる。二人、三人……四人目の帽子をかぶっているのが黛のようだ。今朝と似たような恰好をしていて、スタイルがいいのですぐにそれと判る——とは言いかねた。

とてもよく似ているが、断言するのはためらわれる。まず、マスクをしている上にサングラスを掛けているので顔が確認できない。さらに、前をのそのそ歩いている年配の男性と重なって、彼女の姿が半分以上隠れている場面が長い。

「どうですか？　黛と会ってきたばかりのお二人のご意見は」

それが訊きたくて、船曳はこの映像を事前に見せなかったのだ。

「彼女らしく見えますけれど、ちょっと微妙です。サングラスをはずしてくれていたら、はっきりしたでしょうけれど」

私に続いて、火村も渋い顔で答える。

「たまたま重なって映ったようですが、前の男性が邪魔ですね。せめて半歩ずれていてもらいたかった」

繁岡には、九分九厘、黛本人に見えるそうだ。

「今一つはっきりしませんが、私は黛やと思います。自分が取ってきたビデオやからですかねぇ」

これらは、昨夜の捜査会議が終わった後で彼が照会書を携えて両駅に赴《おもむ》き、入手してきたものだった。保存期間がちょうど昨日までで、日付が変わると映像が上書きで消去されてしまうので慌てたらしい。

警部が別の画面を呼び出す。

「深江橋駅の映像もあります。ただし、こちらは改札口から駅構内に入る場面なので、後ろ姿で顔はまったく見えません」

表示された時刻は九時二十五分。先ほどの服装の女性が機械にICカードを翳《かざ》して改札口をくぐり、すぐにフレームアウトした。

「これでは何者か識別できませんね」

私がこぼすと、警部が「でしょ」とつまらなそうに言う。

「横顔すら映ってないんですから仕方がありません。彼女がホームに下りてすぐに電車がきたんでしょう。時刻表によると深江橋発が九時二十七分で、長田着が九時三十一分というのがあります。同日、電車は平常どおりに運行していました」

警部は、長田駅改札口の映像に戻して、もう一度再生してから森下に「どうや？」と尋ねた。

若手刑事は唸《うな》ってから答える。

「よく似た別人やないかと疑う余地はありますけど、黛の証言どおりの時間と場所なわけですから、本人やないでしょうか。角度がまずくて他の人と重なり気味ですけど、わざとそうしたようではなく、動きはごくナチュラルです」

「確かに」火村が同意した。「カメラの方をちらちら見ながら、前の男性と重なるようにしたりはしていない。こういう映りになったのは、たまたまでしょう。二十五日の深夜に青いTシャツを着て〈トミーハイツ〉に現われた男と違って、サングラスもさして不自然ではない」

「ですよね」

森下はうれしそうにしたが、火村は画面を見つめたまま繁岡に尋ねる。

「コマチさんもこれを観たんですか？」

「ふぉい。今朝、観ています」

「彼女の感想は？」

「黛だろう、と。スタイルのよさという特徴が一致しているし、帽子をかぶっていても髪型が同じなのが判るし、何よりもごく自然にカメラに映り込んでいるので作為を感じないのが根拠だそうです」

「同性の目の方が確かかもしれません。ここに違和感がある、といった指摘はありませんでしたか？」

「いや、何も言うてませんでしたね。ただ、素顔が真正面から映ってるわけではないので、百パーセント本人とは言い切れない、とも」

火村は若白髪交じりの頭を掻いた。

「妥当な感想に思えますね。――コマチさんは今どこですか？」

「孔雀捜しに出ています。昨日、ホステス時代に黛と親しかった人物に当たっていましたが、かつてのお客についての話を聞けそうな女性がもう一人いるとかで、そちらに向かいました。〈夜の街〉を離れて、今は通販会社で契約社員としてオペレーターをしてるそうです。どんな話が聞けたか、すぐ報告しろと言ってあります」

　クラブにきていたお客の中に黛さんのストーカーをしそうな人はいませんでしたか、マスクをしたら韓国のコンジャというアイドルに似ているんですけれど、と昔の同僚に訊いたところで、実のある情報を得るのは難しそうだ。刑事という仕事は大変だな、との思いを新たにした。

　しかし、そこから糸を手繰《たぐ》っていくしかないのだろう。黛の身辺に監視の目を光らせてストーカーが現われるのを待つのはひどく効率が悪そうだし、先ほど訪ねた家のまわりには喫茶店の一軒もなく、張り込みに都合のいい場所はなかった。

「黛はシロでしょうね」

　繁岡が誰にともなく言った。私が応える。

「なんでそう思うんですか？」

「彼女の話を聞いて思いませんでしたか？　私には、あの人が奥本に強い想いを寄せていたようには感じられませんでした。三角関係というほどのものはなく、多少は好いていたとしても嫉妬以前のもやもやした気持ちぐらいしか抱いてなかったんやないですか。殺人に発展したとは考えにくい。おまけにこのアリバイですよ」

「アリバイ？」と訊き返してしまった。

「ふぉい。ご覧いただいた映像が証明してます。二十六日の九時三十分、黛は深江橋から長田に向かう地下鉄に乗っていました。〈トミーハイツ〉の現場から歌島冴香のスマホにLINEのメッセージを送ることはできません」

　それについては忘れていた。

「ああ、彼女が散歩に出たかどうかを確かめているだけではなかったんですね。――しかし、メッセージは共犯者に送信させることもできますから、そのアリバイは別の方面から崩せるかもしれません」

「別の方面は一つしかありませんよ、有栖川さん。共犯者を突き止めることです。さらに、そいつが〈トミーハイツ〉の住人でないとしたら、どうやって防犯カメラに映らずマンション内に侵入したのかが謎として残ります」

「その方法は謎ですけど、共犯者がいてるとしたら孔雀……かな」

　高柳一人に任せているストーカー捜しに援軍を送るべきではないか、と思い始めていた。

　繁岡は「どうですかねぇ」と気怠《けだる》く言う。

「殺人事件の片棒を担ぐようならストーカーではないでしょう」

「ストーカーが、彼女のためによかれと思って勝手に動いたのかもしれません」

「うーん、どういう状況ですかね、それは」

　話が泥沼に嵌《は》まっていくのを感じる。繁岡は言う。

「そもそも孔雀が黛のストーカーかどうかは不確かです。事件に何の関係もない通りすがりの人物やった可能性もありますよ。黛の後ろ姿に見惚れてふらふらと歩いてただけやった、とか。マンション住人の夫婦と目が合うなり中華料理店に飛び込んだのは、ラーメンの匂いに誘われただけ」

せっかく注文したラーメンをたくさん食べ残した理由の説明を求めようとしたら、森下の声が割り込む。

「食べ残したのは単にまずかったから、とも考えられますね。昨日の夜、茅野さんとあの店に入って炒飯《チャーハン》とラーメンを食べたんです。炒飯はいいとして、ラーメンの味がどうも……」

孔雀＝ストーカー説を二人掛かりで揺さぶりだした。そうであれば、高柳は無駄な労力を使っているだけになって不憫《ふびん》だ。

その話は広がらず、森下はまるで別のことを口にする。

「黛美浪はコンパニオンやホステスをしていただけあって粋《いき》な感じがしましたけれど、ファッションは別でしたね。散歩中の姿も、さっきの服装も飾りけがない。このビデオに映ってる恰好なんて、上から下まで〈ラナバス〉ですよ。多分、帽子も含めて」

間髪を容れず船曳にからかわれる。

「ほぉ、ビデオを観ただけで判るか。しょっちゅう見掛ける赤い看板の店やな。お前が詳しいのはアルマーニだけと違うんやな」

「ファストファッションの店にもよく行きます。この前も心斎橋《しんさいばし》の大型店で普段着とパジヤマを買《こ》うたとこです。黛は今日も〈ラナバス〉の上下でした」

当人が打ち明けてくれたことがある。森下がイタリア製のブランドスーツを愛用しているのは、あえて目立つためらしい。目立った恰好をしていてヘマをやらかすと恥ずかしさが倍増するから、そうならないようにしようと気合いが入るのだという。自分を鼓舞するための鎧《よろい》だとは知らず、お洒落な若手刑事がいるものだ、と誤解していた。

「パジャマまでアルマーニというわけでもないんやな」警部の軽い口調がここで変わる。「黛が二十五日に〈トミーハイツ〉に現われた際に着てたのも〈ラナバス〉の服か？」

「赤いキャミソールに黒いスカートでしたね。あれは違うでしょう。女性向けの服を見て回ったことはないので確言できませんけれど、〈ラナバス〉のものとは思えません」

「要するにセンスが違うんやな？　まぁ、年がら年中、同じ量販店のものは身に着けんやろう。まんま普段着で奥本に会いに行かんかったやろうし」

独自のファッションセンスを持つ犯罪学者が言葉を挟む。

「私たちと会うにあたっては上から下まで〈ラナバス〉で充分だ、と思ったんでしょうか？　彼女がシロであれクロであれ、警察側の人間三人と相対するのに際して、まるで身構えたところがない服装でした」

言われてみれば、無防備にも思える。私が同じ立場だったとしても、初対面の刑事たちと対面するとなったら、ラフな恰好は避けるだろう。女性であれば、まして前歴がコンパニオンやホステスならば、なおさら服装には気を遣いそうに思う。

「奥本の死を契機にファッションの趣味が変わったとは思えませんが……」

火村が言葉を濁すと、繁岡が後を引き継ぐ。

「事件と関連があるとは思えませんけど、彼女の近隣で聞き込みをするにあたって留意しておきます。以前からそうだった、ということかもしれません」

この後も、彼は黛の証言に嘘や間違いがないかを検証するための捜査を続けるという。この事件は、どんな情報が解決の糸口になるやも知れない、と考えてのことだった。

午後、森下は〈トミーハイツ〉とその周辺の聞き込みにあたり、私たちは自由に行動することになっていた。

4

さっきから火村が静かだ。思索中なら邪魔をしてはいけないと承知しつつ、問い掛けてしまう。

「難しい顔をしてるな。何か気になることがあったんか？」

彼は嫌がらずに応じる。

「少しだけ、ある。聞いてもらうほどのことじゃないな」

「おっ、もったいぶりだしたやないか。昨日の俺を見習《みなろ》うて何でもしゃべれよ。助手として、おかしなところがあったら的確に指摘してやる」

「昨日は四方八方に向けて撃ちまくっていたな。切断された親指を持ち歩く犯人や、犯行後も現場マンションに息を殺して潜伏する犯人や、奇妙なイメージをたくさん披露してくれたよ」

「それはお互いさまやろう。お前もたいがい無茶な仮説を並べてたぞ、昨日は。同じ型のスーツケースを利用したトリックとか」

「同じ型のスーツケースを利用した小細工には未練がある」

顔つきからして、冗談ではなさそうだ。

「これはまた意外な発言やな。どういうことか拝聴するにあたって、話がしやすいように歌島が奥本に借りたスーツケースをX、犯人が用意した同じ型のスーツケースをYと呼ぼう」

こういうフレーズを使ってみたかったので、私はにやけそうになる。

「ああ、いいぜ。犯人は黛美浪。彼女は歌島がXを持って買い物をするのに付き合っているから、その存在を知っていた。珍しいものらしいけれど、インターネット検索を駆使して同じ型のYを入手したと仮定する。そして、隙を見てXとYを入れ替える」

「……ふむ」

「二つの外見をそっくりにするため、入れ替える前にはXのキャリーバーについていたのと同じ瑕《きず》をYにつけておいた。そうしておいて、奥本を殺害後に死体をXに詰めてクロゼットに置いて去り、歌島が返却にきたYを共犯者が後でこっそり処分した——というの

「ミステリが書けないか?」

 まったく感心できなかった。

「無理がありすぎる。Xと同じ型のスーツケースをネットで見つけて入手した、というのが苦しい。そのYを歌島の隙を見てXと入れ替えた、というのも困難。実際にできるとは思えん。犯行後に余ったYを共犯者が処分した、というのは安易すぎる。どこの誰やねん、その共犯者は？　孔雀か？　ビデオによると出て行った形跡がないんやが。いつまでもマンション内に留まってるわけがない、と俺を鞭打ったのは昨日のお前やぞ」

彼は右手を上げ、掌で私を制した。

「請われたからしゃべっただけだ。無理がありすぎて、そんなものが真相でないことは判っている。ミステリにも書けないよな。一つの奇妙なイメージとして未練があるんだ。——戯言《ざれごと》を聞かせてしまったな。ディスカッションはひとまず措《お》いて、しばらく独りで考えさせてくれ」

船曳たちの耳に届かないように、私は声を落として言ってやった。

「やっぱり本調子やないみたいやぞ。久々のフィールドワーク」

彼は涼しい顔で返してくる。

「奇妙なイメージのコレクションしかできていないようでいて、案外そうでもないかもしれない。お前や俺が撒き散らした苦しい仮説の中に、少しずつ正解の欠片《かけら》が混じっていることだってあり得る」

「これまで撒き散らしてきた仮説に正解の欠片が？　バラバラすぎて組み立てようがないやろ」

訊くべきことを思い出した。黛にぶつけた動物園に関する質問の意図だ。

「あれか。何を訊いても予定されていたとおりの問答のように思えたのが忌々《いまいま》しくて、スパイスを加えてみただけさ。相撲の技でいう〈猫だまし〉みたいなものだ」

まんまと引っ掛かった。

背中で電話が鳴った。捜査本部に詰めている制服姿の署員が出て、てきぱきと応答している。吉報の予感めいたものを覚えてそちらを見た。警部がすたすたと歩み寄る。五分刈りの若い制服警官は、医療機関の名前を告げながら受話器を警部に渡した。

「船曳や。話が聞けたんやな。……うん、それで？」

どういう電話か見当がついた。新型コロナに感染して入院中の〈トミーハイツ〉住人の症状が改善し、話が聞けそうだという報告が昨夜の捜査会議で出ていた。きっとそれだ。

はたして、二十五日の深夜に駐輪場から出入りしたサングラスに青いTシャツの男に関して、有益な情報はもたらされるのか？　警部の表情を読み取ろうとしたのだが、広い背中を向けてしまっている。聞こえてくるのは「うん、うん」という相槌ばかりなので、通話が終わるのを待つしかなかった。

「判った。ご苦労」

五分刈りの署員に受話器を返して、警部が振り向く。笑みはなかった。

「コロナで入院中のマンション住人の話が聞けました。幸いなことに、とてもしっかりと話せたそうです。面会はできないので、医師の許可を得た上でスマホによるやりとりをした結果、八月二十五日深夜に駐輪場の防犯カメラに映っていたサングラスの男にはまったく覚えがない、とのことでした」

証言内容によっては事態が劇的に動くこともあり得たのだが、そんなにうまくは行かなかった。

「サングラスの男の素性を知ってるかもしれない住人で残るのは、旅行に出たっきりのセミナー講師だけですね」森下が言う。「どうにかして居場所を突き止めたいなぁ。指名手配しませんか？」

「アホ。しょうもないこと言うてんと、突き止めたかったら真面目に方法を考えろ」

私が真面目なことを言ってみる。

「入居の際に、管理会社が緊急連絡先を聞いてるはずです。そちらには当たったんですか？」

警察がそんな手抜かりをしているはずはないが、と思いながら尋ねると、船曳が答えてくれる。

「滋賀の実家が緊急連絡先で、ちゃんと通じましたよ。警察からの電話であることは偽れませんが、小さな事故の目撃情報でも求めているふうを装って、彼女に連絡をつけたい旨を伝えたんです。ところが、母親が言うには『あの子がいったん旅行に出たら、行方は判りません』です。スマホの番号を尋ねてみたら、教えてくれたのは私たちが知っている番号。『辺鄙《へんぴ》なところに行くのが好きなんで、山奥か離れ小島にでも滞在しとるんでしょう』ということで、お手上げです」

フリーランスなら、いつどこにいても仕事を依頼してくる電話は逃したくないはず。それすら振り切って、彼女は完全なオフを楽しみたいタイプなのか。

「『すみませんね、勝手な娘で』と母親に謝られてしまいました。『長い時は二週間ぐらいバカンスに行きますが、それを越えることはないので、二十五日に出発したんやったらぼちぼち帰ると思います』とも言うていましたから、それが本当ならあと三日のうちには戻るはずです」

「フリーの仕事は優雅ですね。二週間のバカンスとは」

森下が羨《うらや》ましがっているが、それは思い違いだ。自分の実感からするとフリーランスの人間は、えてしてキャパシティーを超えても仕事を引き受けてしまいがちで、みんなが西《にし》辺紗穂《べさほ》のように生きているわけではない——と思うのだが、私が貧乏性なだけか？

「田崎《たざき》、具合はどうや？」

繁岡が五分刈りの署員に声を掛けている。彼こそが、スーツケースに死体を詰める実証実験の実験台となって名誉の負傷をした巡査だったのか。そう言えば、額にバンドエイドが貼ってある。

「災難やったな」と繁岡が慰めていると、また机上の電話が鳴ったので、田崎は素早く受話器を取る。高柳からのものだった。船曳に替わると、今度はさっきと様子が違った。

「ほんまか?」

警部が勢い込む。何か発見があったらしい。

「なんやて?」

尖《とが》った声。電話の相手を咎めるような響き。よい報せではないのか?

「……うん。……うん、しかし早かったな。ようやった」

さらに謎のやりとりが続き、電話を切るなり警部は私たちに言った。

「孔雀が何者か判りました。高柳が接触し、少しだけ話を聞いたそうです」

「もう? 早いな」火村が驚いたように言う。「どんな人物ですか?」

「黛美浪の幼馴染みだということです。名前は吉水蒼汰《よしみずそうた》、三十歳。黛へのストーカー行為については否認しています」

どうやってその男にたどり着いたのか、どういう経緯でいきなり本人に接触したのかが気になる。

「コマチは今、ミナミにいます。吉水はこれから映画を観るそうです。ゆっくり話をするのはそれが終わってからにしてくれ、と言われたので、吉水が出てくるのを待っているんです」

おかしな状況になっている。もっと詳しく聞きたかったが、船曳は説明する時間が惜しそうで、立て続けに指示を飛ばす。

「森下、すぐコマチのところへ行ってくれ。映画が終わるのは十二時やそうやから、急げ。火村先生と有栖川さんもご一緒していただけますか。繁岡さんは黛のところへ。吉水について根掘り葉掘り訊いてきてもらいたい」

足許から鳥が立つような慌ただしさだ。映画館の名前が警部の口から発せられるや、森下に「行きましょう」と号令を掛けられた。

火村の言は正しかった。ゲームは動きだしている。

警部は「映画館」と言ったが、正確にはシネコンだ。吉水蒼汰が観ているのは『事故物件　恐い間取り』というホラー映画で、高柳は終映後に彼を逃さないように通路に陣取っているらしい。

「よほどその映画が観たかったんでしょうかね。まさか、職業柄、鑑賞しておく必要があったとは考えにくいけど。ゆっくり話すのは観終わってから、というのは警察への嫌がらせみたいにも思えます」

車中で森下がぼやく。その気持ちも判るが、いきなり訪ねてこられた吉水としては、刑事の都合で一日の予定を変更したくなかったのかもしれない。

「もし、吉水という男が犯人やったら、とてもやないけどスクリーンに集中できてないでしょうね。刑事がなんで自分を突き止めたのかが気になって、怖いシーンとは関係なくどきどきしてるんやないですか。どう答えたらええやろう、と上映中に考えるかな。ひょっとすると、その時間稼ぎをするために、これから映画を観るところやったふりをしたとか」

火村が黙っているので、私が若手刑事に応える。

「とっさに浮かんだのが映画を観るという予定しかなかったのかもしれませんね。シネコンに行ってみて、一番すぐに上映される作品を選んだだけやったりして」

「ありそうですよね」

「しかし、もし彼が犯人やとしたら、いずれ刑事が自分の前に現われることぐらい想定してたんやないですかね。何をどう話すか、どんなふうにとぼけるかは事前に考えていそうですよ」

「油断してたんやないですか。——とにかく、もう孔雀やなんてコードネームは必要ない。吉水蒼汰です」

交差点に進入するなり黄色信号に変わった。森下はアクセルを踏み込んで突破する。

「まだ孔雀が吉水と決まったわけではないやないですか」

「有栖川さんは慎重ですね。ええ、まだ確定はしてませんけど、コマチさんがはっきりそう報告してきたからには根拠があるんでしょう。捜査が進んだ感触があります。ダイヤルがカチリと回ったみたいな感じ。刑事をやってて、いつもこの瞬間がたまりません」

熱い森下恵一《けいいち》であった。

車を駐車場に置いて、直通エレベーターでビルの七階にあるシネコンへ向かう。まだ十一時半。

森下が係員に警察の記章を示すだけで、私たちはスムーズに中に通された。高柳から事情が伝わっていたのだ。

通路には椅子もソファもない。高柳は、『事故物件　恐い間取り』が上映されているスクリーンの外に立っていた。私たちを見るなり、小さく手を振る。

「お疲れさまです。飲み物でも買って入ったらよかったですね」後輩が労《ねぎら》う。「吉水はこの中にいて、袋の鼠《ねずみ》ですね？」

「そう。別に逃げ出しそうな素振りはなかったから、その言い方はちょっと大袈裟かもね」

「どうしてこうなったのか聞かせてください」

終映まで二十分以上あるので、まだあたりに係員の姿はない。それでも念のために廊下の隅に移動して、彼女の話を聞くことにした。

「朝一番で、黛と親しかったという元ホステスを訪ねた。現在は浪速《なにわ》区にある通販会社の契約社員をしている。連絡が取れたのは昨日の晩《おそ》い時間。会って話が聞きたいと言うと、『明日の土曜日も出勤やけど、仕事が始まる前やったら』と指定されたので、八時半に出向いたわけよ。そうしたら大当たり。『上司と一緒に何度か接待で店にきてた建設会社の若い子に似てる』って言うやないの。『名前までは覚えていないし、店が潰れてホステスも辞めたからもらった名刺は手許に残っていない』ということやったけど」

「で、その建設会社に問い合わせたわけですね？」と森下。

「建設会社というても、社長を合わせて総勢五人の小さなとこ。土曜日なんで休みかなと思うたけど、事務所に電話したら社長が出た。住居を兼ねた事務所みたい。そちらにこういう社員はいないか、いたらある捜査の参考になることを知っているかもしれないので会って話が聞きたい、と言うと『吉水君ですね、それは』ときたわけ。『時期からして、北新地のクラブに接待で連れて行った若手社員というと他に該当者がいません』よ」

「ほおほお、話が早い」

「会社の場所が近かったから走って行って、社長に怪しまれない程度に吉水のことを尋ねた。人のよさそうな社長は『吉水君は勤続五年です。面白味に欠けるけど真面目で優秀な男です』と褒めてた。連絡先を訊いたら、『ここから近いですよ。自社が建てたマンションが社宅代わりで、そこに住んでます』と言うから、これもラッキー。『土曜日やから遊びに出てるかなぁ。ステイホームしてるかなぁ』とのんびり言うのを振り切るようにして、そのマンションへ――」

「また走ったんですか？」

「気が逸《はや》ってたから自腹でタクシー。ワンメーターやったけど」

「そんなに焦らんでも……」

しかし、タクシーで急行したのは正解だった。高柳が目的のマンションに着き、付近の様子を見回していると、吉水らしき男が中から出てきたのだ。

「ひと目見ただけで、よく判りましたね」

「コンジャの動画をパソコンで何回も観て、頭に刻んでたから、間違いないと確信できた。私がマンションに着いてすぐに出てくるやなんて、タイミングがよすぎるでしょ。社長が電話したんやないかな。『警察の人が訪ねて行くで』とか」

そこは憶測だから、たまたまそういうタイミングだったのかもしれない。

吉水がまさに黛に対するストーカー行為をする現場を見られるかもしれない、と考えて高柳は尾行を開始する。黛の家がある長田に向かうのであれば地下鉄を利用するはずだが、彼は高島屋の方へと地上を歩く。見失ってはいけない、と距離を詰めたのが失敗だった。

「曲がり角で待ち伏せされてた時は、びくっとなったわ。『僕に何か用ですか?』と訊かれて、ほんまのことを言うしかなかった」

「コマチさんがしくじったのか、相手が鋭かったのか、そこは判りませんよ」

「あれは私のしくじり。で、事情を明かして話を聞こうとしたら、『これから映画を観たいので、その後にしてください。一日の予定を大きく変えたくありません』と言われて、こうなったわけ。本部に連絡を入れたのは、彼が客席に着くのを確かめてから」

少しバツが悪そうにする高柳に、森下が遠慮なく言う。

「繁岡さんと一緒に動いてたらよかったんですよ。こういう時にバタバタ慌てずに済みましたよ。あの人、煙たいですか?」

「煙たいとまでは言わへんけど……初対面で『高柳さんは結婚する気はないんですか?』はね。昭和やあるまいし」

警察官は早く身を固めるのがよい、とする文化がある。いや、最近はそうでもないのかもしれないが、以前はよく耳にした。男性警察官でもうるさく言われる世界ならば、女性警察官へのプレッシャーはより強いだろう。

三十一歳の彼女が結婚しない理由があるのか、特にないのか、火村や私も知らない。こちらも独身だし、知りたいとも思わない。

「あきませんね、その質問は」森下は苦笑いをしている。「今時、それはない。結婚を推奨しておいて、バツイチも多い会社やのに」

「繁岡さんをそれだけで嫌《きろ》うたわけではないよ。私が独りで動きたがるのは——」

「はい、判っています。相方が誰に限らずよくあることです」

十二時が近づき、係員がやってきた。まもなくエンディングの音楽が聞こえてきそうだ。

「人のよさそうな社長さんから聞き出したことがあります」高柳は火村と私に顔を向けた。

「吉水蒼汰は、八月二十四日から二十七日まで夏季休暇を取っていたそうです」

カチリという小気味よい音が聞こえた気がした。

5

ぞろぞろと出てくる観客の中に、吉水蒼汰はいた。どこか憂いを帯びた目許があのK-POPアイドルを彷彿《ほうふつ》させたし、高柳にぴたりと視線を留めたからだ。

リネンの白いシャツに細身のパンツ。あまりものが入りそうにない小さなリュックを背負っている。小柄だが、袖から覗く腕にはしっかりと筋肉が付いていた。ステイホームで筋トレに凝っているタイプなのかもしれない。

茶髪だと聞いていたが、ほんのりと色が付いているだけで、これぐらいなら営業マンとしても差し障りがなさそうである。肩の近くまでの長髪も、彼の会社では許されているらしい。目許から推察すると、童顔のようだ。それも二十五歳のアイドルを連想させる一因だろう。

「お待たせしました」

高柳にひと声掛けてから、他の三人は何者ですか、という顔をする。通路の片隅で他聞を憚《はばか》りながら、まず森下が短く自己紹介してから名刺を渡し、火村と私についても紹介してくれた。三人から順に名刺を渡されて、頭を掻く。

「オフなんで、会社の名刺は持ってませんけど」

「名刺はいただかなくて結構です」高柳が言う。「さっき電話番号を教えていただきましたから」

「僕の住所も知ってるんですよね。何故か」

いささか不貞腐《ふてくさ》れている。落ち着かせてからゆっくりと話を聞くには、場所を変えた方がよさそうだ。高柳は手回しがよかった。

「吉水さんを待っている間に、近くの喫茶店の個室を予約しました。そこでお話を伺えますか？　お腹が空いているのなら軽食が召し上がれます」

「黛さんのことを訊きたい、と言うてましたね。なんで？」

「個室でゆっくりと」

穏やかだが、有無を言わせない口調で彼女は応えた。

ものの五分も掛けずに私たちは個室で席に着く。ゆったりとした空間で、空気清浄機も稼働している。フードメニューを出されると、吉水はパンケーキを選んだ。「個室を取ったことですし、私たちも頼みましょうか」という高柳の提案に反対する者はいない。なりゆきで妙なランチになった。

「警察の人間が訪ねて行くことを社長さんからお聞きになっていました？」

高柳の問いに、吉水は頷く。

「はい、電話がありました。申し訳ないんですけど、お巡りさんは苦手やし、映画に行くつもりだったので急いで出たんですけど、間に合わずに捕まってしまいましたね。どうもすみません」

「休日の予定を変えられるのは誰でもうれしくありませんから、お気になさらずに。いくつかお訊きしたいことがあるんです。殺人事件に関わる捜査なので、ご協力をお願いします。——その前に、まずどうぞ」

飲み物とパンケーキが運ばれてきた。吉水はマスクをはずしてテーブル脇に置く。

おや、と思った。顔の下半分はまるでコンジャに似ていない。薄い唇と尖った顎の印象が強くて、全体としては大きくイメージが違った。マスク美人という言葉を聞いたことがあるが、その伝でいけば彼はマスク美男子である。

食べてからマスクを着けて話すことになり、まずはパンケーキを片づける。バターの香りが香ばしく、外はしっかりとしているのに中はふわふわでおいしい。ボリュームも充分あった。

「殺人事件やなんて聞いたら、どきっとします。黛さんが容疑者にでもなってるんですか？」

真っ先に食べ終えた吉水が、マスクを着けて訊いてきた。

明朗快活から遠く、どちらかと言えば暗い話し方ではあったが、こういう営業マンの方が話に真実味があると感じる顧客もいそうだ。ぼそぼそとしゃべりながらも、言葉は明瞭で聞き取りやすい。

高柳もナイフとフォークを置き、マスクを着用した。

「黛さんと親しくしていた男性が殺害されました。彼女に重大な容疑が掛かっているわけではありませんが、数少ない関係者の一人として捜査の対象になっています。無実であれば早くそれを証明したい、というのが警察の思いです。どちらのためにもなります。

――その事件について、黛さんから聞いていませんか？」

「全然知りませんでした。いつの事件ですか？」

「八月下旬です。被害者の名前は奥本栄仁」

「初めて聞く名前です」

「警察の捜査ですから、本当のことを話していただかなくてはなりません。吉水さんは、黛さんが奥本さんと一緒に彼のマンションに入るところを見たことがあるんやないですか?」

「いいえ」と答えながら、コーヒーをひと口啜《すす》る。

「八月十日の夕方のことです。思い出しましたか? ちなみに月曜日ですが、山の日で祝日でした」

「うちは祝日でも出勤ですよ。外回りをしていたと思いますけど、どっち方面に行ってたか……」

そこで口ごもり、いかにも何かを思い出したように「ああ」と言った。

「十日は在宅勤務でした。朝早くに社長から電話があって、『起きたら体がだるうて微熱がある。コロナやったら大変やから出社するな』と言われたんで。結局、何でもなかったんですけどね」

「その日だけ在宅勤務だったわけですね。外出したのでは?」

「ミナミが近いので、ふらっと。散歩です。本当のことを言うと、仕事をサボっていたんですよ。黛さんを見掛けたりはしてません」

否定されると、この場では嘘だと言い返す材料がなかった。確かめるためには、目撃者に面通しするなり彼の写真を見てもらうなりするしかない。

「奥本という人のことを僕が知っているはず、と思うてるんですか？ 知りません。そのマンションはどこ？ ふぅん、東大阪。最近、そっち方面へは仕事でも足を向けてませんね」

「八月十日に、吉水さんらしい人を見掛けた、という証言があるんですが」

「その人、僕のことを知ってるわけですね？ 誰やろ。見当もつきません」

「いいえ、あなたと面識がある人ではないんです」

「判りませんねぇ。僕と面識がない人がなんでそんな証言をするんですか？」

説明が難しいところだ。高柳は滑らかに答える。

「捜査の詳細は省かせてください。とにかく、ある程度の信憑性《しんぴょうせい》を持つ証言なんですよ。

――質問を変えます。あなたは、黛さんが勤めていた北新地のクラブ〈如月《きさらぎ》〉にいらしたことがありますね？」

「はい。たまに接待で利用していました。気の毒に、コロナで潰れてしまったみたいですけど」

「どうして〈如月〉を接待に使っていたんですか？」

「黛さんがいたからですよ。さっき歩きながら、高柳さんにはお話ししましたよね。幼馴染みなんです。それで、彼女の勤めているお店を使ってあげたら喜ぶかなと、思うて社長に薦めました」

それまで贔屓《ひいき》にしていたクラブでホステスに粗相《そそう》があった。顧客が気分を害するような失態だったため、社長が「あそこはあかん。他にええ店はないかな。俺はよう知らんのや」と言いだしたのがきっかけだという。

高柳の質問が途切れる。何をどの順に訊けばいいのかを見失ってしまった――そんなことが私にはよくある――かのように。おかしな間が空くのを嫌ったのか、ずっとメモを取っていた森下がすかさず口を開いた。

「黛さんが〈如月〉でホステスをしていることを吉水さんは知っていた。大阪に出てからも接触があったからですね？」

「接触というか……たまに連絡を取ったりはしてました」

「ずっと仲がいいんですね。恋人同士のようなお付き合いをしていたのでは――」

「違いますよ」

吉水が強い調子で言った。森下は肩をすくめる。

「恋人同士のようなお付き合いをしていたのではありませんよね、と言おうとしたんです。同郷の昔ながらの友だちなんですね？」

「はい」

「家が近所で、小学校や中学校が同じだったんですか？」

「高校まで同じです。家がごく近所やったのではありません」

「大阪に出てきたのも同じ時期に？」

「いや、それは別々です。黛さんは看護学校に進学するため、すぐに丸亀を出ました。僕はいったん地元で就職したんですけど、そこが合わなかったので一年ぐらいしてから大阪にきたんです」

「卒業なさった学校の名前を教えてもらえますか？」

「プライバシーに関わりますけど、警察が調べたらすぐ判ってしまうやろうから言います。丸亀市立ナカシマ小学校、ナカシマ中学校、香川県立丸亀北高校です。ナカシマのナカは仲間の仲。シマは淡路島《あわじしま》の島」

「読み方はナカジマではなくナカシマ、と。――吉水さんは大阪にきて、どんなお仕事を？」

「それ、殺人事件に関係ありますか？　まったく無関係ですよね」

「すみません、インタビューをしているつもりになってしまいました」森下は笑ってみせる。「あなたが黛さんとたまに連絡を取り合っていた理由が判らなかったので尋ねたんです。お仕事で接点があったりしたのかな、と」

「隠す必要もないから言いますよ。僕は、大阪に出てからも何回か職を替えてます。繊維問屋やら食品商社やら。住宅メンテナンスの営業もやりました。どこも小さい会社で、潰れたとこもあります。五年前にやっと腰を落ち着けたのが今の会社です」

「すると、同窓会か何かで黛さんと再会して、連絡し合うようになったとか？」

「同窓会なんかありません。食品商社に勤めてた時に急性虫垂炎になって、手術と入院をした病院で黛さんが看護師として働いてたんです」

ああ、そこか。言われるまで、病院が偶然の出会いの場でもあることに思い至らなかった。

「なるほどぉ。入院して『ああ、吉水君』『久しぶりやね、黛さん』となったわけですね」

「はい。正確に言うと、『久しぶりやね、古川《ふるかわ》さん』でした。あの人、高校を出てすぐに両親が離婚して姓が変わりましたから」

両親の離婚については午前中に本人から聞いたばかりだ。黛美浪はきれいな名前だが、mの音が連続するのが少し気になっていた。黛は母方の旧姓なのだろう。

「病院で思いがけず再会したので、何か縁があるように感じたんやないですか？」

「大阪で親しい友だちもできずに心細い思いをすることもあったので、彼女と会えたのはうれしかったですよ。向こうも友だちがいなかったそうで、喜んでくれました。それでたまに『元気？』とかＬＩＮＥでやりとりしてたんです」

「会って食事に行ったりはしないんですか？」

「三回……あったかな。最近ではありませんけど。その程度です。――映画を観る前に、高柳さんから変なことを訊かれました。僕が黛さんを付け回していたんやないか、と。どこからそんな話が出てくるのか不思議です。誤解を招くようなこともしていませんよ」

受け身の姿勢だった彼が、攻勢に回ろうとしているようだ。苦手な警察の相手をしているうちに、だんだん腹が立ってきたのかもしれない。

「ですから、それは吉水さんが黛さんの後をついて歩いているのを目撃した人がいるからで――」

「付け回してませんって。どこの誰か知りませんけど、目撃した人が間違えているんです。迷惑やな」

　ここで火村が参入した。

「刑事さんたちは、言いにくいんですよ。あなたが殺人事件に関係している可能性も検証していますから」

「僕が？」吉水は自分の胸に手をやる。「奥本さんなんていう人は知らんのに、どうしてですか？」

　森下は、火村に任せて黙る。

「端的に言います。吉水さんはストーカー行為をするほど黛さんのことが好きだった。そんな彼女が奥本さんといい仲になっていると勘違いして、彼を襲った。そう信じているわけではありませんよ。しかし、警察はそのようなケースも検証するのが仕事なんです。事実ではないのなら、その線を早く消し込みたい、とも考えています。ご本人が手を貸すのが得策ですよ」

「警察は誰でも彼でも疑うのが仕事だと判っています。しかし、仮説にしても突飛《とっぴ》すぎますね。僕が奥本さんを知らないことを証明しろ、と言われたら困ります」

　吉水の態度は、やや軟化した。火村の言葉が巧みだったからでもなく、この犯罪学者がどんな人間なのか、興味が湧いただけだろう。

「おっしゃるとおり。知っていたことは証明できても、知らなかったことの立証は無理ですね。だから警察としても、あなたが事件に無関係であるかどうか、状況から判断するしかないんです」

「そういうふうに言われたら納得するしかありません」

童顔の男は、意外に聞き分けがよかった。話せば判る人間ですよ、とアピールしているようでもあるが。

「では、私から訊かせてください。あなたは黛さんに好意を持っていましたか？　この場合の好意とは親愛の念ではなく、恋愛感情もしくはそれに近いものです」

「ありません」

「彼女が恋人と歩いている現場を見掛けても嫉妬心など起きない、ということですか？」

「もちろん。ただ、幼馴染みとしてどんな相手かは気になるかもしれません。見るからに優しくて頼もしそうな男なら祝福したくなったり、よくない感じの男だったらちょっと心配になったり。同性の友だちに対してもそうやないですか？」

「よく判ります」

「結論が出ました。彼女に恋愛感情を持っていなかったのなら、ストーカー行為に及ぶわけがない」

「そこはどうでしょうね。今あなたが言ったような『よくない感じの男』が相手だったら、気になって様子を窺《うかが》いたくなることもありそうだ」

「仮定の話をされても……。奥本なんて人の存在も知りませんでした」

「八月十日に東大阪市内に足を踏み入れもしなかった、と証明するのは無理でしょうね」

「はい。在宅勤務になったのは社長が発熱したせいで、僕がどうこうしたわけではありません」

「私は子供の頃から日本中のあちらこちらに転居したせいで、幼馴染みというものがいないんですよ」

「はあ」

「だから、どういう存在か判らない。黛さんは、あなたの一つ年上ですよね。お姉さんのような感じなんですか？」

　吉水は、誰もいない方向の壁に視線を投げて、言葉を選んでいるようだった。

「……まぁ、そうかな。たった一つ違うだけで、小学生の頃はお姉さんでしたね。弟のように可愛がってもらった、という想い出があるわけでもないけど」

「家がごく近所だったのではない、とさっき言いましたね。学校が同じというだけで、年上の女子と幼馴染みになるものですか？」

「言葉からして、先生は東京かその周辺の生まれですか？」

「生まれたのは札幌で、東京で暮らしていた時期もあります」

「都会の学校に通っていたら判らないでしょうね。僕が出た小学校や中学校は、とても小さいんです。全学年が同じ教室でした」

「丸亀市にそんな学校が？」

「先生は丸亀と聞いて、中心にお城が聳《そび》えるかつての城下町を想像していたんですね。仲《なか》島《しま》小学校、仲島中学校。どちらも仲島という島にあるんです。古川さん、いや、黛さんも僕も瀬戸内海の島で生まれ育ちました」

「ああ、そうだったんですか」

火村は軽く上体をのけぞらせた。吉水が言ったとおり、丸亀市立と聞いて、雄大な石垣の丸亀城を見上げる学校を私も頭に描いていた。

「仲島は観光地ではないし、近頃人気を呼んでいる瀬戸内国際芸術祭の会場でもないので、先生がご存じないのも無理はありません。丸亀港から船で二十分ほどのところにあって、昔から花崗岩《かこうがん》の切り出しが盛んです」

「人数が少ない学校だったから、一つ上級だったお姉さんも幼馴染みということか。腑に落ちました」

「思い込みが修正されましたか？　恋愛感情どうこうは忘れてください。島育ち同士が大阪でたまたま再会したから、『じゃあ、また。元気でね』でおしまいにならなかったんです」

それを早く言ってもらいたかった、と彼を責めるのはお門違いだろう。順序を経なければ、二人とも瀬戸内海の島育ちです、という話に至らなかったのは仕方がない。

出身地を聞いて、色々と理解しやすくなった。大阪の病院での再会は大きなサプライズだったであろうし、以降に連絡を取り合うようになったのはごく自然だ。彼女が勤めるクラブを接待に使うよう吉水が社長に薦めた気持ちも判る。故郷を離れて大阪で生きている者同士、機会があれば少しでも助け合おう、ということだろう。

マスクで口許は見えないが、火村も吉水も笑顔になっていた。微笑を崩さないまま、犯罪学者は言う。

「何だかすっきりしました。この調子で、あなたに向けられている疑惑をきれいさっぱり払拭《ふっしょく》してしまいましょう」

「もう消えたんやないですか？」

「残念ながら、まだです。お姉さん的な存在である大事な黛さんがよからぬ男に騙《だま》されるのを阻止するため、あなたが犯行に及んだのではないか、というストーリーも作れるからです。そいつを粉砕しなくては」

「いや、でも」吉水の笑顔が失われる。「何をどうすれば疑いが晴れるって言うんですか？」

「犯行があったのは、八月二十五日から二十六日の間なんです。いわゆるアリバイが成立したら警察は退却します。あなたはどこで何をしていましたか？」

吉水は不満そうに眉根を寄せる。

「その幅、もっと短くなりませんか？」

「二十五日の午後から二十六日の深夜にかけて、というところまで絞れます」

「アリバイ調べですか。推理ドラマでしょっちゅう観ますけど、一生に一度経験するかどうかの場面ですね」

「どこにいたのか証明できなくても、疑いが完全に晴らせないというだけで、深まるわけではありません」

「当たり前ですよ。アリバイが証明できなかったら疑いが深まるやなんて、人権に関わります」

彼は彼なりに、我慢に我慢を重ねてきたのだろう。その憤懣《ふんまん》がこらえられなくなったのか、感情が次第に露わになる。もう不満と不快感を隠そうとしなかった。

「アリバイ？　お答えしますよ。その前に、ちょっと言わせてもらいます」

高柳と森下、火村、そして私の顔を順に見据えてから、腹に溜めていたことを吐き出す。

「国家権力を背負っているから怖いもの知らずで、公務員の中でも高給をもらっている刑事さんや、大学の准教授という地位に座っている学者先生には判らないことがある。小説家という仕事はよく知りませんけど、浮草みたいで不安定なようでいて、こんな捜査に付き合っているということは火村先生と同じ人種なんでしょ。僕は小さな会社で汗水たらして必死で働いて、やっと暮らしてます。面白くもない毎日です。しんどいばかりで、生きている時間の九十六パーセントぐらいは面白くもおかしくもない。二十二までに両親とも亡くして、兄弟も頼れる親戚もいなくて、後ろ盾はまったくありません。そんな人間を個室で取り囲んで、アリバイを証明しろ、ですよ。無茶苦茶プレッシャーを掛けてくれますね。逆の立場だったら、どう感じると思いますか？」

抑えていた負の感情は表に出すと増幅しがちである。吉水は今や、椅子から腰を浮かしかねない権幕だ。興奮した彼を宥《なだ》めようと森下が何か言いかけるが、火村の方が早かった。

「私と有栖川が立ち会ったせいで、無用の圧迫感を与えてしまったようです。申し訳ありません。一つだけ言わせてください。私と有栖川は、警察の味方をするために動いているのではない」

「かといって、僕の味方をしてくれるでもないでしょう」

「そりゃそうです。吉水さんとは会ったばかりで、どういう方なのか、事件への関与はあるのかないのかを知ろうとしている段階ですから。警察を含めて、私は誰の味方をするつもりもない。はっきりしているのは、犯人の敵だということです」

無意識のうちになのか、火村は両手をテーブルの上に出していた。掌は天井を向き、マジシャンが何も持っていないことを観客に示すかのように。

「犯人の敵、ですか」

吉水は、投げかけられた言葉を反芻《はんすう》している。グラスの水をぐいと呷《あお》って、彼は言う。

「犯罪の研究をするためには、犯人の味方でも敵でもない、というぐらい醒めた目が必要な気もするんですが。先生は相当変わっていますね」

呆れたことで怒りは鎮《しず》まったか。

「研究のスタイルが独特であることは自覚しています。――あなたが警察を苦手にしているのは何か理由があるのか、あるいは生理的に反発してしまうだけなのか知りませんが、彼らと縁を切りたいのならアリバイについて答えるのが早道ではないですか？　私があなたならそうします。休日の時間を大事にするためにも」

「答えない、とは一度も言うてません。先生のご忠告に従います。二十五日の午後から二十七日にかけて、僕がどこで何をしてたのかを話したらいいんですね。ちょうど夏休みを取っていた期間です。だから、朝から晩まで自由に動けました。独りで、のびのびと」

そこでいったん間を空けて、森下に尋ねる。

「殺人事件の現場は、東大阪市内のマンションなんですね？」

「はい」の返事を聞いてから、吉水は全員の顔を見回して答えた。

「僕は独りでのびのびと旅をしていました。殺人現場から遠く離れたところで」

6

船曳に命じられて、繁岡は車で黛美浪の許へと向かった。一度訪ねただけだが道順は頭に入っている。

——吉水蒼汰。

声には出さずに、その名前を復唱してみる。

孔雀の身元がこうも早く割れるとは予想外で、彼は高柳の手腕に感服してしまった。幸運にも恵まれたのだろうが、運も実力のうちである。

黛にストーカー行為をしかけている男がいるのではないか、というのは憶測でしかなく、彼女の身辺に目を光らせても存在の有無を摑むことは難しそうに思っていた。とてもではないが一人では無理だろうから、自分も手伝いに回るつもりでいたのに、たちまち任務完了だ。あなたなんかお呼びではない、と高柳に言われた気さえしてしまう。

——嫌われてない、と森下君は言うてたけど、心当たりがなくもない。あれが神経を逆撫でしてしもうたんかな。

捜査を開始してまもなく、不用意に訊いてしまった。「高柳さんは結婚する気はないんですか？」と。「よけいなお世話でしょうけど」と付けて尋ねたのだが、そんな言葉はクッションにならない。よけいなお世話だと思うなら初めから言うな、と反発されただろう。

彼が若かったふた昔前は「早《はよ》う結婚せぇ」と上司に満座で言われたものだが、今は時代が違う。コンビを組んで早々のことでもあったし、デリカシーを欠いたオヤジだと思われたに違いない。

露骨に不愉快そうな顔は見せず、高柳は「相手にしてくれる人がいないので、まだ独身です。茅野さんにも『さっさとええ男の身柄確保せんかい』と言われたことがありますけど、プライベートについての指示は拒否しました」と答えた。迷惑な顔をしないでくれたのは、今回だけは赦《ゆる》します、ということだったのだろう。

独身者と見たら、誰でも彼でも結婚の意思を訊くわけではない。つい口にしてしまったのは、布施署の会計係にとても気持ちがまっすぐな独身の男性職員がおり、年齢的にも高柳と釣り合いがよかったからだ。現場付近で聞き込みをした際、彼女の仕事熱心で一途な面だけでなく、思いやりを持って人に接するのを見ている。彼と彼女なら似合いのカップルに思えた。

高柳が結婚を望みながら相手を見つけかねていた場合、その職員なら自信を持って推薦できた。彼女が刑事の道を歩き続けていく上でも、警察のことをよく理解した実直で誠実な彼であれば、よきパートナーになりそうなのだが――

おせっかいと言われたら、それまでだ。男性職員も高柳も、警察一家の仲間ではあるが赤の他人であり、自分が世話を焼くのはおこがましいだけか、と反省した。

雑念を払って、ドアホンを鳴らす。

突然の訪問にも嫌な顔をせず、黛美浪は繁岡を招き入れてくれた。驚いたふうでもない。

「どうぞ、そちらへ。さっきいらした皆さんのお尻のぬくもりが、まだソファに残っていそうです」

昨日と同じように庭に面した応接室で麦茶を出され、刑事は「恐縮です」と頭を下げた。

「今日はお一人ですか。刑事さんはコンビで行動するものでもないんですね」

「効率優先で手分けをすることもあります」

今日の黛も〈ラナバス〉スタイルだ。いかにもカジュアルで気さくに見える。

「捜査に急展開でもあったんでしょうか？　電話ではなく、わざわざいらっしゃるということは、犯人が捕まったとか？」

繁岡は大きな身振りで否定した。

「いえいえ。そうやったら万々歳なんですけど。――火村先生たちが署に戻った後、新しい情報が飛び込んだもので、黛さんにお尋ねすることができたんです」

「よい報せですか？」

「グッドニュースでもありません。あなたにストーカー行為をしていた男について、先ほど質問が出ましたね？」

「心当たりはないので、そのようにお答えしました」

「漠然と訊かれて戸惑われたでしょう。そのストーカーらしい男についての情報が得られたんです。吉水蒼汰という名前に覚えはありませんか？」

口が半開きになった。しかし驚愕《きょうがく》からはほど遠く、軽く驚いた、というように。

「幼馴染みの吉水君のことですか？　小学校、中学校、高校と同じ学校でした」

「今も親交が？」

「高校を出たっきりだったんですが、何年か前に大阪でばったり会って、今もたまに連絡し合っています。ただの旧《ふる》い友だちで、彼はストーカーではありませんよ」

「かつての恋人という間柄ではないんですね？」

「彼は一つ年下で、弟みたいな目で見ています。元カレなんていうものではありません」

さらりと答えるが、巧みにとぼけているのかもしれない。

ありのままを語っているのであれば、吉水にとっては〈お姉さん的な存在〉ということになる。歌島も、黛を指してそのように言っていたのを思い出した。

「あなたは、色んな人にお姉さんと頼られるようですね」

「えっ？　ああ、言われてみれば、私は冴香ちゃんにとってもお姉さんみたいな感じかもしれません。でも、それは二人とも一つ年下だからで、いつでもどこでも姉ではありませんよ。ホステスをしていた時は、私にとっての頼れるお姉様がお店に何人もいました」

華やかな職場が繁岡の脳裏をよぎった。クラブなどという場所は、聞き込みでしか出入りしたことがない。

「異性の下級生が友だちということは、家が近所で先方の親御さんに頼まれて、小学生時代に一緒に登校するなどしたんですか？」

「そういうことはしていませんが。私や彼が通ったのは、島の小さな学校だったんですよ。学年なんか関係なく、生徒全員が顔見知りで友だちという規模の学校でした」

「ああ、なるほど。丸亀市内の育ちではなかったんですね」

「仲島という島で、行政区域はそこも丸亀市内です。中学校までしかない島だったから、高校は片道四十分のフェリーで通うか、そうでなければ下宿をしなくてはなりません。私は通学組。彼は、高校生になってからは親戚の家にお世話になっていましたね」

「すると、高校は同じでもつながりは薄れたわけですか？」

「はい。おまけに私は卒業後に大阪に出ましたから、もう彼と会うこともないかと思っていたら――」

一年遅れで大阪に出てきた彼が急性虫垂炎になり、彼女が看護師をしていた病院にきたことからつながりが復活した、という経緯が説明された。筋が通らない箇所はなく、繁岡には納得しかない。そんな吉水がホステスに身を転じた黛のために、彼女がいた店を勤め先の社長に紹介したという話も自然だ。

「彼はストーカーではない、とおっしゃいましたけれど、黛さんが気づいてなかっただけやないですか？　あなたをこっそり尾行していたと思わせる証言があるんです」

「人違いですよ。……吉水君、おかしなことに巻き込まれてしまいましたね」

表情が曇る。

「あなたにすれば弟的な幼馴染みやったとしても、向こうが一方的に恋愛感情を持ってたのかもしれません。いかがですか？」

「それこそ答えようがありません。彼に訊いてみたらどうです？」

「別の者が訊きに行っています。正直に答えてくれたらええんですけどね」

黛は、きっと繁岡を見据える。

「彼は真っ当な人間で正直者ですよ。こんな言葉がどこまで刑事さんの心に届くか判りませんけれど、私が保証します」

細めに開いたガラス戸の隙間から、涼しい風が吹き込んだ。

「もしかして……吉水君に話を聞きに行っているのは高柳さんですか？　だから、私のところに繁岡さんが一人でいらした」

「ふぉい。高柳と他の刑事も伺っていますが、それがどうかしましたか？」

「私は、訊かれたことには何でもすらすらお答えします。でも、吉水君はそうではないかもしれません。彼は警察が好きではありませんから」

駐車違反の反則切符をもらったり、無灯火で自転車に乗っていて呼び止められたりしただけで警察官嫌いになる市民は少なくない。

「吉水さんが警察を嫌うのには理由があるんですか？」

「昔、嫌な目に遭いましたからね。いえ、大したことではないんですけれど」

言葉を濁して、明かそうとしない。本当につまらないことかもしれないが、繁岡はもうひと押しを試みる。

「高校時代に万引きの疑いを掛けられた、といった類のことでしょうか？」

「いいえ」と言ったきり、言葉が途切れる。

「どんなことがあったんですか？」

重ねて訊いてみると、黛の態度が変わった。まずい話題に自分が誘導してしまったと思ったのか、照れたような笑みを作る。これまで見せたこともない顔だ。

「つまらないことで、本人はもう忘れているかもしれません。今は警察が好きになっていたりして。世の中には結構いますよね、警察のファン。テレビでも刑事ドラマは人気があります」

吉水の警察嫌いが今回の事件に直接関係しているとは思えず、繁岡は質問を変える。

「吉水さんは、どんな人物なんですか？　正直者であることと、警察が好きではないことはお聞きしました。それ以外で」

「営業の仕事に就いていますけれど、外向的な性格ではありませんね。中学時代も無口で、何か言いたいことがあってもお腹に仕舞っておくタイプ。明るいか暗いかで分けたら、暗い。言葉遣いもあまり丁寧ではありません。でも、それは表面的なことで、優しくて賢い子です」

「学校の成績もよかった？」

「勉強はそれほどでも。テストが得意かどうかと頭のよさは別でしょう」

「ふぉい。常々、そう思っています」

「人の前に立とうとするタイプではなくて、目立つのは嫌がる方です。性格だから仕方がありません」

「ずっと営業の仕事をなさっているんですか？」

「職場は何度か替わっていますが、だいたい営業職ですね。愛想もあまりよくないから似合わないようでいて、いい成績を挙げているみたいだから、性格的な弱点を頭のよさでカバーしているのだろうな、と思っています」

彼の頭脳をやけに持ち上げるが、色恋となると頭の良し悪しと関係がなくなることも多い。かといって、何年にもわたってストーカー行為をされながら気づかないほど黛が無防備で鈍感にも思えないのだが。

「彼と最近会ったのはいつですか？」

「春節の頃ですね。中国からの観光客が日本にウイルスを持ち込むと怖い、という話をしましたから」

「今年の春節は一月二十五日でしたね。何か会う用事があって？」

「いいえ。LINEで近況報告をし合っているうちに、二年ぐらい前に行ったおいしい焼き肉屋さんにまた行きたいね、となっただけです。とりとめのない話をしながらお肉を食べただけ」

「その折に、奥本さんのことを話題にしませんでしたか？」

「するわけがありません。お互いに仕事上の悩みや愚痴をこぼすことはあっても、恋愛絡みの話は一切したことがないんです。だから、彼に恋人がいるのかどうかも知りません」

「あなたへの好意を仄《ほの》めかしたりしなかった？」

黛はわずかに目を伏せ、婀娜《あだ》っぽい微笑を浮かべた。

「だから、そういうのはないんです。コンパニオン時代に帰国子女の同僚に聞いたことがあるんですが、英語には『妹とデートするようなもの』という表現があるそうですね。全然うれしくないこと、ちっとも面白くないことの喩《たと》えです。無意味で馬鹿らしいという意味もありそう。彼にしたら私は疑似お姉ちゃん。お姉ちゃんや妹とデートしたがる男性がこの世にいますか？」

お姉ちゃん的存在だの疑似お姉ちゃんだの、吉水が言ったわけではない。黛がそうイメージしているだけだ。

――喩え話はええねん。あんたは、吉水のほんまのお姉ちゃんやない。

繁岡は頷きもせず、黙って彼女を見返すだけだった。

7

吉水蒼汰と店の前で別れた後、私たちは無言で彼とは反対方向にしばらく歩いた。ワンブロックほど行ったところで、森下が足を止める。

「少し時間が掛かるかもしれないので、車に乗って待っていてください」

店に引き返す理由は、聞かずとも全員が承知していた。

駐車場の車で彼を待っている間に、高柳がタブレットに呼び出したウェブサイトを私たちに見せる。吉水が勤める建設会社のものだった。洗練されたデザインではないが、すっきりとしていて見やすい。

「家族的な雰囲気の職場みたいですね」

私が言うと、彼女は頷いた。

「そのようですね。社長さんもフレンドリーでした。おかげで彼の顔写真が手に入りましたね」

社長を含めて社員は五人。全員が事務所で微笑んでいる写真——各自の氏名はない——がトップページにあった。さっきは仏頂面も見せた吉水だが、そこでは営業マンらしい笑顔で写っている。彼の特徴がよく出ていて、この後の捜査に役立ちそうだ。

「建売住宅を作り、販売するのが中心の会社みたいですね。小さな工務店を使うゼネコンならぬミニコン。社長の奥さんが専務で経理を担当している。久馬大輝《だいき》が勤める不動産テックの会社とは関係がなさそうや」

私がタブレットを返しながら言うと、高柳は確認を取っていた。

「久馬の会社の名前を出して、社長さんに訊いてみました。まるで接点がないそうです。仮に久馬と吉水が仕事の上で親しかったとしても、それがこの事件に絡むとも思えません」

黛から聞いた何らかの情報が吉水を経由して久馬に伝わり、それを利用して犯行に及んだ——と考えても、活路が拓《ひら》けそうにない。〈何らかの情報〉の見当がつかないし、久馬は強固なアリバイの壁に守られている。

戻ってきたアルマーニの刑事は、小さな紙袋を懐に抱くように持っていた。いかにも〈僕は今、壊れ物を運んでいます〉という図だ。

「お待たせして、すみません。店長に事情を説明したら、任意で提出してもらえました。任提領置《にんていりょうち》に成功。ビニール袋に入れて、緩衝材のシートでくるんでくれた上、こんな袋まで。親切な店です」

会見が終わりかけた時、「先に会計を済ませてきます」と森下が席を立った。高柳が吉水に見えないように「よろしく」と親指を立てたので、私にも察しがついた。会計をするだけではなく、身分を明かした上で、自分たちはいったん退店してからまた戻ってくるので、それまでテーブルの上のグラスに触らないでくれ、と店員に頼もうとしているのだな、と。

言うまでもなく目的は吉水の指紋の採取。目論見は成功し、吉水がべたべたと触ったグラスを確保できた。本部に持ち帰れば、スーツケースに残っていたものと照合できる。

しかし、犯人を追い詰めたという手応えは希薄だった。吉水に確たる犯行の動機があったという心証は得られなかったし、どうやら彼にはアリバイがあるらしい。もちろん、旅行をしていたという証言の真偽はこれから検証するのだが、あれほどぬけぬけと出任せが言えるとも思えないのだ。

「指紋が一致する。アリバイが崩れる。これが理想の展開ですね」

森下が言うのに、つい意地悪く返してしまう。

「言い換えると——指紋が一致しない。アリバイが立証される。これが最悪のパターンですね。いや、指紋が一致してアリバイが立証される、という場合もあるのか」

「やめてくださいよ、有栖川さん。それ、悪夢です」

布施署に戻るなり、まず鑑識係に指紋の採取と照合を依頼して、それから船曳警部への報告となる。警部は、指紋付きグラスという手土産にいたく喜んだ。

「それで、孔雀は臭うか?」

問われて、高柳も森下も曖昧に答える。明らかな虚偽の証言は見つけられなかったし、シロと判定する根拠もない。警部は同じ質問を火村にも投げた。

「灰色としか言えませんね。アリバイを語る時は、迷いなく堂々としていました」

「演技派なのかもしれませんよ。調べたらすぐ綻《ほころ》びが出たりして。……それにしても、またしても旅行か」

歌島冴香、久馬大輝、西辺紗穂、そして吉水蒼汰。学校の夏休みの終盤で観光地の混雑が減る時期とGoToトラベルキャンペーンが重なったせいか、関係者の誰も彼もが旅行に出たため、捜査に手間が掛かることを警部はぼやく。

吉水が語ったところによると、彼は二十五日の朝から和歌山方面に二泊三日の旅に出ていた。その証言を聞くなり「変わった旅行ですね」と森下が言っていたが、なかなか楽しそうだな、というのが私の感想だった。普通列車に乗り放題の青春18きっぷを使って、三日かけて紀伊《きい》半島をぐるりと一周し、終点である三重県の亀山《かめやま》駅から関西本線のこれまた各停で帰ってきた、というのだ。

二十五日は朝八時台に天王寺《てんのうじ》駅を出発し、途中で普通列車を三回乗り換えて、午後三時前に串本《くしもと》駅着。名勝・橋杭岩《はしぐいいわ》などを観光して〈南風別荘〉という旅館に泊まり、温泉にゆっくり浸かって過ごす。二十六日の移動距離は短く、午前中に串本海中公園で遊んでから串本駅に戻り、紀伊《きい》勝浦《かつうら》駅まで行って熊野那智大社《くまのなちたいしゃ》を拝観。同地の〈竜宮ホテル〉に投宿。

二十七日は朝九時前の列車に乗り、四回の乗り換えをしながら紀勢《きせい》本線と関西本線の普通列車を乗り継いで、天王寺駅に帰り着いたのが午後六時半頃。

「こんな旅行って、あります？」署に戻ってからも森下は言う。「紀伊勝浦から天王寺って、調べてみたら特急やと三時間四十分ほどです。吉水が言うたとおりに普通を乗り継いだら、所要時間は九時間半。二倍以上かかってしまいます」

これしきは驚くほどのことでもない。

「たった二倍とも言えますよ。格安の切符を活用して、のんびり電車に揺られる旅です」

吉水の話を聞きながら、私たちはめいめいがスマホで電車の時刻表を確認していた。

「一日目はまだええんです。二日目は、いたってノーマルな観光ですね。乗り放題の切符は使わなかったそうだから。問題は三日目。紀伊勝浦から大阪とは反対の北東へ向かって紀伊半島を一周し、亀山に着くのが午後三時四十二分。そこから名古屋に出たら新幹線に乗れるのに、関西本線の普通を乗り継いだせいで、天王寺着が六時半頃って……。この日、大阪に帰るだけやのに九時間半もかけてるのに呆れてしまう」

「乗りっぱなしではありませんでしたよ。新宮《しんぐう》駅で乗り換える時に、百四分の待ち時間があったりしたから、座席に座ってたのは七時間ちょっと」

森下は、しげしげと私の顔を見た。

「有栖川さんって、乗りテツでした？」

「というほどの者ではありませんけど、急がない旅は好きです」

新宮での百分以上の待ち時間は、とても魅力的だ。乗りっぱなしを免れるだけではなく、不老不死の薬を求めて秦《しん》から渡来した徐福《じょふく》伝説の地だし、江戸川乱歩《えどがわらんぽ》も傾倒した佐藤春夫《さとうはるお》の出身地で記念館があるし、新宮には見どころが多い。目玉とも言えるのは熊野三山の一つ、熊野速玉《はやたま》大社で、吉水はここでたっぷり時間を過ごしていた。

「一般人は、なるべく早く目的地に着きたい、と思うて鉄道を利用するんですが。ゆったりのんびり鉄道の旅というのも結構ですけど、ものには限度があります。……しかし、新宮駅での待ち時間が百分以上もあるとは。紀勢本線、なめたらあきませんね」

人跡《じんせき》も稀《まれ》な最果ての地だから列車の本数が少ないのではない。極端に運行本数が少ない区間があれば、そこと隣接する地域では生活圏が異なって人間の行き来がぐっと減る、ということだ。

新宮を出て尾鷲《おわせ》までは車窓から海がよく見えただろう。その先となると私は想像が及ばない。列車は深い山の懐に潜り込んで、緑の海を延々とくぐるのだろう。

「亀山で関西本線に乗り換えというのもなぁ。手前の松阪《まつさか》で近鉄に乗り換えたら、大阪まですっと帰れるのに。青春18きっぷでは近鉄に乗られへん、ということか」

関西本線で亀山から天王寺に帰るのには、加茂《かも》で乗り換えするだけで足りた。私などは、亀山から天王寺まで一回の乗り換えで済むとは意外に便利だな、と思ったものだ。

船曳が大きな咳払いをした。

「要するに、粋狂な鉄道の旅をしてたということで、吉水が乗った列車の車掌に訊いても覚えてるとは思えん。しかし、泊まった宿に問い合わせたらアリバイの有無は確かめられそうやな。串本や紀伊勝浦と犯行現場を、そう簡単に行ったり来たりはできん」

特急を利用しても南紀と〈トミーハイツ〉を移動するのに片道五時間以上はかかるだろう。紀勢本線に夜行列車は走っていないから、日中しか動けない。いや、昼間に高速バスという手段もあるか。

私は急いで検索してみた。高速バスの便は白浜までしかない。白浜・串本間を走るバスにすぐさま乗り換えられたとしても、所要時間は鉄道より短くはならないのだ。

「とりあえずは電話で照会や。吉水の顔写真は手許にあるんやな？　それを送信して宿の者に確かめろ。必要がありそうやったら、誰かがＧｏＴｏ出張になる」

不謹慎ではあるが、私が行きましょうか、と手を挙げたくなった。南紀の海をしばらく見ていない。

「えーと、特急〈くろしお〉やな」

船曳が検索しようとするので、私は有能な部下のごとく答える。

「今、調べてました。明日は日曜日なので始発は天王寺発七時五十四分です」

警部は私に礼を言ってから、森下に向き直る。

「お前、そろそろ着替えが尽きるやろ。今晩は家に帰れ。場合によっては、明日の朝七時五十四分発の〈くろしお〉や。吉水のアリバイについてきっちり調べて、夜の会議で報告。ええな？」

有無を言わさぬ口調に、森下は「はい」と大きな声で答える。

「その前に宿に電話や。串本が〈南風別荘〉、紀伊勝浦が〈竜宮ホテル〉か。森下は串本の宿を。勝浦の方はコマチ。……コマチ、おい、聞いてへんのか！」

「はいっ！」

真剣なまなざしでパソコンの画面に向かっていた彼女は、はっとして顔を上げた。二十五日から二十七日にかけての吉水の行動については喫茶店の個室で聞いたことなので、別の何かに関心が移っていたのか、警部に一喝されて珍しく慌てている。

「〈竜宮ホテル〉に電話して、二十六日に吉水が泊まったかどうか確認せえ。顔写真も送って。ええな？」

「はい」と答えて、あたふたとホテルの電話番号を調べだした。

火村はそっと動いて、高柳が使っていたパソコンを覗く。さりげなく私も真似をすると、画面に映っているのは長田駅の防犯カメラの映像だ。机の上にラベルを貼ったＤＶＤが置いてあったので、また観たくなったのか。

「吉水という男、足の便が悪いところへ旅行に出掛けてくれたもんです」

警部は、私たちに向かってぼやいた。南紀は近畿圏内だから物理的距離はさほどでもないが、時間的距離はかなり遠い。線路も道路も海岸線に沿った一本だけで、交通手段は限られている。

吉水の旅の目的は、普通列車による紀伊半島一周。串本や紀伊勝浦での観光はついでだったのでは、と思える。今回のフィールドワークに加わる前々日、おおさか東《ひがし》線に乗った私と同じく、車窓風景と移動する喜びを味わうための旅。スケールがあまりにも違うが。

第一印象というのは当てにならない。彼を見るなり、体を動かすのが好きなタイプと思った私の勘が鈍すぎるだけか。「ふだんは営業車でせわしなく走り回って、人に気を遣ってばかりなので、休暇はとことん受け身でぼーっと過ごすのが好み」というのが本人の弁だった。

車窓から海を眺めるのが好きだ、とも言っていた。島育ちだからであろうか。去年の夏は、やはり青春18きっぷをフル活用して山陰路をたどったそうで、休暇の過ごし方について話す時は、いくらか表情が和らいだ。

「ほんまに宿に泊まってたとしたら、二十五日の犯行は不可能です」私は警部に言う。「二十六日に行って帰る時間があったかどうかは、彼が〈南風別荘〉を何時にチェックアウトしたかによりますけど」

串本には行ったことがないが、海中公園には水族館があったり観光船が出ていたり、遊び甲斐があるところだ。そこに正午ぐらいまでいたことが証明されたら、それだけで大阪に行って帰る時間的余裕はなくなりそうである。

「紀伊半島一周が大嘘で、二十七日は紀伊勝浦から上りの特急に乗ったら、さっさと大阪に戻れますけれど、奥本の死亡推定時刻からはみ出してしまいます。調べても意味はありませんね」

「それでも念のために、可能な限りは裏を取りたいと思います」

高柳と森下は、お互いの声が邪魔にならないように離れた席に着き、警部に命じられたとおり宿に問い合わせの電話を入れている。二人の手がふさがっているので、警部は私たちに尋ねる。

「吉水は、早くから宿を予約してたんでしょうか？」

火村が何か考えている様子だったので、私が答える役を引き受けた。

「夏季休暇の予定が立ってすぐ、ひと月以上前には押さえていたそうです。嘘ではないでしょうね。ＧｏＴｏトラベルのおかげで、いい宿は予約が取りにくくなっていますから」

旅行需要を喚起するため政府が旅行代金の半分を持ってくれるのだからこの機会に、とふだんは利用しかねる高級な宿や部屋から予約が埋まっていくそうだ。私は旅行の予定がないまま、ネットでその状況を確かめたことがある。

「やっぱり予約をしてましたか。すると、もし犯人が吉水やとしたら、じっくり時間をかけてアリバイ工作のアイディアを練れたことになる。奥本殺しは衝動的な犯行に見せかけた計画殺人……かどうか、判らんなぁ。なんぼ掘っても、どっちとも決めかねる」

「決めかねますね」と言うしかない。

吉水だけでなく、歌島冴香と久馬大輝も思い立って急に旅立ったわけではなく、事前に宿の予約を取っていた。彼らの中に犯人がいたなら、計画殺人であることが確定するわけだが。

森下と高柳の声が、重なって聞こえている。二人とも、写真を送るので見てもらえないか、と頼んでいるところだった。はたしてどんな結果が出るのか。

「スーツケースのバンドの指紋と喫茶店のグラスの指紋の照合には、どれぐらいかかるんでしょうか？」

船曳に訊くと、「二十四時間以内には」とのこと。府警本部の鑑識課が取り扱うそうで、遺留指紋と遺留指紋の照合には私が思ったよりも時間を要するらしい。

「写真の人に間違いはないんですね？」

森下の声が耳に飛び込んでくる。串本の〈南風別荘〉に吉水が泊まったのが確定しかけているようだ。船曳がそれに反応した。

「吉水がシロやったら、それでええんです。早いところ被疑者のリストから消せて助かる」

高柳が電話を終え、結果を告げる。

「吉水が宿泊した記録が〈竜宮ホテル〉に残っています。チェックインしたのは二十六日の午後五時過ぎ。チェックアウトは二十七日の朝八時半。本当に同人であったかどうかは、彼に応対した複数の従業員に写真を見せて確認し、折り返し返事をもらうことになりました。ただ、電話に出たフロント係は『この人に見覚えがあります』と言っています」

森下の電話は終わりそうで終わらない。高柳より三分ほど遅れて受話器を置いた。

「〈南風別荘〉への照会、終わりました。二十五日に宿泊した吉水の担当だった部屋係に顔写真を見てもらったところ、『この人だったように思う』との証言が得られました。チェックインが午後三時二十分。チェックアウトは翌二十六日の朝九時なんですが、海中公園に行ってくるので荷物を預かってくれ、と。取りに戻ってきたのは正午前だった、とのことです」

二十六日の正午前に串本の〈南風別荘〉に現われ、同日午後五時過ぎに紀伊勝浦の〈竜宮ホテル〉にチェックインしたとすると、空白の時間はわずか五時間ばかり。とてもではないが犯行現場に行って戻る時間はない。

「『この人だったように思う』は頼りないけど、灰色やった孔雀が白っぽくなってきたな」

警部は太鼓腹に手をやり、擦《さす》りながら言う。それから思い出したように——

「吉水は旅行中に写真を撮ったりしてないんか？」

森下が「見せてもらいました。一人旅なので風景がほとんどですが、橋杭岩と那智の滝をバックにした自撮りもありました。証言内容と一致する日付で」

アリバイが完全に成立したとは言えないが、吉水に対する警部の関心は減退してきたようだ。奥本を殺害する動機が今一つ弱いことも原因だろう。それでも森下の南紀出張の命《めい》は取り消さなかった。現地に行けば発見があるかもしれない、という一縷《いちる》の望みを託しているらしい。

「吉水のアリバイが崩せたとしても、問題が解決するわけやない。防犯カメラに映ってないんやからな」

警部は呟いてから、火村と私に言う。

「犯人は、死体が発見された後でマンション外に出たんやないか、とまで思うようになりました。常識では考えられへんのですけどね。で、発見された後のビデオも洗いかけてるんですが――」

昨夜、私が考えたことではないか。火村にきっぱり否定されたが、警部が同じ仮説を口にしたので、ほっとする。

「――もともとコロナで人の動きが少なく、映っているのは住人が通勤や買い物などで出入りするところばかりです。いまだにマンション内に潜んでいるとは、さすがに考えにくい。見慣れない人間は、ひどく目立つようになっていますし。特別な事情が生じて中に留まるしかなくなったとしても、入るところが映っていないのが解せません。侵入にあたっても特別な事情があって、犯行の何日も前から潜伏したとは、さすがに……」

電話が鳴った。

8

森下が運転する車で〈トミーハイツ〉に急行すると、鮫山警部補が管理人室の前で立っていた。こちらが訊く前に「まだ始まっていません」と言う。

「『汗をたくさんかいたから、まずシャワーを浴びさせてください』ということで、待っているところです。帰ってきたのは四十分前。着替えも済ませて、そろそろ降りてきてくれるでしょう」

二十五日以来、大きなスーツケースとともに長い旅に出ていたセミナー講師の西辺紗穂がついに帰還した。バカンスが二週間を超えることはない、という彼女の母親の言は正しかった。逃走したわけではなかったのである。

「彼女、どこに行ってたんですか?」

まず、それが気になった。

「青森県の津軽《つがる》地方です。太宰治《だざいおさむ》の生家を訪ねて回ったりした後、八月二十七日から昨日まで白神山地《しらかみさんち》にあるロッジで骨休めしてたんやとか。電波が通じんところに滞在し、読書三昧でリフレッシュしたかったそうです。ふだんのストレスがよっぽど大きいんでしょうかね」

なんて楽しそうな旅なんだ、と涎《よだれ》が出そうになった。吉水といい西辺といい、あまりにも羨ましい。

テレビにもネットにも接しなかったので、〈トミーハイツ〉で殺人事件があったことも知らずに過ごしていたという。警察が自分の帰りを待っていたとは、夢にも思うはずがない。

紺色のポロシャツに白いパンツ姿の女性が降りてきた。ほっそりとしていて眼鏡がよく似合っている。シャワーを浴びてさっぱりしたところだろうが、警察の用件が伝わっているせいか、緊張した面持ちをしていた。

「大変お待たせして、失礼いたしました。わたくしは何を観たらよろしいのでしょうか？」

鮫山は、西辺を管理人室の奥のモニターの前に導く。ベレー帽の管理人によって、画面はサングラスに青いTシャツの男が駐輪場にやってくる直前の画面になっていた。森下、火村、私は、部屋の外で見つめる。

「八月二十五日の夜、零時前の映像です。まもなく姿を現わす人物に見覚えがあるか、あるとしたらそれは誰なのかを答えていただきたいんです。よろしいですか？」

西辺は「はい」と答えて、画面を覗き込む。戸惑ったり怯《ひる》んだりする様子はない。

再生がスタートした。彼女の表情に注目していると、たちまち変化があった。ん？　と顔を突き出し、目を細め、眼鏡の位置を直す。ついでにマスクも。鮫山もそんな反応を観察している。

「帰って行く場面もあるんですが、そちらは顔がまったく映っていません。今の映像で判りましたか？」

返事は「はい」だった。管理人の染井《そめい》も含めて、一座が色めき立つ。警部補は興奮を隠さなかった。

「見覚えがあるんですね？　誰ですか、これは？」

慎重を期してもう一度だけ観たい、と彼女はリクエストした。二度目で確信が強まったようだ。

「お名前までは存じませんが、八月の初め頃にお見掛けしました。まず間違いないと思います。……ただ、住人の方のプライバシーに触れます」

鮫山は「すみませんが」と染井に席をはずさせた。管理人が部屋を出るのを見届けてから、西辺は落ち着いた声で証言する。

以前にサングラスの男を目撃したのは、ひと月ほど前の深夜。メールボックスを見ていないことを思い出し、郵便物を取り出して戻ってきた時のことだ。

「隣の部屋から、ビデオに映っていた人が出てくるところでした。背中を丸めて、こそこそと。エレベーターを上がってきたわたくしと目が合うと、決まりが悪そうに俯《うつむ》いて髪をいじる。見られたくなかったんだな、と判ったので、わたくしは視線を逸らしてすれ違いました」

隣室の住人はともに三十代前半の松橋《まつはし》夫妻で、廊下などで顔を合わせたら挨拶をする程度だという。夫は市内の物流センター勤務、妻はコロナ禍の前から在宅で仕事をしているらしい。夫は夜勤が多いと聞いていたので、人目を忍ぶようなサングラスの男が何をしにきたのかおよその見当がついた。

「間男やと直感したわけですね？」

鮫山は古風な表現をした。

「はい。いかにもそんな感じでした。男性が部屋を出る時に奥さんが顔を覗かせて、小さく手を振っていましたし」再現して見せる。「その手つきが艶《なま》めかしくて、遊びにきた兄弟を送り出しているようには見えませんでした。廊下に人がいる気配を察知して、奥さんはぱっと引っ込んだのも引っ掛かっています」

人間観察に自信があるのか、西辺の受け答えには迷いがない。一度すれ違っただけなのに、ビデオの男に相違ないとも言い切る。

「いつどこで会った人か、忘れないのがわたくしの特技です。職業柄、必要なことでもあります」

自信は揺るぎないらしい。

「そうですか」鮫山は言う。「しかし、その奥さんも大胆ですね。旦那が夜勤の時に、よその男を自宅マンションに招き入れるとは」

「とても大胆ですが、夜勤に出たら朝まで絶対に帰ってこない、と安心しているのでしょう。晩い時間でしたら人目にもつかない、とも。危険を冒して自宅に招き入れるのは、コロナのせいで外出する適当な口実がなくなったことが大きいと思いますね」

西辺は淀みなくコメントした。なるほど、外出しにくくなったことは影響しているだろう。

「はっきりお答えいただき、ありがとうございます。お隣の奥さんに訊いてみましょう。あなたから聞いたとは言いませんので、ご心配なく。もう少しこちらにいてください」

「くれぐれもよろしくお願いいたします。警察によけいなことを言ったな、と恨まれるのは避けたいので」

鮫山と森下は、さっそく西辺の隣室へと向かった。管理人室に取り残された彼女に、私が声を掛ける。

「ご旅行はいかがでしたか？」

「生き返った心地がしています。とてもいい旅でした。九月三日に戻るつもりだったんですけれど、あんまり気持ちがいいので延長してしまって、警察の方にご迷惑をかけたようですね」

「捜査の邪魔をしたわけでもないので、お気になさることはないでしょう。電波が通じないほど辺鄙なところだったんですね」

「社会から切り離されて不安な気もしたのですけれど、慣れてくると精神が解放され、本当に寛《くつろ》げました。世界自然遺産の広大な椈《ぶな》の原生林にくるまれて、空気はおいしいし、読書は捗《はかど》るし、ふだん浮かばないような仕事のアイディアも浮かぶし、いいこと尽くめだったんです」

何を読んでいたのか訊くと、電子書籍でマルセル・プルーストの長大な『失われた時を求めて』を一気読みしたという。彼女ぐらいの覚悟で休暇を取らないと、とてもできない荒業だ。

「リラックスできた理由はもう一つあります。このマンションでも新型コロナに感染して発症した方が出たので、濃厚接触はしていなくても落ち着かなくて……。そんなものから自由になれたのも助かりました。ロッジのご家族と話すのも、私が希望してみんなマスクなし。笑顔がそのまま見えるって、素晴らしいことですね」

　火村は優雅な旅については何の関心も払わず、奥本について知っていることはないかなど、事件の解決に役立つ情報を西辺から聞き出そうとしたが、期待したものは得られない。「いつどこで会った人か」を忘れない彼女は、当然ながら奥本を認識していたが、時折マンションで見掛ける入居者以上のものではなかった。

　鮫山と森下はなかなか帰ってこず、もう十五分は経過していたが、西辺は私たちとの会話を楽しんでいるようだ。休暇で得た感動を聞いてもらうのがうれしいようでもある。

「夏の白神山地もいいけれど、秋がすごいのだそうです。『全山が黄金《こがね》色に染まって、紅葉の赤がその中に散って、絵にも描けない美しさになるから、ぜひおいでなさい』とロッジのご主人に誘われたのですけれど、秋は休みが取りにくいので悩みます」

　また涎が出そうになったところへ、鮫山たちが戻ってきた。

「西辺さん、ありがとうございました。あなたの証言は間違っていませんでした。旅行帰りでお疲れのところ、すみませんでしたね。どうぞお引き取りを」

　足止めしておいて、今度は早く去ってもらいたそうにする。西辺が「失礼いたしました」と出て行くと、警部補は管理人に迫った。

「染井さん。あなた、警察の質問にええ加減な返事をしてたんやないですよね？」

「な、何ですか？」

　染井は身をのけぞらす。

「ビデオに映ったサングラスの男のことですよ。もう一度お尋ねしましょう。あなたが知らないと言っていたあの男は、誰ですか？」

「答えは変わりませんよ。私が知らないはずがない、とおっしゃるんですか？」

染井は狼狽していた。鮫山は眉根を寄せて、怪訝《けげん》そうにする。

「本当に思い当たらない？　おかしいな。松橋さんの奥さんによると、あれは染井佑士《ゆうじ》。あなたの甥御《おいご》さんです」

「はっ？」と管理人は目を見開く。「染井佑士は私の甥です。いや、しかし——ええっ！」

モニターにまた問題の男の映像を呼び出して、あらためて観直しだした。喉を鳴らすような音を洩らしながら。やがて振り向いて——

「これ、佑士みたいです。言われて初めて気がつきました」

「合点がいきませんね。小学生の頃に会ったきり、という甥っ子ですか？」

「いいえ。年に一回は会う子なんですけれど、今年の正月に顔を合わせた後、ここしばらくは無沙汰をしていまして」

「八カ月ほど前に会うたばっかりやないですか」

「特別な八カ月です。その間にコロナが広まって、外出自粛が叫ばれました。ステイホームによる運動不足というのは恐ろしいものですね。あいつ、八カ月でこんなに太ったのか」

「太った？　……本当に甥御さんだと気づかなかったんですか？」

染井は「ちょっとお待ちを」とスマホを取り出した。そして、正月に親戚が集まった際に撮った写真を私たちに示す。

「私の右横に座っているのが佑士です。こんなに様変わりしているんですよ。そりゃあ、あの映像を指して『これはあなたの甥ですか？』と訊かれたのなら、『そのようです。随分と太ったようですが』とお答えできたかもしれません。しかし、殺人事件の不審者を調べる中で、『この男に見覚えは？』と訊かれたら、『知りません』となるのも無理はないと思いませんか？　ふだんの佑士はサングラスなんか掛けていませんしね」

彼が言うのも理解できる。鮫山は低く唸っていた。

「佑士がなんで夜中にうちのマンションへ……」

「言うまでもない」鮫山は嘆息した。「松橋さんの奥さんと密通していたんですよ。出会い系アプリで知り合って、『今晩、うちの亭主は夜勤で留守』というお誘いに応え、忍んできたわけです。本人が認めています」

「あいつ……」染井は苦々しそうにする。「選りに選って、叔父が管理人をしているマンションで、そんな不埒《ふらち》な真似をしますかね」

「出会い系で知り合った相手が、叔父さんの勤めるマンションの住人だった。うれしくない偶然ですね。佑士さんにもまずいという自覚はあったんでしょう。後ろめたさ倍増の密通ですから、サングラスを掛けてこそこそと出入りしただけではありません。万一、叔父さんがビデオをチェックして自分だと気づかれては困るので、歩き方の癖などが出ないように酔っぱらいのような歩き方をしたんやそうです。前屈みの姿勢も身長をごまかすため」

佑士は観念し、すべて電話で白状していた。殺人事件を捜査している刑事に詰問されたら、隠してはおけなかったのだ。ましてや密通の相手が先に認めていたら、抵抗しても無駄である。

「電話ではざっくりとした話しか聞けませんでした。佑士さんには直接お会いして、詳しい事情を伺います。しっかりと顔を見ながら」

「お手数をお掛けして、申し訳ありません」

詫びる染井に、「あなたが気にしなくて結構です」と鮫山はあえて——なのだろう——軽い調子で言った。

管理人室を出ると、警部補は「孔雀の身元が割れたんやて?」と森下に訊く。吉水蒼汰と黛美浪が幼馴染みで、ストーカー行為について両者が否定していること、吉水にはアリバイがあるらしいと説明を受けて、浮かぬ顔になった。

「染井佑士と同じく、用もないのに舞台を通り過ぎるだけの人物かな。もしそうやったら、あんまり手間を掛けさせんといてもらいたい」

「明日、日帰りの出張ではっきりさせてきます」力強く森下は言った。「しかし、孔雀が圏外に消えたら、犯人候補は元の三人に絞られますね。久馬、歌島、黛。依然として、そこから先に進めてない」

吉水の写真が会社のウェブサイトにあると聞いた鮫山は、それを〈永楽軒〉の娘に見てもらうことにした。四人でぞろぞろと入店するのはやめて、火村と私は外で待つ。出てきた警部補は、親指と人差し指で輪を作って見せた。

「この人がマスクをしたら、八月十日にきたコンジャ似の客に見えるか、と尋ねたら、『よう似てます』とのことでした。『マスクを取ったら全然違いますね』と笑っていましたけれど、まぁ、よくあることですね。ラーメンを食べる時にもマスクをはずしたはずですが、あまり顔を見ていなかったそうです。――最初に孔雀のことを証言してくれたマンションの池中《いけなか》夫妻にも見てもろたらええな」

森下は〈南風別荘〉と〈竜宮ホテル〉でも、同じ写真を見せるのだろう。宿でも飲食の際にマスクをはずした顔を晒したはずだが、従業員は客をじろじろ見てはいないかもしれない。

昨夜の捜査会議の席上で、中貝家《なかがいけ》署長に言われた言葉。それをもじって、自分に問うてみる。

――有栖川さんがこの事件を小説にお書きになるとして、吉水を犯人にすることはできますか？

南紀と東大阪を驚くほどの短時間で結ぶ意外なルートなど存在しない。アリバイ工作があったのなら、宿に現われたのが吉水の替え玉だったということか。そんなによく似た人物――は知らないが、髪の色を染め直してマスクを着ければそっくりになる男なら心当たりがある。コンジャだ。

異国のアイドルが吉水とつながっており、彼の共犯者となることを引き受け、このコロナ禍に来日して、南紀の宿に姿を現わし、吉水に成りすます役を演じた。

――わけはない。

また奇妙なイメージのコレクションが増えてしまった。

9

捜査会議が始まる直前に、府警本部鑑識課からの情報が滑り込んできた。奥本栄仁の死体が入っていたスーツケース内のバンドの遺留指紋と吉水蒼汰の指紋は、九十五パーセント以上という高い確率で一致するとのこと。

火村や私は事前に船曳警部から耳打ちされていたが、会議の席上で発表されるや一座は水を打ったように静まり、次の瞬間どよめいた。だったらそいつが犯人で決まりではないか、という声も飛ぶ。こんな場面はめったに見られるものではない。

しかも、その吉水には強固なアリバイがあるらしいというのだから、ざわつきはなかなか収まらなかった。アリバイについては当該宿泊施設に電話で照会しただけなので未確認であり、森下が現地に赴いて裏を取ることが言い添えられる。アリバイが崩せてもまだ真相までの道は険しそうだが、指紋が一致したとあっては吉水に食らいつくしかない。

当然ながら吉水に当たり、奥本が所有していたスーツケースに触れる機会がなかったかを質《ただ》すことになるが、それは今すぐではない。

会議の前に、警部は私たちにこう語った。

「指紋の件を吉水に突きつけたらどんな反応が返ってくるか興味津々ですが、答えは決まっているように思います。『僕がそんなものに触れる機会はありませんでした』。では、何故、あなたの指紋がバンドから検出されたのかを問えば、『判りません』。こうくるでしょう」

指紋が残っていた理由を彼自身が説明する義務はない。

「『僕の指紋がそんなものに残っていた理由は、そちらで考えてください』と反発しかねません。ですから、この件はしばらく手札として隠し持っておくことにします。タイミングを見計らって、ここぞという時に切ります」

火村は「それが賢明だと思います」と言っただけだ。スーツケースに吉水の指紋が残っていた理由が何か、考えあぐねているのだろう。

アリバイを主張するのでシロかと思えていた孔雀が、ここにきて灰色に戻った。いや、暗色になりつつある。

吉水には監視がつくことになり、すでに二人の捜査員が彼の身辺に張りついていた。

会議では、昨日と同じく捜査員たちが順に今日仕入れたネタを披露していく。高柳は吉水との会見の模様を詳しく話した後、午後に行なった黛の証言の裏取りについても報告していた。目下のところ不審な点は見つかっていないことが、彼女には残念そうだった。

その姿勢を疑問に感じたのか、署長が発言する。

「黛の証言の細部に不正確なところがあったとしても、単なる記憶違いかもしれませんよ。叩いてもあまり実りはないように思うけれど」

高柳は、はきはきと返す。

「何が蟻《あり》の一穴《いっけつ》になるとも知れない、と考えて捜査に当たっています。彼女の行動を洗っているうちに吉水との隠されたつながりが見つからないとも限りません」

署長は「判りました」と応え、次に繁岡が立った。まずは深江橋駅と長田駅から提出された防犯カメラの記録について。次に家を訪ねて対面した時の黛とのやりとり。はっとするような話は出てこない。

「ゲームが動いたんはええけど」最後列で私は言う。「一日で動きすぎやろ」

火村はというと、今日は午後から口数が少なめだ。推理の種が芽吹き、頭の中で成長しているからならばよいが、混乱が深まる一方のようにも見受ける。どうなんだ、と質したい気もしたが、しばらくそっとしておくことにした。

捜査員たちの報告が進む。中貝家署長は、時折、真剣な顔で細かな質問をしたが、今日は火村や私に意見を求めてこなかった。昨日で懲《こ》りたから、とは思いたくない。

隣で火村がごそごそやりだしたので見ると、タブレットを取り出して何か調べている。これまでフィールドワークに持参しなかった道具を持って歩いているのも、コロナが影響していたのか？

「アリス」

そちらを見ないようにしていたら、小声で呼ばれた。

「何や？」

「フィールドワークは、明日は休む。明後日は空いてるよな？」

「空けてある」

「その翌日は？」

「火曜日も大丈夫や。この事件はまだまだ長引きそうやから覚悟しておけ、と言いたいのか？」

画面を覗こうとしたら、何を調べていたのやら、もう消えていた。

「長引くどころか……」

言葉が途中で切れたので気になる。

「解決は近い？　名探偵の予告か」

「やめてくれ。俺が名探偵の役目を果たせるかどうか、今回は怪しい」

フィールドワークの最中に彼がそんな弱音を吐いたのを聞いたことがない。不審な行動をしていた孔雀の正体が明らかになったり、連絡が取れなかったセミナー講師とようやく会えたり、手持ちの情報が増えたというのに、どうしたことか。集まってきた新情報により、事態はより混沌としてきている。

報告が続いているが、新しい情報は出ていなかった。

「スーツケースの指紋が吉水のものと一致。そして、吉水には鉄壁のアリバイがあるらしい。この事態は森下さんが言うてた悪夢やないか。どういうことや……?」

私は大いに驚かされたが、火村はそうでもなさそうだ。つまらなそうにネクタイの結び目をいじっている。

「犯人は確定。残るはアリバイ崩し、ということか? おい、黙ってんと何か言え」

「何もないね。びっくりして、いまだに放心状態だ」

「全然そう見えへんぞ。想定内か?」

「はっきりと答えるよ。想定外だ。――ミステリ作家に訊きたい。この状況で吉水が犯人でないとしたら、どんなストーリーが考えられる?」

小説というのはアドリブで書くのではないことを理解してもらいたい。大喜利ではないのだ。と思いつつ、私は即興のトリックを口走る。

「……真犯人は、あらかじめ二つのものを用意していた。一つは、奥本が持ってたのと同じ型のスーツケース。もう一つは、奥本の血」

語るまでもなく、火村がその先を語る。

「犯人はひそかに調達したスーツケースYのバンドに奥本の血を付着させ、そこに吉水の指紋を残して、犯行の前にスーツケースXのバンドと入れ替えておいた。目的は、奥本殺害の罪を吉水に転嫁《てんか》させるため」

「小説に書いたら没やな、そのストーリー。実行できると思えん」

火村の見方は違った。

「実行が難しい小細工だよな。しかし、物理的に不可能ではない」

「検証に値するとでも？」

「値しない。犯人がバンドの入れ替えを実行できたとしても、吉水に濡《ぬ》れ衣《ぎぬ》を着せようとした形跡が皆無なのは何故だ？　彼は、奥本と黛の跡を付け回していたらしき場面をたまたま目撃されて、舞台に引っぱり上げられた。ハプニングみたいなもので、それがなければ捜査線上に浮かんでいない。おかしくないか？」

「おかしいな。せやけど、こうも考えられるぞ。犯人は、吉水に罪を着せる作戦をまだ発動させてなかっただけで、これから彼の存在を示唆しようとしていた、とか」

「何故そんなにもったいぶる？　苦心に苦心を重ねたものなんだから、すぐに作戦を発動させればいいじゃねぇか」

二人とも黙り込んだ。

「まるで手応えがないんだよ」

しばらくして、火村が呟く。

「高くて厚い壁に行く手を遮《さえぎ》られてる感じ、か？」

「俺の感触は違うな。なんて言うか……滑っているみたいだ。革靴で氷の上を歩いて、うまく進めないような」

「ニュアンスの違いがよう判らん」

「事件の大本を摑めていないんだろう。金銭トラブル、痴情のもつれ。そんなものが原因じゃないから事件の全体像が把握できず、仕方なくアリバイ崩しに腐心している。それが現状だ」

「どれもありがちな動機で、面白いほどの手応えはないかもしれへんけど、そういう平凡な事件ではない、と考える根拠も浮かばんな。だいたい動機から犯人を特定しようとするのは、探偵としてのお前の流儀に反するやないか。犯罪学者としてもありがちな動機を見つけて納得する態度を拒んでたはずや」

尋常ではない理由で人を殺《あや》めた者に対し、社会は、大衆は、しばしば「そんなことで？理解できない！」と顔をしかめる。だが、火村は「理解されないから殺すことだってあるのさ。『あなたにとっては、耐えがたいね』と共感してくれる人間がそばに一人でもいたら罪を犯さずに済んだ人間も、『そんなことで？』と言われたらやってしまう」と考えている。

「ああ。動機は、犯人を突き止めてから考える。お前の助けを借りたりしながら。俺は、見せかけの動機に目を奪われて、足を滑らせているのかもしれないな。――にしても、誰が犯人でも不可解な事件だ」

いつだったか、火村はこうも言った。「お前が専門の推理小説だって、結末を読んで『動機が弱い』とか『動機に納得できなかった』という批判はあるんだろ？　納得のいく物語を求めて読むんだから、そういう不満が出るのは仕方がないし、単に作者の不手際という例も多いだろう。もしも俺に文才があって、推理小説を書くとしよう。納得してもらうのが容易ではない動機の殺人を描いて、読者から『動機が弱い』と言われるのが予想できたら、最後に犯人にこう言わせるね。読者に向かって『ほらな』と。それで完結だ」

会議が終わる。

船曳は署長と額を突き合わせて話し込み、管理官がそこに加わる。今後の捜査方針についてなのだろうか、話し合いは紛糾しているようだった。

「しばらく警部が空きそうにないな」

火村は残念がっている。

「何か話したいことがあるんか？」

「今でなくてもかまわないし、電話でも訊ける。そうするか」

私たちは席を立ち、今日はこれで引き揚げる旨だけを伝えに行く。警部はもとより署長や管理官からも「お疲れさまでした」と労われた。

フィールドワーク二日目が終了。

「名探偵の役目が果たせるかどうか怪しい、やなんて言うなよ。明日、俺らが捜査から離れてるうちに、特大のネタが転がり込むかもしれへん」

布施署を出てから言うと、火村に「名探偵って何だ？」と訊かれる。

「難事件を明晰《めいせき》な推理で誰よりも早く解決させる人物。決まってるやないか」

「さすがに即答しやがる。――それが務まるかどうか、やっぱり今回は怪しいな」

いつもとは違う態度を取って、私が当惑するのを面白がるつもりなのではないか、と思えてきたので、真に受けないことにした。

ランチがパンケーキだけだったので、空腹感が強い。府道沿いのレストランで夕食をした後、彼はそのまま京都へ戻り、私は地下鉄で帰宅することにした。

そうと決まれば早く食べに行こう、と署の駐車場に向かったら、火村の愛車の傍らに人影が佇《たたず》んでいる。

「今日のフィールドワークは終了しましたか？　お疲れさまです」

因幡丈一郎《いなばじょういちろう》だった。

色白の顔が、常夜灯の光の中に浮かび上がっている。会議が終わる時間の見当をつけて、私たちが出てくるのを待っていたらしい。

暗い駐車場でマスク姿のがっちりとした男が待ち伏せ。コロナ禍の最中でなければ、強盗にしか思えなかっただろう。

「すっかりご無沙汰しています。東方新聞の因幡です。久しぶりの捜査はいかがですか？　警察は手詰まりのように見受けますけれど」

黙殺して運転席に乗り込むのかと思ったら、火村は煙草をくわえる。因幡の相手をしたくて足を止めたのではなく、ここで一服するつもりだったのだろう。煩《わずら》わしい男が登場したからといって、その予定を変更したくないのだ。

「迷宮入りを心配するのは早すぎるでしょうけれど、普通ではない事件らしいですね。会議はどんな様子でした？」

軽々に洩らせるわけがないでしょう、と私が言おうとしたら、火村が先に記者に応じる。

「捜査は停滞していません。色んなことが判ってきていますよ。まだ発表できないだけです」

相手にしてもらえて、因幡はうれしそうだ。

「ほぉ。ここにきて動きがありましたか。先生のアドバイスが効いているみたいですね」

「私は役に立っていませんよ。勘違いなさらないように」

二人の間で煙が横に流れる。少し吹かしただけで気が済んだらしく、火村はポケットから携帯灰皿を取り出した。因幡と長話をするつもりはないのだ。無言のまま、私は先に助手席に乗り込む。

「お疲れでしょうから、くだくだとは伺いません。ずばり、解決の目処《めど》は？」

因幡の最後の質問だ。運転席のドアを開けた火村は、ルーフ越しに答える。

「解決しますよ」

「希望ではなく、目処を訊いているんですが。先生が必ず解決させる。そういうことですね？」

ねちっこく問い直された火村は立腹するのでは、と思ったが、灰皿をポケットに仕舞い
——

「解決するんだよ」

ひと言だけ投げつけてシートに着くと、静かにドアを閉めた。

第五章　真相への旅

1

九月六日夜の捜査会議が終わる。

今日は府警本部の捜査一課長が臨席し、捜査員たちに檄《げき》を飛ばした。これといった内容はなく、ただ奮闘を促すだけのものだった。

火村英生と有栖川有栖《ありす》の姿はない。それぞれ事情があるからやむを得ないが、自分の都合のいい時間だけやってくるアルバイトを連想して、中貝家としては白けた気分になった。

彼らの捜査協力に対して警察は報酬を払っていないから、バイト扱いするのもおかしい。

それ以下の気楽なお手伝いか。

前日、前々日を思い返しても目立った貢献はなく、今日も明日も顔を出さない彼らに期待するのはやめにした。さながら小説やドラマに出てくる名探偵のよう、という噂に惑わされていたらしい。失望を覚えはするが、無双の活躍をされたら警察の体面に関わる。自分たちの力だけで解決させるのが最善なのだ。

日章旗を掲げた署長室の応接スペースで、一課長、管理官、副署長、主任捜査官の船曳警部と今後の捜査方針について十分ほど話し、解散となった。すれ違いで火村と有栖川に会い損ねたことを一課長が「久しぶりやったのに」と残念がっていた。

最後に退室しかけた船曳を、中貝家は呼び止める。

「少しだけいいですか?」

応接スペースのソファに引き戻し、自らお茶を淹れた。彼は遠慮したが、中貝家が飲みたかったのだ。

「今日は何度か火村先生に電話をしていたようですね。昼食の後やら、夕方やら、会議が始まる前やら。会議でどんな話が出たかについては、これから報告するんでしょう。いつもそう?」

警部を観察していたわけではないが、自然と目についた。

「先生が捜査の進捗《しんちょく》を気にしているので、こまめに連絡をしました。有栖川さんには先生が色々と伝えているでしょう」

答える警部の顔に疲労の色が窺えた。ことに今日になってから元気がなく、時折、窓の外に目をやって何やら考え込んでいるようであった。

疲れているのは中貝家も同じだ。今朝は家で娘に「お母さん、あんまり無理せんといてね」と言われたし、鏡を見たらいかにも冴えない顔だったので、ファンデーションで補整した。

「捜査の進捗といっても、今日は足踏みで終わってしまった。大した報告はできなかったでしょう」

中貝家はお茶を飲む間だけマスクをはずした。船曳も同じようにする。

「はい。森下の日帰り出張は、吉水が〈南風別荘〉と〈竜宮ホテル〉に宿泊したことを確認するだけの結果に終わりましたから。しかし、それについて火村先生は『やはりそうですか』という反応でした」

吉水蒼汰と接した従業員らの証言によると、投宿中の彼に不自然な様子はなかったという。といってもいかにも夏季休暇を満喫しています、とにこやかだったわけではなく、物静かでおとなしかったそうだ。一人旅ではしゃぐ方がおかしいし、対面した捜査員の話からして彼はもともと陽気な質《たち》ではないようだ。

「『やはりそうですか』でおしまいということは、先生は吉水の線を捨てかけている？　黛へのストーカー行為が事実だったとしても、それが殺人の動機につながるかどうかというと、私も弱いと感じていましたけれどね」

「先生が何を考えているのか、私には測りかねます」

船曳がくたびれているのは、火村がいつもの精彩を欠いていることが影響しているのか、と思いながら中貝家は言う。

「今朝、東方新聞の因幡という記者に話し掛けられました。事件の解決の目途について火村先生に尋ねたら、『解決する』と繰り返したのだそうです。どうせなら『解決させる』と見得を切ればいいのに。その表現は弱気を反映しているように聞こえてしまう」

船曳が何か言いたそうだ。弱気になってはいない、と否定するのかと思ったのに――それを聞こうとしたのに――、すぐに目を伏せただけで、態度が曖昧だ。署長の自分に隠し事でもしているのか、と思いかけて打ち消す。

――まさか、それはないか。

家庭のいざこざや体調が気になって、表情が曇りがちなのだろう。

「われわれは体が資本なので、気をつけるようにね」

不意に言われた警部は、「ありがとうございます」と恐縮していた。

「引き止めて、ごめんなさい。もう結構です」

腰を上げる前に、船曳はためらいを断ち切ったように口を開く。

「火村先生は、電話でこんなことを言っていました。自分がこの次に捜査本部に伺うまでに、犯人が出頭してくるかもしれない、と」

「出頭?」

考えたこともない展開だ。それはないだろう。もちろん、そうであってくれたら非常に喜ばしい。

だが、わざわざ匂わせるほどのことでもあるまい。犯人の心境に変化が生じて出頭する可能性は、いつどんな事件についてもゼロではないのだから。

「あるいは、捜査員の一人が金星を挙げて事件を解決に導くかもしれない、とも。これは望ましいことですね」

望ましい。どの捜査員の手柄であっても大歓迎だ。

「もし、そうならなければ――自分が解決させたいそうです」

火村の言葉を正確に伝えていないのではないか、と中貝家は尋ねてみたかったが、自重した。警部の配慮を無にするのはよくない。

おそらくあの犯罪学者は、こう言ったのだ。――自分が解決させます。

警察のプライドを挫《くじ》く発言ではあるが、ありのままを聞かされても中貝家は不快に思わなかった。

――それも望ましい。事件が解決すればよし。

火村英生の手並みを見てみたい、とも思った。

2

九月七日、午前八時四十五分。

新大阪駅にやってきた。気晴らしにおおさか東線に乗って以来五日ぶりだ。東京に用事で出掛ける予定もないから、しばらくこの駅にはこないだろう、と思っていたのに。

新幹線の改札口をくぐり、ホームへ上がると、編集者の某氏から聞いていたとおり売店は営業していなかった。自動販売機でお茶を買い、乗るべき列車を待つ。九時二分発〈のぞみ5号〉の7号車の指定席を取ってある。15番ということは車両の後方か。

——遊びに行くんやない。物見遊山の旅やない。

自分に言い聞かせようとしても、顔が知らぬ間に緩む。こんなに旅に出たかったのだな、とあらためて思った。

列車が到着する。7号車の後方、窓際に京都駅から乗ってきた友人がいた。腕まくりをした白いジャケットはいい目印になる。旅行鞄を棚に上げ、隣に座った。

「夜型の小説家がちゃんと乗ってきたので安心した。三日前から朝型生活に切り替わっていて、よかったな。いきなり『九時過ぎの新幹線に乗れ』だったら、やばかっただろ」

「やばすぎるな。俺だけ前日に出発して、丸亀で前泊するところやったわ」

会社員時代は、始発で東京や博多に出張したことがあるが、そんな離れ業は今では考えられない。すっかり夜の種族になってしまった。

左手の車窓を大阪の街が通り過ぎていく。さらば、わが街。明日には帰ってくるけれど。

乗車率は、六割から七割か。ひと頃は指定席に乗ったら他に客は一人だけ、ということもあったらしいが、かなり人の動きが戻ってきている。九時過ぎという時間のせいもあるのか。

「新幹線に乗っただけで、子供みたいにうれしがってるんじゃないのか？　よっぽど旅行に飢えていたんだな」

うれしいとも。座席でペットボトルのお茶を飲むのも楽しい。遊びに出るのではない、と判っていても。

「飢えてたんやろうな。今、心が晴れ晴れとしてる。天気予報もチェック済みや。今日も明日も、雨の心配はなし。よく晴れるみたいや」

声が弾みすぎないように気をつけた。

「好きだな、旅行が。というか、お前は三度の飯より好きなミステリを仕事にしてしまったから、旅行を除いたら他に道楽がない」

言われてみたら、そうかもしれない。

「自分では意識してなかったけど、当たってる。いかにも面白味がない感じやな」

「本人が人生を楽しめているのなら充分じゃないか、他人にどう思われようと。ってお前、他人の目なんてあまり気にせず生きてるだろ？」

「どうやろ。——お前こそ、およそ道楽のない人間やな。猫と戯《たわむ》れる以外で楽しそうなのは、人間狩りだけ。俺の旅行と違《ちご》うて、それは才能を発揮する場であり、仕事でもある」

「俺の仕事は社会学者だ」

「人間狩りを研究手法にした学者やな。純粋に道楽として楽しんでいることがない」

「隠居をしたら困るタイプだな」

「定年はまだ遠いけど、そうなったら時間を持て余すぞ。この旅をきっかけに釣りでも始めたらどうや？」

「似合わないだろ。俺に似合う趣味って、あるのか？」

「うーん、難しい問題やな」

右手から六甲《ろっこう》の山並みが近づいてきて、六甲トンネルに入る。他愛のない会話がふと途切れたところで、私は昨日の電話を思い返した。


九月七日以降の私の予定が空いていることを火村が確認したのは、こちらの仕事のことを気に掛けてくれているのだろう、と思っていた。ところが夕刻の電話で真意を知り、驚かずにはいられなかった。

「旅に出て、気分を変えないか？」

いきなりこれだった。殺人事件の捜査を投げ出して旅に出るとは、無責任にもほどがある。本気かと問うと、真面目な声が答えた。

「気分を変えないか、というのは冗談さ。フィールドワークの一環として、真相探求の旅に出るんだ」

「紀伊半島一周？」

まさか、それはない。九州の脇田《わきた》温泉でもあるまい。

「南紀の調査は森下さんが済ませて、今夜の会議で発表する。船曳さんに入った電話での報告によると、吉水のアリバイは成立するらしい」

そうなる予感がしていた。

「目的地が南紀でなくて、がっかりしたみたいだな。でも、潮風に吹かれることはできるぞ。仲島に行く」

火村はきっぱりと宣言した。

「瀬戸内海の島か。ええな」

どんな島なのか予備知識はないが、行ってみたくはある。

「せやけど、黛美浪と吉水蒼汰の出身地へ何を調べに行くんや？　そんなところに奥本殺しの謎を解くヒントが埋もれてるとは思えん」

「お前がそう言うのも、もっともだ。瀬戸内海の島まで同行させるんだから、ちゃんと説明する必要があるな」

「どうせもったいぶって、行きの車中で話す、とか言うんやろう」

「他人の耳がある新幹線の車中で話すようなことじゃない」

かなり長い電話になる気配がしたので、「ちょっと待ってくれ」と制し、ダイニングテーブルに置いたリモコンを操作して、テレビを消した。電話が入ったので音量を絞っていたが、それも耳障りになったのだ。

ソファに戻る際、泊まりにきた火村が真剣なまなざしで見つめていた壁のモノクロ写真が目に入る。夜更けのリスボンの街を行く路面電車。電話越しの友人の声は、深刻な話をしようとしているためかいつもより低く、この暗く崇高な写真の中からかけてきているようだった。

「事件は解決する、と俺は言っただろ。あの新聞記者に」

「昨日のことか。ああ、駐車場でそう言うてたな。『解決するんだよ』とか。『解決させるんだよ』でなかったのが引っ掛かってるんやけど」

その後の食事の席で、わざわざ突っ込むのは控えた。

「俺は、明日にでも犯人が罪を認めて出頭するかもしれない、と考えている。追いつめられているのを感じて」

「判らんな。捜査の手が身辺に迫ってる、と犯人が恐怖する状況か？　とてもそうは思えん」

「いや、そういう状況ができつつあるんだ、おそらく」

「おそらくって、推測か。推測にしても根拠があるはずや。聞かせてもらおう。お前、警察や俺が知らんところで犯人に何かプレッシャーでも掛けたか？」

私がそう考えるのも当然だろう。

ところが、彼は何もしていなかった。

まったく、何も。

「昼飯はお前の計画どおりでいい」

長いトンネルとトンネルの間にある新神戸駅を出たところで、火村が言った。

今回の旅で私が提案したのは、今日の昼食だけで、他は何もかも友人に任せている。その友人も、真相探求のために向かう仲島でどんなことが見聞きできるかは知らない。何を見つけて帰ればいいのか、予測もできないままに出発したのだ。事件の捜査で火村と遠出をした経験は何度もあるが、こんなことはかつてない。

彼が左の手首を掻いているのが気になった。痒《かゆ》そうにしている。

「そこ、蚊にかまれたな」

「昨日の晩、やられた。猫たちが寄ってたかって仇討ちしてくれたけれど。――やっぱり〈蚊にかまれた〉って言うんだな。婆ちゃんと同じだ」

「京都、大阪を問わず関西ではそう言う」

「こっちの生活が長いから知ってる。慣れない表現だよ。蚊が嚙むって、おかしくないか？　いっそ馬鹿げてると言いたいぐらいだよ」

「蚊は尖った口――口吻《こうふん》とか呼ぶんやったかな、それで人間を刺すのであって、獅子舞の頭《かしら》みたいにぱくっと嚙みついたりはしない、と言いたいんやろ。それ、面倒な話題や。京都で暮らしてるんやから順応せえ」

「しているさ。でも、どうして嚙むなんて言うんだ？　あの小さな虫に歯が生えていて、それで嚙みつくとイメージするのは変だろう」

「口偏に歯の旧字の〈嚙む〉ではなく、口偏に交わるの〈咬む〉を使うんや。人間が嚙むのと蚊や蛇が咬むのとは違う」

「知らなかった」と火村は素直に感心していたが、大嘘である。〈嚙む〉と〈咬む〉の字義の違いはそういうところではない。

「じゃあ、さらに有栖川先生の意見を聞きたい。全国的に使われているらしい蚊に〈食われる〉という表現は馬鹿げていないか？　ジャイアント・スパイダーとかが出てくるアメリカの旧《ふる》いパニックSF映画みたいじゃないか」

准教授が真面目に訊いてくるから、笑ってしまった。

「蚊にかまれる問題は奥が深いんや。〈嚙まれる〉はあながち近畿方言とも言えんみたいやしな。三文文士の俺ごときの手に負えんから、大学で国語学の先生に解説してもらえ」

「新学期が楽しみになってきたよ」

前後も横の座席もふさがっていて、捜査上の秘密が絡んだ話をするのは憚られた。だから、車中ではこんなどうでもいい話題がふさわしい。お互いにマスク姿だがコロナの憂さも忘れ、能天気な学生に返ったようでもあり、私はふっと心が安らぐのを感じた。

姫路城を遠望し、いくつもトンネルを抜け、田園地帯を走っていたかと思えば、もう岡山駅が近いとアナウンスが流れる。新大阪駅を出てから、わずか四十四分。呆気ないほど早く着くから、新幹線に乗るたびに、岡山ってじわじわ関西に寄ってきているのではないか、とあらぬことを思ってしまう。

在来線への乗り換え口を通り、階段で6番線に下りる。二十分少々の待ち合わせで、〈南風5号〉に乗り換えだ。吉水が泊まった串本の旅館を連想させる列車名だが、こちらは高知行きのディーゼル特急である。これを使えば乗り換えなしで丸亀に行けるので都合がよかった。

地理的な条件によるものだが、岡山駅は私の旅心をいたく刺激する。新幹線・在来線が東西に長く延びているだけではなく、山陰地方へ向けては米子《よなご》方面行きの伯備《はくび》線があり、四国へは各県都に向かう快速・特急が発着する。その名も〈マリンライナー〉〈しおかぜ〉〈南風〉〈うずしお〉。さらに播州《ばんしゅう》地方への赤穂《あこう》線や県北に通じる津山《つやま》線、吉備《きび》路《じ》を走る吉備線もあり、ここを起点にどこへでも行ける感が素晴らしい。これは大阪駅や京都駅では味わえないものだ。

などという私の感慨を火村は知るべくもない。座席に着くと、自販機で買った缶コーヒーを飲みながら腕時計を見て、「あと二分か」と呟いていた。

定刻どおりに発車した列車は、高架線になっていったん西へ向かってから進路を南に変え、瀬戸内海を目指す。途中で宇野《うの》線が分岐。瀬戸大橋ができるまでは、その終点・宇野駅から高松へ渡る宇高《うこう》連絡船が出ていた。

茶屋町《ちゃやまち》駅から先は本四備讃《ほんしびさん》線。何度か乗ったことがあるが、この区間に入るとわくわくする。鷲羽山《わしゅうざん》トンネルを抜けたら、列車は海上に出るのだ。

左右の車窓が青くなった。純白の雲が散った青天と穏やかな海。そこに浮かぶいくつもの島影。座席に腰掛けたまま、その只中を列車が飛ぶ。

展望台からの眺望ではないので、隠れていた島がゆっくりと現われたり船が橋の下をくぐって出てきたり、車窓風景は刻々と変化して、愉快でならない。こんな眺めは世界中でこの列車からしか観られないだろう。

絶景とはいえ、日常的に利用している乗客にすればいつもの眺めにすぎないから、窓には目もくれずスマホをいじっている。あくまでも岡山県と香川県をつなぐ足で、観光用の列車ではないところがまた好もしい。観光用であれば景色がいいのは当然で、意外性がない。

巨大建造物としての橋自体も鑑賞の対象だ。なるほど、こういうふうに無人の島や岩礁《がんしょう》を利用して橋脚を立てたのか、という興味もある。見るべきものだらけなので右に左にと頭を振っていたら、火村が右手の車窓を指差した。

「あれだろうな。これから行く島は」

島だらけなので、どれを指しているのか判らない。今回は自分で計画を立てた旅ではないため、下調べが不充分なせいもあるのだが。このあたりの島々を塩飽《しわく》諸島と呼ぶことだけは頭に入れてきた。織田信長《おだのぶなが》や豊臣秀吉《とよとみひでよし》にも仕えて軍功があった塩飽水軍の拠点である。

橋梁《きょうりょう》部分を渡るのに要する時間は約十分で、坂出《さかいで》市に上陸した。左にカーブしていくのは高松に向かう線路。高知行きの〈南風〉は右へと進路を取り、宇多津《うたづ》駅で停車。途中下車して、南北朝時代には四国の中心だったこともあるこの町を歩いてみたいのだが、今は車窓から少し眺めることしかできない。

高い石垣の上から街を睥睨《へいげい》する名城が見えてきた、と思ったら丸亀駅に着いた。街は南側に拓けていて、駅のすぐ西隣にはＭＩＭＯＣＡ――丸亀市猪熊弦一郎《いのくまげんいちろう》現代美術館――があるが、私たちは北側へ出て、丸亀港へと歩きだす。

仲島まではフェリーが通っており、それに乗る。だが、港へ直行はしない。乗船する前にやるべきことが一つあるのだ。

3

十一時過ぎで昼食にはやや早いが、島には食堂はおろかコンビニの一軒もないそうで、船に乗る前に済ませておかねばならなかった。それもよし。

真相探求の旅に出るにあたり、私が提案したのは「うどんを食べてから島に渡ったらえぇやろう」だけであった。丸亀の地を踏みながら、うどんと無縁という事態は回避しなくてはならない。

親しい某編集者は、取材で香川県の観音寺《かんおんじ》市に行ってタクシーに乗ったら、運転手に「ここらのうどん屋は、朝五時から開いとるけんの」と言われて驚いたという。早朝に打ったうどんが売り切れたら店じまいなので、夕方にのこのこ行ったら食いっぱぐれる。

十一時過ぎなら中途半端な時間だから具合がよかろう、と店に入ってみると空席はわずかで、危うく昼食抜きになるところだった。腰のある麵のおいしさは言うまでもなく、海老や竹輪の天ぷらが絶品で、満足度を示す針は100の目盛りを振り切りそうになる。

「森下さんのアテンドで朝から晩まで事件関係者と会《お》うて回ったり、捜査会議に出たり、一昨日までは刑事ドラマに出演してるみたいやったわ」

うどんを掻き込みながら呟くと、火村がこちらを向く。

「今の気分は？」

「旅番組に変わった」

旅行鞄を提げて会計をしていた際、店の人に「これからどちらへ？」と訊かれて、短い会話が生まれる。

「仲島でお泊まりになるんですか。そうですかぁ。お気をつけて」

こんなことを旅先で言われたのも、いつ以来だろうか。フェリーターミナルへの行き方を説明してくれた上、ちょっと観光ガイドもしてくれる。

「金毘羅《こんぴら》詣《まい》りの人がここの船着場から四国に上陸しよったんですよ。金毘羅さんへ続く丸亀街道の起点やけん。寄進で立った大きな灯籠がありますよ。昔の灯台です。近くの公園には金毘羅船の形をした遊具もあってね」

店を出たら速足になって急いだ。青銅製の立派な高灯籠や帆を張った金毘羅船のイミテーションを右手に見ながら歩けば、五分とかからずに港にたどり着いた。仲島だけでなく、水軍の本拠地があった本島《ほんじま》や牛島《うしじま》などへの船も出ている。船会社が異なるので、窓口を確かめなくてはならない。

乗船券を買って時計を見たら、思っていたより余裕があった。急いで歩かなくてもよかったわけだが、これしきは旅行中にはよくある計算違いだ。

船がどの桟橋に着くかを確認してから、火村は外に灰皿があるのを見つけて一服しに出る。ただ煙草を吹かすだけでなく、スマホで今日の宿に連絡を入れているようだ。「お伝えしていたとおりの船に乗りますので、よろしくお願いします」と言うのが聞こえた。島の港まで迎えにきてもらうことになっている。

私は待合室の壁に貼られた観光のポスターや告知物を見て回った。〈居眠り海難防止！〉という船の居眠り運転防止を呼び掛けるものやら、船舶関係者に注意を促す〈岡山・香川海面漁具敷設図〉やら、なかなか面白い。

仲島の案内チラシもあったので、もらっておく。絵地図を見ると、北側がやや尖った島内には港が二箇所。私たちが向かう下之浦《しものうら》港は島の南側にあり、西側に上之浦《かみのうら》港。七つの集落が描かれていて、どこからもはずれた場所に〈なぎのいえ〉があった。下之浦と上之浦の中間あたりだ。島の北と東の集落はいずれも小さいものらしい。採石場があるのも主に南から西にかけて。

火村が戻ってきたので、彼の分のチラシを渡してやり、「そろそろ」と船が発着する浮桟橋へ移動する。待合室にわれわれ以外に人がいないのを訝《いぶか》っていたのだが、すでに十数人がそちらで待機していた。街で買い物をしてきた島民らしき人ばかりで、よそからきた人間は火村と私だけのようだ。

フェリーターミナルは東西の埠頭《ふとう》に挟まれ、港の奥まったところにある。あれかな、という船影が沖に見えたかと思うと、みるみる近づいてきて接岸した。私たちが乗り込む便は、フェリーではなく高速艇だった。

わずか二十分ではあるが、これから船の旅だ。階段を下りて客室に行きかけたが、船尾のデッキに座ってもいいと聞いて、潮風にたっぷりと吹かれながら海を渡ることにした。

右手に大きな競艇場、左手に巨大な船が何隻もドックに入った造船所が過ぎていき、港の外へ出た。波は穏やかで、ほとんど揺れを感じない。

さっき通ったばかりの瀬戸大橋の威容が見えるようになった。東山魁夷《ひがしやまかいい》が選んだというライトグレーの塗装が空と海の色と溶け合って、自然と人工物が一体化して映る。海の上によくまあこんなものを、とあらためて感嘆せずにいられない。

真横からの眺めが珍しくて、私にしてはいつにないことに、スマホを出して何枚か写真を撮った。パノラマ写真というのは、こういう時に撮るものだろう。風に目を細めて、火村も同じ方角を見やっていた。

スマホを取り出したついでに、これからお世話になる宿の情報を確認する。採石と漁業が中心で、一部で果樹栽培が行なわれているだけの仲島は観光地ではない。商店もない土地で宿泊施設はなかったが、三年前に古民家を建て替えた〈なぎのいえ〉というゲストハウスができた。

運営しているのは、島で生まれ育った夫妻。夫は京都の大学を、妻は高松の大学を卒業して、それぞれ大阪や高松の会社に勤めた後、結婚して島に戻ってきた。そして、仲島を活性化させる一助となるよう、周囲の人たちの助けも借りながらゲストハウスを設けたという。

大学も就職先も関西と香川で分かれていたのに、遠距離恋愛を続けて結婚し、ともに故郷へ帰ったらしいな、と想像する。

ウェブサイトには、夫妻の顔写真とともに〈仲島へのご招待〉という一文が掲げられていた。

ようこそ、瀬戸内海に浮かぶ仲島へ。
やさしく美しい海に包まれて、ゆったりとした休日を過ごしませんか？
日常のあれこれを忘れて、凪《なぎ》のような時間に身をゆだねるのに、ぴったりの場所です。

古民家に泊まって自由に過ごしてもらうための施設なので、食事は基本的に自炊。食べるものは島外で調達して持ち込まなくてはならない。有名な観光スポットはないが、釣りや採石場見学や昇経山《しょうきょうざん》のハイキングなどが楽しめる。希望があればオーナーが島内を案内し、釣りやバーベキューの道具を貸し出すとのこと。

「骨休めの旅やったら、合宿気分で自炊をしても面白かったやろうけどな」

今回は純粋な休暇ではないから、火村は〈なぎのいえ〉に電話を入れ、島へ行く実《まこと》しやかな理由を伝えるとともに、今日の夕食から明日の昼食までの三食を用意してもらえないか交渉していた。もちろん、それ相応の謝礼付きで。

英都《えいと》大学社会学部准教授の火村は、瀬戸内の島の暮らしの現状を調査するのが目的。ミステリ作家の私は、瀬戸内海の風光明媚《ふうこうめいび》な島を舞台にした小説を書くための取材が目的、という設定である。

骨休めにきたのなら自炊しながら何泊かしたいのだが、あいにく調査・取材のための時間が限られている。食料を調達する時間的余裕も欠く。凪のような時間を過ごすのは次の機会にして、今回は特別料金を払うので食事を出して欲しいのだが――と頼むと、快く了承してくれたそうだ。

「こんな人のよさそうな夫婦を騙して、悪い奴やな」

ウェブサイト上には顔写真の他に、オーナー夫妻がゲストハウスの前に立ち、二人してエプロン姿で笑っている写真もあった。旦那は彫りが深くて、ちょっと顔立ちが西洋人風。胸板が厚そうでたくましい。奥方も元気で健康的な感じで、胸許にやった手の形がきれいで上品だ。どちらも親しみやすそうで、この人たちのお世話になるのかと思うと、ほっとする。

「騙してって、人聞きがよくないな」火村が言う。「一片の悪意もない。何でもかんでもありのまま話せばいいってものでもないだろ。実はわれわれは大阪で起きた殺人事件の捜査に協力している者でして、と始めたら話が長くなるだけじゃない。無用の警戒を招いて、俺たちが知ろうとしていることが聞き出せなくなる懸念も生じる。判るだろ？」

　判っていながら言ってみただけだ。

「お前が島の暮らしのフィールドワークで、俺が小説の取材っていうのは、よう考えたな。それぞれの職業に沿ったフェイクになってる」

「苦しい理由付けだよ。そういう学者と作家がいたとしても、『時間が限られているもので』と言いながら一緒にくるのは変だろ。俺がゲストハウスのオーナーだったら、『それぞれ時間の都合をつけて、別の機会にくればいいのに』と思うだろうな」

「まぁな。予約を入れる時、ここのオーナーには変に思われへんかったんやろうか？」

「会ってみれば判るさ。だいぶ近づいてきたな」

　きれいな景色を見ていたら、二十分などあっという間だ。船はもう仲島の家々がはっきり見えるところまできており、下之浦港の入口に船首を向けていた。こんもりした山々は緑に覆われているが、あちこちで岩が露出している。島全体が花崗岩でできていることが窺えた。大きく山肌が削られたところは採石場だろう。

　高速艇は小さな灯台を左に見ながら進み、やがて船着場に泊まった。この後、船は島内のもう一つの港である上之浦港に寄ってから、さらに北西にある小手島《おてしま》と手島《てしま》へと向かい、逆のルートで丸亀港に戻る。

　荷物を持って下船すると、〈なぎのいえ〉のオーナー、宮武友也《みやたけともや》が待っていた。花柄のアロハシャツを着て、まだ真夏のスタイルだ。よく日に焼けていてサーファーっぽい。マスクを取って微笑んだら、白い歯が覗きそうである。

「いらっしゃいませ」「お世話になります」と挨拶を交わし、「どうぞ」と導かれて、平たい〈仲島船客待合所〉の横を通り過ぎる。建物の脇には何台も自転車が並んでいた。

「レンタサイクルです」オーナーが言う。「この島は外周が十八キロで、途中できつい坂があるので、自転車で一周するのはえらいですけれどね。それを覚悟した上やったら二時間半もあれば回れます」

ふらりと島に渡ってきて、次の船がくるまで滞在する来島者が利用するにはちょうどいいだろう。まだ陽射しがきついが、春や秋にペダルを漕げば最高に快適なのではないか。

がらんとしたロータリー脇の駐車スペースに、白いワゴン車が駐まっている。後部シートに私、火村の順で乗り込んだ。近くにはバスの停留所がある。島民の足として、NPO法人が運営するコミュニティバスが走っているらしい。

オーナーは「十分も走りません」と言ってから発車させた。海に沿った道路を走りだすと、家並みの間に郵便局がちらりと覗き、すぐに学校の前を通過する。仲島小学校・仲島中学校とあったが、校庭に児童の姿はなかった。

――ここか。

上陸して早々に、捜査の核心となるスポットを目にした。山の上のささやかな分校を思い描いていたわけではないが、想像していたよりずっと大きい。校舎は鉄筋二階建てで、土地に余裕があるから校庭が広々としている。

私の視線に気づいたらしく、オーナーが言う。

「あの学校は十年前から休校しとるんですよ。この島、子供がおらんようになったんで」

休校していることは知っていた。島に着いたばかりだから焦らなくてもいいが、せっかくだから学校の話をもう少し。

「宮武さんはこの島のご出身やから、あそこに通ってはったんでしょう？」

「はい、小学校から中学校まで。うちの妻もあそこの卒業生なんで、淋しがっています。学校が閉まる直前は、生徒一人に先生が三人ついていました。その子、勉強はよく身に付いたみたいですよ。高校に上がる時に島を出て、そのまま帰ってきていませんが」

家並みはたちまちなくなり、右手は山の緑、左手は海の青になる。歩いている人は見ず、対向車とすれ違うこともなかった。

さらに学校の話を続けようとしたら、「これ」とオーナーが右手を指差す。石を切り出す現場だ。赤いショベルカーは止まっていて、あたりに誰もいないので作業中ではないようだ。車がスピードを落とすことはなく、すぐに過ぎてしまった。

「採石場です。ゲストハウスの先に大きなのがありますよ。ここは石の島ですから、ご覧になっていってください」

見学したことはないが、私は昔から〈採石場〉や〈石切り場〉に興味と憧れを懐《いだ》いていた。イギリスの旧いミステリによく登場するから、現実に見たことはないのに、読書を通して原風景の一つになっているのだ。そこでは、しばしば死体が見つかり、主人公が窮地に陥る。硬く、冷たく、人知れず何が起きてもおかしくない場所。採石場にはロマンがある。

右に、右に、左に、右に、と道はゆるやかに曲がり、島の輪郭をなぞる。海の向こうには四国山地がわずかに霞《かす》んで連なっていた。島の北側に回れば岡山県の鷲羽山が聳《そび》え、水島《みずしま》臨海工業地帯のコンビナートが望めるのだろう。

「火村先生は英都大学の准教授なんですね。京都の匂いがします。私は京都の洛北《らくほく》大学を出たんですよ」

オーナーが言うのを聞いて、「蚊にかまれた」も言えない男からそんな匂いがするわけはないだろう、と思う。京都の匂いがどういうものかにもよるが。

「けど、お話しになる言葉からすると先生は関西のご出身ではないようですね」

「生まれたのは札幌です。子供の頃に、日本中、色んなところに引っ越しました」

最近もそのような台詞を口にしていた。吉水と話していた時だ。

「へぇ、札幌」

「宮武さんと奥様は、仲島で生まれ育って、外に出てから戻っていらしたんですね。さっきの学校に通っていた頃から仲がよくて、島から出た後も交際を続けていたんですか？」

「いえ、子供の頃はそんなに仲がよかったわけでもありません」

「じゃあ、付き合うきっかけは何だったんですか？　大学生になると京都と高松に分かれてしまったのに」

「うちの夫婦のことなんか、お聞かせする値打ちはありません」

照れ臭がって笑う。ウェブサイトの写真はいかにも仲睦《なかむつ》まじげだったから、嫌な話題ではないはずだ。私が真後ろの席から言う。

「ぜひ聞かせていただきたいですね。私は、島の学校を舞台にした青春小説の構想を練っているんです」嘘八百だ。「宮武さんご夫妻の例を伺えたら大いに参考になります」

「そんなふうに言われたら仕方がありませんね。できる範囲で取材のお手伝いをするつもりですから。聞いても退屈でしょうけど、お話しします。ただし、今ではありません」

彼は前方に見えてきた木造平屋建ての家を指差している。

「もう着きます。〈なぎのいえ〉にご到着です」

これは素晴らしい。道路を隔てて、すぐ目の前は海だ。

前庭では、夏の終わりに首を垂れた向日葵《ひまわり》の傍らで、コスモスが花を開きかけていた。築七十年の民家を改造したそうで、黒い瓦《かわら》屋根が重厚だ。壁や柱の古びた感じが懐かしさを誘い、田舎の親戚の家に遊びにきたような感覚に陥る。自転車が二台あり、ゲストは自由に使えるそうだ。

車が着いた音が聞こえたらしく、玄関の戸がカラリと開いて、エプロンをした宮武夫人が出てきた。

「お客様がいらっしゃる直前までドタバタしていてすみません。昨日も拭き掃除をしたんですけど、ちょーっと気になる箇所があったので」

ジーンズの裾をまくっていて、手には雑巾を持っていた。いかにも掃除の途中という恰好だ。表情も声も溌剌《はつらつ》としている。仔犬のように愛らしい目をした人だ。

「お世話になります」と頭を下げてから、ここで火村が手土産の阿闍梨餅《あじゃりもち》を渡した。夫婦ともども日本酒も饅頭《まんじゅう》も好きというタイプだそうで、喜んでもらえた。

「まずは荷物を置いてください。ダイニングキッチンの他に六畳、六畳、八畳と三部屋あって、この廊下の奥にお風呂とお手洗いがあります」

六畳をそれぞれの部屋とし、八畳間を作戦会議室にした。

「ある大学のゼミの学生さんが合宿にきたことがあって、その時は八人で雑魚寝《ざこね》していました。今日はお二人なので、ゆったり使ってもらえます」

夫が言うのに、妻が続ける。

「先生に一人で六畳間を使《つこ》うてもろたけん、学生さんはほんまに窮屈だったやろね。男子ばっかり七人。しかも、大柄な子が多かった」

「ごつい子が多かったなぁ」

「ゼミやのうて運動部の合宿みたいやったわ。夜はバーベキューをした後、浜で花火を上げて楽しそうやったね」

宮武友也と郷美《さとみ》。

ウェブサイトに名前も書いてあった。友也は自らのプロフィールも紹介しており、それを読むとこの夫婦が同い年だと判る。友也が大学を卒業後、大阪の会社に就職して二年間勤めたことも、結婚して仲島に戻り、〈なぎのいえ〉を作るまで二年かかったことも。

三年前の四月、郷美の二十七歳の誕生日にゲストハウスはオープンしたそうだ。

一昨日の捜査会議の席で、火村はタブレットで仲島について調べているうちに〈なぎのいえ〉のサイトを見つけ、そこを利用すれば調査がしやすいと考えて、翌日に予約を入れていた。

日帰りも不可能ではないし、丸亀市街のホテルを拠点にすることもできた。火村が島のゲストハウスに泊まることにしたのは、仲島で育ったオーナー夫妻の年齢が決め手だ。宮武夫妻は、年齢からしてまぎれもなく吉水蒼汰の同級生なのだ。

それだけではなく、彼らの一学年上には黛――当時は古川――美浪がいた。高柳真知《まち》子《こ》も。

4

現代的にリフォームされたダイニングでお茶を飲みながら、しばし宮武夫妻と話し込む。

自炊しながらご自由にお過ごしください、というゲストハウスではあるが、お客を部屋に通すなり鍵を渡してオーナーが立ち去るクールなホテル流ではないのだろうし、私たちの場合は調査・取材の協力をお願いしていた。

「着いたばかりですけど、いいところですね。きてよかった」

私が言うと、郷美はうれしそうだった。

「いいとこですよ。どうぞ楽しんでいってください。先生方はただ遊びにきたのではないそうですけど」

「そうや。お役に立たないかん。立てるやろか」友也は向き直り、私たちに訊いてくる。「この島も人口減少が続いていて、平成の半ばには四百人ぐらいだった人口が今では二百人を割っています。そういう島の現状についてお話ししたらいいんですか？　島外からどうやって観光客を呼び込むかも大事ですけど、観光客にきてもらうだけでは島を維持できんので、どうやって移住してもらえるかを考えた動きも出てきています。そんなお話もご希望でしたら」

火村は丁寧に礼を言う。

「ありがとうございます。そういうお話が聞けたら、私にとってだけでなく彼にも参考になりそうです」

彼とは私か？　そんな話を聞いたら、本当にここを舞台の小説を書かなくてはならなくなりそうだが、書かないまでも作家として有意義だろう。人口減少は日本の到るところで進行している問題だ。

「有栖川先生は、島の学校にご関心があるそうですね」

郷美が言った。

「私は教壇に立っていないので、先生は付けないでください。――昔から瀬戸内海の風景が大好きで、島で暮らすのはどんな感じだろう、と想像すると楽しい気分になりました」これは本心だ。「とはいえ生まれ育った大阪に根が生えてるので、実際に引っ越すのは難しい。だから、島を舞台にした小説を書いてみたくなったんです」

「いつものように、殺人事件がいっぱい起きるんですか？」

ああ、私がどんなものを書いているのか、ネットで下調べ済みか。本名で仕事をしていなかったら、「ペンネームは秘密です」と言って、何を書いているか隠すことができたのに。

「殺人事件が起きるかどうか、まだ決めていません。推理小説を離れたものを書いてみようか、とも考えていまして。いや、まだ構想中なので、どうなるか……」

彼女は納得してくれた。

「まず取材をして、それから構想を練るんですね。創作のヒントが見つかるといいですね。気になることがあったら何でも訊いてください」

夫婦揃って親切だ。

「さっきの話の続きですが」火村が言う。「差し支えのない範囲で教えてください。お二人はいつから交際していたんですか？」

友也が照れもせず答える。

「親密になったのは高校生になってからです。クラスは別でしたが、どちらも陸上部でした」

「ああ、そうでしたか。高校へはどうやって通ったんですか？」

「二人とも島の自宅から通学組です。船の時間に合わせるのに苦労しました。特に帰りは乗り遅れたら大変なことになるんで」

「汗をかきもって、港までしょっちゅう走ったなぁ」と郷美。

「夏場やなんか、全力疾走したら汗びっしょりになって」

「そうそう、晴れとったのに夕立ちに遭《お》うたみたいになっりょった。船の中で恥ずかしかったわ」

孤島での連続殺人が好きなミステリ作家に、青春小説に使えそうなエピソードを提供してくれる。私は、ふと気になったことを尋ねた。

「けれど、そんな通学やったらデートする機会が作りにくかったでしょう。船の上でしゃべるのがデート代わりやったんですか？」

「いやいや」友也が首を振る。「知っている人が何人も乗っていましたから、しっぽりデートというわけにもいきません」黛美浪も船での通学組だったと言っていた。「その点は不自由でしたね。どうしてたんやったかな」

休日に丸亀の街で会うとか、部活の隙を見ては二人になれる時間を作るとかしたのだろう。どうしてたんやったかな、と言っているが、当時のことを覚えていないはずはない。

大学は別々になったが連絡は絶やさず、郷美が京都に遊びに行くなどして交際は深まり、遠距離恋愛は続いた。友也が大阪で就職したのは社会人としての経験を積むためで、郷里に帰ってくることは早くから決めていたという。結婚生活を仲島でスタートさせることも。

「こんなつまらん話を聞きにいらしたわけやないですね。失礼しました」

友也は必要もないのに謝ってから、この後の予定を訊いてくる。ひと休みしてから、まずは採石場に案内してもらうことにした。車で移動すれば、見学には一時間ほどしか掛からないらしい。向きが反対になるが、その後で学校が見てみたい、と私たちは希望した。

「中学校は地域のコミュニティセンターになっていますから入れますよ。小学校は閉鎖されたままですけど」と友也。

「利用者の方のお邪魔はしません。外から校舎やグラウンドを眺めるだけで、かまわない。イメージを膨らませたいんです」

私が言う。ここまできたのだから事件の関係者たちがつながっていた場所を門の外からでもじっくりと見たかった。

「では、しばらくお寛ぎください。三十分ぐらいしたらお迎えにきます」

宮武夫妻が出て行くと、私たちはあらためて家の中を見て回った。家本体は古いが畳はまだ新しく、襖《ふすま》や障子の建て付けもいい。水回りも清潔ですっきりしていた。部屋の窓から海が望めるのは最高だ。

火村の「おっ」という声がした。庭で何を発見したのかと思い、行ってみると縁側で白猫が蹲《うずくま》り、柄が違う猫がもう二匹こちらをじっと見ている。どれも肉付きがいいので、宮武夫妻や近所の人から餌をもらっているのだろう。火村に頭を撫でられると、白猫は盛大に喉を鳴らした。

「見たか、アリス。この島はパラダイスだ。灰皿もある」

「パラダイスに簡単にたどり着ける男やな、君は。羨ましい。よその猫の匂いを付けて帰ったら、三匹にやき餅を焼かれてまずいぞ」

「服を着替えて帰れば大丈夫だ」

彼が胡坐《あぐら》をかいて座り込むと、白猫はその膝にのそりと上がる。他の二匹も縁側に座り、火村はますますご満悦だ。やれやれ、と私はダイニングに引き返し、二人分の麦茶をグラスに注いで運んでやった。なんと甲斐甲斐しい助手だろうか。

「宮武さんとこのご夫婦は仲がよさそうやな。微笑ましい」

私も縁側に腰を下ろした。涼しい風が吹いて、気持ちがいい。

「黛や吉水とは、だいぶ違う」

「そうだな」火村はポケットから煙草を出した。「主に家庭環境によるみたいだけど、黛と吉水はこの島でキラキラした十代を過ごしたふうじゃない」

「コマチさんはどうだったやろう?」

問い返される。

「あの人が島の話をしたことがあるか?」

ない。ある事件の捜査で、彼女と私が一緒に行動した時のこと。雑談の中で彼女の出身地を尋ねたことがあった。返事を覚えている。

——瀬戸内地方です。

瀬戸内のどこかと訊いても、はぐらかされた。

——うーん。何となく秘密にしておきます。

今回の事件を捜査する過程で、関係者の二人が丸亀市の仲島出身であることが明らかになった際、「コマチと同じや」と指摘した者はいない。船曳も、鮫山も、茅野も、森下も無反応だったのは、彼女がこの島にいたことをふだんから口にしていないせいだろう。

「コマチさんが仲島中学を卒業してること、お前が電話で尋ねるまで船曳警部も気がついてなかったんやな?」

「すべての部下の出身中学の名前を頭に入れているボスというのは、どこの職場にもいないだろう」

警部が迂闊《うかつ》だと責めているわけではない。高柳は中学を卒業すると島を出て、大阪の高校と大学を卒業している。ボスが部下の学歴を把握しているとしたら、たいていは高校以降のものだろう。

「『どうしてコマチの出身中学を尋ねるんですか?』と質された。個人情報だから当然だな。俺が考えたことを順に説明して、やっと彼女の履歴を調べてくれた。仲島中学卒という結果にびっくりしていたよ」

「やろうな」

しかも、彼女は黛美浪と同い年。在校中はずっと同級生だったことになる。そんな重大な事実をどうして隠しているのか、と腹立たしくもあっただろうし、理由が判らず頭を悩ませもしただろう。今も心が落ち着かないはずだ。

「船曳さんは言ってたよ。『まさか、コマチがジョーカーやったとは』。でも、それは違うよな。警部は、捜査が難航しだして俺に連絡を取ってきた段階でジョーカー云々を口にしていたから、その時点ではひたすら熱心に事件の真相を追っていた彼女は、ジョーカーでも何でもなかった」

彼の言うとおりだ。

奥本栄仁の死体が発見されてすぐに黛美浪は舞台に登場していたものの、高柳は対面していないし、防犯カメラの映像を見て中学時代の同級生とは気づかなかった。映っていたのは被害者と親密だった黛美浪とかいう名前の女でしかなく、それを聞いてピンとくるはずもない。高柳が知っている同級生の名前は、古川美浪だったのだから。

黛が二十五日に〈トミーハイツ〉の508号室に出入りしたことを警察に明かした後、高柳は繁岡とともに事情聴取に赴き、初めて対面している。そこで彼女らは互いに気がついたはずだ。相対したのが中学時代のクラスメイトであることに。

二人がその場で「あなたは――」と指摘し合わず、「私は――」と名乗りもしなかった理由は判らない。黛にしてみれば、楽しくなかった時代の記憶を刺激されるのが嫌で、口を噤《つぐ》んだとも考えられるが、高柳はどうだったのか？

推測はできる。かつての同級生があらぬ疑いを掛けられそうになっているのなら、それを晴らしてやりたい、と高柳が考えたとしよう。捜査に注力するためには、上司に自分と黛の関係を秘しておくのがよい。冷静な判断が危うくならないよう医者が自分の家族の手術のメスを執《と》らないように、刑事も身内が巻き込まれた事件の捜査からはずされる。中学時代の同級生が警察の考える身内に当たるかどうかは知らないが、はずされたくない、という一心で自分と黛の関係を明かさなかったのではないか。

それは高柳が黛に好意を懐いていたケースだが、反対の理由で捜査に加わりたがった可能性もある。自分だけが知る当人の人となりから「美浪ならやりかねない」と考えた場合。手柄を立てるチャンスと捉え、それを逃したくなかった——というのは高柳らしくないのだが、黛に対して中学時代の確執があったのかもしれず、否定できない。

どういう理由があったのか、高柳は刑事として秘密を持つことになった。その瞬間に、彼女は捜査本部内にあってジョーカーと化したのだ。

「しかし……コマチさんが黛や吉水と同じ学校に通ってたやなんて、よう見抜けたな。唖《あ》然《ぜん》としたわ」

「思いつきが的中しただけさ。お前だって、おかしいと感じてたんだろ？」

「違和感はあったんやけど、突き詰めて考えへんかった」

黛をストーキングしていたかに思えるK‐POPアイドルに似た男、孔雀がどこの誰であるかを突き止めた高柳の腕前に感心しながら、腑に落ちないことがあった。彼女は、黛が勤めていたクラブ〈如月《きさらぎ》〉の元同僚に当たり、心当たりがないかと尋ねて、吉水にたどり着いた。そう聞いた時は納得できたのだけれど、パンケーキを食べる際に彼の顔を見て、これはどうしたことか、と感じた。

マスクを取った吉水は、アイドルのコンジャにまるで似ていなかった。そっくりに見えるのは、マスクを着けている時だけなのだ。そういうことも、ままあるだろう。

だとしたら、高柳がするりと吉水にたどり着けたのが奇異に思えた。彼女にできたのは、コンジャの顔写真の下半分を隠して見せながら「この人に似た人がお店にきていませんでしたか？　黛さんの周辺にいませんでしたか？」と訊くことだけのはず。そんなふうに訊かれて吉水を連想した元同僚は、あまりにも勘がよすぎるのではないか。

その件について、私は深く考えようとしなかった。元同僚はとても勘がいいのだな、と幸運に感謝しておしまい。

火村は違った。高柳が見せたのはコンジャの写真ではなく、吉水その人をとてもよく表わした一枚――もしかすると彼本人の写真――だったのではないか、と仮定した。だとすれば、彼女はストーカーの孔雀が何者であるかの見当がついていたのみならず、写真を入手できたことになる。

「久しぶりのフィールドワークで勘が鈍ってるどころか、いつもより冴えてたな。畏《おそ》れ入りました」

「畏れ入らなくていい。言っただろ。たまたま思いついただけだ」

吉水の写真は、彼が勤める建設会社のサイトにあったが、名前までは記されていなかった。つまり、名前から検索しても顔写真には行き着けない。とすると、高柳が聞き込みに持参した写真はプライベートなものということになる。

高柳と黛は同い年だ。同じ学校に通った同窓生の可能性がある。また、黛が卒業したのは、島の小さな学校だったから、学年が一つ下の吉水も学校行事などの写真に写り込んでいても不思議ではない。高柳がその写真を持って元同僚に聞き込みを行なったのではないか、と火村は考えた。

——この子が童顔のまま、三十歳ぐらいになったとしたら、どうでしょう？

——ああ、そう言われたら思い当たる人がいます。

光が当たらないところに身を潜めていた吉水蒼汰は、そのようにして捜査線上に引き出されたのだろう。火村が想像した聞き込みの様子は、大きく違ってはいないように思う。

事実、高柳と黛は同級生だったことが確認できたのだから。

吉水は黛と同じく、高柳を知らないふりをしている。黛に指示されて、そのようにふるまっているのかもしれない。二人が結託しているのならば出方を窺おう、と高柳も初対面を装ったのだ。

「これは邪推やけど」私は言う。「もしかしたら、コマチさんは吉水を突き止めたことも捜査本部には黙っていたかったんやないかな。自分だけで隠密捜査を続けたかったんやけど、さすがにそんな重要な事実を隠すのは刑事としての良心が咎《とが》めて、警部に報告した。

掴んだネタが大きすぎて、隠すわけにいかんかったんや」

「それは邪推じゃなくて、当たっていそうだ」

「コマチさんに問い質したら判ることやけど……」

「まだだ」

猫好きの男の膝ですっかり落ち着いた白猫が、彼を見上げてニャアと鳴いた。頭を撫でられると、気持ちよさそうに目を閉じる。

高柳の出身中学が知りたい。ことの次第とともに火村が船曳に電話で頼んだのは昨日の午前中だ。仲島中学を卒業していると確認された後、警部はただちに高柳を呼びつけてわけを訊こうとした。当然だろう。事件解決に向けてチームで邁進《まいしん》する刑事として、あってはならない逸脱だ。

しかし、火村は「何もしないでください」と警部を止めた。高柳を問い詰めたりせず、彼女がどんな行動を取るか監視するように進言したのである。警部に「どうしてですか?」と意図を尋ねられた火村は、こう答えたという。

——しばらく泳がせておくんです。

部下の刑事を泳がせておけ、と犯罪学者に言われたのだから、船曳は重ねて驚いたに違いない。

「お前、船曳さんに『コマチさんをしばらく泳がせておくんです』って言うたんやてな。昨日、電話でそう聞いた時は絶句した。今さらやけど言わせてもらうわ。デリカシーを欠いてるんやないか？ 『しばらく見守りましょう』とでも言うたらよかったやないか」

彼には彼なりの考えがあったのだろうが、咎めてしまう。火村の返事は少し遅れた。

「俺の言葉の真意を、船曳さんは汲んでくれたと思う。だけど、そっちの表現の方が穏便だな。いや、穏便ではなく正しい。二日間、刑事部屋の空気をたっぷり吸ったせいで、つい刑事みたいな口の利き方になったんだろう」

反省の態度が窺えたので、私はほっとした。火村の言い方がきつく感じられ、彼が高柳を信頼しておらず、親密さもまったく感じていないのかと思ったのだ。

恋愛感情とは別の意味で、私は彼女が好きだ。仕事に全力で打ち込む姿をたくさん見てきたし、事件関係者、上司、同僚、火村や私を問わず、周囲の人間にどんな時も心を配ってくれているのを知っているから。そんな彼女を火村が信頼していないとしたら、抗議したいぐらいだった。

彼は言う。

「なぁ、アリス。俺がこの島にきたかったのは、もちろん黛や吉水の過去について調べ、二人の関係を理解するためだ。事件の真相解明の鍵を探すのが目的。でも、それだけじゃない」

「他に何が？」

「黛が幼馴染みであることを明かそうとしないコマチさんについて理解したかったからだよ。手柄を独り占めするためだけに、隠し事をするような人じゃないだろ？」

「ああ、違うな」

「きっとわけがある。だから、彼女について知りたいんだ」

車がやってきて、家の前で停まった。私が腰を上げた途端に、火村の膝にいた白猫がひらりと庭に跳び下りた。他の二匹も縁側から去ってしまう。

「そろそろ出掛けますか？」

宮武友也の快活な声は、小学生が友だちを遊びに誘いにきたかのようだった。

5

車で北西へ走ること五分。

先ほど見掛けたものより規模の大きな採石場に着いた。こちらでは重機が稼働していて、切り崩した石の運搬が行なわれている。友也が用意してくれたヘルメットをかぶり、現場の責任者らしい人に挨拶をしてから、導かれて作業の邪魔にならない一角へと向かった。

垂直に削り取られ、切り立った高さ二十メートルほどの岩の壁。荒々しく硬質な眺めが、そう、崇高だ。青みを帯びた灰色の岩肌が美しく、機械の爪で刻まれた痕《あと》の迫力に目が吸い寄せられる。コールタールでも垂らしたように黒ずんでいるのは、伐《き》られた木々の樹液らしい。それがまた味わい深く、岩のカンバスに描かれた芸術作品にすら見えてくる。

露天掘りだが、手がつけやすい箇所から闇雲に削っていけばいいというものではない。

次工程のことを考えながら、上から段差を作って切り出している様子が窺えた。興味深い現場だ。

「すごいですね」

作家として、この上なく芸のないフレーズを口にしてしまった。火村は無言のまま、上下左右へ興味深そうに視線を投げている。友也は、にこにこ笑いながらガイドをしてくれた。

「採石場のことを丁場《ちょうば》と呼びます。かつてはこういうのが島中に何十とあったんですが、今は七つほどになってしまいました。四百年以上前からずっと仲島は石を切り出しとるんです。豊臣秀吉の命を受けて、大阪城の石垣にもなってますよ」

石の種類やその選別方法、種類別の用途の違いについて解説してから、「こちらへ」と友也はさらに前へと進む。岩壁の手前は深く掘り下げられていて、「危ないので気をつけてください」と言われた。転落したら大怪我をしそうな高さがある。

長いホースの先についたノズルを手にした人がいた。友也が声を掛けて、ひと言ふた言交わしてから私たちを手招きする。

「ジェットバーナーで岩に熱を加え、脆《もろ》くしてから切り出します。その作業が始まるので見ましょう。とても大きな音がするので心の準備をしておいてください」

あれはバーナーのノズルか。それを持った石職人は、ポケットから耳栓を出して両耳に嵌《は》めている。人差し指で耳をふさぐように、友也に忠告された。

霧状になった軽油に引火した瞬間、バーナーが轟音《ごうおん》を発した。覚悟をしていたからいいものの、いきなり耳にしたら飛び上がりそうな音だ。うっかり前に出すぎて転落しないよう注意しながら、岩を切削しやすくする作業を見学した。ただ石を熱すればよいはずもなく、どこをどう熱するかに匠《たくみ》の技が発揮されているのだろう。珍しい光景なので思わずスマートフォンで動画に撮った。

駄目だ。殺人事件の真相究明が目的でやってきたのに、採石場見学がいきなり楽しすぎる。

「お写真を撮りましょうか。このへんが一番よさそうや」

友也にスマホを託して、火村と並んで撮ってもらった。フィールドワークの最中にこんな記念撮影をしたのは初めてだ。

私は小説の取材できたことになっているのだから、写真を撮りまくるのが自然か。ならば、と立て続けにあたりの景色を撮影した。

採石場近くの海際には、石を積み出す船が停泊するバースがあった。隣の島を背景にして、何やら巨大な金属製のものが鎮座している。ゲームセンターのUFOキャッチャーの手のごとき形状で、海辺に佇んでいるせいで草間彌生《くさまやよい》の芸術作品のようでもある。あれは何かと友也に訊かずにおれない。

「石を摑んで船に積み込むのに使います。名称ですか？　正式にはどう言うんやろ。現場の人は〈オレンジ〉と呼んでます。元の色がオレンジやったから」

この前でも写真撮影。

友也は隣の島についても案内してくれる。

「あれはサナギ島といいます。補佐の佐に柳と書いて佐柳島。住んでるのは六十人ちょっと。あちらも子供がおらず、学校は廃校になってます。両墓制《りょうぼ》というのをご存じですか？お墓をペアで作るんです。一つは納骨のためのもの。もう一つは拝むためのもの。そういう墓地が見られます。多度津《たどつ》港から船が出よるんですが、最近はある目的で佐柳島を訪ねる人が増えていましてね。野良猫がたくさんおって、猫好きに人気があるんです」

猫の島として有名な島は瀬戸内だけでもいくつかあり、あの島もその一つなのだとか。猫と聞いた途端に、採石場を見やっていた火村が振り向くのがおかしかった。彼のパラダイスは方々にある。

「ところで」友也が思いついたように言う。「先生方は、瀬戸内海にある七百以上の島の中から、なんでこの仲島を調査・取材の先に選ばれたんですか？　宿泊できる島は他にいくつもあります。本島《ほんじま》とか」

説明は火村に任せる。

「タイミングを見計らってお話ししようとしていたんですが、実は、私たち二人の共通の知人が仲島の出身なんです。その人から島のことを聞いているうちに行ってみたくなり、調べたら〈なぎのいえ〉があったので決めました」

「この島出身の人。どなたですか？」

好奇心で目が輝いている。

「高柳真知子さんです。彼女は今、大阪にいます。何をしているか、風の便りで聞いたりは？」

「ああ、高柳さんのお知り合いでしたか。懐かしいな。あの人は一学年上で、同じ中学校に通《かよ》っとったんですよ」先刻承知だ。「あそこのお祖父さんもお祖母さんもとうに亡くなってしもうたんで、噂は届いてきません。どうしてるんですか？」

「大阪府警にお勤めです。刑事をなさっています」

よほど意外だったのか、目を丸くしていた。

「まさか刑事さんになっているとは思いませんでした。どっちかというたら静かでおとなしいタイプでしたから。ほやけど、納得するところもあります。高柳さんはしっかり者で、ものに動じない子でもありました。そういうところに警察官の適性があったかなぁ」

彼女に会ったらよろしく伝えて欲しい、とも言われた。火村は了解する。

「今度会ったらお伝えしておきますよ。宮武さんがクラスメイトの郷美さんとご結婚して、仲島でゲストハウスをなさっていることも話しておきましょう」

「照れますけど、はい」

「ただ、彼女はいつも事件に追われて忙しくしているので、ふらりと遊びにくる暇はなかなか作れないかもしれません」

「忙しいでしょうね。テレビドラマの刑事さんしか知りませんけれど。――ここはもうよろしいですか？ 次の場所にご案内しましょう」

中学時代の高柳についてもっと聞きたかったが、急《せ》いて不審を招くのはよろしくない。火村は「お願いします」と応え、私たちは車に乗り込んだ。

さらに北に向けて上り坂を走ると、民家が密集した集落を見下ろすところに着いた。上之浦地区だ。フェリーが停泊するための港があり、漁船も見える。

「下之浦と同じぐらいの規模の地区です。石材業者の組合やなんかは、ここにあります。島内に店はない、とご予約いただいた際にお伝えしましたけど、ここに小さな商店が一軒だけあることはある。今通ってきた道ができたんは、うちの両親が小さい頃やと言います。それまで上之浦と下之浦を行き来する手段は船でした」

「へぇ、聞いてみないと判らないものです。島内の移動も不便やったんですね」

彼の話を聞いていると、小説家として常識が豊かになる。

「ほやけん、各集落を船が回ってました。島内の何箇所かに寄ってから丸亀へ向かう。離れた地区の子供らはそれに乗って通学しよったんです。この上之浦にも小学校があったんですけど、下之浦より先に廃校になってしもた。ここらの子は通学が大変になりましたよ。スクールバスなんかありませんから」

小さな子供は両親に車で送り迎えをしてもらうしかないが、高学年になるとがんばって自転車で通っていたそうだ。

「もうちょっと行ったら丁場やけん、そこも寄りましょう」

こちらの採石場も岩肌が青みを帯びて美しい。仲島独特の良質な石だという。こちらでは切削作業は行なわれておらず、切り出した石を特殊な機械で切断するところを見せてもらった。ダイヤモンドチップのついたワイヤーソーの切れ味は素晴らしく、これもしっかりと動画に収めた。

「こういうところなんですけど、思てたのと違いましたか?」

友也に訊かれて、私が答える。

「採石の工程のごく一部を拝見しただけですけど、とても繊細な作業のようですね。もっと荒々しいのかと思っていました」

「今日はやってませんけど、ダイナマイトを使って豪快に砕くこともありますよ。発破のドーンいう音が遠くまで響っきょります」

ダイナマイトの爆発音に生で接したことがないから、滞在中に聞いてみたいものだ。

友也に案内されて石の資料館を見る際も、私はメモを取った。取材のふりをするためだが、思いがけない旅のよい記念になるだろう。この資料室こそが、かつて上之浦にあった小学校の跡だった。

「上之浦小学校が下之浦小学校に吸収合併されて、仲島小学校になったんです。——島の全体像を見ていただきましょうか」

友也のガイドを聞きながら、私たちは時計回りに車で仲島を一周する。島の北側の漁港のある集落を過ぎると道路はいったん山間《やまあい》に入り、木立の緑を抜けたら海が眼下に遠くなっていた。島のこちら側は季節風が強いせいもあって住人が少ないという。隣の本島の全景が見えている。

「あっちの島には、江戸時代の勤番所《きんばんしょ》跡やら昔の街並みが残る景観の保存地区やらがあります。岡山県側にだいぶ寄ってますけど、香川県の島です」

「芸術の島で有名になった直島《なおしま》も含めて、このあたりの島はみんな香川県に入るんですね。『島は讃岐に任すわ』と岡山側の殿様が譲ったみたいやな」

後部座席で呟くと、友也は「いいえ」と言う。

「大槌島《おおづちじま》から樽を流して、どこに行き着くかで境界線を決めました。そしたら潮の流れが讃岐に有利やったというわけです。というのは史実ではなく伝説らしいですが、それが今でも県境になっています」

旅先でこういう土地の話を聞く機会も久しくなかった。旅情満喫だが、役目を忘れることはない。隙あらば黛たち——いや、古川たちの中学時代について尋ねたいのだが、きっかけが摑みにくい。

「ここらの斜面は果樹園になってます。瀬戸内レモンいうて、最近は広島の生口島《いくちじま》なんかでレモンの栽培が盛んですけど、仲島ではやっていません。梨やら枇杷《びわ》やら葡萄《ぶどう》などを」

さらに進むと、前方に再び四国の山並みを望むようになった。もう周囲を七割方ほど回ったらしい。地図で見たとおり、島の東側に大きな集落はなかった。

「丁場以外の見どころが一つあります。ちょっと寄りましょう。広い道から逸れて、奥まったところにあるんやけど」

車は畑に挟まれた脇道に入って行く。友也が私たちに見せたがったのは、石垣の上に建つ豪壮なお屋敷だった。江戸時代に廻船問屋として栄えた家だという。石垣の高さは四メートル以上あり、銘石の島らしく見事なものである。石工の腕がいいから石積みの細工も丁寧だ。

「今は誰も住んでません。持ち主は関西に行ってしもて、たまに手入れにお戻りになるだけ。観光資源になるものやけん、このお屋敷も宿泊できるようにして島の活性化に役立てたい思いよるんです」

車を下りて、屋敷のまわりを歩いて回る。黒く塗られた板塀で囲まれているので、総欅造《そうけやきづく》りの屋敷そのものの全容はよく見えなかった。維持管理は大変そうだが、このまま放置しておくのはいかにも惜しい。

「彼が大ベストセラーを書いたら、買い取って仕事場にするんじゃないですか」

火村が捻《ひね》りのない軽口を叩いた。私はそれを受けてやる。

「せやな。そのためにも、しっかり取材して傑作を書かなあかん。あらためて、よろしくお願いしますね、宮武さん」

「はい。何なりと」

下之浦に戻る手前で、切り出した石をクレーンがついたガット船に積み込む現場を見た。石を掴み上げているのは、まさにあの〈オレンジ〉だ。音がけたたましい。積んだ石に向けて盛んに放水されているのは、粉塵《ふんじん》が飛散するのを防ぐためだろう。船底からは灰白色の水が排出され、海を石の色に染めていた。

上陸した港を過ぎ、仲島小学校・中学校の前で友也は停車させた。先ほどは見落としたが、コミュニティセンターの表示が門柱にある。旧校舎を改修してこのように利用されだしてから、まだ二年ほどしか経っていないそうだ。

「市民センターでもあり、消防の屯所という機能もあるんです。まぁ、どうぞ」

一階には多目的室が並び、図書室もある。ある部屋では園芸の講習会らしきものが開かれていた。地域住民のクラブ活動の拠点でもあるらしい。高柳たちが中学生活を送っていた頃の面影はない。

小学校の校舎は、教室や職員室に机と椅子が残ったままだった。自分が通った学校でもないのに、ノスタルジックな気分になる。

「こちらは、いつまでこのままにしておくんですか？」

私が訊く。

「あと三年は。再開される可能性もあるんです」

島内に幼児のいる家庭が一軒だけあり、その子が学齢に達した時、両親や本人が仲島小学校への入学を望んだ場合は、希望をかなえることになっているという。先生は島外から通うか、赴任してきてくれるのだろう。

「どうなるかは判りません。近くの学校に通うたら楽ですし、親御さんも安心でしょう。

ほやけど、友だちを作って社会性を養うことができん。難しいところですね。うちに子供ができたら、ここへやりたいんですが」

私たちは無言で聞きながら校庭を横切った。古川美浪、吉水蒼汰、高柳真知子。教室の窓の向こうで授業を受ける彼女ら、校庭でボール遊びに興じる彼女らなどの幻がよぎる。

「ここまで自転車通学をするとなると、遠い子は大変ですね」私が言う。「宮武さんも苦労しましたか？」

「私も妻も、下之浦に住みよったんで歩いても十分ほどでした。高柳さんは上之浦のはずれやったけん、えらかったでしょうね。距離があるし、途中の坂が難所です」

「宮武さんたちが在学中は、何人ぐらい生徒がいたんですか？」

火村が尋ねた。いたって自然な問い掛けだ。

門前での立ち話となる。不審の目を投げてくる通行人もおらず、道路の向こうでは午後の海が光っていた。

「小学生の頃は、七人から十人。中学に入ると少し減って、五人か六人でした」

高柳らと現在の宮武夫妻で五人だから、他にもう一人いたかいないかだ。こんなに都合のいい証人に巡り合えた僥倖《ぎようこう》にあらためて感謝する。

「五、六人しかいなかったのなら、気心が知れた兄弟みたいなものですね。生徒たちによく目が届いて、先生もやりやすそうだ」

「はい。どこのどんな家かも全部判ってますから、つながりは濃くなります。ひとクラスが四十人の都会の学校とはまるで違うでしょう」

「家庭的な雰囲気でしたか？」

「うん、ええ、まあ」友也は片頰で曖昧に笑った。「そうでしたね。ただ、みんながいつも朗らかににこにこしていたわけでもありません。家族の中では兄弟喧嘩もありますから。それに、中学生というのは面倒な年頃やないですか。思春期に差し掛かって体や自意識が変化して。英語で……オク……オクウェイド……何やったかな。何とかエイジ」

言葉が出てこない友也に、火村は助け船を出した。

「オークワード・エイジですか？ 大人とも子供ともつかず、扱いにくい年頃」

友也は、人差し指を火村に向けた。

「それです。オークワードという言葉には、色んな意味がありましたね。扱いにくい、みっともない、不恰好、不器用。無様と訳されたりもしたかな。中学生ぐらいの少年少女というのは、いつの時代でもどこの国でもそういう存在なんでしょう。私たちもそうでした。先生方も覚えがあるんやないですか？」

火村は巧みだ。いかにも世間話という調子で頷く。

「大いにあります。小説を書いている彼なんかは、いくつになっても扱いづらい人間ですが」

「君にだけは言われたくない」と返しておいた。火村は友也に話を促す。

「小さな中学校で家庭的な雰囲気もあっただけに、喧嘩やいざこざが発生すると長引いたりもしたでしょうね。しかし、そういう学校生活を経験していないと、羨ましい気もします」

「子供時代から火村先生は引っ越しが多かったそうですけど、小さな学校には縁がなかったんですね。何事についても、いい面と悪い面があります」

「こっそり伺いますが、宮武さんはその頃から今の奥様に——」

「片想いをしていた、というのではありません。さっきもお話ししたとおり、仲がよくなったのは高校時代になってから。そもそも私、惚れられた方です」

「それを奥様の前で言っても大丈夫ですか？」

「やめてください。事実はそうなんですけど、きっと反論します」

どさくさに紛れて、私も訊いてみる。

「中学生の頃に好きだったのは、高柳さんだったりしますか？」

友也は腕組みをした。

「うーん、答えにくいなぁ。高柳さん、学年は一つ上でしたけれど、可愛くて素敵でしたよ。白状すると好きでした。ただ、彼女が初恋の人だったと言い切ることはできません。さらに白状するとですね」言いにくそうだ。「教室にいた女子全員が好きでした。みんなが憧れの対象やった」

教室にいた女子全員が好き。いくら思春期の少年であっても、これまた四十人のクラスではあり得ない事態だ。友也は弁明するように付け足す。

「全員といっても三人ですよ。女の子を三人同時に好きになるぐらい、なくはないでしょう」

ないよ、と言いたかったが、人によりけりかもしれない。

「そのクラスメイト三人の名前をまだ覚えてるんやないですか？　フルネームで」

「女子だけでなく、男子も含めて全員フルネームで言えますよ。たった六人だったんですから」

私が目顔で促すと、指を折りながら並べてくれる。

「私と郷美を除いて、女子が高柳真知子、古川美浪。男子が吉水蒼汰、マツオカハルト。これで六人。ほら、簡単に言えました」

マツオカハルトだけが初めて耳にする名前だった。奥本殺しには無関係だろうが、頭の片隅にメモしておく。

「奥様以外で、今も連絡を取り合っている人はいますか？」

火村の問いに、友也は首を振る。

「一人もいませんね。みんな島を出て行ったきりです」

「マツオカ君も？」

そうではなかった。

「彼は違います。中学三年生の夏に死んでしまったんです」

6

〈なぎのいえ〉に帰ってきたのは四時前。三時間近くも友也に島を案内してもらったことになる。石垣のお屋敷をゆっくり見たせいもあるし、学校の門前での立ち話も長かった。

私たちは縁側に腰を下ろし、風に吹かれる。エアコンを効かせた部屋より気持ちがいい。先ほどの猫たちは昼寝でもしているのか、姿を見せなかった。

「マツオカ君のことが引っ掛かるな」

私から切り出す。火村も気にしていないはずがない。

「ああ。宮武さんの表情が曇ったのは、単に悲しい記憶だからじゃないのかもしれない。急に口が重くなった」

「悲しい記憶ではなく、悪い記憶か？」

「会ったばかりの一夜の客に話すようなことではないんだろう。でも、是が非でも隠したいことでもない」

「なんでそう言える？」

「マツオカ君の死について、人に言えない秘密があるわけでもなさそうだ。もしそうなら、俺の軽い問いに『はい、みんな島を出て行きました』で済ませただろう」

「確かに、さらりと流すこともできたな。隠すほどでもないが、わざわざ話すようなことでもない、という感じか」

中学時代にクラスメイトが死んだと言われて、私が「病気か事故ですか？」と尋ねたのはいたって自然な反応だったはずだ。友也は「事故でした」と短く答えて、詳細を語ろうとはしなかった。

「もっと突っ込んだ方がよかったんかな？」

「いいや、あそこで止めたのは正解だ。下手な質問をしたら、おかしなところに食いつく人だな、と思われかねない場面だった。夕食の席で酒が入ったあたりで、あらためて訊けばいい。お前の役目だ」

「どっちが訊いてもええやろう」

「青春小説の取材に訪れている小説家の方がふさわしいんだよ。多少、覗き見趣味の質問をしたって、熱心な取材だな、と許してもらえる」

あまり自信はなかったが、やってみることにした。任せておけないと感じたら、火村の助太刀が入るだろう。

「熱心に取材する小説家を演じてみるわ。この島では交通事故も考えにくい。採石場で遊んでるところへ石が倒れてきた、という事故かもしれへんけどな」

「最終的に事故として処理されたとしても、事件性を疑わせるものだった可能性もある」

「根拠は？」

「警察の捜査が入ってクラスメイトたちに色々と尋ねた。その時の態度が腹に据えかねて吉水が警察嫌いになったのでは、と想像しただけさ」

「そうつなげるか。——ところで、この島には駐在所はあるんやろうか?」

火村は、船曳を通して確認済みだった。

「五年前まで下之浦にあった。単身赴任の巡査が駐在していたそうだ。現在は週に何度か丸亀署の中央交番の巡査が来島している。事件もない平和な島だから、『変わったことはありませんか?』と確かめにきているだけだろうな」

「つまり、宮武さんたちの在校中は駐在所があったんやな。変な巡査が赴任してたわけではないと思うな。身近にいてたのがおかしな駐在さんやったら、コマチさんは警察官を志望してないやろう」

「暴走しかけているぞ、有栖川先生。どんな事故だったのか不明で、警察が捜査に乗り出したのかどうかも判っていない。むやみに想像を広げても仕方がない」

庭の一隅に、木製のテーブルが設《しつら》えてあった。バーベキュー用のものだ。料理をここまで運ぶのが手間だから、今夜は宮武宅にお邪魔して夕食をいただくことになっている。

「うちのゼミ生に、この庭でバーベキューパーティでもやらせてやりたいよ。できることなら」

思ったまま、ついついそんな口惜しさが洩れてしまうのだろう。この准教授は、ふだんは教え子想いであることを私にアピールしたりしない。

外出自粛が叫ばれたら従うことが容易で、巣籠りも楽しい、と構えていられた私には窺い知れない苦衷《くちゅう》があるのだ。考えてみるまでもなく、大学人である彼は社会としっかりつながっている。

「コロナが終息したら、ゼミ合宿にきたらええやないか。宮武さん夫婦も喜んでくれるやろう」

「犯罪社会学のゼミだとバレるのは困る。――今回の事件がどういう形で決着がつくのか、まだ見えないからな」

　かつてのクラスメイトの罪と秘密を暴くために、目的を偽って島に渡ってきたのだと後日に知ったら、夫妻は快く思わないかもしれない。

「捜査本部の様子を訊いてみる」

　火村はスマートフォンを出して電話する。私たちが仲島に向かった事情は他の捜査員たちには伏せてあるから、相手は船曳警部だろう。

　どんな話が聞けるのかと期待したが、火村が何度か相槌を打っただけで、通話はすぐに終わってしまった。

「今はゆっくり話せないとかで、後でかけ直してくれるそうだ」

「犯人が出頭してきた、というわけではなさそうやな」

「自分から首を差し出すつもりはないのなら、こっちが斬るしかない」

「コマチさんの様子は？」

「聞いていない。それも後だ」

夕食まで時間があるし、手持ち無沙汰になった。することがない。昇経山の頂からの景色が素晴らしいそうだが、二人で山登りという気分でもなかったし、友也が「明日の午前中にご案内しますよ」と車中で言っていた。

「サイクリングにでも行こか。自転車が二台あったやないか」

一人で行ってこい、と言われたらそうするつもりだったが、火村は私の提案に乗ってきた。

「腰が重いかと思うたら、付き合いがええな。運動不足の解消が目的か？」

「せっかくきたんだ。中学生のコマチさんが過ごした島を、よく見て帰りたい」

「何があったんやろうな。……それも今晩、俺が覗き趣味を発揮して訊いたらええか」

ゲストのために用意されていたのはクロスバイク。私たちの前に利用したのは女性か年少者だったらしく、サドルの高さの調整をしなくてはならなかった。

「学校の方はさっき見たから、上之浦を目指してみようか。途中の上り坂がおじさん二人にはきつそうやったな」

迷う私を、友人はせっついた。

「だったら行けるところまで行けばいいだろ。隊長のお前に付いて行くよ」

「よろしい。俺のマシンに付いてこれるかな？」

漕ぎだし、北へ向かって走る。風が顔にぶつかるのが爽快だ。もちろんマスクなどしていない。

海の上に太陽があった。晩夏から初秋へと季節が移ろう頃だけに傾きかけてはいたが、日没までは間がある。解放感が込み上げてきて、私はぐんぐん速度を上げた。火村が後ろを付いてきているのかどうかも判らなくなっていた。陽光を受けて、海は何かを讃えるかのように輝いている。

護岸のために波打ち際に並べられているのは規格品の消波ブロックではなく、大きさも形もまちまちの石。この島の採石場で採れたものだろう。

用水路が流れ込む河口あたりには、鴨や家鴨《あひる》など水鳥の姿があった。道端に椅子を出し、スケッチなどしてみたくなる眺めだ。

道路はゆるやかに右手にカーブし、走れば風景が刻々と変わるのが楽しい。ペダルを漕ぐほどに、右側の山に隠れていた隣の島がじわりじわりと姿を現わす。まるで自分が仲島を回転させているようだ。いや、この両脚だけで世界を回しているかのよう。

——コマチさんも、ここを自転車で飛ばしたりしたんやな。

始業時間に遅れかけたり、早く帰りたかったりして、躍り上がるほどうれしいことがあって、あるいはどうしようもなく悲しいことがあって、またあるいは不安に襲われたり自分でもわけが判らない感情に突き動かされたりして、自転車を懸命に漕いだのではないか。

雨や強風の日は、難渋《なんじゅう》しただろう。暑さや寒さでつらかったこともあったはず。

怒りや悔しさをぶつけるために走っている最中、自分が美しい風景に包まれていることに意識が向いて、慰められたりしたのだろうか？　その時は判らずとも、後になって気づいたかもしれない。

後続の自転車が近づいてくる気配がしたかと思うと、火村が疾風《はやて》のごとく私を追い抜いた。小癪《こしゃく》なことをしやがると、スピードを上げたのだが、彼の背中は前方十メートルまで遠ざかっている。

「中学生みたいな真似しやがって」

サドルから尻を浮かせて漕ぐ。歯を食い縛って。景色が小気味よく流れていく。

私たちの熾烈《しれつ》なデッドヒートは採石場に着くまで続いた――と言いたいところだが、そう表現したら嘘になる。彼と私の差はついに縮まらなかった。

採石場は朝九時始業で、終業時間は夕方五時だと聞いていたが、まだ五時前なのに作業をする人の姿はどこにもない。現場の仕事に区切りがついて、みんなすでに撤収したようだ。

私たちは海からの風が吹きつけるあたりで自転車を停め、無造作に転がっている石にそれぞれ腰掛けた。

「汗が、噴き出したや、ないか。要らん、勝負を、仕掛けや、がって」

肩で息をしながら私は抗議する。二メートルほど離れたところから応じる火村の呼吸も乱れていた。

「勝負をしたつもりは、ない。お前が勝手に付いてきた、だけだ」

承服しかねたが、言い返すのも面倒だった。例の巨大なＵＦＯキャッチャーが喜劇的な佇まいで見えている。二人とも童心に返れてよかったですね、と語りかけてくるようだ。

「夕食までに、シャワーを、浴びなきゃならない。こんなに――」

火村が言いかけたところで、スマホの振動音が聞こえた。私のものではない。

「このタイミングで、船曳さんかよ」

まだ荒い息を急いで整えながら、彼は電話に出る。

「今、外にいるんですが、大丈夫です。落ち着いてお話しできます」

どんなやりとりをしているのか判らないが、今回も犯人が出頭してきた、といった大ニュースを伝えてきたのではなさそうだ。警部が何事かを長々と話しているらしく、火村は「はい……はい」と静かに応えていた。

やがて彼が話す番になる。〈なぎのいえ〉に着き、目的どおり黛たちと同じ中学に通っていた宮武夫妻から色々な話が聞けそうなこと。島を巡って彼女らが通っていた中学校を門の外から眺めてきたことなど。

マツオカハルトという生徒が在学中に事故で死亡している件については触れなかった。事件に何の関係もないかもしれないので、現時点では報告は不要と判断したのだろう。

「今夜、夫妻と一緒に食事をしながら情報を集めます。……はい、そうなることを期待しています」

通話が終わるなり、「どうやった？」と訊かずにいられない。彼と船曳が話している間に汗は引いていた。

「結論から言うと、捜査に大きな進展はない。コマチさんは相変わらずだ。二十六日朝の黛の行動を懸命に洗っている。散歩をしている彼女を見た者はいないか、と。端から見ていて不可解なほどの熱心さで」

「黛は嘘をついている、と確信しているみたいやな。証言どおりの時間に駅の防犯カメラに映ってるのに」

「その映像を最初に見た時、彼女は『これは別人です』と言い張るどころか、当人に見える、と印象を述べていた。ところが、ある時点を境に態度が一変する」

黛にとっても高柳にとっても幼馴染みである吉水蒼汰が捜査線上に浮上したのが境だ。パンケーキを食べながら吉水から話を聞き、布施署に戻った際のことを思い出す。彼のアリバイを検証すべく、船曳は南紀の宿に照会の電話を入れるように高柳と森下に命じた。ところが彼女はパソコン上に呼び出した長田駅の防犯カメラの映像の確認をしていて、「聞いてへんのか！」と警部に一喝されていた。まったく彼女らしくない一場面だった。

「吉水から話を聞いた直後から、コマチさんは黛の証言を疑いだした。だよな？」

あらためて訊かれるまでもない。昨日、電話で話した折にも指摘され、「言われてみたら、確かに」と私は答えていた。

その豹変ぶりに、火村は重大な意味を見ようとしていた。

「何が決め手になったのか見えへんのやけど、吉水と会ったことでコマチさんは黛のアリバイが偽物やと考えるようになったらしい。吉水の証言の中に、そんなことを示唆する話はなかったと思うのに」

「ああ、いくら考えても俺にも思い当たることはない。問題なのは彼の証言じゃなく、彼が舞台に登場したことなのかもしれない」

「お前が手を出しあぐねてた事件の核心に、コマチさんは手を伸ばした……」

「ためらいなく、すっと。彼女がどれだけ先を行っているのか判らない。もう真相を見抜いて、後は証拠を見つけるだけなのかもしれない。俺たちがこうしている間に、それをがっちり摑むことだってありそうだ」

もしそうなれば、彼女のお手柄だ。火村と私は「ご苦労さまでした」と中貝家署長や船曳警部に労われて、捜査協力は終了する。私たちは大きな達成感を得られなかったとしても、事件が解決したことを喜べばいいのだが――

「しかし、なんか引っ掛かる。なぁ、アリス。さっきも訊いたが、彼女、そこまで自分の手柄を独占したがる人か？　違うよな」

「違うな。せやけど、今回ばかりは動き方がおかしい。繁岡さんと別行動を取りたがったのはいつものコマチさんらしくもあるけれど、途中からは煙たがって遠ざけたようでもある。いつもと様子が違《ちご》うてることに理由があるとしたら、関係者が幼馴染みであること、か」

「どんな幼馴染みかにも依る。宮武夫妻からどれだけのものを引き出せるか。お前の双肩に掛かってる」

「俺の肩だけに荷物を載せんといてくれ」

一昨日、布施署の駐車場で因幡丈一郎と出くわした時のことが脳裏に甦る。事件解決の目処について訊かれた火村は言った。

――解決しますよ。

重ねて問われると苛立った。

――解決するんだよ。

高柳が自分より早く真相にたどり着く、あるいはたどり着いている、と思ったから、あのような返答になったのだろう。

あのやりとりの少し前に火村は、名探偵とは何かを私に尋ね、「難事件を明晰な推理で誰よりも早く解決させる人物」だと定義したら、「それが務まるかどうか」「今回は怪しいな」と言っていた。

弱気な発言に思えたのだが、その後に説明されて理解した。彼は、恐ろしいほど事態をよく把握していたからこそ、あのようなことを口にしたのだ。

つまり――吉水の登場を契機として、高柳が事件の真相に見当をつけたらしい。だから自分は「誰よりも早く解決させる」ことはできないかもしれない、というわけだ。

しかし火村は、彼女がどんな推理を組み立てたかを推察し、彼なりに事件の全容がぼんやりと見えるようになっていたのである。因幡に絡まれたあの時点で、すでに。

しつこい記者に放った言葉は、このように解釈できる。

――高柳刑事が真相に迫っているから、彼女が手柄を立てそうです。罪を逃れることは難しいと察知した犯人が、自ら出頭することもあり得る。事件はいずれかの形で解決しますよ。

――しかし、彼女がもたもたしたり、私情から捜査に手心を加えたりするようなことがあったら、俺が追い抜くから事件は解決するんだよ。

高柳は依然として捜査に駈けずり回っているようだし、犯人が出頭してきてもいない。名探偵の地位を奪取するチャンスではあるが、火村はハンデキャップを負っていた。高柳の手中にある何らかの情報が、彼の手許にはない。ジグソーパズルのピースが欠けているから、事件の真相と絵が完成させられないらしいのだ。

彼女だけが特権的に持つ情報があるとしたら、それはどこで入手したのか？　高柳と吉水は同じ学校に通っていたという接点があるのでは、と疑った上、黛や吉水と幼馴染みであることから特権的な情報を得ているのなら、真相を知るためには彼女らの過去に遡行《そこう》しなくてはならない。だから彼は仲島行きを決め、今ここにいる。

「シャワーを浴びるんやったら、引き返すか？」と訊く。

「そうだな」

火村は答え、腰を上げた。帰りは自転車レースなどせず、四国山地の山並みを遠望しながらのんびりと走った。

〈なぎのいえ〉に戻ると、交代で汗を流す。夕食は七時からの予定だ。

後からシャワーを使った私が着替えて浴室を出ると、火村は六畳間の窓辺に立っていた。こちらを向いた顔が夕陽で照らされている。

「いい眺めだよ」

隣の窓から外を覗いてみた。いくつもの島影が重なった瀬戸内の海が、美しい夕焼けに染まっていた。オレンジ色の広がりに黄金の砂を散らしたような景色の中で、大きな貨物船と小さな漁船のシルエットが交錯する。

風流とは縁遠い犯罪学者が「いい眺めだよ」と言って観賞を促すのも無理はない。

「ここに住んでたら、晴れた日は毎日これが拝めるんやな。贅沢な日常や」

ありふれた感慨をこぼしてしまった。

「毎夕、うちの婆ちゃんだったら手を合わせて拝むだろうな。西方浄土を思い描きながら」

あの婆ちゃんなら、さぞや合掌もぴしっと様になっているだろう。

「婆ちゃんの宗派、何やったかな。知ってるか?」

「浄土宗。『ただ一向に念仏すべし』だ。時々、知恩院さんにお参りに出掛けてる」

これには感心した。

「お前、自然に『知恩院さん』と言えたな。寺社の名前を呼び捨てにせず、当たり前のように〈さん付け〉できたら関西人や。〈蚊にかまれる〉が言えるまで、もうちょっとやな」

「評価してもらえたのか? それはどうも、おおきに」

別々の窓の前に立って、私たちは沈む夕陽を見送った。

中学生の高柳真知子も、こんな風景に見入ったことがあるに違いない。それは遠い過去の記憶。

二人の幼馴染みが関わった事件を追いながら、刑事は今、この夕映えを思い出しているかもしれない。

7

七時前に友也が迎えにきてくれた。畑の間の畦道《あぜみち》をたどって、宮武夫妻の家に案内してもらう。凪いだままで風はそよとも吹いていないが、日中の暑さが去って涼しく感じられた。海に囲まれているせいか。

「お待ちしてました。どうぞお上がりください。大したものは出せませんけど」

玄関先まで出てきたエプロン姿の郷美が愛想よく言う。昭和半ばぐらいに建ったと思《おぼ》しき家に入ると、中はきれいにリフォームされていて、廊下もゆったりと広かった。ＬＤＫも新しいマンションと遜色がない。

島内を一周する車中で聞いたところでは、友也の生家は石材店を経営しており、齢《とし》の離れた兄二人がそれを継いでいるそうだ。三男坊の彼は、「島のために色々やってみい」という父や兄たちに応援してもらって、多方面で精力的に活動しているらしい。

「大したもんばっかりやないですか」

食卓に並べられた海の幸に、私は相好を崩して言った。鯛《たい》やら蛸《たこ》やらの新鮮な刺身が大皿に盛ってある。見るからに獲れたてだ。小皿には眼張《めばる》の煮付け。夫妻はさらに、揚げたばかりの鱧《はも》や島で収穫された野菜の天ぷらなどをキッチンから運んでくる。

友也がビールの栓を開け、私たちのグラスに注《つ》ぎながら「お疲れさまでした」と労ってくれたが、そう言われながらご馳走を食する資格がある半日とは思えなかった。一番疲れたのは突発的自転車レースだ。

料理が出揃ったところで、郷美も席に着く。マスクをはずしてビールで乾杯し、家庭的な雰囲気の夕餉《ゆうげ》が始まった。

「一泊だけの滞在で取材になりそうですか?」

友也が言うのに、火村が答える。

「私も有栖川も、今回は島の空気を吸いにきたようなものです。それだけで研究をまとめたり小説が書けたりするはずもありませんが、第一歩として必要です。すでに仲島にきた甲斐がありました」

「はぁ、そういうもんですか」

「お食事をしながらご夫妻から島のお話が伺えたら、目的は達せられるでしょう。島の現状は役所に問い合わせたら判ることも多々ありますから、比較検討するため昔のことがお聞きできるとありがたいですね」

などと言って、望む方向に誘導しかける。私はバトンを受け取る心づもりをした。が、夫妻がせっかく用意してくれた瀬戸内の美味を堪能するのが先だ。

秀吉が自治を認めて家康《いえやす》がその継承を許したという塩飽《しわく》諸島の人名《にんみょう》制度やら、北前船がもたらした富による繁栄やら、幕末には操船術に長けた島の者たちが召されて咸臨丸《かんりんまる》に乗り込んだことなど、友也は熱心に語ってくれる。私たちが来島した表向きの目的からも秘密の目的からもはずれるが、ゲストに向けて話すのがルーティーンなのだろう。

その解説は澱《よど》みなく、歴史ガイドとして内容も興味深かったのだが、郷美が苦笑しながら話題を変える。

「さっきの夕焼け、ご覧になりました？　瀬戸内らしいきれいな眺め。今日も一日が無事に終えられて、ありがとうございました、という気になります」

蛸の刺身の歯応えを楽しみながら、私が答える。

「見惚《みと》れてしまいました。ああいう景色を見ながら一日の仕事を終えるのは最高でしょうね。ふだんの私は夜中に小説を書いていますけれど、この島に住んでいたら生活サイクルを改めます」

仮定の話ではあるが、嘘ではない。

「私はここの夕焼けが子供の頃から大好きです。この島を離れとった時期には、あれが見られんのが淋しかったぐらいです。親元を離れとるんを淋しく感じたことはなかったんですけどね」

「ほやな。俺も、あの夕焼けと潮の香りが恋しかったわ。京都や大阪におった時は」

話しながらビールをぐいぐい飲んでいた友也が不意に立ったかと思うと、日本酒の瓶を提げて戻る。

「料理もだいぶ進んだし、そろそろこっちはどうです？　讃岐の酒米はオオセトいうて、灘《なだ》や伏見《ふしみ》にも出荷しとるんですよ。味を見てやってください」

火村も私も酒に強い方ではないし、飲みつけていないから極上の日本酒を出されても「これは上等みたいだな」程度のことしか判らない。それでも辞退する場面ではなかった。ほどよく友也に酔ってもらった方が、話が引き出しやすくなりそうでもある。

男三人のグラスに酒が注がれたところで、「奥様にも」と火村が言うと、友也はにんまり笑った。

「注がんと叱られます。この人、こう見えて酒豪やけん」

「要らんこと言わんでええの」と郷美も笑う。

「私らの子供の時分のお話をしたらええんですか？」ひと口飲んで、彼女は言う。「のんびりしてましたよ。小学生の時から塾や中学受験や、ということもありませんでしたから」

食事をあらかた食べ終えたので、ここからは飲む時以外はマスクをして話すことになった。

大きな校舎で一つの教室に集まり、違う学年の生徒たちと少人数で授業を受ける。その様子を懐かしそうに話しだした。友也の「ほやったなぁ」「そんなこともあったわ」という合いの手が入る。先生の手が回りかねた時は、上級生が下級生の勉強を見てやったそうで、その情景を想像すると微笑ましい。

これも初めて知ったことだが、船曳警部が確認したところ高柳は岡山市内の小学校を卒業していた。仲島に渡ってきたのは中学生になってからである。

「中学校はどんな様子だったんですか？　――もう一杯」

「まぁ、有栖川さん。お客さんにお酌してもろたらいかんです。――はい、ありがとうございます」

飲ませすぎてもいけないのだが、夫が言ったとおり郷美は酒に強そうだ。ピッチがやたら速いわけではないのに、飲み方で察せられる。

「入学した時、仲島中学の生徒は三年生がゼロ、二年生が二人、一年生が私と友也君を含めて三人です。翌年は新入生ゼロで、そこへ高柳さんが岡山から転校してきて、六人。そんな中学校でした」

問題なのは人数ではなく名前だ。

「高柳さんが転校してきたのは、宮武さんご夫妻が二年の時なんですね？　つまり、高柳さんは中学三年で島にやってきた」

郷美は、くっくっと鳩《はと》が啼《な》くように笑った。

「笑《わろ》うて、すみません。『宮武さんご夫妻』やなんて言われたら、中学時代から夫婦やったみたいですね」

ややこしいので、友也さん・郷美さんと呼ぶことにしよう。

「おっしゃるとおり、高柳さんは三年になった時に転校してきました。岡山の中学に通うてたそうですけど、お母さんと一緒に仲島へ引っ越してきたんです」

「立ち入ったことを訊いてしまいますけど、お父さんが一緒でなかったのは離婚が原因やったんでしょうか?」

彼女のプライバシーにずかずかと踏み込んでしまうが、訊かずにいられなかった。

「いいえ。お父さんは、高柳さんが十歳の時にご病気で亡くなったと聞いてます。お母さんが女手一つで育ててくれていたそうですけど、無理をしすぎて体を壊したとか。それで、お母さんの実家に」

「高柳さん、小さい頃から苦労してたんですね。お母さんはもっと苦労したでしょうけれど」

「最初は島の暮らしに戸惑うてたみたいですね。それまでにも何回かお母さんの里帰りで仲島にきたことはあったそうですけど、まさか住むとは思てなかったでしょう。——高柳さんのお母さんのご実家は、大根やら茄子やら野菜作りをする農家でした。お母さん、体を壊して帰ってきたいうことですけど、寝付くほど悪うものうて、畑仕事を手伝《てつど》うたりしよりましたよ。診療所に通うでもなかったし」

「空気がよくて落ち着けるところでの療養に近かったのかもしれませんね」

高柳の話ばかり続けるのもおかしい。気になることは、また後で尋ねることにして、話を変える。

「同窓生のお名前をさっき友也さんから聞きました。記憶力のいいところを披露しましょうか。高柳さんが転校してきた時の在校生は、古川美浪さん、吉水蒼汰さん、マツオカハルトさん、そして郷美さんと友也さん。そこへ高柳真知子さんが転校してきて、計六人」

危うく黛美浪と言うところだった。

「有栖川さん、ほんまに記憶力がいいですね」友也が感心する。「営業職に向いてますよ」

「どうでしょうね。名前は頭に入るんですけれど、人の顔を覚えるのは得意ではないんです。——お二人と同学年だったのは誰ですか？」

吉水蒼汰であることを知っているが、あえて尋ねた。そういう手順を踏んでおかないと、うっかり吉水が同学年であることを前提にしゃべってしまい、どうして知っているのか、と不審を招いてしまうからである。

「吉水蒼汰君です」郷美が答える。「友也君と私と吉水君が二年生。古川さんとマツオカ君と高柳さんが三年生」

そこでパンと手を打ったので、何事かと思った。

「ちょっと待ってください」

彼女はいったん奥の部屋に消え、あるものを胸に抱いて戻ってくる。なんて気が利く人だろうか。持ってきてくれたのは、仲島中学校の卒業アルバムだった。

「『有栖川さんたちに勝手に見せた』と高柳さんに怒られてしまいそうですけれど、バレんかったらかまんですね。内緒でお見せします。美少女時代の高柳先輩を」

郷美の卒業アルバムだから先輩の高柳たちの写真はないのでは、と思われたが、そこは生徒数が数人しかいない学校のこと。前年に先輩たちと一緒に出掛けた遠足など学校行事の写真が〈三年間の思い出〉のページに載っていた。

「じゃーん。これが私です。友也君がこれ。で、高柳さん」

郷美は、六人が教室で勢揃いしている写真を示し、指差しながら言った。黒板に〈進級おめでとう〉と書いてあるから、始業式の後で撮ったらしい。担任の先生は四十代に見える男性で、恰幅《かっぷく》がいい。

男子の制服は紺のブレザーに赤いネクタイ、女子は同じ紺色を基調にしたセーラー服に赤いスカーフ。どれが郷美か友也か高柳か、教えてもらわずとも判る。さすがにあどけない顔だ。

当時の郷美は少し肉付きがよく、友也は背が伸び切っていない。活発そうな女の子と賢そうな男の子に見えた。

高柳はオカッパ頭で、微笑んではいるものの表情がどこか不安げだ。全員が家族のような生徒たちの中に加わったばかりだから、緊張していても無理はない。淋しげにも映るのは、当時の境遇を聞いたせいなのか。

「この子が古川さん。隣がうちらと同学年の吉水君」

これまた郷美に教えてもらう前から確認済みである。

古川美浪は、一人だけ口を開けて笑っていた。この中でどの子がリーダー格に見えるか、と尋ねられたら、多くの人が彼女だと答えるだろう。明るい笑顔ではあるが、カメラに向けた視線は強くて、見様によっては挑戦的でもある。

写真で見た中学二年生の吉水蒼汰は、ある種の冗談めいていた。子供の頃とあまり顔が変わらない人間は世の中に少なからずいるが、彼は極端な例だろう。表情は、淋しそうというより暗い。写真なんか撮ってどうするんだ、と言いたげで、拗《す》ねた感じがオークワード・エイジらしいとも言える。今よりも華奢《きゃしゃ》で、その分、敏捷《びんしょう》そうだ。くりくりとした髪は天然らしい。

高柳は、まさにこの集合写真を拡大コピーし、彼の顔だけを切り抜いて捜査に当たったのかもしれない。「こういう人を知りませんか？　年齢は三十歳ぐらい」と問えば、面識のある者は「よく似た人を知っている」と即答してくれそうではないか。

現在の本人を知っている五人を確かめてから、残る一人に視線を移す。これが古川や高柳と同学年だったマツオカハルトか。眉が太くて、眦《まなじり》が上がり気味。引き締まった顔つきだ。性格は頑固で扱いにくい。そんな印象を受けた。

「遠足は合同ですから、丸亀城へもみんなで行っています。これが小学校と合同の運動会。この人数で真剣勝負の徒競走なんかしても仕方がないので、体を使ったゲーム大会みたいなものでした。一応、紅組と白組に分かれて。島の人たちも参加するんです」

運動会の写真に、紅白のメンバー表が写っている。マツオカハルトは松岡陽人だった。

「なんかイメージが膨らんできました。この六人の中学生をモデルにしたら、小説が書けそうな気がします」

私は言った。中学時代のことをあれこれ聞き出すための方便である。郷美は面白がってくれた。

「ほやけど、一年生がおらんのはバランスがようないですね。私を可愛い一年生にしてもろてもかまいませんよ。上級生のお兄さんやお姉さんが、喧嘩をしたり恋をしたりするのを見守る陰の主人公」

「アリですね。郷美さんは学校内で一番年下の女子だったので、一年生として描いても妹的なポジションは変わりません。最終章で〈それから十五年後〉と場面が切り替わったら、ヒロインは友也さんと結婚してる」

「そこは、まぁ。どうでもかまいません」

酔眼の友也が「おいおい」と怒るふりをした。

「ええやんか。現実はこうやって結婚しとるんやけん。有栖川さんに小説にしてもらうんやったら、違うように書いてもらうんもおもっしょいやろ」

黙っていた火村が、ここで私に加勢をした。

「卒業アルバムを見せていただいたおかげで、彼の創作意欲に火が点いたようです。中学時代のエピソードをたくさん聞かせてやってください。その中に、私の研究にとっても有益なお話が出てくるかもしれません」

最後のひと言は白々しくてよけいだと思ったが、私を援護する姿勢はよかろう。

「エピソードや言われても、何をしゃべったらええんか……」

「先ほど『喧嘩をしたり恋をしたりするのを見守る陰の主人公』と言いましたね。面白い着眼点です。書いてみたいですねぇ」まず、おだてる。「中学生の物語だったら、やっぱり喧嘩と恋は必須です。心に残っているエピソードはありますか?」

郷美は友也の方をちらりと見たが、パートナーは目を擦《こす》って唸るだけだ。

「そうですね。喧嘩いうても、お話しするほどのことは思い出せません。ふざけて遊んでいるうちに力の加減を間違えて小突き合いになったとか、貸した漫画の本を汚して返されて怒ったとか、そんな子供じみたもんばっかりで。いじめやなんかは、ありませんでしたよ」

「みんな基本的に仲がよかったんですね?」

「はい。島の子たちですからね。狭い地域の仲間意識、連帯感いうのはありましたし……それとは別の想いもあったように思います」

「どんな?」

「島いうのは、若い人が出て行くところです。机を並べて一緒に勉強したり遊んだりしてるけど、そう遠くないうちに進路が分かれて、散り散りになっていくのを、口には出さんでも感じてました。みんなが丸亀北高校に進んだとしても、つながりは薄れる。どうせいつまでも一緒におれんのやったら、同じ中学校におるうちはつまらん喧嘩はせんとこう、という想いです。これは私だけが思うてたことかもしれませんけど」

友也は短く言う。

「みんな多かれ少なかれそう思うてたかもしれんな」

郷美は頷いてから、自分が言ったことを少し打ち消す。

「とはいうても人間やし、まして思春期の難しい年頃やけん、好き嫌いはありましたよ。好き嫌いは言葉がきついか。あの子が好き、あの子はちょっと苦手みたいなもんは」

「あって当然でしょうね。人間の集団にそれがなかったらおかしい」

私は、始業式の日の写真があるページを開いた。

「たとえば、どの子とどの子が特に仲よしでしたか？」

「もちろん、男子は男子、女子は女子でよく遊んだりしゃべったりしていました。特に仲がよかったんは……高柳さんと私かな」

「学年が違うのに？」

「憧れのお姉さんっぽいところがありました。機会があったら甘えたい感じ。古川さんもお姉さんですけど、甘えさせてくれるようではなかったから」

「もしかして、少し苦手でしたか？」

「そこまではいきません。あくまでも比較の問題で、古川さんもいい子でしたよ。『それは違うと思います』とかよう言いよったから、先生にとっては煙たい生徒やったかもしれませんけど。その反対に『先生の言うとおりや。ちゃんとせないかん』とみんなのまとめ役もしていましたね」

「男子はどうでした？」

友也に訊いたら返事が遅れた。うたた寝をしかけていたようだ。

「私は松岡君とも吉水君とも仲よくしてましたよ。小学生時代からずっと。夏は三人でよう海で泳ぎました。上之浦には海水浴場があるんです」

引っ掛かる言い方だった。

「松岡君と吉水君は、そう仲がよくもなかったんですか？」

「あの二人は家も近《ちこ》うて、小さい頃からよう遊んでましたよ。さっき寄った石垣のお屋敷あたりの地区です。松岡君は兄貴面することもなく、特に小学生の頃は吉水君のことを可愛がってました」

まだ引っ掛かる。何か匂わせているわけでもないだろうが。

「中学時代は少し関係性が変わった、とか？　詮索するようで、すみませんね。小説家としてはそのへんにドラマを創れそうなので、つい訊いてしまいます」

「関係性が変わった、ですか。変化はありましたね。小学生までと中学生では……そら違いますから」

どちらかが、もしくは両方が気難しくなって付き合いづらくなったのか？　あるいは——と想像することがあったが、答えを誘導してはならない。

「ぎくしゃくした原因は、ようあることですよ。二人とも同じ女の子が好きになってしもたんです」

「もしかして、転校してきた高柳さんを？」

私の予想は外れ、夫妻は揃って首を振った。

8

「もちろん、私でもありませんよ」郷美が言った。「古川さんです。写真を見てもろうたからお判りでしょう。きれいな顔をしとるし、なんか雰囲気が違うんですよ。物怖じしないタイプで、他の子と同様にこの島で生まれて育っとるのに、一人だけどこか垢抜けた感じがする子でした」

「物怖じせず、大人びた話し方をしとったな」友也が補足する。「先生と対等に話したがって、それを他の子に見せびらかそうとしよったやろ。しっかり者やった。今、どうしとるんかな」

夫妻が語る中学時代の美浪像は、その後の経歴も含めて私が知っている現在の彼女と容易につながった。

「学校の女王様というタイプですか？」

「そういうのとは違います。古川さんは威張ってたわけではありません」

郷美が言うのに、友也も同意した。

「気が強い子ではあったけん、内心みんなを見下ろしてたかもしれません。ほやけど、今になって思えばそこは彼女の子供っぽい部分でもあります。嫌な子やな、という感じはなかった」

口を揃えて言うのだから、その見方は妥当なのだろう。

「見下ろしていたということは、勉強や運動の面でも秀でた子だったんですか？」

また友也が、マスクを取ったり着けたりしながらちびちび飲みだしたので、郷美が答える。

「成績は、まあまあだったんやないですか。運動は球技が好きやったぐらいで、何をやらせてもうまいということはありませんでした。勉強や運動は、高柳さんの方が上やったでしょう。みんなが古川さんに一目置いたのは、やっぱり話し方を含めた大人っぽい態度ですよ」

「松岡君と吉水君も、そこに心惹かれたのかもしれませんね。――まゆ、いや、古川さん自身は、どっちの男の子に気があったんですか？」

郷美は、ふうと小さな溜め息をつく。

「松岡君と吉水君は、古川さんに告白をしたわけではありません。どっちもそんな勇気はなかった。ただ、二人ともそうなんやろな、というのは察せられました。どんな形でもええから彼女の注意を自分に向けさせよう、というのが丸見え。張り合いよったなぁ。古川さんはどっちを好きになるんやろう、と私も興味を持って見ていましたよ。正直言うたら、半分面白がって。——古川さんは、どっちにも優しく接するんです。親切にされたら手を合わせて喜ぶ。冗談を言われたら明るく笑《わろ》てあげる。二人に対して公平です。どっちかに気持ちが傾いてるやなんて素振りは見せん。両方から好意を持たれとるのを知って、その状態に満足してるようでした」

「満足しているからこそ、その状態を保とうとした？」

「はい。うまくバランスを取っとったんやないでしょうか。そういうところも、なんか大人やなぁ、と私は思てました。思いやりですよね。ずっと同じ教室で過ごすんやし、島という狭い社会で生きてるんやし、勝敗をつけんようにしてたんやと思います」

「楽しんどったんやろ」友也がぽつりと言った。「自分がモテるのが愉快やったんや。あの二人にちやほやされて、ほんまにうれしそうに笑てたぞ」

夫婦での言い合いになる。

「そら、まんざら悪い気はせんでしょう。私はそういう経験しとらんけど」

「さっちゃんはそう言うけど、どっちにも優しく接するというんも罪や。男にしたら、生殺しにされるんもつらい」

ふだんは郷美を〈さっちゃん〉と呼んでいるのか。

「はっきり振られるよりましやん。曖昧な反応をするのも女子の思いやりや」

「ほやけど、その煮え切らん態度のせいであの二人の関係がぎくしゃくしてしもた、とも言えるで。勝ち負けが決まっとったら、男同士さっぱりした気分になれたかもしれんのに」

「ほやろか。怪しいもんやわ」

「あんなことにならんかったやろ」

――あんなこと、とは？

友也は、かなり酔いが回っていた。眠そうな目で私を見ながら、こんなことを言う。

「古川さんがモテモテやった、という話になっとりますけど、一番可愛かったんはこれです」

郷美の肩を叩いた。彼女は、叩かれたところを大袈裟に掻く。

「次が高柳さん。可愛いだけでなしに、無駄口をきかずに物静かやったけど、芯が強うて。それだけやない。あの子には気品みたいなものが具《そな》わっとった。誰に対しても、いつも思いやりがあったしね。素敵でした。ほやけど、それが中学生の男子には眩しいて、自分から近寄ったらいかんように思える。古川さんは違っとったんですよ。男子を誘うわけでもないけど、近づきとうなるもん発散させよった。……小説家やないけん、うまいこと言えません」

彼の説明で充分だ。言葉をよく知った人間が語ると、気の利いた表現を駆使するのが目的になって、かえって真実が捉えにくくなることがある。

「物静かやったし、品もあったけど」郷美が言う。「高柳さんって、楽しい人でしたよ。

私としゃべっとる時、よう面白いことを言うてくれました。けらけら笑いながら『漫才してるみたいや』って私が言うたら、『二人でコンビ組もうか』と真面目な顔になったりして。漫才が好きでしたね。聞いてたら嫌なことを忘れるんやそうです。――さっき友也君から聞きました。大阪で刑事さんになっとるそうですね。有言実行や。すごいわ」

「どういうことでしょう。漫才師か刑事になりたい、とでも言うてたんですか？」

「漫才師は本気やありませんよ。あの頃からそっちの道に進もうとしてました。学校に卒業文集が揃えてあったんで、三年に上がった時に新しいのを見たら――」

卒業生の――といっても高柳と古川の二人しかいなかったわけだが――将来の夢などを綴ったページがあった。高柳真知子の夢は警察官だったという。

「友也君は、高柳さんが刑事さんになったと聞いてびっくりしたみたいですね。高柳さんの夢を知らんかっただけです。私は知っとりました」

「なんで警察官になりたいと思ったのか、聞いたことはありますか？」

「いいえ。ほやから私は、卒業文集を見た時にびっくりしました。漫才師と書いてあったら納得したでしょうね」

高柳についても訊きたいが、最優先で尋ねなければならないことがある。少し話を戻さなくては。私がそれに気づいていないと思ったのでもないだろうが、耐えかねたように火村が口を開いた。

「割り込んで失礼。――さっき友也さんが『あんなことにならんかったやろ』と言いましたね。『あんなこと』とは何ですか？」

友也は目を閉じ、鼻で寝息を立てていた。郷美は「寝てしもた」と呆れて、頭を下げる。

「お客様とお話ししている最中に、どうもすみません。この人の悪い癖です。その日の体調にもよるんですけど、懐かしい話をしてるうちに、ついついお酒が進みすぎたみたいです」

寝てしまう前にたくさんしゃべってくれたし、彼女がしゃんとしているから、かまいはしない。

「松岡君が事故で亡くなったことは、お聞きになってますね？」

私たちは頷く。車でゲストを案内しながらどんな話をしたのか、友也は妻に細かく報告していたようだ。

「夏休みに遊んでいて、崖から転落したんです」

「採石場ですか？」

しばらく火村に聞き手を務めてもらうことにした。

「いいえ。この島の子供は丁場で遊んだりしません。叱られますし、言われんでも仕事の邪魔がいかんことはよう承知しとりますから。そやなくて、昇経山のてっぺん付近で遊んでるうちに、岩場に落ちてしもたんです」

明日、友也が登ろうと言っていた山か。

「危険な場所なんですか？」

「気をつけとったら危ないところでもありません。ほやけど、松岡君はかなり無茶をしとったようです。一人で遊んでたそうなんで、確かなことは判らんのですけど」

「『無茶をしとったよう』『一人で遊んでたそう』ということは、目撃者はいないわけですね？」

「はい。山に行ったはずが帰ってこんので、駐在さんや消防団の人が捜しに行って、夜になって遺体が見つかりました。まさかあそこから落ちたんやないやろな、という場所で」

頭と全身を強く打っており、即死だったであろうとのこと。中学三年の松岡陽人はまだその年の誕生日を迎えておらず、十四歳だった。

「その昇経山は、彼にとっては子供の頃からの遊び場だったんじゃないですか？」

「みんなあの山に登りますよ。山頂からの景色がとてもきれいですし、男の子たちにとっては冒険や探検の場です。標高は二百メートルちょっと。山歩きに慣れとらんでも三、四十分ぐらいで登れるでしょう」

「その日の天候は？」

「薄曇り。よう覚えてます。あくる日は朝から雨やったことも」

「目撃した人がいないのに『無茶をしとったよう』と推察された根拠は何ですか？」

「普通にしとったら落ちんところやからです。それに……以前から彼が無鉄砲なことをしよるのは聞いてました」

「わざわざ崖を登っていた、とか？」

「ご存じのとおり、この島は花崗岩でできています。昇経山も岩に樹木が茂ったような山で、ところどころ岩肌が剝き出しになってる。そこで悪ふざけのようなことをしとった、と」

「松岡君は、そういう無茶をするタイプの子だったんですか？」

「友也君が言うには、『やってたな』ということです。松岡君や吉水君と山に登った時、頂上付近で『この岩の下に行ってみよか』と二人に言われて尻込みしたら、『怖がりか』と笑われたと言うてました。松岡君だけやなしに吉水君も無茶なことしとったようです。友也君は『あいつら、信じられん』と言うてました。彼、素潜りや長距離走は得意なんですけど」

「事故というのは警察の判断ですね？」

「そうです。駐在さんだけで処理できることやないんで、丸亀署から警察の人が何人も渡ってきてました。……先生は、松岡君の事故のことが随分と気になるご様子ですね」

痛いところを突かれても、火村は平然とかわす。

「さっきまで卒業アルバムを見ながらお話を伺っていたせいで、すっかり私も仲島中学のクラスメイトだったような錯覚をしかけていたんです。そこへ松岡君の不慮の事故について聞いたもので、何があったのか知りたくなっています。――目撃者がいなかったのであれば、警察もすぐには事故と判断しかねたのではありませんか？」

「おっしゃるとおりです。ほやけど、彼が自殺をする理由なんかありませんでした。亡くなる前日には、友也君にゲームを借りる約束をして喜んどったそうです」

「ゲームを借りる約束をした後、古川美浪さんに振られて気落ちしていた、というようなことはないんでしょうか？　――不快に思われたらお詫びします。しかし、面白半分にお訊きしているのではありません」

面白半分でなかったら何なのですか、と郷美が問い返すことはなかった。

「失恋自殺ですか。片想いが実らんかったから崖から飛び降りるやなんてこと、そうそうないでしょう。古川さんが彼を振るにしても、『あんた大嫌い。もう近づくな』ときつく言うとは考えられませんし」

「そうですか。冒険が過ぎて、転落してしまったのかもしれませんね」

火村はあっさり引き下がったのではない。一歩退いたふりをして、郷美が話したくなるのを待っているのだ。そのための間を空けている。――狙い違《たが》わず、郷美は話を継いだ。

「……事故でも自殺でもなかったら、他殺ということになってしまいます。それは馬鹿げてると思うたんですけど、警察は一応疑《うたご》うてましたね」

「警察はそういうものですよ。島の外からやってきたハイカーとの間でトラブルが起きて、突き落とされたのではないか、とでも？」

「いえいえ。ハイキングにきた人はいたそうですけど、午後早くに下山して船で帰っていました。変に疑われたのは――吉水君です」

「まさか、恋敵だったから動機がある、というわけではないでしょうね」

「違います。松岡君と吉水君が二人とも古川さんに好意を持っとること、警察が知るはずありません。そんなよけいなこと、私ら、訊かれても言いませんでした」

「仲島中学の生徒たちに、警察は事情聴取をしたんですね。するだろうな。事故だったとしても、ふだんの彼の行動などについて知ろうとしたでしょうから」

「無茶な遊びをするような子だったか、といった質問でした」

「吉水君が疑われたのは何故だろう。恋の鞘当《さやあ》てについて、先生が警察に話してしまった、ということは考えられますか？」

「絶対にないでしょう。気がついていなかったと思いますし、知っていたとしても迂闊《うかつ》に言うような先生やありません。——吉水君におかしな疑いが向いたのは、彼と松岡君が登山口で自転車を下り、連れ立って山に入って行くのを見た人がおったからです。通りがかりの車から、ちらりと。どこの誰かは知りません」

「吉水君も事情聴取を受けたはずです。どう答えたのかご存じですか？」

「立腹しながら様子を話してくれましたよ。『靴擦れの痕までじろじろ見やがった。まるで俺が突き落としたみたいな目で見よる。ポリはアホばっかりや』と言うて。——彼は松岡君と山に登りかけたんですけど、途中で別れました」

「喧嘩でもしたんですか？」

「いいえ。新しいスニーカーが足に合わんで、靴擦れが痛《いと》うなったから『ごめん』言うて引き返したんやそうです。『履いてるうちに足に馴染むかと思うたら、我慢できんようになった』と。松岡君は『それやったら俺だけで登ってくる』と行ってしもたんです」

「靴擦れは辛抱できませんね。しかし、彼はその後、どうしたんでしょう？　家に帰ったのなら疑われたりしないと思いますけれど」

「帰らんかったんです」

「どこにいたと話していましたか？」

「失礼します」と断わってから、手酌で酒を注ぐ。何かの感情を抑えるためにアルコールの助けを借りているようだ。

「松岡君は山頂に向かいましたけど、彼はその途中から分かれた道に入った先へ行ったそうです」

「足が痛いのに？」

思わず言葉を挟んでしまう。この証言は疑わしく思えた。

「彼が言うには——登山口まで下りてきたところで、古川さんと会《お》うたんやそうです。『どしたん？』と訊いたら、『夏休みの自由研究で昇経山の植物について調べることにしたから、下見にきた。暇なんやったら吉水君も付き合《お》うてくれる？』。好きな女の子にそう言われたら、『靴擦れして足が痛い』と断われませんよね。それで山に」

どこかで松岡と鉢合わせたらまずいだろう、と心配したが、二人は山頂への登山道を逸れて、中腹にある見晴らしのいい場所へと向かった。そちらのルートの方がたくさんの種類の野花を見られたからだ。

「展望台になりそうな場所があるんです。ベンチがあるわけでなく、草が茫々《ぼうぼう》と生えとるだけですけど。そこでずっと、おしゃべりをしよったんやそうです。吉水君にとって、幸せな時間だったでしょうね」

まわりの空気も甘く感じられたことだろう。青春映画のひとコマのようで、十代の私にそんな経験はない。

火村は感傷抜きで質問を再開する。

「しばらく話して、二人で下山した。つまり、彼にアリバイが成立したわけですね？」

「はい。登山口で松岡君と吉水君が目撃された時間、吉水君が古川さんと会うた時間からすると、吉水君は山頂付近まで行って戻る時間的余裕がないことが判ったんです。友だちを崖から突き落とした嫌疑を掛けられたもんですから、彼はすごい警察嫌いになってましたね。『なんで俺がそんなことをするんや！』と荒れるのを、友也君が宥《なだ》めてました」

「警察の不手際と言うしかありませんね。明確な動機があるわけでもなく、アリバイがある少年を疑うのはいただけない」

「吉水君が最初から言えばよかったんですけれど」

ビールのグラスに伸ばしかけた火村の手が止まった。

「もしかして、彼は自分からアリバイの存在を訴えなかったんですか？」

「『家に帰りたい気分でもなかったので、山の裾で時間を潰してた』とか、もごもご答えとったらしいんです。古川さんと二人きりだったというのに抵抗があったみたいで……」

「見晴らしのいい場所で話し込んでいただけですよね。秘密めいて大切な時間のことを他人に明かしたくなかった、とでも？」

夫に酒豪と呼ばれた郷美も、アルコールの影響は受けているのだろう。その勢いを利用したのか、これまで避けていたらしいことを話す。

「そこにはベンチもなくて草が茫々と生えとるだけ、と言いましたね。柔らかくて、ふわふわした草なんです。ベッド代わりになりそうなほど。人が近づいてきたら足音ですぐ判るんで、男女の密会にぴったり……いうような話を、十四、五歳にもなったら大人が話すのを小耳に挟んだりしよりました」

「なるほど、だからおかしな勘繰りをされるのが嫌で、吉水君は自分の口から明かすのをためらった」

「はい。吉水君が片想いをしとっただけで、二人は恋人同士でも何でもありませんでした。ほやけど、大人に半歩踏み出した年頃なんやから時と場所が揃うたら仲が進展することもあるやろう、と思う人もおったみたいで……。私らやないですよ。まわりの大人の中にそう思う人も現にいた、ということです」

「吉水君は、その可能性を考える年齢には達していたでしょう。古川さんだって承知していたと思われる。でも、あえてアリバイの証人になったわけだ。勇気ある行動とも言える」

「私もそう思います。ただ、いやらしく勘繰る人はやっぱりおったようで……」郷美の声が沈む。「それも二種類ありました。一つは、二人がおしゃべりをしていただけではなかろう、というもの。もう一つは、古川さんは吉水君をかばうために嘘をついとる、というもの。どっちも不愉快でした」

「当事者の吉水君と古川さんも、そんな噂を知っていた？」

「聞こえとったみたいです。最終的には警察が事故と判断したんで、そんな声も消えていきましたけどね」

古川の証言は虚偽ではないか、と警察も疑っただろう。その真偽を客観的に証明することはできずとも、状況を総合的に見て決定を下したものと思われる。

「そんなことがあったんですね。――以後、古川さんと吉水君の関係に変化などは？」

「なかったように思います。少なくとも、急に親密さが増すようなことはありませんでした。おかしな噂を意識したのか、むしろ吉水君は遠慮がちに接しとったかも……。それは古川さんが卒業するまで続きました」

「一つだけ確認させてください」火村が言う。「古川さんと吉水君が睦《むつ》み合っている現場を見てしまった松岡君が、悲嘆のあまり岩場から身を投げた、というようなことは考えられないんですね？」

郷美は両手を膝に置き、口調を改めて答える。

「ありません。山頂と二人がいた場所は、まるで方角が違うんです。鉢合わせしとうてもできない位置関係にあります。それに、松岡君は自殺なんかしませんよ」

よく聞きなさい、とばかりに彼女が語った根拠は、こうだ。

「彼が亡くなる前日に、私ら、下之浦の港の近くで会うたんです。彼は丸亀に帰る従弟《いとこ》を見送るため。私は親戚の家に寄った帰り。七時過ぎで、今日みたいにきれいな夕映えでした。『宿題、やっりょる?』『まだ夏休みは始まったところやんか』とか言うて、自転車を押しながらしゃべったんです。私が海の方を見て『きれいな夕焼け空やね』と言うたら――」

きれいやな、に続けて彼は言った。

――こんな空を見たら、明日がくるのが楽しみになる。ええことがあった日は、明日はもっとええことがあるような気がする。嫌なことがあった日は、明日はええことがあるような気がするわ。どっちにしても楽しみや。それまでちょっとひと休みで、夜が挟まるんやな。テレビのCMみたいに。

「彼は都会に出て、会社勤めをして、うんと遊んでみたがってました。さんざん面白いことをして、もう飽きた、と思うたら島に戻ってきて、農家を継いでのんびり暮らす。『都会に飽きるんは確実やけど、どんな感じかいっぺん味わっときたい』って言うてたんです。自分の前にすーっと道が伸びてて、それを思うたように歩いていくことを楽しみにしてた」

羨ましいばかりの若さだ。

「小さな夢やな、と思いますか?」

いいえ、と私が答える間を、彼女は与えてくれない。

「彼が希《ねご》うたこと、ふつう大人は夢とは呼ばんでしょうね。若いくせに現実にできそうな楽しみばっかり考えよるんやな、と冷ややかに言いそうです。世界のみんなが認める成功を収めるとか、何かの分野で頂点に立つとか、そんなんが若者らしい夢やと私は思いません。それは夢と呼ばず、欲望と呼んでもええもんでしょう。こんなことがしたい、あんなこともしてみたい、楽しみやな、と思い描くのも、私は夢の一部やと思います。楽しみが鎖みたいにつながってるのが夢。まだ何も経験してないから先にいっぱい楽しみがあるなぁ、というのは、人生の短い時期にしか持てん、鎖になった夢です」

私は黙って頷いた。

「松岡君のこと、判ってもらえますか？　ショッキングなことがあったからいうて、ちゃんと夢を持ってた彼が衝動的に死ぬやなんてあり得ません。自分の命を、未来を、惜しんだはずです」

では、やはり事故だったのだ。アリバイが偽りのものであったとしても、吉水が〈片想い仲間〉のごとき友人を転落死させたとも考えにくい。

私は言った。

「事故だったということが理解できました。蜂《はち》が顔の前に飛んできたとか、鳥の影に気を取られたとか、小石を踏んで足が滑ったとか、何かあったんでしょう。今となっては誰にも知りようがない」

郷美は、ほっとしたようだ。

「不幸な事故が起きた正確な時間も判りません。四時から五時の間ぐらいやろう、ということでした。私はその時、友也君や高柳さんと一緒に勉強しとりました。友也君の家で。私も彼も英語が苦手だったんで、高柳さんに教えてもろてたんですよ。うちの母親が頼んで。『一服するか』と母親が持ってきたカルピスを飲んでる時に、松岡君は崖から落ちたのかもしれません。そう思うたら、つらいんですけど……楽しい時間でしたよ。コマチさんに勉強を教えてもらうのは」

火村と私は、同時に顔を上げた。私が先に訊く。

「コマチさんって、高柳さんのことですか?」

郷美は照れ臭そうに笑った。

「がんばって高柳さんと言い続けてきたんですけど、とうとう口が滑りましたね。はい、高柳さんのことです。下の名前の真知子を入れ替えてコマチ。授業中に先生が小野小町《おののこまち》の話をして、『美人の代名詞や。若い別嬪《べっぴん》さんのことを小町娘と言うたりする』というのを聞いたんで、私がふざけてつけた愛称です。みんな使《つこ》てましたけど、一番よう使たんは私やったかな。高柳さんと呼ぶより親しみが湧いて、甘えやすい感じがしたからでしょう」

船曳班に配属されてきた高柳と初めて対面した時のことを思い出す。愛称はコマチだ、と彼女から言ってきた。刑事部屋でつけられた仇名《あだな》かと思ったら、そうではない。自分からコマチと呼んでもらいたがっていたのだ。彼女の人となりを知らないうちは何やら厚かましく感じたこともある。今ではごく自然に「コマチさん」と呼んでいたが——思いがけない経緯で、愛称の由来を知った。

「コマチさん、お元気なんですね。よかった。仲島中を卒業したら島から丸亀北に通学するのかと思てたら、『大阪に引っ越すんや』いうんで、淋しい思いをしました。島を出て行ったきり連絡も取れんままです。くれぐれもよろしくお伝えください。ここにおる時は、ご家庭の都合か何かで淋しい時期やったんかもしれません。ほやけど、仲島のことを悪う思てないんやったら、楽しいこともあったと思とるんなら、きてくれたらうれしい。歓迎する、友也と郷美が会いたがってた、と言うといてください」

必ず伝えることを約束した。

彼女はこの島のことを悪くなど思っていない。ここで暮らしたのは一年という短い期間だったが、郷美らとの想い出を大事にしている。そうでなければ、今もコマチと呼ばれたがるはずがない。

9

翌朝。

再び宮武宅を訪ねると、すでに朝食の用意が整っていた。「おはようございます」に続けて、友也は昨夜のことを詫びる。

「酔い潰れてしもうて、すみませんでした。みっともないことで。『私が先生方に色々とお話ししといたから』と郷美が言うてましたけど、お役に立ちましたか？」

昨夜と同じ席に着きながら、火村が応じる。

「奥様からいいお話がたくさん聞けました。有栖川は傑作が書けそうです」

根が真面目な私は困ってしまう。そんなことを無責任に言われたら、本当に島が舞台の青春小説を書かなくてはならない気がしてくるではないか。書けたとしても、「あなたの青春ものに需要はありませんね」と編集者に蹴られかねないのに。

午前中に昇経山に登り、上之浦地区を見て回る、というのが今日の予定だった。友也がずっとアテンドしてくれるという。昼食には郷美がサンドイッチ類をゲストハウスに運んでくれるそうで、午後は私たちだけで下之浦地区に足を運び、夕方の船で仲島を離れる。

「限られた時間を有効に使うために、何なりと申しつけてください」

友也が言ってくれた。社会学者の調査、小説家の取材という私たちの話を疑っていない様子だ。

まずは朝食。鯛茶漬けという贅沢なものが出され、「料亭ですか、ここは」と洩らしてしまった。裏庭で今朝収穫したという茄子の浅漬けもおいしい。

食事が済み、島の暮らしについての話が一段落したところで「行きますか」と友也がマスクをしながら号令を掛け、私たちは車に乗り込んだ。

上之浦の方へ走り、昨日見た採石場を少し過ぎたところで、右手に脇道が現われる。島外からくるハイカーのためだろう、〈登山口〉という表示が出ていた。

笹の葉をバシバシと払って、車の傾きをはっきりと感じる急坂を進めるところまで進んだ。とてもではないが車でなくては登れないから、少年だった松岡陽人と吉水蒼汰が自転車を下りたのは、登山口の入口あたりだろう。

「ここからは自分の足で」

下車して、登山が始まった。宿の予約をした時点で受けた指示に従い、今日は運動靴を履いてきている。いきなりそれなりの勾配があり、たっぷり汗をかきそうだ。

機械になったつもりで足を動かす。友也、火村、私の順に列になって。マスクをしていても、登りながらしゃべると苦しい、というほどの傾斜ではないので、話しながら進んだ。

友也が「昨日は完全に酔い潰れてしもたわけやないんです。先生方と郷美がしよった話、だいたい聞いてました」

火村が「口を挟む気力はなかった、ということですね。そこは違うな、と訂正したくなることはありませんでしたか？」

友也が「特にありません。ほやったなぁ、と懐かしく思いながら聞いてました。松岡君の顔を久しぶりに思い浮かべたりしながら」

私が「ひとつ年上ですよね。友也さんも可愛がられたんですか？」

友也が「小さい頃から面倒を見てもろうたりしました。昨日から大人になった視点で〈松岡君〉と言うてきましたけど、ほんまは〈ハルさん〉と呼んでたんです。〈吉水君〉は

〈蒼汰〉」

火村が「ハルさんは、どんな子だったんですか？　そこは詳しく聞いていないんです」

友也が「ちょっと意固地で負けず嫌い。体を動かすのが好きで、小さい頃から木登りが得意やったりしましたが、他にも特技があって、絵がうまかった」

私が「それは郷美さんから聞きませんでした」

友也が「言うとらんかったようですね。芸術的な才能もあったんやないかな。中学になったら抽象画みたいなもんを描きよりました。赤やオレンジを乱暴に塗りたくって、『学校の窓から見た夕陽や』とか言うんです。色は確かに夕焼けですけど、はっきりと形があるもんがないから、わけが判らん。ぐりぐりと重ね塗りした青い塊が島影やったんかな。ほやけど、伝わってくるもんはあった。内に大きなエネルギーを秘めた情熱家なんやな、と思うたりしましたよ」

抽象画というより、野獣派的な絵だったのだろう。

私が「画家になりたい、とかいう希望はなかったんですね？」

友也が「『画家にならんでも絵は描ける』と言うとりました」

とても自由だ。才能を認められたい、という欲望を切り離している。

友也が「まぁ、画家になれるほどの腕はなかったやろうけど」

火村が「蒼汰君は、どうでした？」

友也が「明るいか暗いかというたら、暗めでした。親が原因で家庭がごたごたしとったけん、気苦労が多かったせいもあるんかな。いい奴でしたよ。相手によって態度をころころ変えたりせんし、約束は守るし、つまらん嘘をついたりもせんから、信頼できました。あいつがハルさんを崖から落とすやなんて、絶対にない。警察にあらぬ疑いを掛けられて怒ったんも当然です。私も一緒になって、『警察いうのはあんなアホばっかりなんやから、犯罪がようけ見逃されとるやろうな』とか毒づいてやりましたよ。私、ほんまは刑事ドラマが大好きなんですけどね」

傾斜が緩やかになり、道が少し開けた。しばし休憩となって、立ったままペットボトルのお茶を飲む。

「蒼汰君と古川さんが向かった見晴らしのいい場所というのは、どうやって行くんですか？」

タオルで汗を拭いながら私が尋ねる。

「有栖川さん、車を下りたところの左手に細い道があったのに気がつきませんでしたか？　あれを上がっていくんです。こっちの道からはどんどん逸れます」

「見落としていました。なるほど、まったくの別ルートですね」

「ほやけん、蒼汰のアリバイが成立したわけですけど……アリバイやなんて嫌な言葉ですね」

吉水が無実だとして、彼は本当に古川と一緒にいたのか？　真偽のほどが気になる。その点について問うのはためらわれたのだが、友也の方から話しだした。

「あの日、なんで古川さんは蒼汰を誘うたんかなぁ。もしハルさんにバレたら、せっかく保ってたバランスが崩れてしまうのに。あの子らしない」

「彼女から嘘をついた、という可能性もなくはない」

独り言めかして火村が言うのに、友也は応える。

「はたしてどうやったんか、あの二人しか知りません」

「新学期に入ってから、彼女と彼の様子に変わったことは？」

「ハルさんがあんなことになって、学校中が喪に服するみたいになりました。全員、様子が変わってしまいましたよ。徐々に以前の雰囲気に戻りましたけど」

「古川さんと蒼汰君も？」

「あの二人は事故の前に比べて、いくらか……よそよそしくなったかもしれません。それでね、思うたんです」

何かを言おうとして、口を噤《つぐ》む。だが、吐き出してしまうことに決めたようだ。

「騒動の後、嫌な風評というか、噂が立ちました。『あんなとこに二人でおったんか。ませた子らや』というものです。古川さんがほっぺたを腫らして登校してきたこともあります。近所の人が言うてましたよ。彼女のお父さんが『十三歳と十四歳のガキが！』と怒鳴る声がしてたそうです。十三歳と十四歳は、蒼汰と古川さんを指してます。二人とも誕生日がきてなかったけん。古川さんの家も両親が不仲で、ややこしかったんですよ。私らは考えてもみんかったことなんですけど、噂が流れるということはどうなんやろ、と思いかけました。じきに打ち消しましたけどね」

　火村と私は、黙って彼が続けるのを待つ。

「噂がほんまやとしたら、あの二人、よそよそしくなりますか？　距離を取りますか？　ほんまやから気まずうてそうなった、と見る人もおるでしょうけど、違うでしょう。私やったら、開き直って二人の結束を強めます。ほなけん……古川さんと蒼汰は、ただきれいな景色を見ながらしゃべってただけやと思てます」

　友也に反論する気はまったく起きなかった。ただ、実は二人が一緒にいなかったのなら、彼女と彼の間に貸し借りが生じた可能性は強まったとも言える。吉水にとっては、好きな女の子を苦しめたことが負い目となったかもしれない。

　いや、貸し借りとは違うか。古川美浪は高校を出ると黛美浪と名前が変わり、看護師になるため大阪に出て、吉水とは音信不通になった。彼のために悪評を立てられたことなど、不愉快な記憶として留めながらも、忘れようとしていたのではないか。恩着せがましく彼に対する貸しだと思っていたのなら、何らかの形でつながりを持ち続けようとしただろう。二人が再会したのは、まったくの偶然によるものだ。――彼女と彼とでは、立場が異なる。

「先生方は、お二人とも人間にご興味があるんでしょう。えらい真剣に話を聞かれるので、突っ込んで話してしまいました。もう、これで終わりです」

　友也は締め括ろうとした。聞くべきことは、すべて聞いたようだ。

　と私は思ったのだが、火村が最後に尋ねる。

「騒動の後、古川さんと高柳さんに変化はありませんでした？　二人の接し方が同じだったか、どうか」

思いがけない問いだったらしく、友也は戸惑いの表情を見せる。

「先生、どうしてそんなことを？」

「人間に対する興味からです。印象でかまいません」

友也は考え込んだりはしない。答えはすぐに返ってきた。

「これといって変わった点はありません。あの二人は、それ以前から少しよそよそしかった。島の外からきた高柳さんには遠慮と警戒があったでしょう。ほやけど、そんな高柳さんを迎えた側の古川さんにも遠慮と警戒があったんやないでしょうか。相性がよかったら、島でたった二人の同い年の女の子同士、とても仲よくなったはずやのに、お互いに警戒は解いても遠慮が解けんままやった。それが私の印象です」

「ありがとうございます」

火村は礼を述べ、松岡陽人の死を巡る話はこれで打ち止めにした。

平坦で道幅が広くなったここは、仲島の中央に聳《そび》えた山並みの鞍部《あんぶ》だった。まっすぐ南に進むと、島内で最も高い皇頭山《こうとうざん》——塩飽諸島の最高峰で標高約三百十二メートル——の山頂に至るという。

友也は東に分かれた細い道へと私たちを導いた。勾配はさらにきつくなり、張り出した木の根を摑んで体を支えなくてはならない箇所もあった。過酷な山登りでもなく、ハイキングの域から逸脱はしないのだが、明日になって筋肉痛が出なければよいが、と心配になったりする。

登り始めて四十分近くも経っただろうか。「もう少しです」と先頭の友也が言った時は、ほっとした。

山頂は平らな岩場だった。木立ちの間から、眼下に上之浦地区の家々が望める。多島海《たとうかい》のパノラマが広がっていた。南には、四国がすぐそこに。視線をゆっくり東に転じていけば皇頭山に続く山並みの深緑。全山を落葉樹が覆っているから、秋にはさぞや紅葉が美しいだろう。緑があちらこちらで剝げ、岩肌が露呈しているのはこの島らしい景観だ。

「高所恐怖症ではありませんね？」

友也が私に訊いてくる。高いところは怖いに決まっているが、人並みはずれて恐れてもいないので、「はい」と答えた。

火村も「平気です」と言う。彼は怖がった方がいいものも怖がらない男で、冷や冷やさせられることがある。

「てっぺんは、この先です。この大きな岩の脇に道があるので、付いてきてください」

今度は私が友也のすぐ後に続いた。道幅が狭い。木でよく見えないが、すぐ下は崖に近い斜面になっているようだ。右側の岩に生えている灌木《かんぼく》の枝を摑もうとしたら、友也に注意された。

「それ、あんまり頼りにせんとってください。力を入れたら折れます」

道の左半分の色が変わっている箇所がある。

「そこ、右に寄って通ってください。左は体重をかけたら崩れますから」

スリリングな登山になってきた。ほどよく刺激的と言うべきか。

大小の岩が積み木状に重なったところにきた。その向こうが本当の山頂らしい。友也は岩の左側から回り込んだが、私には右側から回る方が無難に思えた。

「左から回った方がいいんですか?」と訊いてみる。

「どっちでもかまんです。お好みでどうぞ」

左の急斜面が怖いので右から回り込んだら、そちらの方が切り立った崖になっていた。迷いながら選んで誤る。俺の人生はこんな感じだ、と苦笑しながら通り抜けた。そして
——

これ以上は登れない地点に到達した。昇経山征服である。

「気持ちいいでしょう」

先に着いた友也が、青い空を背に笑っている。

「あっちを向いてもこっちを向いても海で、胸がすっとしますね。いいところへ連れてきてもらいました」

ゴーという音が遠くから聞こえてくる。尋ねる前に友也が言った。

「昨日、ご覧になったでしょう。ジェットバーナーを使《つこ》てる音です。ここまで届くんですよ」

私はスマートフォンを取り出して、四方の景色を何枚も撮った。火村のフィールドワークのおかげで、思いがけない絶景が拝めた。

「ゲストハウスにいらっしゃる皆さんをいつもご案内してます。この景色をお見せしたいので。火村先生の研究のお役には立たないかもしれませんが、有栖川さんに書いていただけるとうれしいです」

「いつか書けるといいですねぇ」

消極的な答えをしてしまったが、友也が意に介したふうではない。

「いつか、ぜひ。――ただ、まだ先があります」

彼は、南に突き出した岩を指差した。あの先端こそが最高地点というわけか。

「よろしければ立ってきてください。スマートフォンを借りて写真をお撮りしましょう」

「いや……あそこは」

どうせ下は断崖になっているんでしょ、と尻込みした。友也は無理強いをせず、私の肩越しに、最後にやってきた男に声を掛ける。

「火村先生、どうですか？　クールな記念写真が撮れますよ」

景色を見ながら、ヘヴィースモーカーは煙草を取り出そうとしているところだった。ちょうどいい。

「くわえ煙草でいこか。最高にクールやぞ」

私がスマホを取り出しながら促すと、抵抗するかと思いきや、彼は煙草を仕舞って悠然と舳《へ》先《さき》のような岩に進む。舳先のようなと言っても充分な幅があるのだけれど、私には厳しい。

ポーズを取るでもなく、下がどうなっているのかを見渡したりしている彼の姿を三枚ほど写真に収めたところで、見ている私の方が怖くなってきた。

「はよ戻ってこい。頼むわ」

左手を腰にやり、右手を突き出した〈犯人はお前だポーズ〉でもさせたかったのに。まぁ、それは「やらねぇよ」と一蹴されただろう。

「奇岩がごろごろ見えました。面白い風景ですね」

火村は、私が見損ねたものの所在を報告する。何故か友也の顔から笑みが消えた。

「奇妙な形の岩が他にもあります。三角定規を立てたような形をしているんです」ひと呼吸置いて「ハルさんの遺体が見つかったのは、その岩の下でした」

いったん下りたはずの幕が再び上がる。どういう心境からか、友也があえて上げたのだ。

「ちょっと見てやっていただけますか。そんなつもりでご案内したんやないですけど、せっかくここまでいらしたので」

平らな岩場まで引き返してから、友也は先ほど私たちが目を向けなかった方に向かい、灌木の枝を払う。

「このへんの木は、昔はなかったんです。十六年前は何もなくて、見通しがよかったんですよ。――あの岩です」

三メートル近く離れたところに、なるほど三角定規を思わせる巨岩が立っていた。Lの字の始点と終点を結んだような形をしており、高さは十メートル近くもある。てっぺんは三角定規の角とは違い、欠けて平たくなっていた。

「遺体はこの岩の下で発見されました。警察は、こちらの崖の斜面で危険な真似をしてるうちに転落した、と結論を下しました。足場があって、少し下まで行けるんです。登ったり下りたりしとったんやろう、という見立てですね」

火村は無造作に崖の下を覗き込んだ。私も両手両膝を突いて顔を突き出してみる。ロッククライマーなら鼻歌混じりで登り下りするだろうが、それが落とし穴にも思える。無鉄砲な中学生がロッククライマーごっこに興じかねない。

「ああ、ハルさんはこの足場がある斜面に誘惑されて、落ちてしまったわけですか」

四つん這いの私の頭上に、友也の「いいえ」が降ってくる。

「私は違うと思とります。断定はできんのですけど」

立ち上がって、両手の砂を払い落とす。

「なんでそう思うんですか？」

友也は、三角定規の先を指して、私ではなく火村に問う。

「火村先生は高いところもへっちゃらのようです。どうです。ここからジャンプして、あの岩の先まで跳べますか？　助走するスペースはありますよ」

岩の先端は、こちらの崖より一メートル近く低かった。人間が跳び移れない位置ではないが、目測を誤ったり足を滑らせたりしたら、まず命がない。たいていの者は挑戦する気にもならないだろう。

「とてもじゃないがそんな度胸はありません」火村は答えた。「跳び移れたとしても、あそこから下りられない。左側は垂直に切り立っているし、右側の斜面も急すぎます」

友也は、扇ぐように右手を振った。

「それは大丈夫。ここからは見えてませんけど、岩の裏側は傾斜が緩いんです。足場もあるけん、そちら側からやったら、そろりそろりと下りられます」

「簡単に言いますね。跳び移れない距離ではないし、そろりそろりと下りることもできたとしても、岩のてっぺんで体を止めるのは困難です。勢いがついているから、向こう側に飛び出してしまう」

「はい。ぴたりと止まるのが難しいですね」

「まさか、友也さんはできるんですか？」

「いいえ、絶対に無理です。私はできんが、できる人間を知ってます。蒼汰です」

一瞬、わが耳を疑った。

「正確に言うと、中学時代の蒼汰です。あいつが跳ぶのを見ました。小さい頃から運動神経がええのは知っとったけど、まさかあんな曲芸までできよるとは。魂消《たまげ》ました。ぴたっと岩のてっぺんで止まって、あいつ、得意顔でこっちに手を振りました。で、『下で待っとるわ』と叫んで、裏手の斜面を器用に滑り下りた。一緒に見よったハルさんも腰を抜かしそうになっとりましたよ」

松岡陽人もその場にいた。そこから導かれる推測が何なのか、朧《おぼろ》げに見えてきた。友也が言葉にする。

「さっき言いましたね。ハルさんも蒼汰も負けず嫌いなんです。すごい技を見せつけられたハルさんは、蒼汰にできるんなら自分にもできるはずや、とばかりに無謀な挑戦をして、失敗したんやないか……と思てます」

「彼が挑戦したがっていた、というのは、あなたの想像ですか？」

すかさず尋ねる火村の顔つきが、つい先ほどまでとは打って変わって深刻なものになっていることに、俯いている友也は気づかない。

「はい。口に出して『俺にもできるわ』とか言うたわけではありませんが……考えそうなことです。あの日、一人だけで山に登ったハルさんは、あの岩を見よるうちに跳べそうな気がしたんやないでしょうか。無様な恰好で着地してもいいのならできる。練習したら鮮やかに跳べるようになる。誰も見てない今、やってみよう、と」

――やってみよう。

――できんことやないやろう。

物狂おしい気分に突き動かされて跳んだ。あり得ないことではない。負けず嫌いの情熱家が、彼の年齢の者が陥りやすい罠に嵌まったら。

――跳ばんと蒼汰に古川美浪を奪われる。

そんな錯覚すら覚えたのかもしれない。

「こんな話、警察の人にはしてませんよ。言うても証拠がありませんし、『なんちゅう無茶なことをしとったんや！』とまわりの大人を怒らすだけですからね。下手したら、蒼汰が無茶苦茶に叱られるやろうし、言いませんでした」

「学校の友だちにも？」

「はい。……ほやけど、蒼汰があの岩に跳び移れることは、みんな知ってましたよ。私と同じことが頭に浮かんだ者もおったかもしれませんね」

みんな知っていた。

つまり、古川美浪も、高柳真知子も。

「もう終わりです、と言うたのに、またハルさんのことをしゃべってしまいました。すみません」

私は今、初めての体験をしている。

火村が事件の真相を射抜く瞬間に、何度も立ち会ってきた。そして、同じものを見たり聞いたりしながら、どうして彼だけに判ったのか、と驚かされてきた。推理の道筋を説明されてやっと理解したものだが――今回は違う。彼と私は、〈トミーハイツ〉で起きた不可解な事件の謎を同時に解いた。

瀬戸内海の島まできて、やっと判った。黛美浪と高柳真知子だけが得ていた情報とは、吉水蒼汰の大胆さと身体能力だったのだ。

友也のスマホに着信があった。画面を見て、彼は申し訳なさそうに言う。

「すみません。仕事関係の電話が入りましたんで、ちょっと失礼します」

会話が聞こえないよう、大きな岩の裏へと歩いて行く。

火村と私は、顔を見合わせる。私から口を開いた。

「お前が考えた構図どおりの事件やったな。ぽっかりと空いてた孔《あな》も、やっと埋まった」

「らしいな」

あることを思い出した私は、「すまん」と謝る。

「何が？」

「忘れてたんや」

いつかテレビで観たことがある。かつて小豆島《しょうどしま》孔雀園という施設があり、そこでは調教した孔雀による〈飛行ショー〉なるアトラクションが催されていた。高台から追い立てられると、地べたをうろうろするだけだと思われているあの鳥たちは、飛翔してグライダーのように宙を舞うのだ。

「孔雀は飛べる」

「どういうことだ？」

説明すると、火村はにこりともせず返してくる。

「知っていたんなら、早く言え」

第六章　遠い夕映え

1

昇経山の上で探し求めていた事実を捉《つか》まえ、火村と私は旅の目的を達した。黛美浪と吉水蒼汰、そして高柳真知子をつないでいる過去は秘密ではなくなり、奥本殺しの真相も隅々まで見渡せる。

仲島に用はなくなったわけだが、この後は上之浦地区を友也に案内してもらう予定になっていた。キャンセルするのは忍びないし、友也が訝《いぶか》るだろう。最後まできちんとゲストをもてなせた、と思ってもらいたいし、島内の風景や人々の暮らしぶりにもう少し接して帰りたくもある。

急な道を下っている最中、今度は火村のスマホに電話が入った。最後尾の彼は足を止め、誰からのものか確認しているようだ。そして言う。

「電話に出るので、先に行ってください。どこかで追いつきます」

皇頭山の方角と分かれる箇所を除けば一本道だ。迷うことはあるまい。友也と私は、言われたとおり下山を続けた。登る時より格段に楽ではあったが、それでも足を滑らせたりせぬよう注意が要った。

往路で休憩したところで、友也が止まる。

「ここで火村先生をお待ちしましょうか。私らだけ先に下りても、どうせ車の横で待っただけやけん」

ペットボトルのティータイムになる。

「また仲島にお越しいただきたいですね。できたら違う季節に、ごゆっくりと」

友也に誘われるまでもなく、私もそれを希望していた。

「〈なぎのいえ〉で仕事をしたら捗《はかど》りそうです。朝早くに起きて、日が暮れたら休む。夜はきれいな星空を見上げて憩《いこ》う。やってみたいですね」

「昨日の晩は星を見ましたか？」

「見逃したんです。せっかく空気が澄んで街の光がギラギラしていない島にきたのに、うっかりしていました」

流れ星が見られるかもしれない、と思いながら旅に出て、不覚にも夜空を見るのを忘れてしまう。よくそんな経験をする。迂闊にできているのだ。

しかし、昨夜については流れ星や星座を探す余裕などなかった。夜が更けるまで火村と〈捜査会議〉をしていた。船曳警部との情報のやりとりも含めて。

「先生方がいらした目的から逸れた話ばっかりしてしもて、反省してます。失礼しました」

友也は自分がどれほどフィールドワークに貢献したのか判っていないから、そんなことを言う。

「とんでもない。採石のことから中学時代のエピソードまで、引き込まれるお話ばかりでした。感謝しかありません」

「そやったらええんですけど」

静かだ。風の声しか聞こえない。火村が下りてくる気配は、まだなかった。

「昨日、郷美が持ち出してきた卒業アルバムを見ながら先生方と中学時代の話をしたせいで、心の奥の扉が開いてしもたみたいです」友也は言う。「いや、扉やなくて箱やな。オルゴールのような小箱の蓋が開いた感じ。音楽の代わりに、みんなの懐かしい声が聞こえた気がしました。そのせいなんか、つい、山頂でも要らんことを……」

蓋が開いたのは、火村と私が鍵を開けたからだ。不躾《ぶしつけ》なことをしてしまったのかもしれない。

「高柳さんがご活躍やということで、郷美も喜んでます。私もうれしい。古川さんと蒼汰はどうしとるんやろな。元気でおってくれたらええんですけど」

返す言葉がない。その二人を犯罪者にするために私たちは仲島にやってきたのだ。友也と郷美が知ったら、どう思うことか。

黙り込んではいけない。他の話題を探しているところへ、足音が聞こえてきた。

「先に行かず待っていてくださったんですか。すみませんでした」

火村は友也にひと言だけ投げて、私に告げる。

「船曳さんからの連絡だ。状況が変わったそうだ」

私は〈警部〉や〈捜査〉という言葉を封じて訊く。

「ほぉ。船曳さんから連絡が。状況が、どう変わったんや？」

「探していたものが見つかった。詳しいことは後で説明する」

再び友也に顔を向けて、彼は申し訳なさそうに言った。

「上之浦地区をご案内いただくことになっていたのに、予定を変更しなくてはならなくなりました。なるべく早い船で大阪に戻ります。私も有栖川も」

「お忙しくて大変ですね」

人のいい友也は気分を害したふうでもない。社会学者と小説家が連れ立って調査と取材のために来島したことを、彼はまるで不審に思っていないようだった。急用で二人とも慌ただしく帰路に就くのも、何か共通の知人に関する事情かな、と思ってくれているのか。

「ほんなら、ゲストハウスに戻りましょう。ただ、この次の丸亀行きの上りはちょうど一時やけん、まだ二時間近く先です」

丸亀港で海上タクシーが停泊しているのを見掛けた。この島にもそのような船があるのかもしれない。緊急ならば利用するのか、と思ったが、火村はまるで焦っていなかった。

「一時ですか。じゃあ、急いでも仕方がない」

「間に合いますか？」と友也。

「ええ。一刻を争うわけではないので。上之浦地区に立ち寄る時間はありそうですね」

緊張感が引いた。大きな事態の変化が生じたのだが、急ぎようがないのであれば仕方がない、と火村は合理的に判断したのかもしれないが。

油断して転ぶこともなく車に戻った私たちは上之浦地区へ向かう。適当なところで路肩に駐車して、港のある長閑《のどか》な町を歩いて回った。島内で唯一の商店である雑貨店や、石材協同組合と自治会集会室の入った集会所の前も通りかかる。友也は外から中を覗いて、

「兄貴、おらんな」と呟いていた。

護岸まで歩いて、潮の香を吸ってから友也は言う。

「ざっとこんな感じです。ちっさい町でしょ」

堪能した。私の旅心は満たされている。

「きてよかった。そう思います」

「ほやったらご案内してよかった。——ところで、卒業アルバムの高柳さん、どうでした？」

火村がコメントしないので、私が答える。

「知ってる人の昔の写真を本人が知らないところで見るのは、なんか照れ臭いですね。彼女に悪いような気も、ちょっと」

「見たことは内緒ですね、はは。運動会の障害物競走でネットに絡まっとるところはおかしいでしょう。ハーフパンツを砂だらけにして、もがっきょる。丸亀城に遠足で行った時の写真は澄まし顔がいい。澄ました顔がきれいな子でしたよ。ほやけど、私が一番好きなんは教室で撮ったスナップ写真です。手前の郷美と蒼汰が大きく写ってるんですけど、少し後ろで彼女が振り向いて、笑《わろ》とる。あの写真が一番可愛い。——ここだけの話ですよ。郷美も今さら妬《や》かんでしょうけど」

歩きだす前に、友也が訊いてきた。

「この向こうに、高柳さんが住んみょった家があります。お祖父さんもお祖母さんも亡くなって、だいぶ前から空き家なんですけど……見て行きますか？」

断わろうとしたら、火村が先に言った。

「やめておきます。ネットに絡まってもがいている写真を見ただけで、だいぶプライバシーに踏み込みましたから」

明るい口調だったので、友也は「はは」と笑った。

私は安堵する。高柳が触れられたくないかもしれないものには、もう触れたくなかった。

この真相究明の旅の同行者である火村英生についても、私はあえて触れないことがたくさんある。札幌生まれの彼が日本各地を転々としたのは本人から聞いた。何歳でどこにいたかを彼は隠さず話す。しかし、いまだに彼の亡き両親がどんな職業に就いていたのかも知らない。彼が話さないから。

また、犯罪社会学の道に進んで、フィールドワークとして犯罪捜査の場に乗り込むのは研究手法として理解できるが、どうして殺人犯を激しく憎むのかは判らない。

——人を殺したいと思ったことがあるから。

理由を訊いて返ってくるのは、それだけである。いつ、何故、誰を殺したいと思ったのかは謎のままで、判る日がくるかどうかも怪しいが、そこで彼が線を引くのなら踏み込むつもりはない。

ただ、この友人と行動を共にしながらいつも思っている。言いたくなったら言え、聞いてやる、と。

〈なぎのいえ〉に戻った十一時半。郷美が作ってくれたサンドイッチを食べ、荷物を片づけ終えたところへ夫妻が迎えにきてくれた。二人で下之浦の港へ送ってくれるという。恐縮しながら、温かい気持ちを感じた。

宿代と食事代の精算は朝食の後で済ませているので、てきぱきと荷物を車に積んで乗り込む。港に向けて走りながら、車窓を流れていく海を眺めていた。

夕方の船に乗り、今日も瀬戸内の夕映えが見られることを楽しみにしていたのに。それが叶わなかったことだけが心残りだ。

つつがなく乗船券を買ったら、まだ出航時刻まで二十分ほどある。「どうぞお帰りください」と言っても夫妻は、「船が出るまでお見送りします」と言った。いつもの流儀なのか？　あるいは——一緒に過ごしたのは短い時間だが、交わした会話が濃密だったせいかもしれない。

「ちょっとだけ失礼」

火村が灰皿のある場所へと歩きだした途端、「あっ」と友也が声を発する。

「どしたん？」と郷美。

「今朝もろた葡萄。先生方にお渡しするのを忘れとる。——ああ、俺が取ってくる。車に積んどるけん」

彼が走って行き、郷美と私だけが向き合う時間が生まれた。誂《あつら》えたようなタイミングだ。彼女に訊いてみたいことがあった。口に出そうかどうか車中でも迷っていたのだ。適切に答えられるのは友也ではなく郷美だ、と私の直感が告げている。そして、夫の耳がない方が答えやすいように思う。

訊くのなら今。

「昨日から本当によくしていただきました。ありがとうございます」

礼はさっきも言った。繰り返してもいいが、それよりも——

「もう一つだけ、お尋ねしたいことがあるんです。小説家って変なことを訊くんやな、と思われるでしょうけれど、そういう人種なんです」

「何でしょうか？」

仔犬のような邪気のない目で、彼女は私の顔を見た。

2

木戸江里菜《きどえりな》。

それが探していた女性の名前だった。年齢は三十歳。深江橋《ふかえばし》在住。週二回、長田駅近くにある雑貨店の手伝いに通っている。友人が経営しているそうだ。

彼女の写真はまだ船曳の手許に届いていないが、その容姿は黛美浪と非常によく似ており、深江橋駅・長田駅から提出された防犯カメラの映像の人物とそっくりだ、という報告が上がっていた。

彼女は八月二十六日も雑貨店に出勤しており、いつもどおり九時半頃に長田駅に着く地下鉄に乗った、と証言している。防犯カメラに映っているのが黛であれば、木戸江里菜の姿が別に記録されていなければおかしい。それがないということは、あのサングラスにマスクの女は黛ではなく木戸ということになる。

そこまでが第一報。第二報によると、当該映像を木戸本人に見せたところ、「これは私です」と断言したという。その瞬間に黛が主張するアリバイは瓦解した。

木戸が黛の替え玉を引き受けたのではないらしい。鮫山を経由して、ネタを摑んだ繁岡はこう報告してきた。

「黛は、ふらっとその雑貨店にくることがありました。馴染み客というのではなく、接客上の会話以外は交わしたことはありません。自分と雰囲気が似た人だな、と記憶に残っていたそうで、黛の側も同じように思ってたんでしょう。それにしては、黛が木戸の出勤日などをよく把握しているものだな、と思いましたが、不思議なことでもない。黛が来店している折に、友人とおしゃべりをしていたことがあり、そのやりとりから色んなことを知ったんやないか、と」

火曜日と水曜日の午前九時半過ぎに出勤していること。深江橋から地下鉄を利用していること。〈ラナバス〉のファッションが大好きで上下揃えて着用していること。紫外線対策にサングラスが欠かせないこと。黛には、必要にして充分な情報を得る機会があった。

自分と見掛けがよく似た木戸がどんな恰好でいつ長田駅の改札口をくぐるかを、黛はかなり高い確度で予想できた。それを利用すればアリバイを偽装できる、と考えたのが犯行の前だったのか直後だったのかは判らないが、こんな子供騙しの小細工に振り回されていたのかと思うと、船曳は腹立たしくてならなかった。

気分が悪いのは、そのせいだけではない。一昨日の午前に火村英生からの電話を受けて以来、健やかな時間は寸分もなく、部下に裏切られるのはかくも不愉快なことか、と忌々《いまいま》しかった。

――コマチさんには彼女なりの考えがあるんでしょう。周囲を欺《あざむ》いてまで功を焦る人ではないし、船曳さんや班の仲間を全面的に信頼している人です。

火村は言ったが、刑事たる者が職務上の隠し事をするのは背信行為だ。猟犬となってよいネタを探して駈け回る過程において、他の刑事に情報を隠すことはあるだろう。褒められたことではないとはいえ、刑事の習性とも言える。だが、ものには限度がある。

——しばらく泳がせておくんです。証拠を握り潰したり、犯人を逃がそうとしたりしているわけはないでしょう。おそらく、自分で決着をつけたがっているだけです。

船曳の理解を求めてこうも言った。

——状況によっては、私だってコマチさんと同じようなことをしかねませんよ。たとえば、極端な例として有栖川が犯人ではないか、と疑った場合。『あいつが怪しい』と警部に報告する前に、彼が犯人に相違ないことをじっくり確かめる。その間に彼が出頭することを希《ねが》いながら。

あの先生にしては珍しく頓珍漢《とんちんかん》な喩えだった。高柳真知子は、幼馴染みの犯行ではないかと疑いながら、報告を遅延させているのではない。黛美浪と会った時点で、お互いによく知る人物だと気づきながら口を閉ざしたのだ。

——捜査からはずされるのが嫌だったんですよ。

そうだろうか？　はずされると決まったわけでもないのに。

——コマチさんは、黛の二十六日朝のアリバイを洗っている。それを崩せれば、落とせると考えているようです。だったら、そこを崩してしまいましょう。見つけ出すべきは、長田駅界隈に定期的に立ち寄る、黛に容姿がよく似た女性。

助言に従って捜査員の配置を変え、該当者の発見に成功した。彼が考えていたとおりの偽装工作だったと判明したことを、これから火村に伝える。

だが、その前に。

船曳の忍耐は限界に達していた。高柳本人から、どういうつもりなのかを聞かずにいられない。鮫山を通さず、彼女に直接電話して、捜査本部に戻ってくるよう命じた。片を付ける時がきたのだ。

頭の中を整理してから、火村と連絡を取る。木戸江里菜の件を聞いた犯罪学者は、ただちに大阪に帰ると言ってきた。想定内のことなのにやけに慌ただしいな、と思ったら、衝撃的なことを告げられた。

――吉水の協力を得たら、黛には犯行が可能でした。新しい事実がこの島で得られたんです。要点を搔いつまんで言います。

聞きながら、言葉がなかった。

――以上です。実際にそのとおりのことが行なわれた痕跡が発見できたら事件は解決します。

火村は、こうも言った。

――細部には不明な箇所もありますが、捜査の行く手を阻んでいた障壁はなくなりました。コマチさんには、もうすべてが判っている。彼女がどんな行動を起こすか注視していてください。動かないのなら、それは黛が自供するのを待とうとしているのでしょう。

一刻も待ちたくない旨を伝えた。そんな猶予を黛に与える義理はない。駅の防犯カメラ映像を観た木戸江里菜は「これは私です」と証言しているし、ICカードの記録もそれを証明してくれるだろう。

――ここまで待ったのだからあと少しだけご辛抱いただけませんか？　八月二十六日朝のアリバイが崩れたことを黛に突きつける前に、コマチさんと話がしたいんです。

その頼みを聞く必要も感じなかったのだが、重大な新情報を聞いたばかりなので無下《むげ》に断わるのも気が引ける。「我慢しましょう」と答えた。

火村が望んだのは、黛が自供するまで今少し待つことだ。直属の部下である高柳に、報告を怠《おこた》った不作為の真意を質すことまで辛抱せずともよい。そう解釈した。

彼女との面談のため、第一取調室を空けさせた。話を中断させられるのが嫌だからしばらく邪魔をするな、とも周囲に指示しておく。秘密を抱えた部下が布施署に戻ってきたのは、十一時半になろうとする頃である。

「別室でゆっくりと聞きたいことがある」

船曳がそう言っただけで、相手が身を硬くするのが見て取れた。勘の鋭い彼女のことだから、見当がついたらしい。

取調室に入ると、高柳が手前の椅子の背もたれに手を掛けるのを止め、壁際の席に着かせた。

「あっちや。この部屋は奥が上座というわけではないやろう」

机を挟んだ奥に着席させられるのは取り調べを受ける被疑者だ。逃走できないように、ドアから遠く壁を背にした席に着かせるのだ。

「事情聴取ですか……」

返してきた声は、いつもより張りがなかった。不安の中で、どこまでバレているのかを考えているはずだ。

「お前の出身中学までは覚えてなかった。黛、吉水と同じ丸亀市立仲島中学校だったんやな。しかも、同じ教室で机を並べてたとは」

単刀直入に切り出した。彼女は、上体を四十五度傾けて頭を下げる。

「申し訳ありません」

「理由や」

口ごもる高柳に、船曳は苛立ちを募らせた。

「ええ大人が『申し訳ありません』だけで済むことは世の中にない。まして、警察官が警察官に向かって取る態度か！」

一喝したら気が済んだ。われながらあっさりしている、と思う。この後は冷静に話ができるだろう。

「被疑者が自分の幼馴染みと判ったら、捜査からはずされそうなので黙ってた、とかアホなことを言うなよ。お前はそこで黙るような刑事やない。ありのままを報告した上で、捜査からはずされたくないことを訴えたはずや。被疑者の人となりや癖を知っているから役に立てます、とか言うてな。——隠してたのには言いにくいわけがありそうや。ここで今しゃべってもらおう。潮時や」

「はい」と答えて、彼女は背筋を伸ばした。

「黛美浪と対面するなり、中学三年の一年間を同じ教室で過ごした同窓生だと気づきました。向こうも私が誰かを瞬時に知ったようです。そのことを黛が口にして、こんな形で再会するとは奇遇ですね、などと言えば応じたでしょう。しかし、彼女は素知らぬ顔のままで、一度ゆっくりと瞬きをして見せました。同席していた繁岡さんに悟られないように送ってきた〈黙っていましょう〉というメッセージです。中学時代の彼女も、そんなふうによく目で語ったのを覚えていましたから、私はすぐに理解して、つい合わせてしまったんです」

「どういう心理からや？　被疑者の意向に合わせるべき場面ではないやないか」

「説明するのが大変難しいのですが、感じたままをお話しします。まず思ったのは、とりあえず彼女の希望に添って、繁岡さんが同席している間は初対面のふりをしよう、ということでした。黛の気持ちに逆らったことで、口が重くなるのを避けるためです。それなら事情聴取後に繁岡さんに打ち明ければ済んだのですが……」

繁岡に話さなかっただけではなく、捜査会議の席上でも報告しなかった。そこに黛はいないのに。

「昔から黛が苦手で、気圧《けお》されたわけでもないやろ」

「それはありませんし、好きや嫌いという強い感情も持っていません。——ただ、思いがけない時と場面で再会したせいもあって、懐かしさだけでなく不思議な縁を感じました。彼女が犯人なのか、被害者の周辺にいたから巻き込まれただけなのか、見届けたいという気持ちが湧き起こったのは確かです。その時点での心証はシロでもクロでもありませんでした。もしクロだった場合、彼女の希望を受け容れたふりをすれば油断させられるのではないか、と考えました」

「御託《ごたく》はええんや。俺に報告せんかった理由になってない。——だいたい、なんで黛はうね。証拠を摑んでも昔の誼《よしみ》で見逃してね〉と言いたかったみたいやないか」

〈黙っていましょう〉やなんて提案してきたんや？〈私が犯人だとあなたは怪しむでしょ

「違うと思います。さほど親密ではありませんでしたし、被疑者の身でそんなメッセージを刑事に送ることは藪蛇《やぶへび》かと。——彼女は、私から捜査の進捗状況をこっそりと聞き出したかったのだと推察します。私たちが旧知の間柄であることを周囲に知られない方がこそこそ話しやすいので〈黙っていましょう〉と頼んできたんでしょう」

「虫のいいリクエストや。念のために訊く。どこまで捜査が進んでるか、まさか洩らしてないやろうな？」

「もちろんです。私の携帯電話の番号を教えたので、この四日間で二回架電がありました。いずれも明らかに捜査の状況を探ろうとするものだったので、無内容な答えだけを返しています」

話が本題から逸れている。

「コマチ、報告を怠った理由や。まだ聞いてない」

「……被疑者に関して私だけが持っている情報から捜査が進められたら、手柄になるかもしれない、と考えました」

本人の口から聞かされても、どうにも嘘っぽい。

「第一の理由はそれか。他にもあるやろう」

「どれが第一なのか第二なのか順番はつけられないのですが……。彼女がシロだった場合、その証明に努めて感謝をされたかったのかもしれません」

「自分の感情に『かもしれません』か。そんな気もする、ということやな？」

「はい。中学時代の黛は——当時の姓は古川でしたが黛で通します——、タイプとして自信家でした。学校内で、つまり島の中で同い年の同性は私だけ。そのせいなのか、ことさら私に対して自分の存在感がより大きいことを誇示してくるように感じていました。この頃よく使われる表現だと、マウントを取ってくるみたいな態度です。それが記憶にあったため、〈美浪さん。あなた、偉そうにしていたけれど私の世話になったね〉と思わせたかったのかもしれま——いえ、そう思って、勝手なことをしてしまいました」

いくらか真実味が増した。

「まだあるか？」

高柳は、はいとも答えず続ける。

「マウントを取られる側だった私は、彼女を嫌悪することもなく、どちらかといえば畏怖《いふ》していました。大したものだな、と思いながらあまり近づかないように心がけていたんです。そのせいか、再会するなり〈何かやらかすかもしれない人〉というイメージが頭の中に広がりました。クロでも驚かない、ということです。もしそうであれば、〈逸早《いち》くそれを察知した自分が仕留めるべき〉という思い上がりが、報告をためらわせました。身勝手で弁解の余地はありません」

ここまでくると、それが彼女の本当の想いなのかどうか船曳には判らない。最初に断わったとおり、彼女自身にとっても説明が困難なほど理由は混沌としているのかもしれない。ドアの向こうから、人が動く音や話し声が聞こえている。昼食に向かう者たちのものだろう。この取調室は、そんな外界と完全に切り離されていた。

「もう他にはないんか？」

わずかに目を伏せた彼女の額に、前髪が落ちる。

「ない、と……思います。自分の感情が自分でよく判らないんです。申し訳ありません」

「そういうこともあるか。これだけは訊かせてくれ。お前は、黛に『私がやりました』と出頭してきてもらいたいんやな？」

こくりと頷いてから、「はい」と答える。

「友情か？」

「先ほどお話ししたとおりです。親友だったわけでもなくて、幼馴染みの一人です。短い間しかそばにいなかったので、ただの同窓生の一人と言うのが正しい気がします」

「それでも友情やなかったら、そこまで出頭を期待せんやろう。黛には、決断を下すのに充分な時間があった。せやな？」

「ありました」

「さんざん待った。まだ時間を与えるというのは、同窓生の一人に対して温情が過ぎる」

「私の記憶にある彼女がいつも淋しそうに見えたから、その記憶がさせたことだとご理解ください。あの子の家はご両親が不仲で……」

部下は、説明する言葉に迷っている。察せられるものがあったので、船曳は追及をやめた。

「証拠が固まったら逮捕状を取るぞ。吉水の手を借りて、何をどうしたかも目星がついたんや」

吉水の名に反応して、高柳は顔を上げた。驚いている。

「彼のやったことも判ったんですか？　もしかして、火村先生が……」

「先生と有栖川さんは、昨日から仲島に行ってる。そこで色々と調べ上げたことを、さっき電話で聞いた。——どうかしたか？」

高柳の目許に弱々しい笑みが浮かんだ。

「ここまで私にアドバンテージがあっても、火村先生に追いつかれてしまうんですね。かないません。仲島にまで行っていらっしゃるとは思ってもみませんでした」

「お前が黛や吉水の同窓生やと気づいて、すぐに島へ飛んで行った」

「私たちが同窓生だと、どうやって突き止めたんですか？」

「懲罰として教えん。先生から聞け」

船曳は猪首《いくび》の裏に右手をやり、揉みほぐしながら問う。

「中学時代に黛からマウントを取られても、お前のことやから圧倒されてたわけやないやろう。つまらんと思うて相手にせず、やりすごしてたんか？」

「はい。どうでもいい、と思ってやりすごしていました」

「やろうな」

理性的な対応ではあるが、相手の神経を逆撫でしかねない態度でもある。黛は、現在も高柳を快く思っていないかもしれない。

「私には、他に恐れることがあったので」

「恐れること？」

黛には関わりがないらしいが、船曳は何のことか訊かずにはいられない。

「母は、ある男から逃げるために私を連れて仲島の実家に身を寄せていました。警察に相談してもストーカーと認定されるかどうか微妙な線にいた男で、一方的に母に執着していたんです。母は昔から危険に敏感でした。戸締りや火の始末といったことにも神経質だっただけでなく、危害や損害を加えてきそうな人間に警戒心が強い。すり寄ってきた男は、母の目にはたまらなく剣呑《けんのん》に映ったようです」

つきまとい行為もあったのだろう。具体的にどんな様子だったのかは、言いたくもないようだ。

「一度だけ警察に相談を持ち掛けましたが、やはり相手にされませんでした。ありふれた男女間のいざこざにすぎず、忙しい警察が手を煩わされることではない、と見られたのでしょう。しかし、母は切迫した空気を感じ、取り返しのつかない事態になる前に岡山から逃げるしかない、と決断します。それで私を連れて仲島へ渡ったんです。男は、母の実家がどこかを知らなかったので」

「あの島は逃走先か。苦い想い出があるから、これまで話したことがなかったんやな。お前の出身地は――」

「仲島で生まれ育った母は、二十歳で高松に出て食品会社に勤め、父と知り合って結婚しました。その後、父の転勤に伴って岡山に転居を。私が岡山市内の小学校に通っている時に父が病死し、シングルマザーとなった母は洋品店で働きながら私を育ててくれたんです。ところが、私が中学二年の時に仕事関係の男に言い寄られ、困ったことになってしまいます。いくら拒絶しても諦めない。母が怯えたのは気が弱かったせいではありません。私の目にも男は普通ではない人物に見えました」

「実家に引っ越したのは賢明だったんやろう。お前は中学二年やった。転校することに不満はなかったか？」

「むしろ歓迎しました。通っていた中学校の担任に何故か嫌われて、不愉快な学校生活をしていましたから、『お祖父ちゃんとお祖母ちゃんのとこに、行こう行こう。あっちの中学に通うわ』でした」

「なんで担任に嫌われたんや？」

「暴君が希望するほど従順ではなかったからでしょう。ことさら反抗的だったわけではないのですけれど」

船曳は、マスクの下で笑った。彼女は、平素から不合理な指示に対しては理由の説明を求め、場合によっては「他のやり方があるように思います」と返してくる。そんな姿勢に助けられたことがあるが、程度の低い教師や上司にとっては鬱陶しくてならない存在だろう。

「『他に恐れることがあった』というのは、その男に行方を知られることやな？」

「はい。島に船が着くたびに身構えました。あの男がきょろきょろしながら下りてくるのではないか、と。母が勤めていた洋品店には、何かの際の連絡先として仲島の住所が伝わっていたので、そこから実家が割れる可能性はありました。しかし、事情を知る洋品店の社長さんは母との約束を守り、洩らさないでくれたようです。——そんな不安を抱えての生活はやがて終わったんですけれど」

「なんで？」

「男が自殺したからです。会社のお金に手を付けていたのがバレそうになり、首を吊った、と岡山の社長さんから報せがあり、新聞の切り抜きを送ってくれたので、初めてほっとできました。島に渡って半年ほど経った頃のことです」

高柳母娘の人間観察の目は正しく、ろくでもない男だったらしいな、と船曳は思ったが、詳しいことを知らないので黙っておく。

「それで仲島には一年しかいてなかったんか」

「島に渡って少しした頃から、大阪にいた父方の伯母が誘ってくれていました。夫婦で経営していた整体クリニックで人手が足りなくなったので、総務経理を手伝ってもらいたい、と。『せわしない街やけど、そんなとこの方が気分も一新できるんやないかな』と言われて迷っていたところへ、男がこの世からいなくなったという報せです。私が中学を卒業するのを待って、母は島を出ることに決めました」

かくして大阪へ。母は新しい仕事を得て、娘は府立高校に進学した。

「島での暮らしは仕方なく始まったものですが、祖父母と過ごした時間も、六人しか生徒がいない中学校での生活も、懐かしい想い出です。大切にしています。ただ……経緯が経緯だけに、これまで人に話さずにきました」

「そうか」

この件については、包み隠さずすべて打ち明けてもらった気がした。

いつだったか森下が「友だちの郷里に遊びに行ってきました」と高松銘菓の瓦せんべいを配った時も、彼女は何も言わなかった。昔話をしたくなかったのだ。

「よけいなことを、もう一つだけ訊きたい。お前が警察官になろうとしたのは、もしかして――」

「ご想像どおりだと思います」

先手を打って封じられてしまった。語るまでもないでしょう、と言わんばかりだが、船曳の洞察力を信じているようでもあった。

おそらく彼女は、母の相談に応じてくれなかった警察を恨んだのだ。役に立たない組織にも見えただろうし、仲島で怯えた日々の理不尽さに憤《いきどお》りもした。そんな経験から、警察を嫌悪して疎むようになってもおかしくはないが――自分が警察官になって、かつての自分たちのような境遇の者のために尽くしたい、と希うようになった。船曳はそう理解した。

話に区切りがつき、短い沈黙が訪れた。間の悪いタイミングで腹が鳴り、警部は頭を掻いた。

「飯の時間か。いちいち報せてくれんでもええのに」

ふっと高柳が笑う。

「私を解放していただけるのなら、食堂に行けますが」

「まだや」

わざとドスを利かせて言った。説教の延長戦をしたいわけではない。

「この事件、黛が実行犯。動機は嫉妬。吉水は事後従犯。惚れてる女に頼まれて後始末に手を貸した。疑問点は残ってないな?」

高柳は、はいと答えなかった。

「一つだけ引っ掛かっています」

「どういう点や?」

「黛が奥本を殺害した動機です。中学時代の彼女は、まわりの男子を魅了する力を持っていました。と言っても、全校で三人しかいませんでしたが、その三人の心を奪えたんです」

「ほぉ、打率十割か。超スラッガーやな」

「コンパニオンやホステスという前歴は、昔の彼女とつながっていました。しかしながら、ふた股を掛けられ、話し合いをしているうちに逆上して凶器を振るった、というのは私が思い描いている彼女と食い違います」

旧知の仲だからこその違和感なのだろうが、船曳は首肯《しゅこう》しかねた。人は皆、時間が経てば変わるし、男女間の問題には例外的事態も珍しくない。

「しょっぴいてから、この部屋でじっくり聞かせてもらおうやないか。探したら証拠は見つかるやろう。さっきも言うたが、見つかり次第、逮捕状を取る。黛に手錠《ワッパ》を掛けるのはお前や」

滅相もないとばかりに、高柳は激しく首を振った。

「拒否はさせん。この事件に片を付けたかったんやろう。引き受けろ」

「私は殊勲者ではありません。それどころか、自分勝手な行動によって事件の解決を遅らせた者です。論外だと思います。茅野さんがふさわしいのではないでしょうか。古水を見つけられたのは、茅野さんの聞き込みがあったからです」

「拒否する権利はない。俺は決めたんや。コマチ、お前は言うたな。最初の事情聴取の際に黛から瞬きで〈黙っていましょう〉というメッセージを送られた、と。俺の部下になめた真似をしてくれた。その報いを受けさせる」

われ知らず、語気が荒くなっていた。

高柳は項垂《うなだ》れるように頷き、「判りました」と答えた。

3

昨夜、宮武夫妻宅から〈なぎのいえ〉に帰ったのは十時過ぎだった。

酔った友也が椅子に掛けたまま熟睡してしまった後も、郷美が一時間以上も相手をしてくれた。高柳、古川、吉水の中学時代の話をたっぷり仕入れることができたが、すぐには情報を咀嚼《そしやく》できない。よく吟味しなくてはならないとはいえ、奥本殺しの捜査を大きく前進させるものはないようにも思えた。

ねぐらに戻った私たちは、一番広い八畳間の座卓を挟んで向かい合い、情報の整理に掛かる。卓上に陶器の大きな灰皿が置いてあったので、「吸いながら話してもええぞ」と火村に言ってやった。縁側で蚊に献血しながらの喫煙はつらいだろう。

海が近いのに、波の音はこの部屋の中にまで届かない。年代物の柱時計がセコンドを刻む音だけがしている。

「宮武夫妻から聞いた話の最大のポイントは、黛と吉水の間には強い絆《きずな》があったらしいこと——やと俺は思うんやけど、その点は同意か？」

探りを入れてみた。

「同意する。あの二人の関係は特別なものに思える。彼女たちの心の中には入れないから、断定は控えるとしても」

「慎重やな。吉水は黛に対して借りがあると感じてる、という見方はどうや？」

「これも断定を避けたい。感じているかもしれないな。彼女にずっと好意を持ったままだとしたら、負い目が内面化していることもあり得る」

「奥本殺しの共犯者になることも厭《いと》わなかった。これもあり得るな？」

「俺より先にコマチさんがそう考えたらしい。根拠があるんだろう。俺もお前も、その根拠を探してここまできている。まだ彼女に追いつけていないな」

奥本栄仁殺害事件とは、どのような事件なのか。火村が考えた事件の構図については、前日に電話で聞いていたが、頭が混乱してよく理解できていない点もある。ここであらためて彼が描いた全体像を聞くことにした。

勧められる日本酒をやんわりと遠慮し、宮武夫妻にしっかりと飲んでもらった私たちは、今では完全に素面《しらふ》に戻っている。

「容疑者は片手で数えられるほどの数に絞られているのに、判らないことだらけの事件だよ」火村は一本目の煙草に火を点けた。「確定しているのは被害者の身元と凶器だけ。この二つは捜査の早い段階からはっきりしているけれど、それ以外は断定できることがない。まず、腐敗が始まってから死体が発見されたので、死亡推定時刻は八月二十四日から二十六日。管理人の証言や防犯カメラの記録から二十五日の正午までは生きていたことが判ったとはいえ、かなりの幅がある」

私は相槌も打たず、まずは黙って耳を傾ける。

「犯行現場が〈トミーハイツ〉５０８号室かどうかも百パーセント確かとは言えず、犯人の偽装工作が介在した可能性を否定し切れない。これは死体がスーツケースに詰め込まれていたことに起因する。あれに詰めてどこかから運び込まれたようにも思えるからな。動機らしいものがあるから容疑者として捜査対象になっているのは歌島、黛、久馬。しかし、どれも動機としてはパンチに欠けている。判らないことだらけで、捜査が難航するのも当然だ」

「動機について考えるのは後回しにするのが火村流やなかったんか？」

「警察の視点に立って、困った事件だよな、と言ってるんだよ。被害者の身元と凶器の他に、もう一つだけはっきりしていることがある」

「何や？」

「吉水蒼汰の指紋がスーツケースの内部に付着していたことさ。科捜研が再鑑定したところ、完全に一致しているということだ。吉水が事件に関与していることが決定したわけだ」

「犯人の偽装工作……という線は考えにくいな。彼が捜査線上に浮かんだのは、とあるマンション住人がたまたま彼の挙動を気に掛けて記憶していたのがきっかけで、ハプニングで舞台に転がり出たみたいなもんや。そんな人物の指紋がスーツケースに付くように細工する、というのは偽装工作として無意味やわな」

「無意味とまでは言わずとも、変だよな。吉水と会って話を聞いてみたら、犯行があった日のアリバイが成立した。彼は黛と同窓生というつながりを持っていたが、被害者との接点はない」

「そう。舞台に出てきた彼に、演じてもらう役がないんや」

「被害者の身元、凶器、被害者と接点がなくアリバイがはっきりしている吉水蒼汰が何らかの形で事件に関与していること。この三つだけを元にして真相を明らかにせよ、と言われてもお手上げだった。警察も俺も。そんな事態を動かしてくれたのがコマチさんだ。彼女の行動がヒントをくれた」

あまりにも早く孔雀の正体にたどり着いたことから、高柳が吉水の写真を所持しているのではないか、と火村は思いつき、船曳警部を通じて彼女らが同じ中学校を卒業していた事実を摑んだ。

「コマチさんは捜査員としての職責に背き、二人と幼馴染みであることを報告しなかった。

理由については、ここに着いた直後にも言ったが、ふたとおりの想像ができる。黛が無実であることを証明して救いたかったのか、その反対に犯人であることを証明して手柄をものにしたかったのか。どっちでもいいんだ。とにかく報告を怠った」

どっちでもいいんだ、とは思わなかった。

「コマチさんが事情聴取で幼馴染みと再会して、『お、こいつはやりかねない。徹底的にマークして殊勲賞をもらおう』と思うか？　そういう人でもそういうタイプの刑事でもない」

火村は右手を素早く上げ、私を制する。

「言い直す。彼女は、黛に掛けられた嫌疑を晴らしてやろうとした、とも考えられる。――ところが、吉水が登場するなり態度が一変し、黛のアリバイを疑い始めたように見受けられた。どうかしたんですか、と問い質そうかとも思ったけれど、できなかった」

「なんで？」

「わけがありそうに思えたからだよ。ストレートに訊いても、はぐらかされるかもしれない」

「彼女をあんまり信頼してないように聞こえるな。信頼関係に自信がないとも言えるか」

「俺の心情を汲まないのか？　ああ、アリス。お前は判っていない」

私に失望したかのような口振りだ。

「何が『ああ、アリス』や。シェイクスピアの戯曲か。どういう心情か語れ」

「じゃあ、嚙み砕いて言おう。——急に疑いの矛先を黛に向けたのには理由があるはずなのに、何故それを口に出さないのか？　何か深いわけがあるのだろう、と忖度したよ。と同時に強い興味を惹かれた。彼女が捜査方針を急変させた理由を推理したくなったのさ。吉水が話した内容を検討しても、それが何か思い当たらない。だから、よけいに気になった」

「不可解な状況をゲーム感覚で楽しんでいたようにも聞こえるけど……」

「コマチさんが見つけた答えにたどり着けたら、彼女が抱えているかもしれない迷いだかジレンマだかの正体も判るかもしれない。そう考えたんだよ。彼女は他のどの捜査員よりも早く真相を見抜いて、黛に自供してもらいたかっただけなのかもしれないな、とも想像しながら」

好人物ぶって出鱈目を並べる男ではない。私が「判った」と言うと、安心した様子だった。

「続ける。——コマチさんは、黛と吉水が今もつながっていることを知るなり、黛のアリバイを疑いだした。当然、ある仮説が浮かぶじゃないか。奥本殺しについて黛にはアリバイが成立しているが、それは吉水の手を借りたら偽装できたのではないか」

「吉水が共犯者やったら犯行が可能だった、という状況でもないやないか。防犯カメラの記録によると、彼は〈トミーハイツ〉に足を踏み入れてもいない」

「それは措《お》いておこう。コマチさんが崩しにかかったのは二十六日朝の黛のアリバイだ。

散歩で深江橋まで延々と歩いてしまい、地下鉄で長田駅まで戻った、というアリバイ。もしこれが虚偽のものなら、彼女はある偽装工作を行なうことができた。犯行が実際よりも遅く行なわれたと思わせるため、二十六日午前九時三十分に歌島冴香に宛ててLINEのメッセージを送ることだ」

そのメッセージは、死体が見つかった508号室から被害者のスマートフォンで発信されている——とされていたが、そのように見られていたのは当該スマホが508号室で見つかったからだ。

「現代の最先端で活躍しているミステリ作家に説明するのは釈迦《しゃか》に説法かもしれないけれど」彼は慇懃《いんぎん》に言う。「スマホに搭載されているGPS機能というのは、三十一個の人工衛星のうちのいくつかから届いた情報をOSが処理して、それぞれの衛星から電波が到達する時間差を利用して位置を測っている。かつては軍事的優位を維持するためにアメリカ政府がその精度を意図的に低下させていたけれども、現在は行なわれていない。しかし、電波を捕捉できる衛星の数が少なかったり、大気や電離層による電波の遅延が生じたりして、GPSには位置誤差が生じる。五メートルぐらいは、ざら。受信状況によっては三十メートルから五十メートル狂うこともある」

GPSがどういう仕組みなのか、おおまかなことは知っている。彼ほど詳しく解説はできなかったが。

「つまり……歌島へのメッセージは、508号室と同じ基地局から発信されたというぐらいのことしか確定していないわけやな。それは認識してた。しかし、送信に使われたスマホは508号室にあったやないか。犯人が透明人間化して、送信後にまた持ち込んだとでも？」

火村は煙草を指に挟んだまま右手を振る。

「透明人間になる方法の謎はいったん棚上げだ。推論が進まなくなる」

棚上げしたらどうなるのか、彼は語る。

「犯行後、犯人は奥本のスマホを持ち出して、二十六日午前九時三十分に〈トミーハイツ〉のすぐ近くから送信したと仮定しよう。奈良方面を旅行していた歌島にも、福岡県内にいた久馬にも、それは不可能。しかし、マンションから数キロ圏内にいた黛ならば細工をする余地があったのではないか。だから、散歩の帰りに地下鉄に乗っていた、という黛のアリバイ崩しにコマチさんは再挑戦を始めたんだよ。コマチさんは透明人間の謎は棚上げしていない。吉水が絡めば、どうにかできるらしい」

私は棚の上が気になって仕方がないが、黙って聞く。

「偽のアリバイなら崩せないはずはない、と彼女は確信したんだ。数学の計算問題の解答を見てから途中の式を考えるようなものかな」

「どんな式か、コマチさんにもお前にも判ったんやな？」

「解答を見たら式はあっさり判るさ。ただ、犯罪捜査が数学の問題と違うのは、その上にまだ証拠を必要とするところだ。彼女は今、それを躍起になって探している。単独で捜査をしていると思い込んでいるだろうけど、実はそうじゃない。俺の進言を受けて船曳さんから指示が飛び、繁岡さんを始め何人かの捜査員が手分けをして証拠を探している最中だ」

「証拠というより、証人やな？」

「まぁ、そうだ」

問題の時間に黛が〈トミーハイツ〉近くで奥本のスマホから偽りのメッセージを送信した、というのが解答。それを導くための式は明白だ。駅の防犯カメラに映っている人物は黛ではない。

「黛によく似た誰かが存在するんだ。ただし、その人物は共犯者ではない。共犯者に変装させてアリバイをでっち上げるのなら、もっと強固なものが作れたからな。服、帽子、装身具、鞄。何でもいい。他の人間がまず持っていないような特徴的なアイテムを事前に渡しておき、それが防犯カメラに明瞭に映るようにすればよかった」

私が犯人でもそうする。

「問題の映像には微妙なところがあっただろ。映っていた人物が黛だと推定されたのは、スタイルのよさとファッションが共通していたからだ。そして何よりも、彼女の証言とぴたり一致する時間と場所に現われていることが大きい。でも、そんなアリバイは〈よく似た誰か〉が存在して、その人物の行動予定を黛が予測できたら消し飛ぶ」

「どういう人間を想定してるんや？」

「いつどこに出没するか予想できるわけだから、黛の近隣の住人。あるいは近隣の住人を定期的に訪ねてくる人物など。かねてより、見掛けが自分と似ているな、と意識していたんだろう。仮にA子としようか。黛は、そのA子が二十六日の朝、深江橋駅から地下鉄を利用して九時半頃に長田駅にやってくるのが予想できたから、自分の外見がよりA子に似るようにして、アリバイの偽装を計ったと思われる。変装と言うほどのものでもない。外見をA子に寄せるために講じた細工は二つあった、と俺は考えている」

答えてみなさい、と言わんばかりの間を作る。

「一つは、前日に美容室で髪をいじったことやな？　長さと色を変えてる」

「そう。〈トミーハイツ〉の防犯カメラに映ってしまったので、イメージを変えるためにやったんじゃない。A子に寄せるのが目的だ」

「もう一つの細工は……ひょっとしたら、服か？」

「顔はサングラスとマスクでほとんど隠せるんだから、服装だろうな。ファストファッションの〈ラナバス〉でまとめた上下。コンパニオンや高級クラブのホステスという前職と釣り合わないあのカジュアルなスタイルは、A子の好みなんだろう。もちろん、二十六日の朝にA子がどんな服装で長田駅にやってくるのかまで正確に予想するのは困難だ。合わせようがない。そこで次善の策として、捜査員たちと会う時に〈ラナバス〉愛好者を装い、駅の防犯カメラに映ったのはいかにも私でしょう、とアピールしたと考えられる」

アリバイ工作としては、不確定要素が多くてかなり脆弱《ぜいじゃく》だ。何らかの理由があってA子が毎月二十六日午前九時半に必ず深江橋駅から長田駅まで地下鉄でやってくるとしても、八月二十六日だけこないこともあり得る。

「自分の替え玉を用意するのではなく、自分が風貌をいじって替え玉になる、という感じの偽装工作か。脆《もろ》いアリバイやな。紙製の橋みたいな強度しかない」

「ああ、弱いよ。これで警察の目が欺けたら儲け物ぐらいに考えていたんだろう。その日に限ってA子が姿を見せず、嘘がバレても致命傷は負わない。『すみません。疑いを晴らしたくて嘘をついてしまいました』と謝罪する羽目になるだけだ。『本当はすぐに散歩から帰って、ずっと家にいました』と言えば済む」

「うまくいけば儲け物のトリックか。小説では使えんな。いやぁ、弱い」

「俺も繰り返そう。ああ、弱いよ。このアリバイトリックは、どうしてこんなに弱いんだろう?」

妙な問い掛けがあったものだ。麦茶を飲みかけていた私は、グラスを持つ手を虚空で止める。

「おかしな質問やな。それぐらいのアイディアしか浮かばんかったからやろう。『小説では使えんな』と言うたけど、締切を過ぎた作家やったら苦し紛れに書くかもしれへん」

「黛の場合も、締切を過ぎてたんじゃないのか?」

ますます判らない。

「どういうことや?」

「奥本殺しが計画的な犯行だったら、もう少しましな偽装工作を考えるか、偽アリバイを作るのが無理なら、もっと自然な証言をしそうなものだ。こんな危なっかしいアリバイを捜査陣に提出したのは、犯行が突発的なもので、事後に大慌てで捻り出したからじゃないか、と俺は思う」

計画的な犯行か、突発的な犯行か。いずれであるかは警察も私たちも読みかねていた。

火村はここで結論を出そうとしている。

「思うのは自由やけど、決め手はない。色んな仮定の上に立った憶測やな」

あえて突き放すように言った。

「この事件で名探偵のごとく動いているのはコマチさんだ。俺は、彼女が名探偵だと気づいて後を追っている。憶測を杖にするのも認めてもらいたいな」

彼を立ち往生させても仕方がない。杖が折れるまで歩いてもらうことにした。

「現時点において、A子は架空の存在でしかない。もし実在するのなら、警察の組織的捜査をもって見つけ出すのは不可能ではないだろう。コマチさんが単独でA子を探し求めていたけれど、今は繁岡さんたちもA子探索を開始したから、数的優位は後者にある。これについては、船曳さん経由で吉報が届くのを待つしかない。俺やお前がするべきは、A子が発見された後に残る問題を解決させることだ」

「アフターA子か。手強い問題がたくさんありそうやな」

おどけた口調でぼやくと、火村に「いいや」と言われた。

「そうたくさんはない。解くべき謎は、たった二つだ」

わざわざ指を二本立てて見せた。

「謎の山が残っていると思ったら、たった二つか。意外や」

「いつもと事情が違っているからな。何か特別な情報を持つコマチさんは、黛が犯人だと見抜いた。吉水の出現と同時に態度が変わったし、死体を詰めたスーツケースに吉水の指紋が付いていたんだから、彼は死体やスーツケースに触れているんだ。二人が組んでやった。答えは出ている」

「途中の式に空白の箇所が二つだけあるんやな。どういう箇所か端的に言え」

「第一に、どうやって被害者のスマートフォンを508号室に戻したのか。第二に、どうやって奥本の死体をスーツケースに詰めたのか。これだけだ」

実のところ私は、彼に承服しかねていた。すべては、吉水の登場によって高柳が犯人をたちまち見抜いた、という火村の仮定に基づいている。その見立てが違っていたら、正しく推理を組み立てられないように思う。

いや、そうでもないか。でき上がった推理が証拠の在《あ》り処《か》を指し示してくれたら、真偽を判定できる。

「たった二つしかない。そう考えて、がんばってみよか」

「もっと勇気が湧くことを言ってやるよ。その二つの謎は、一つに集約できる。犯人はどのようにして防犯カメラに映らず508号室に出入りできたのか。これだけだ」

「……最後に立ちはだかるのは、どうやったら透明人間になれるのか、という謎。結局それかい」

家に次々と上がり込んでくる嫌な客を片っ端から追い出しても、最初から居座っている客が帰ろうとしない。そんな状態である。

「結局それなんだけれど、少し事情が変わった。コマチさんの反応からすると、透明人間になったのは吉水、あるいは吉水と黛のコンビ。遺留指紋から推して、吉水は確かだろう」

「吉水蒼汰には防犯カメラの映像を改竄《かいざん》する特殊能力でもあるのか？」

「痕跡も残さず改竄するのは無理だ」

半歩後戻りをするようなことを思いついた。

「吉水が透明人間トリックを使えるんやったら、彼と黛が共犯関係にあると一概には決めつけられへんのやないか？」

「どういうことだ？」

「吉水と歌島の間に、知られざるつながりがあったとしたら？　歌島が計画的に奥本を殺害し、自分はアリバイ作りのための旅に出る。事後処理を任されたのが吉水。歌島が持ち出した奥本のスマホを使い、被害者が実際より遅くまで生きていたように偽装した後、508号室に謎の方法で侵入。スマホを部屋に戻し、歌島が置き去った空のスーツケースに死体を詰めた」

「全然違うだろ」ハンマーが振り下ろされる。「二十六日の朝、吉水は旅行中で串本にいた。スマホから偽のメッセージを送り、奥本が実際より遅くまで生きていたように工作できない」

「もうええやろう。忘れてくれ」

まったく無駄な三十秒をこの世に生んでしまった。

「奥本を殺したのは黛美浪なんだよ」

火村は諭すように言ってから、事件全体の構図をまとめる。

「二十五日の午後、彼女は〈トミーハイツ〉508号室を訪れ、リビングで衝動的に奥本を殺害してしまったんだ。殺す前に、歌島がスーツケースを返しにくることは聞いていた。だから死体を放置するわけにいかず、目につきにくいところに隠した。バスルームに運んだものの、気温と湿気から死体の腐敗が早く進むのが惨《むご》たらしく思えて、エアコンが利く部屋のクロゼットに突っ込んだみたいだ」

見てきたように言う。聞き惚れてしまうほど滑らかな語り方だ。

「ところどころ想像が混じってるな」

「そこは許せ。ある程度以上の蓋然性《がいぜんせい》はあるだろう。――死体を隠したら、歌島がくる前に逃げなくてはならない。平静を装って現場を去る際、黛が被害者のスマホを持って行った意図は色々と考えられる。警察の捜査の邪魔をしたかったとか、被害者の身辺情報をチェックしたかったとか、自分に不都合なデータが残ってないかを案じたとか。この時点で、被害者が実際より遅くまで生きていたように偽装することも頭にあった」

「あったやろうな。二十五日中に、奥本のスマホから歌島に宛ててLINEのメッセージが二回発信されてる。午後三時十九分と四時二十八分。どちらもマンション近くから黛が書いて送ったものやな？」

〈悪いけど、瞑想に入るので置いて帰って〉と〈ありがとう〉の二通だ。

「言うまでもない。犯行時刻を遅く見せ掛けるための偽装工作にもなっているけれど、一通目の〈悪いけど、瞑想に入るので置いて帰って〉には別の目的があった。スーツケースを返却しにくる歌島を事件に巻き込まないようにすることだ。――鞄を置いたらすぐ帰れ。瞑想の邪魔になるから決して室内を覗こうとするな。祈るような気持ちで送信したんだろう」

「その時間にマンションを出ていた自分のアリバイにもなるな」

「しかし、さすがにそれだけでは警察にアリバイがあると認めてもらえそうにないよな。現場から被害者のスマホが持ち去られているんだから、犯人がマンション外で操作したのは丸判りだ。――さて、どうする？」

わずかな間が空くと柱時計の音がやけに大きく聞こえて、耳に刺さる。

「自宅まで逃げ帰った黛は考え込む。起きてしまったことにどう対処すべきか。マンション内の防犯カメラに姿を晒しているから、508号室を訪問した事実は隠しようがない。警察は外来者をチェックし、いずれ自分にたどり着く。奥本を訪ねたことを認め、瞑想の話を聞きに行ったことにでもするしかない。だが、それでは有力な容疑者となってしまうだろう。自分がマンションを去った後、まだ奥本が生きていたようにもっとうまく偽装できないか、と考えた」

私がその先を引き取る。

「路上から奥本になりすましてメッセージを送っただけでは警察を騙せそうにないから、『それが発信された時間に、私は〈トミーハイツ〉近くにいませんでしたよ』というアリバイも用意したくなった。そこで、自分と外見が似たA子の存在を思い出して、本人が知らないまま自分の替え玉にする偽装工作を捻り出したんやな。帰宅してすぐに思いついたんやろう。夕方には、A子にさらに似せるためにさっそく美容室へ向こうてる」

「駅の防犯カメラに記録されても支障がないように化けたかったんだろう。しかし――何度も言うけど、どんなに抜かりなく実行してもこのアリバイは弱い。黛としては、とてもじゃないが安心できなかった。彼女は、吉水に相談することを思いつく」

黛が実行犯、吉水がその共犯だとしたら、彼女らが捜査側に語ったことはすべて信憑性《しんぴょうせい》を欠く。病院で看護師と患者として再会したことは事実だったとしても、二人の交流は証言よりはずっと深かったのかもしれない。

「相談したのは、吉水には中学時代の貸しがある、と思うてたからやな？」

「再会してからの関係も作用していたんじゃないかな。故郷を離れた者同士で助け合っていきましょう、という連帯感。はっきりしないけれど、黛にとっても吉水は困った時に相談を持ち掛けられる相手だったわけだ」

「どう相談したんや？　『人を殺してしまったから、私のアリバイの証人になって』か？」

「そのとおり言ったのかもしれない。でも、吉水は彼女の希望に添えなかった。どうがんばろうと、できやしない。南紀を旅行中だったんだから」

「ところが、『ごめん。旅先にいるので無理です』で終わってない。何がどうなったんや？」

彼は、私たちと会見中に堪忍袋の緒を切らし、『面白くもない毎日』と口走った。重苦しい日々を過ごしていたようだ。四日間の夏休み。束の間の休息。好きな鉄道を利用した二泊三日の旅の宿。浴衣姿で寛いでいたところに飛び込んできた黛からの電話。安らぎの時から追放され、彼はつまらない日常さえも失う。「どういうことか、詳しく話してください」と問い、詳細を知るほどに打ちのめされただろう。想像したら胸が痛む。

「結果から推測するしかない。吉水は何とかしたんだ」

「具体的に」

二本目の煙草に火が点く。

「彼女と彼が二人きりの時にどんな話し方をするのか知らないけれど、こんなふうに吉水は言ったんだろう。――『美浪さん、こうしましょう。俺は予定どおり旅行をして帰ってから、そのマンションに出向きます。そして、あなたが放置した死体を歌島さんが持ってきた空のスーツケースに詰め込む。そうすれば、犯行が行なわれたのは歌島さんがきた後だということになって、美浪さんが疑われることはなくなります』」

奥本が殺害されてから彼の死体がスーツケースに詰め込まれるまで、二日ほどの間があったことになる。思っていたよりも長い時間だ。

死後硬直が作業の妨げになることはなかった。かなりの個体差があるそうだが、死後二、三時間すると下顎から筋肉の硬化が始まり、六時間から八時間が経つと全身の硬直に至る。その状態だと死体を詰め込めないが、死後三十時間から四十時間で硬直が解ける緩解《かんかい》が始まる。冬より夏の方が緩解に要する時間は短く、黛と吉水にとっては具合がよかった。

紫煙の向こうで火村は言う。

「リアリティはあるだろ？」

「それなりにある。引っ掛かるのは、空のスーツケースに死体を詰めたために、歌島に疑いが向いてしまいそうなことや。彼女は荷物を置くなりすぐマンションを立ち去り、その模様が防犯カメラに記録されてたな。しかし、５０８号室でもたもたしていたら、奥本を殺してスーツケースに押し込む時間ができていたかもしれへん。〈置いて帰って〉のメッセージを送ってあるとはいえ、それだけでは不確実。仲のいい友人である歌島を罠に嵌める結果になったらまずいやろう」

「だから、路上から被害者のスマホでメッセージを送り、犯行時刻を遅く錯覚させるというちゃちなトリックを三回も実行したのさ。A子を利用した下手な手品が見破られた場合、黛は『つい嘘をついてしまいました』と謝罪しなくてはならないが、歌島を救える。二十六日の朝、犯人は〈トミーハイツ〉508号室内もしくはその近くから被害者のスマホを操作した、と警察に思わせることができるんだから」

「歌島のために……か」

その時間に歌島が奈良にいたことは、同行者の叔母を始め複数の人物によって証明されるだろう。そう考えたら、あながち弱いだけのアリバイ工作でもない。

「吉水がマンション内に侵入した方法は、まだ謎やな。答えが明日見つかることを期待しよう。――スーツケース内に吉水の指紋が残っていた理由はここで検討したい。何か考えはあるか？」

「あるさ。吉水の人間性に関わることだから、小説家・有栖川有栖の意見が聞きたいところだ」

居住まいを正したくなるようなことを言う。

「捜査を攪乱《かくらん》させるのが目的だった、とか言うんやないやろうな」

火村は声を出して笑う。ここで笑うとは思わなかった。

「三日前に初めて犯行現場を見た後、そんなやりとりがあったな。謎の指紋について、鮫山さんや森下さんの前で、お前は言った。犯人が指紋を見落とすことがないとしたら、あれは捜査を攪乱させるためにわざと付けられたものである、と」

「覚えてる。『出たな、捜査攪乱説』とか言うて、お前に揶揄《やゆ》された」

あの時点では吉水蒼汰は舞台に登場していなかったから、犯人は〈事件に関係のない人物〉の切断された指を使って、未知の人物を犯人に仕立てようとしたのではないか、という無茶な仮説を立てたのだ。

「突っ込んでくれてもいいぞ。俺が思うに、吉水が自分の指紋を残したのは、まさに捜査を撹乱させるためだよ。ただし、〈事件に関係のない人物〉の切断された指は使っていない。自分の親指で捺印したんだ」

これは驚いた。

「殺人事件の現場に自分の指紋を残すやなんて、無謀やろ」

「どうして？　彼は、事件の関係者の一人である黛美浪の同窓生の一人でしかないんだぞ。警察の事情聴取を受ける立場からはるか遠く離れていた。将来、犯罪者になって指紋を採取されることでもない限り、スーツケース内の指紋の持ち主であることを知られるはずがなかったんだ」

理屈の上ではそうかもしれないが、それこそ人間心理として納得しにくい。首を傾げる私に、火村は言い募る。

「吉水が捜査線上に浮かんだことに対して、さっきお前は『ハプニングで舞台に転がり出たみたいなもん』という表現を使った。『そんな人物の指紋がスーツケースに付くように細工する、というのは偽装工作として無意味』とも」

私がそう言った時、彼は「無意味とまでは言わずとも」と部分的に否定しただけだった。

「歌島や黛や久馬や、あるいはいまだに捜査の手が及んでいない謎の人物Xが犯人なら、吉水の指紋をスーツケースのバンドに付けるのは、あまり意味がなさそうだ。しかし吉水本人が付けたのなら話は別だ。彼は、絶対に警察に見つけられないと信じた場所から、鬼さんこちら、と手を叩いたのさ」

「……嫌いな警察を翻弄したい気持ちも、あったんやろうか？」

「幾許《いくばく》かあったかもしれない。しかし、それよりずっと大きかったのは黛を救いたいという想いだろう。捜査線上に浮かぶことがない自分が囮《おとり》になり、彼女を捜査線上から消す。あくまでも目的はそれだよ」

馬鹿なことをしたものだ、と思いかけたが、考えてみれば愚策でもない。ハプニングが起きなければ、警察も私たちも指紋の主が誰か判らず、捜査は暗礁に乗り上げたままだったのではないか。

「吉水が指紋を残したのは、故意やったんか。その裏には黛への恋があった……」

「下手な駄洒落を言ってんじゃねぇよ」

駄洒落になっていることに気づいていなかったのに。

「結果として、吉水はやりすぎたな。ハプニングで舞台に引き出されることも想定しておくべきやった」

「彼に酷なコメントだな」

「マンション周辺をうろついたのが失敗や。それさえなかったら、コンジャに似た不審な男がいた、と証言されることもなかったのに」

「落ち度じゃない。彼が〈トミーハイツ〉の前で目撃されたのは、事件の二週間以上前だ。まさか黛が奥本を殺し、その後始末について相談されるなんて予想できたはずもない」

「うろついてたのは奥本を尾行するためではないんか？」

「黛の跡をつけていたんだろう。社長が熱を出して、急に出勤しなくてよくなった。自由になった時間で、彼女を付け回していた——のかどうかは、本人に話してもらわないと判らない。現時点では吐くわけがないけれど」

「男と一緒にマンションに入るところを見て、煩悶《はんもん》したかな」

「『あの男性は誰ですか？』と黛に訊ける間柄でもなかったように思うな。一人で思い悩んだかもしれない」

「その男を殺した、と黛から電話で聞いた時の心理が計りがたいわ」

とんでもないことをやらかしましたね、と嘆きながら、喜びを覚えたのではないか。ようやってくれました、これであなたはまた自由ですね、と。

ジグソーパズルはほとんど完成したが、中心はまだ埋まらない。吉水は、どうやってマンションに出入りしたのか？

「寝るか。明日は山登りだ」

火村が欠伸《あくび》をしたところで会議は終わった。

4

あの欠伸からおよそ十四時間後。

私たちは帰路に就き、高速艇の船上にいた。丸亀港までの所要時間は二十分でフェリーの半分なのだが、せっかくの機会だから四十分の船旅がしたかったな、と思ってしまう。

火村と私は、またもデッキで風に吹かれながら、宮武夫妻にもらった葡萄をいただいた。冷えていたので、すぐに食べるに如《し》くはなかったのである。

次々とビニール袋に皮を捨てながら海を眺めていると、どうして船に乗っているのだろう、自分は何をしているのだったかな、という気がしてくる。

「もうひと房あるのか。たくさんもろたなぁ」

私が言うのに火村は応えて——

「食べ切れるだろ。いざとなったら皮ごと呑み込めばいい」

「やめんかい。それは葡萄に対する冒瀆《ぼうとく》や。ペースを上げよう」

事件の話は一段落したと思っていたら、彼が呟いた。

「俺たちは、この事件の謎を解くために奇妙なイメージのコレクションをしただろう。思い返してみると、真相に触りかけていたんだ」

「そうか？」

スーツケースは一つだけでXもYもなかったし、犯人がマンション内に留まってもいなかった。

火村は葡萄を口に放り込んで言う。

「死体は、犯行後すぐにスーツケースに詰められたのではなかった。そういう仮説は早くから出ていただろ。階段で二階に下りさえすれば、マンションから脱出するのは不可能ではないことも」

「二階から隣接するビルとの間のフェンスに下りられそうだ、という話は出てたな。外が明るいうちにそんなことをしたら人目に触れそうやったけど」

「深夜なら難しくなかった。問題なのはマンションへの入り方だけだったんだ。あんな手があったとはな」

「お前も考えたこともなかったんやな」

「頭をかすめたことはあったんだけど、まさかと思ってしまった。——しばらく事件の話はよそう」

「お前が蒸し返したんやないか」

西の空に鱗雲《うろこぐも》が出ていた。青い空にくっきりと白い。秋がきているのだ。

あと五時間もすれば、空は昨日と同じように染まる。〈なぎのいえ〉は夕映えの底に沈み、宮武郷美は今日も無事に過ごせたことに感謝するのだろう。年老いて宗教心が篤くなったら、「南無阿弥陀仏」と手を合わせるかもしれない。

――きれいな夕焼け空やね。

中学生の郷美が言うのに、松岡陽人はこう応えていた。

――こんな空を見たら、明日がくるのが楽しみになる。

今日がいい日だったとしても、よくない日だったとしても。

――どっちにしても楽しみや。それまでちょっとひと休みで、夜が挟まるんやな。テレビのCMみたいに。

私もそんなふうに感じた時があっただろうか？　あったのか、なかったのか。もう思い出せなくなっている。

丸亀港が近くなり、葡萄が片づいたところで私は言った。

「コマチさんは、お前と俺がしたことに腹を立てるかもしれへんな。嫌われて、これまでと同じように接してくれんようになることも覚悟しとこうか」

心に湧いた小さな不安を口にしただけだ。火村は意外なほど断固として言った。

「それはない。俺たちは汚い真似をしていないじゃないか。彼女があまり知られたくなかった過去に遡《さかのぼ》ったけれど、捜査として必要だった」

「まぁ、そうなんやけど」

もう船は速度を落としていた。丸亀駅に直行すれば、二時過ぎ発の特急〈南風〉と新幹線を乗り継ぎ、三時三十八分に新大阪駅に着く。そのまま布施署に向かったら、すぐに高柳と顔を合わせるかもしれない。

「彼女は、俺やお前のしたことを容認してくれる」

「自分が捜査側のジョーカーになってたという負い目があるからか？」

私の見方は蹴飛ばされる。

「コマチさんが刑事だからさ。立場が逆だったら、彼女はやっただろう。俺のガキの頃をきっと掘り返した。捜査のためならば」

彼女は刑事。そのひと言で、つまらない不安は霧消した。

刑事は、幼馴染みが抵抗をやめて出頭してくるのを待っている。彼女の希いはかなわないであろう。火村と私は、そう考えるに至っていた。

5

管理人の染井《そめい》に案内されて、私たちは最上階の十階に上がった。これより上に向かう階段はない。染井は、管理人室から携えてきた脚立の脚を開き、エレベーターを降りてすぐの廊下の端に立てる。

「何度もすみませんね」

船曳が申し訳なさそうに言う。火村と私がくる前に、彼と高柳はすでに管理人の立ち会いのもと、屋上を見分していた。

染井は脚立の位置を調整する。そこだけ天井が一メートル四方ほど窪み、中心にステンレス製のハッチ扉があった。

「給水タンクや避雷針その他の施設の保守・点検のために屋上に上がる時は、いつもここから？」私が訊く。「階段は通じてないんですね。私もマンション暮らしをしてるんですけど、こうなってるとは知りませんでした」

「どこのマンションも必ずこうとは限りませんけど、お宅も同じかもしれません。よくある形です」

ハッチ扉にはもちろん鍵が掛かっている。染井は脚立を上って解錠すると、身軽に屋上に出て行った。巨体を揺すりながら船曳が続き、高柳、火村の後から私が。

風が強かった。

給水タンクや避雷針があるだけだと聞いていたが、確かにそれ以外は何もなくがらんとしている。誰かが上がってきて歩き回ることもないため、周囲にはフェンスも柵もない。もちろん、端に寄らなければ転落の危険はないが、極度の高所恐怖症だったら、こんな屋上に立つことすら避けたがりそうだ。

まったく何もなく、屋上の床がすとんと外壁に直角に落ちているわけではない。高さと奥行がともに三十センチぐらいあるコンクリート製の囲いのようなものがあった。

警部がそれを指して説明してくれる。

「あの部分の名称はパラペットです。壁と呼ぶには低すぎると思いますが、一応は壁ですね。防水と転落防止のために設けてあるそうです」

柵の役目は果たせないが、ないよりはあった方が転落の危険は軽減できるだろう。

屋上を横断してから、船曳は言う。

「ハッチ扉の鍵がいじられた形跡はありません。吉水は、あの扉をくぐらずに十階へと下りている。ここから覗いてみてください。雨樋《あまどい》を経由したら外階段に跳び下りられます」

物理的に可能なのは判った。普通の人間なら、そんなことをする気にはとてもなれないだろうが、吉水にとっては容易だったであろう。

「問題は、ここの跳躍です」

警部が目をやったのは、隣の〈マッキービル〉の屋上だ。水平の距離は約四メートル。垂直の距離は二・五メートルといったところか。

「常人には無理ですけど、世の中には楽々とジャンプする人間もいます。そんなのが関係者にも交じっていたとは」

現場に立ってみて、ふと思ったことを私は洩らす。

「彼が跳び下りた時、その直下の部屋にいた人はどすんという物音を聞いたかも」

火村はその点も顧慮していた。

「マンションの外から明かりの有無などを観察すれば、在宅率が高い時期だし、どこが空き部屋か察しがついただろう。その上をめがけて跳べばよかった」

管理人に質すと、十階には二つの空き部屋があるとのことだった。

そろそろと脚立で下り、染井に礼を言ってから〈マッキービル〉へと移動した。高柳だけが無言のままだ。布施署で会った時に「ご苦労をおかけしました」と声を掛けられたきり、ひと言も発していない。

隣の雑居ビルでも管理人が待っていて、私たち四人を最上階の十一階へと案内してくれる。こちらには屋上に上がるためのタラップが壁に付いていたので、脚立は使わなくてよかった。

管理人が同じ形状のハッチ扉を開けている間に、警部は手招きで火村と私を廊下の端へ呼んだ。

「ここに雨樋、その脇に排気口のフードがあります。屋上によじ登る取っ掛かりや足場にしたのは、これしか考えられません。まるっきり曲芸ですが」

犯人がそんな曲芸をした可能性をいきなり提示されていたら、馬鹿らしく思ったかもしれない。しかし、昇経山の山頂で吉水がやらかしたという曲芸に比べれば、まだやさしいことに思えた。

管理人が扉を開けたので、先ほどの順で屋上に上がってみると、やはり給水タンクしかない。フェンスや柵も設置されておらず、周囲をパラペットが取り巻いているのも同じだ。

「ここは広々としてるし風があるから、マスクを取ってもかまいませんね。距離は詰めんようにしましょう」

脚立とタラップの上り下りで息が荒くなった警部が提案した。みんなが素顔を晒したところで、彼は言う。

「先生方は、パルクールというものをご存じですか？　私は若者向けのスポーツやと思うてたんですが、原点はフランスの軍隊発祥のトレーニング方法のことらしいですね」

屋根から屋根に跳び移ったり、わずかな突起を頼りにビルの外壁をよじ登ったり、街中の障害物を次から次へと華麗に跳び越えたり、という映像を観たことはある。命知らずのストリート・アクロバットという印象を持っていた。競技として成立し、世界大会なども催されているが、もともと心身の鍛錬が目的らしい。

「府警本部の警備課に経験者がいたので、呼び寄せてここを見てもらいました。パルクールの達人として、本部内でちょっと有名な男です。職務があるため、すでに帰してしまいましたが――彼が言うには、こちらのビルからあちらのマンションの屋上にジャンプするのは充分可能。ここでやってみせろと命じられたら技量が足りないから尻込みするが、途中で宙返りしながら跳びそうなインストラクターや先輩は知っている、ということです」

〈トミーハイツ〉の屋上は遠く見える。二つのビルは寄り添うように建っているのに、跳び移ることを想像しただけで体がすくみそうだ。

パラペットのそばまで進んで下を覗いてみたら、もういけない。今夜、ベッドの中で思い出したら記憶だけで顫《ふる》えてしまうだろう。

「これがあっても大丈夫なんですか？」

私はパラペットを爪先で蹴って訊く。屋上は広々としているから、助走をつけるスペースには事欠かない。しかし、いざジャンプという時、このコンクリートの低い壁は邪魔になる。奥行が三十センチあるから、この上で踏み切ることができるとはいえ、歩幅が少しでも狂ったらおしまいだ。やり直すことはできず、地上に墜ちていくしかない。

「それだけの奥行があったら支障はないそうですよ。歩幅さえうまく合えばしっかり踏み切れる、と」

「向こうの屋上まで四メートルはあります。運動能力に恵まれてたら……何とかなるんかな」

「インターハイの男子走り幅跳びで好成績を収めた選手の記録は、七メートルを優に超えています。しかも、あちらの屋上は二・五メートルほど低くなってる。その分、距離が出しやすいはずです」

「……そうなんですか？」

「これぐらいの高さから身を投げたとすると、人間の体は建物から七、八メートルほど離れた地点に落下することがざらにあります。勢いよく飛び出したら、距離が出るんです」

警部は経験から語っているようだ。「〈トミーハイツ〉の屋上までの落差は二・五メートルしかありませんが、跳べる距離が伸びるのは確かでしょう」

「二・五メートルの高さから着地すること自体がすごく危険やと思うんですけど」

「もちろん危険です。でも、有栖川さん。ビルの一階分です。パルクールの選手が『跳べません』という高さですか？」

私が観た動画の中には、まさにビルの二階から地上へひらりと跳び下りるものがあった。着地に失敗して足首を捻ったり、どこかを打撲したりする可能性はあるが、転落死のリスクに比べれば大したことではない。

「電話で先生から伺ったお話によると、吉水にはパルクールの才能があったようです。警備課の者が言ってました。『ジャンプした後、ぴたりと止まるにはテクニックが要ります。その子はどこかでパルクールのことを聞き齧《かじ》るなどして、練習したのかもしれません。水平方向に距離を出すため走り幅跳びでは高く跳躍しますが、パルクールは低く跳ぶ。屋上から屋上へのジャンプの際は、その跳び方が合っています』」

火村が警部に尋ねる。

「パルクールの心得がある方が、もう実地見分しているとは思いませんでした。――電話で確認をお願いした件は、どうでしたか？」

〈マッキービル〉は、外壁が再塗装されたばかりに見える。吉水が侵入した八月二十七日の時点で工事中だったなら、建物のまわりに足場が組まれて、防護用のネットが張られていたはずだ。それが障害になりはしなかったかを火村は気にしていたのである。

「問い合わせたところ、工事は八月一日に完了していました。吉水はこの状態の屋上に出て、〈トミーハイツ〉に跳び移れたわけです」船曳は、まず結論を述べた。「先生は細かい点まで配慮しますね。足場が組まれてた時は、メッシュシートというものが張られていました。網目状なんですけど、塗料の飛散が防げるんやそうです。その状態では隣の屋上に跳べませんから、犯人はシートを支柱に結んだ紐を解くか、シートを刃物で切ってしまう必要があった。そんなことをしたら形跡・痕跡が残ってしまい、怪しまれていたでしょう」

火村はパラペットに片足を掛け、向こうの屋上を見下ろしたまま応える。

「吉水は、八月十日にこのあたりにきていました。その時に並んで建つ〈マッキービル〉を見ていたから、隣のマンションの屋上に跳び移るのは可能、と事前に判断できたでしょう。二つの建物にどれぐらいの間隔があるのかも見当がついたわけですね」

彼は二十七日の朝まで紀伊勝浦にいたのだから、決行できたのはその夜しかない。紀伊半島を一周したというのは真っ赤な嘘で、宿を出ると大阪市内に取って返したのだ。秘密のパルクールを演じる前に、どうしても黛美浪に会っておく必要があったから。

当日、ミナミでランチや買い物をした、という黛の行動には未確認の時間帯があった。彼女はどこかで吉水と接触している。そうでなければ、犯行現場から持ち出した被害者のスマートフォンを託せない。

日中ではなく、夜になってからだったとも考えられる。その場合、吉水は証言したとおりに列車を乗り継ぎ、紀伊半島をぐるりと回って、天王寺駅に帰ってきたのだろう。どんな気持ちで車中の長い時間を過ごしたのか、想像すると胃のあたりが重くなる。暗くなってから黛と落ち合ったとしたら、場所は彼女が居住している家もしくはその近くか。スマホを受け取り、その足で〈トミーハイツ〉に向かった。

どんな顔をして、どんな話しぶりだったかは判らないが、二人のやりとりはこのような内容だったであろう。

――これが奥本のスマホ。手袋をして、こんなふうに端を持つこと。指の第二関節で操作したから私の指紋は残ってない。必ず現場に戻してきてな。マンションの基地局内から送信して、奥本が部屋から冴香さんにLINEのメッセージを送ったようにしてあるけん、これが現場にないとおかしなことになっりょる。

――判りました。室内のどこでもいいんですね？

――適当なところに置いてきて。スーツケースは玄関を入ってすぐのところにあるはずや。すぐ判る。

――死体は寝室のクロゼットの中でしたね。了解です。それをスーツケースに詰めておけば、美浪さんは容疑者の圏外に出られます。

――エアコンをよう効かせてきたけど二日経っとるけん、それなりに傷んどると思う。ごめんね。

――心の準備をしていけば平気です。俺のことは気にしないでください。

――おかしなことさせて、悪いな。

申し訳なさそうに言ってから、もう一つ取り出して渡す。

――508号室の鍵や。これで玄関から入って、現場から立ち去る時には施錠しといて。マンションから離れたら、どこかで処分してくれたらええ。

〈マッキービル〉に侵入して最上階から屋上によじ登るだけでも命懸けだし、屋上から屋上への跳躍は決死の覚悟がなければ無理だ。踏み切りの強さとタイミング、空中での姿勢、そして着地も成功させられたところで、〈トミーハイツ〉の屋上から十階に下りる際にも——ロープなどの道具は使えたかもしれない——命を懸けなくてはならない。

肉体的な困難を乗り越えた後、508号室内での精神的苦痛を伴う作業が残っている。死後五十時間以上が経過した死体の損傷が、冷房のせいで予想していたほどひどくなかったとしても、並みの神経では務まらない。とんでもない尻拭いがあったものだ。

かくも過酷なミッションを完遂する労苦だけでも想像を絶し、文字どおり命を賭してでも黛美浪を守りたい、という吉水の激しい想いが伝わってくる。少年時代から一途に思慕していたにせよ、何故そこまでしたのか、と問いたいほどだ。

これだけでも驚くべき所業なのに、吉水は黛に頼まれておらず、彼女が期待もしていなかったであろう行動に出る。死体を詰めたスーツケース内のバンドに、血痕と重ねて自分の拇指紋を付けたのだ。黛にアリバイを作ると同時に、犯人は捜査線上にいない未知の人物である、と警察を誤導するために。

黛を救うことだけが目的ではなく、大嫌いな警察を嘲弄《ちょうろう》してやりたい、という悪意に基づくアドリブめいた行為なのか。私はそう解釈しそうになるが——本人が聞いたら、「判ったような気になるな」と返されかねない。

また、どういう心理からそこまでやったのか理解に苦しむ、と肩をすくめる者がいたら、

「自分に何でも判ると思うな」と彼なら嗤《わら》うかもしれない。

だが、それでも——

夜の屋上によじ登ってきた彼の姿を、脳裏に描く。目標は隣のマンションの屋上。見当をつけた空き部屋の上に跳べばいいから、昇経山の奇岩の先端よりはるかに大きな目標だ。しかも、着地した地点で踏み止まる必要はなく、そのまま体が転がってもかまわないのだから楽勝だ、と自分に言い聞かせたかもしれない。

助走のために歩幅を計り、深呼吸をしてから彼は走りだす。跳べないはずがない、と信じて。

孔雀は羽を広げ、飛翔した。

夜空に躍り出すと、数秒後には地面に叩きつけられて死ぬのでは、という意識さえ吹き飛んだのではないか。飛び立つ前までの不安と恐怖、無事に着地できた時の安堵と達成感。その間に、特別な時間を彼は持った。

夜空に舞った孔雀。その全身を貫いたのは——おそらく歓喜。

愛した女を守るために、中学時代に授けてくれた恩寵《おんちょう》に報いるために、成功させねばならないが、失敗したら諦めてもらうしかない。やれるだけのことをした自分は満足しながら墜落死を遂げ、彼女には道連れのごとく破滅してもらう。それは、彼にとって甘美な幕切れのようにも思える。

吉水は語気を荒らげて言った。

らいは面白くもおかしくもない。

──面白くもない毎日です。しんどいばかりで、生きている時間の九十六パーセントぐらいは面白くもおかしくもない。

空中にあった時、彼は憎むべき日常を完全に忘れただけでなく、勝った、と喜んだのだろう。

一方的に慕った女を救うために乱心し、無謀な真似をしたのではない。ニーチェの言う永劫回帰《えいごうかいき》。同じことがまた起きたとしよう。三度、四度と黛が殺人を犯し、命懸けのパルクールをしなくてはならなかったら、彼は三度でも四度でも敢然《かんぜん》と跳ぶように思う。

「さっきの雨樋と排気口の雨風に当たらない部分に、吉水の指紋が付いてるんやないか、と期待してます」船曳が言う。「パルクールは素手でやるものやそうですし、まさか吉水もそんなところの指紋を調べられるとは思うてないでしょう。何かで擦るなどして、DNAを残してくれてることもあり得る。調査を今日中に行なえるよう、準備を進めています。──ただ」

何か懸念があるようだ。私が「何ですか?」と訊く。

「黛のために死力を尽くした男です。『こんなところから指紋が出た』と証拠を突きつけても、素直に吐くとは思えません。黙秘しそうです」

「彼が逮捕されたら、黛は動揺するでしょう。自分は関係ないと放ってもいられんでしょうから──」

黛を見る目は、私より警部の方が厳しかった。

「私は本人に会《お》うてませんけど、話を聞いただけでも手強そうです。楽観はしてません。とはいえ、事件の経緯が明らかになりましたから、そこから彼女らの動きをトレースして証拠を見つけます。身柄をしょっぴく時は——」

高柳に視線をやる。彼女は黙ったままだったが、「役目は判ってるな？」と言われて、「はい」と答えた。

逮捕の際は、彼女が黛に手錠を掛けるのだという。

「船曳さん」

ジャケットに入れていた両手を出して、火村が言う。

「できるなら、高柳さんと私たちだけで話したいんですが」

主任捜査官たる警部に席をはずしてもらおうというのだから、無礼な頼みだ。しかし、火村を篤く信頼している船曳は嫌な顔をせずに承知すると、それまで離れた場所に立っていた管理人に声を掛ける。

「すみませんな。ちょっとお話を聞かせてもろてもいいですか？　屋上でも捜査上の機密に関わる話をするので、下の廊下の隅っこで」

警部の心遣いのおかげで、屋上にいるのは仲島を知る者だけになる。高柳との間には依然として微かに緊張感が漂ってはいたが、ずっと話しやすくなった。私たちは正三角形を描いて立つ。

「郷美さんと友也さん。宮武さん夫妻が、高柳さんによろしく、と言うてました。また島にきて欲しい、とも」

私が切り出すと、彼女も話しだした。

「いつか行ってみたいですね。そんなふうに言うてもらえて、うれしく思います。元気そうでしたか？」

「とても。友也君・さっちゃんと呼び合う仲のいいご夫婦で、すっかりお世話になってきました。あの島も、いいところですね」

「学校が遠くて、途中に坂があって、自転車での通学が大変でしたけれど、よく歌いながら海沿いの道を走りました。春や秋の晴れた日は、潮風が気持ちよかった。懐かしくて仕方がなくなることもあります。祖父母の家の始末があるし、そのうち母と二人で行ってくるつもりです」

「コマチさんのお母さんは――」

「再婚して千葉にいます。ほとんど行き来はありません。お盆やお正月に電話をするぐらいですけれど、幸せに暮らしているようです」

ほとんど行き来がない理由は訊かずにいようとしたら――

「明朗で優しくて頼もしい人と再婚しました。いい人を見つけたな、と安心しています。ただ、静かで穏やかに笑った実の父とはタイプが違います。母は自分の世界を広げてくれる男性と出会って、幸せを取り戻したんでしょう。娘として心から祝福しながら、私の気持ちは死んだ父に寄り添っています」

プライベートな話を火村が断ち切る。

「十六年ぶりに吉水と再会した時、彼はどんな反応をしましたか？」

まさか警察が自分にたどり着くとは思っていなかっただろうから、衝撃を受けたに違いない。しかし、その刑事が中学時代の幼馴染みであることは予想の範囲内だったはず。高柳は答える。

「びっくりしていましたけれど、驚き方が足りないように感じました。あなたとこんな形で再会するなんて、というのではなく、あなたと今ここで会うとは、という程度だったので」

「捜査員の中にコマチさんがいることを、黛に聞いていたからでしょうね」

「『私のこと、美浪さんから聞いてる？』と訊いたら、彼は返事に困っていました。認めたのも同然です」

「その後は、どんなやりとりを？」

「『私たちが同級生やったことは、上に報告せえへん』と私から言いました」

「そう聞いた彼は？」

「『ああ、そう』。美浪さんとの関係を上に黙ってるのなら僕とのつながりも報告できないよね、とでも言いたそうでした。そのとおりなんですけれど」

「『君が美浪さんの手助けをしたんでしょう？』と問い詰めたりはしなかったんですか？」

「スーツケースに指紋が残っていましたから、彼が事件に関与していることは明白です。

隣のビルから跳んだであろうことも見当がつきましたけれど、それをぶつけたりはしていません。否認するのに決まっていたので」

「黛が犯人で、そう思われないように吉水が事後に工作した。それは見破れたわけだ。捜査会議で報告し、物証は探せば見つかるだろうけれど、あなたはそれを後回しにした。二十六日朝、どうやったら黛が歌島にＬＩＮＥのメッセージを送れたのか、というアリバイ崩しに入れ込み始めましたね」

「あれが本物のアリバイだったら、私の頭に浮かんだのは妄想ということになります。妄想であればいいのに、と思いながら、真実を追いかけていました。誰よりも早く真相を知りたかったんですけれど……」

落ち着いた口調で答えていた高柳だが、ここで語尾が煙のように消えてしまう。

「今回の事件について、コマチさんが疑問に思っていることはありませんか？　私はすべてが判ったつもりでいますが、あなたにしか気づけない見落としがあるかもしれない」

細い人差し指が立った。

「おかしいな、と感じていることは一つ。美浪さんが友だちと男性を取り合って、痴話喧嘩の末に殺害してしまった、というのが変な感じです。時間が経ったら人間は変わる。男女間の問題では行動原理が変わることもある。そういうことなんでしょうか？……私は、おかしなことに拘《こだわ》っているだけかもしれません」

火村は答えず、話を変えてしまう。

「黛が出頭してくるのを待っていたんですね？　だから、自分が知っている吉水に関する情報を隠していた」

表情を引き締めて、彼女は頷く。

「はい。自ら罪を認めるのが賢明だ、と婉曲《えんきょく》に伝えながら待っていました。私情から出た生温《なまぬる》さで、刑事としてあってはならないことです」

「私は刑事じゃないから、そんなことはどうでもいい。待つのはもうやめるべきです」

「やめるも何も……。どんな推理によるものか判りませんけど先生が私を追い越して、真相を明らかにしたやないですか。彼女は出頭するチャンスを失いました」

「まだ気づいていませんね？　あなたと黛は、同じことをしていたんです」

頷いたまま視線を足許に落としていた高柳は、ここで火村の目を見た。

「おっしゃっていることの意味が判りません」

「黛が出頭して、吉水を巻き込んだことも何もかも自供するのを待っていたんでしょう？　向こうも待っていたんですよ。あなたが自分を逮捕しにくるのを。ぽかんとしているな。まだ判らない？」

刑事と火村は、視線をぶつけ合ったままだ。

「コマチさんが事件を担当する刑事だと知った時から、おそらく黛は覚悟を決めていた。刑事と殺人犯という不思議な形での再会に、運命を感じたのかもしれない。——この子に手錠を掛けられるのなら、それもよし。どうせ刑事が私を捕まえにくるのなら、この子がいい」

彼の弁舌は、さらに熱を帯びていく。

「そう思いながら事態の推移を見ていたら、吉水の奇策が功を奏して捜査は難航し、逮捕状を携えた高柳刑事はやってこない。このまま逃げ切れるのなら万歳。何もかも露見したなら、あなたに逮捕されて本望。こういう状態だったわけです。黛に出頭するなんて選択肢がないのが判りませんでしたか？」

犯人を追い詰めるかのような口調に、高柳は立ち尽くしていた。

「証拠が固まって逮捕状が取れたら、やっとあなたたち二人のにらみ合いが終わる。船曳さんの指示どおり、あなたが黛に手錠を掛けるのがいい。彼女は取り調べに応じ、ありのままを話すでしょう」

ここは異論があるようだった。

「証拠を固められたら送検・起訴まで持っていけるでしょうけれど、美浪さんがありのまま話すという保証はありません。最後まで抵抗することもあり得ます。彼女が口を割らなければ、蒼汰君も黙秘するでしょう」

「コマチさんに両手首を差し出しておきながら、そんな見苦しい真似はしないと思いますよ。隣のビルからマンションの屋上に跳び移り、５０８号室に入って死体をスーツケースに詰める、というトリックをどの時点で思いついたのかも話してくれるでしょうね」

「彼女の発案だったと言い切れるんですか？　蒼汰君が苦肉の策として編み出したことか

もしれません」

火村は、強まってきた風に髪を乱されながら首を振った。

「あれはリスクが高く、失敗したらとんでもない結果を招く大胆なトリックです。事前に用意したものでなく、衝動的に犯行に及んだ後で考えたから、あんな手を使ったわけですが、吉水さんのアイディアとは思いにくい」

「彼が、自分に具わった特別な能力を活用しようとするのは、自然な発想だと思いますが」

「黛が彼に相談を持ち掛けたこと自体が不自然なんです。配偶者や恋人ならいざ知らず、たまに連絡を取り合うだけの幼馴染みに『人を殺してしまった。どうしよう』なんて電話しますか？　たとえ相手に貸しがあったとしても、報せませんよ。ただし、相手が打開策を持っていることが確信できたら話は別だ。吉水が自分であのトリックを思いついた気でいたとしても、思いつくように黛が誘導したのだろう、と私は見ています」

帰りの高速艇で火村は言っていた。

――吉水が決行したトリックはあまりにも冒険的で、命懸けの危険を伴う。どうしてあんなにも冒険的なのか？　地下鉄の防犯カメラを利用したアリバイ工作と同じく、犯行後に捻り出したからだ。そして、命を懸けなくてはならないほど危険なのは、発案者が自分で実行しないからとも考えられる。

高柳は唇を嚙んだ。黛の仕打ちに憤ると同時に、悲しく思ったのかもしれない。

「先生がおっしゃるとおりに思えてきました」

「推察です。当人たちから真実を話してもらう必要があります。激情に駆られて奥本を殺してしまった理由についても」

「嫉妬ではないんですか？」

ここで先ほど高柳が口にした疑問に話がつながる。

「コマチさんは、そこに納得していなかったじゃないですか。友人と男を取り合うなんて彼女らしくない、と。奥本について、黛は〈中身のない人間〉というより、ただただ〈薄っぺらい〉と評していました。被害者のことなんか大して好きでもなかった。こんなふうに悪し様《あしざま》にも言えるのだから、嫉妬で逆上した私が犯人なんて疑うのは筋違いです。そうアピールしているのかと思いましたが、口ではどうとでも言えるんだから、ほとんど効果が期待できない。もとより彼へは軽蔑しかなかったのではないか」

高柳は聞き入っている。

「だとしたら、動機はまるで別のものに変わる。黛が最も大切に想っていたのは、歌島冴香の方なんですよ。歌島が〈薄っぺらい〉だけの男に血道を上げて堕落しかけている。まだその兆候は見えていませんでしたが、黛には明白だったのでしょう。男に自制を求めても埒が明かない。話し合いの途中で黛は、暴力を行使してしまった。それが真相ではないでしょうか」

少し考えてから、刑事は応える。

「ありそうな動機に思えます。美浪さんと歌島さんの関係について、そのように疑ったことはありませんでしたが」

私は、高柳の表情をじっと見ていた。慮外のことを火村に指摘されたせいで、当惑の色が濃い。やがて唇が開く。

「……生き方が違いますよね、あの二人」

「だから惹かれたのかもしれません。社会の動向から経済の先を読み、決断して賭ける。歌島は自分の才覚だけで人とまったく関わらずに裕福な生活をしています。常に人が相手の仕事をしてきた黛とは対照的です。そんな別世界の友人に敬意を払われたい、と思っていたんじゃないでしょうか。黛は、ゆくゆくは事業家として成功することを夢見ていました。歌島の、友人を超えたパートナーになれるかどうかは別にして、お互いを見守り、励まし合いながら人生を送りたかったと思われます。奥本栄仁にその希いを破壊されたくなかった」

火村の言葉は、高柳の胸に沁み込んだようだ。もう戸惑ってはいない。

「蒼汰君に頼んだ偽装工作は、自分さえ安全圏に脱出できたらいい、というものではなかったんでしょうね。間違っても歌島さんに嫌疑が掛からないように、という配慮が感じられます」

「ええ。吉水は二人分のアリバイを作ったことになる」

「ええ。彼女が奈良に出掛けた後に事件が起きたように見せ掛けるのも目的だったようです。吉水は二人分のアリバイを作ったことになる」

「利用されたんですね、彼。美浪さんに好きな人がいると知ってたら、命を懸けたでしょうか?」

「何から何まで知っていたとしても、彼はやったんじゃないですか。黛のためになることであれば」

私は、そんな黛美浪に情けをかける気になれない。火村も同様だろう。吉水を道具のように扱ったからではなく、奥本のような人間と接することで救われる者がいるかもしれないのに、〈薄っぺらい〉と決めつけ、愛する友人にとって有害だからと憎んだのは傲慢すぎる。しかし、ここで高柳にそんな糾弾を聞かせても仕方がない。

刑事は、風になぶられた髪を直しながら硬い声で言う。

「手錠を掛ける役は、やっぱり茅野さんが適任です。捜査を正しい方向に導いたんですから」

黙って聞いていたが、我慢できなくなって私は言った。

「コマチさん、まだ判っていないんですか?」

「何を?」

だいぶ時間が経っている。今にも船曳警部が戻ってきそうだ。

話せ、と火村の目が促した。

6

九月十四日。

夜型生活に戻った私は朝七時にベッドに入って、すぐに眠りに就いた。ちょうどその時間、黛美浪が知人から預かっている家の前に七人の捜査員が立った。

後日に船曳から聞いたところによると——

「おはようございます。警察です」

インターホンに呼び掛けたのは高柳で、黛が出てくるまで十分近くかかった。黒いブラウスにベージュのパンツ姿。上下とも〈ラナバス〉で買ったカジュアルなものではなく、落ち着いた装いだった。警察がやってくるのを予感していたのか、きれいに薄めの化粧を終えている。

「奥本栄仁殺害の件で逮捕令状が出ています。布施警察署までご同行願えますか?」

令状を提示するまでもなく、「はい」という返事があった。続けて言う。

「親と縁を切った私には身寄りがないので、面会にきてくれる人がいません。準備してある荷物を持って行ってもかまいませんか?」

玄関先にあると言うので、森下が預かった。

高柳が手錠を取り出すと、黛は瞼を閉じ、金属の環が両手首に嵌まってからも少し瞑目《めいもく》していた。

やがて目を開いたかと思うと、顔をまっすぐ幼馴染みの刑事に向けて、一度だけゆっくりと瞬きをする。刑事は無表情だった。

黛は捜査車両の後部座席に乗せられる。両側を挟むのは高柳と茅野。その身柄が布施署に移送されたのは七時二十七分で、私は深い眠りの中にいた。犯人逮捕のXデーがその日だったと知らずに。

午後一時を過ぎた頃に目覚め、冷えたオレンジジュースをグラスに注いでいるところに電話があった。東方新聞の因幡丈一郎からで、黛美浪と吉水蒼汰が逮捕された、と言う。驚きもなく、ああ、今日だったのか、と思った。

何やら質問してくるのを無視し、「忙しいし、何も知らないので」と切った。非礼なことを私にさせるのが悪い。

ニュースが流れているかもしれなかったが、テレビを点ける気にならず、パソコンを起動させもしなかった。私はありあわせのものを食べた後、ソファにもたれて、ビルの屋上で高柳と交わした会話を思い出す。

「中学三年の古川美浪が好きだったのは、コマチさんです」

あの事件の捜査の中にあって、彼女が最も驚いた瞬間だったかもしれない。嘘、という形に唇が動いて、視線が宙に泳いだ。

自分の気を惹こうと二人の少年が張り合うのを見て、美浪は面白がっていたわけではない。島外から舞い込んだ物静かな少女への想いに身を焦がし、どうしていいか判らず苛立っていたのだ。少年らとわざとらしく談笑しても、二人の対立が深まるように仕向けても、吉水と秘密めいた時間を過ごしたと聞いても、高柳はいっかな自分を気に掛ける素振りがない。とても苦しかっただろう。

逃避のために母と島に渡り、心からの平穏を失っていた高柳に、美浪の想いを察する余裕がなかったのもやむを得まい。二人の気持ちはどこまでもすれ違っていた。

――蒼汰君でもハルさんでもない。古川さんがほんまに好きやったんは、コマチさんやと思います。

郷美の証言を鵜呑《うの》みにするつもりはないが、もしそうだとすると、火村が考える事件の構図にぴたりと嵌まる。辻褄《つじつま》が合えば正解というわけではないにしても、この符合は私の胸を揺さぶり、真実を感じさせた。

だから、美浪は高柳に手錠を掛けられる時を待っていたのだ。私たちはなんて特別な結ばれ方をしたのだろう、と愉悦するために。

――実業家に憧れているんですよ。

――私は有名社長になる。社長という響きが好き。

キッチンカーから始めて日本中の誰もが知っているチェーン店が作りたい、と夢を語った時点で、黛はすでに高柳と再会していた。思ってもみなかった結末を予感し、かなわなくなる夢について私たちに聞かせたのかもしれない。

「十六年って長いですね」

彼女が言った。火村も私も、黙って耳を傾ける。

「四十代や五十代、もっと上の世代の人がよく話しています。『珍しい友だちに会った。二十年ぶりだ』とか『あれは十年前？　この齢になると二、三年前ぐらいに感じるな』とか。いずれ私もそうなるんでしょう。でも、まだ違います。十六年前は、とても遠い昔です。あれから今までの間に、どれだけの変化があったことか。——ですよね、有栖川さん？」

彼女は十五歳で、私は十八歳だった。

「受験勉強をしながら小説を書いていました。今と同じようなミステリを。十七歳で失恋をして、その夜から書き始めたんです。大学に入って、初めて彼女ができたかと思ったらすぐ別れて、二十歳でひょんなことからこいつと知り合った」火村を指差す。「卒業して就職。印刷会社の営業をしながら投稿。佳作入選してデビュー。専業作家になって七年。臨床犯罪学者の助手を務めるようになり、いくつもの事件が解決する現場に立ち会った。思えば眩暈《めまい》がしそうなぐらいの変化がありました」

「十六年前は、まだ火村先生とも会ってなかったんですね」

彼女は、そこに感心していた。

「いつもペアで登場する漫画のキャラクターみたいに思うてたんやないですか？　私と彼

は、セットではなく単品ですからね」

「もちろん、判ってますよ」微笑を覗かせた。「あの島で過ごした日々から十六年。こんな遠くまできたんやなぁ。今思うのは、それだけです」

彼女は仲島がある方角に顔を向けた。

遠い日の夕映えを探しているかのようだった。それから火村に向き直る。

「十六年前の先生は、どこで何をしていましたか？」

問いかけられた男は、澄ました顔で答えた。

「誰かの言葉を引用させてください。――何となく秘密にしておきます」


仲島を去る直前に、宮武夫妻が言った。

「有栖川さん。無理して青春小説にせんでも、かまんですよ」

「遠慮なくこの島で連続殺人を起こしてください」

なんて優しい人たちだろう、と思った。

夕方になって、スマートフォンに船曳警部から留守電が入っているのに気づく。

ご協力いただいたおかげで、今朝七時過ぎに黛美浪と吉水蒼汰の両名を逮捕できました。ありがとうございます。詳しくはまた追ってご連絡させてください。取り急ぎお礼とご報告まで――とのことだった。

六時頃には、火村から電話が入った。

「黛と吉水が逮捕された件は知っているな？　船曳さんから電話があって、取り調べの様子を聞いた」

二人は犯行を認め、すでに供述を始めているという。黙秘はしないように事前に黛は吉水に言い含めていたのかもしれない。犯行の真の動機などについても、彼らは火村が推理したとおりのことを話している。

八月十日に吉水が〈トミーハイツ〉近辺を歩いていた理由も判明した。その日、布施駅前で黛と会い、お茶を飲んで別れてから虫が報せたのか、彼はこっそり彼女を尾行した。自分と会った後で別の男に会いに行くのではないか、と疑ったのだ。

吉水は、彼女が奥本とマンションに入るのを目撃して鬱々となったが、その行為のおかげで現場の土地勘ができ、トリックを決行する決心がつきやすくなったという。

トリックは計画どおり成功したにせよ、土地勘を得た代償は致命的に大きい。そこでマンション住人に目撃されなければ、私たちはどれだけ捜査しても吉水にたどり着けなかったかもしれない。

――アホなことをしてくれたね、蒼汰君。それさえなかったら、私ら捕まらんで済んだのに。

などと黛は思っていないだろう。彼の失策のおかげで、ようやく高柳真知子にとって特別な存在になれたのだから。

黛はXデーが近いことを予想していたようで、家の所有者である知人の親類に「長期間、留守にしなくてはならないかもしれません。その節は鯉の餌やりをお願いします」と連絡を済ませていた。

また、逮捕の報せを聞いた歌島冴香は憤然として、「これは何かの間違いです。ちゃんと捜査してください」と警察に抗議をしているという。

「警部から取り調べの模様を聞くために、近々また大阪に行くよ。詳しい話は、その時に会って」

私は了承した。

すぐに電話が切られるのかと思ったら、火村はまだ何か言おうとする。

「日没の時間だけど、今日は曇ってるな。そっちはどうだ？」

「同じや。京都と大阪で天気は変わらんやろう」

答えながら、私はバルコニーに面した窓を向いた。

どんよりと曇った空がある。コンクリートで塗り固められたかのようだ。

地上近くには幾層にも重なった暗い灰色の塊。その隙間から、微かにオレンジ色の光がにじんで見えた。

あとがき

あとがきから目を通す読者も少なからずいらっしゃるので、ひと言。

結末を暗示するようなことは書かないが、第五章「真相への旅」で物語の舞台がにわかに飛ぶ。どんなところに飛ぶのかも知らないでいたい、という方には本編を先にお読みいただくことをお勧めしたい。

……よろしいですか？

では——と、勿体を付けるほどのことでもない。カバーの写真で察せられるか。

あとがきというのは「蛇足だ。要らない」と思う読者がいる一方、私自身がそうであるように「本を閉じる前に、ワンクッションあってもいい」という読者もいるので、野暮な自作解説にならないよう留意しながら、楽屋話めいたものを綴ってみる。

この作品は、トリックがどうの犯行の動機がどうのから着想を膨らませたものではなく、「余情が残るエモーショナルな本格ミステリが書きたい」という漠然としたイメージから構想をまとめていった。懐郷的な雰囲気を出すため「たとえば山の分校などを舞台に」と考えているうちに、脳裏に広がったのが瀬戸内海の風景である。

私は両親とも香川県・高松の出身なので、瀬戸大橋がなかった子供時代から四国に渡る機会が多く、そのせいもあってか瀬戸内の風景への思い入れが強い。生まれ育った大阪や関西への愛着を脇に置くと、日本で最も好きなのは瀬戸内地方である。美しく、ユニークで、包み込まれるような安らぎを感じさせてくれるし、風景のみならず気候も優しい。ならば瀬戸内海の島を舞台にしてはどうか、と考えたのが六、七年前。文藝春秋から長編の執筆依頼を受けており、担当編集者の浅井《あさい》愛《あい》さんに話したら、「じゃあ、行ってみましょう。泊まれる島を拠点にして取材旅行を」となった。そうして選んだのが塩飽《しわく》諸島の本島《ほんじま》。二泊して、丸亀港や多度津《たどつ》港と行ったり来たりしながら、近くの広島《ひろしま》（別称・さぬき広島）と佐柳島《さなぎじま》に渡った。

本島や佐柳島にも大いにそそられたが、強い印象を受けたのは広島の採石場だった。同島が作中の仲島のモデルである。

採石場の風景に魅せられただけではない。自転車で海岸線を走る爽快感も素晴らしく（ここは青春アニメの聖地か⁉）、この島に火村とアリスを立たせたくなったのだが——何がどうなってこの島が事件に絡むのかがさっぱり判らず、二〇一六年十二月に取材旅行をしておきながら、隔月刊の電子雑誌『別冊文藝春秋』で連載を開始するまで四年四カ月もかかってしまった。

その間に新型コロナウイルスの世界的流行が発生している。ステイホームを余儀なくされてからも、書けず悶々としていたのである。

コロナ禍の第三波の兆しが見えかけた二〇二〇年十一月、ウェブサイトを見ていたら採石場の見学ができると知り、創作のヒントを求めて広島を再訪することにした。浅井さんに何度も同行していただくのはしのびないから、気分転換の旅行も兼ねて妻と二人で。その時点で物語の五割もできていなかっただろう。

青木石材協同組合の筒井政人《つついまさと》さんが親切にガイドを務めてくださった。採石場の見学のみならず島中を車で回り、眺望抜群にしてスリリングな心経山《しんぎょうざん》の山頂まで案内していただいたのは感謝に堪えない。島を離れる際に、「書かなければ気が済まない」「書けそうな気がしてきた」という心境になっていた。あの登山がなければ、この小説はできなかったかもしれない。登ってよかった、心経山。

連載は四回にわたり、一回目は序章のみ（夕映えシーンもあるが、この作品がいくつかの意味において旅の物語であることが暗示される）、二回目は第一章から第三章まで、三回目は第四章から第六章・第三節まで……という区切り方だった。

作中、準レギュラーのあるキャラクターの過去が明かされる。シリーズものであることを利用して意外性を出しているのだが、このシリーズを初めて読む方にも楽しんでいただける書き方をしたつもりだ。この背景はかねて考えていたわけではなく、書きながら作者が「知った」ことである（「思いついた」という感触はまったくない。ほとんどアドリブで書いた部分も多い）。火村の過去を私が「知る」としたらこんな感じなのかもな、と思った。

さぬき広島が仲島のモデルではあるが、広島名産の青木石の呼称を出さなかったり、弘法大師との縁について触れなかったり、宿泊施設について改変したりしており、現実と異なる点も多々ある。作中に出した立派なお屋敷（広島・尾上《おのえ》邸）が改装されて宿泊可能になるなど、執筆後の変化もあった。さぬき広島をまた訪ねるのを楽しみにしている。

コロナ禍の渦中でコロナ禍を描いた。連載中、火村やアリスたちが同じ時空で生きているのが感じられた、という感想を読者からいただいた時は、心からうれしく思った。

謝辞で締めくくらせてください。

取材で大変お世話になった筒井政人さんには、最後にあらためて感謝申し上げます。

装幀の関口聖司《せきぐちせいじ》さんと写真家の堀内洋助《ほりうちようすけ》さんには素晴らしいカバーを与えていただき、感激いたしました。

『オール讀物』編集部の石井一成《いしいいっせい》さんによる丁寧な讃岐弁の添削、「なるほどなぁ」でした。

取材からずっと伴走してくださった『別冊文藝春秋』編集長の浅井愛さん、いやぁ、できましたね。お疲れさまです。

文藝出版局の秋月透馬《あきづきとうま》さんにアンカーを務めていただき、加筆・ミスの修正などを経て、やっと単行本ができ上がりました。

ありがとうございます。

そして、お読みいただいた皆様に深く感謝し、これにて擱筆《かくひつ》いたします。

二〇二一年十一月二十九日

有栖川有栖

文庫版あとがき

この作品が単行本として世に出た時点で、文庫化される頃には大きく事態は変わっていて、作中のコロナ禍が過去の災禍になりかけているであろうことは予想できた。「あの時は大変だった。ＧｏＴｏトラベル。あったなぁ」という具合に。

医療機関がパンクするようなパンデミックは収まったが、私たちはコロナと共存する時代を生きている。作中のコロナ禍が完全に過去のものになるまで、まだしばらく時間を要するだろう。この物語の当該部分が少しずつセピア色に褪色《たいしょく》していく様子を、同じ時代をくぐり抜けた皆さんと共に観察していきたい。

本が出たら仲島のモデルとなったさぬき広島《ひろしま》を再訪し、宿泊できるようになった尾上邸《おのえ》に泊まってみたいと思いつつ、残念ながら実現していない。『捜査線上の夕映え』をお読みになった方が来島し、島内を回って尾上邸で宿泊なさったというご連絡を、取材でお世話になった筒井政人《つついまさと》さんからいただいた時は、「ああ、先を越されてしまった」という気分になった。ご興味のある方は、〈さぬき広島・尾上邸〉で検索して公式サイトをご覧ください。

心経山《しんぎょうざん》からの眺めも忘れがたいが、最初に取材で訪れた際、潮風に吹かれながら自転車で海沿いの道を走ったのは実に爽快だった。火村とアリスにもぜひ経験してもらいたい、と思って、あのような形で彼らにペダルを漕がせたのだが——同島が石の島であることはそこそこ自然に作中に取り込めたのに、自転車に乗る必然性がいかにも弱い。必然性が弱くてもいいんだよ、そこは作者が小説を書く自由を満喫している箇所なんだから、と自らを納得させている。

今回も最後に謝辞を。

文庫化でカバーの印象が一新されることも多いのですが、本書は単行本と同じく堀内洋助《ほりうちようすけ》さんの写真を使わせていただきました。『捜査線上の夕映え』という作品に素晴らしい〈顔〉を与えていただいたことに、あらためて感謝いたします。

佐々木敦《ささきあつし》さんに内容の濃い解説をお書きいただけたことは幸甚《こうじん》です。厚く御礼申し上げます。

そして、文春文庫編集部の髙橋淳一《たかはしじゅんいち》さん。色々とお世話になり、ありがとうございました。

お読みいただいた皆様と、また別の旅でお会いできることを希《ねが》っています。

二〇二四年九月十九日

有栖川有栖

解説

佐々木敦

本作『捜査線上の夕映え』のいわゆる親本(文庫の元になっている単行本をこう呼ぶ)は二〇二二年一月に刊行された。その前に「別冊文藝春秋」で全四回にわたる連載が為されており、それは有栖川有栖《ありすがわありす》がコロナ禍以降にはじめて行なった長編連載だった。このことは本作の内容にストレートに繫《つな》がっている。物語は二〇二〇年八月下旬に始まり、九月半ばに終わる。舞台となる大阪では最初の緊急事態宣言が五月に解除されて以降、感染状況もやや落ち着きを見せており、今となっては悪名高い(?)日本政府のＧｏＴｏキャンペーンによって国内旅行が推奨されていた時期である(最初の一文が「旅に出ることにした」の本作は一種の「旅ミステリ」でもある)。そしてご承知の通り、単行本刊行時にもまだまだコロナ禍は続いていた。本作はまさしく「コロナ禍の渦中でコロナ禍を描いた」(単行本あとがきより)ミステリなのである。あの世界的な混乱時にひとりのミステリ作家が何を考えていたのか、どんな想いを抱いたのかが、この小説にはさまざまなかたちで反映されている。それればかりではなく、コロナ禍という問題とはまた別の、複数の意味において、本作は有栖川有栖の円熟ぶりと、新たな境地を示した重要な作品だと私は思っている。このことを多少とも明らかにすることで解説としたい。

事件自体は一見地味とも言えるものである。マンションの一室のクロゼットからスーツケースに押し込められた元ホストの男の遺体が見つかる。男はその部屋にひとり暮らしで、凶器は部屋にあった御影石《みかげいし》の龍像。スーツケースは男と交際中で遺体の発見者でもある投資家の女が男から借りていたものを返しに来たばかりで、ゆえに彼女が第一の被疑者となる。やがて男のＬＩＮＥから元コンパニオンのもうひとりの女の存在が浮上する。二人の女は男を介して友人になっていたが、男が二股を画策していた事実が判明し、第二の女も被疑者に加えられる。被害者から借金の返済を迫られていた不動産テックに勤める男が第三の被疑者、更に被害者と第二の女が一緒にいるところを尾行していたＫポップアイドルに似た（だが顔の下半分はマスクで隠れている）謎の男が第四の被疑者。第五、第六の被疑者と呼べる者もいるが、問題は事件の起こったマンションの防犯カメラの映像である。第一の女がスーツケースを返しに来た時と連絡が取れない男を心配して再訪し遺体を発見した時に加えて、第二の女も映像に映っていたが、遺体の状態のせいで殺害された時刻の可能性に幅があり、しかもマンションの各フロアには防犯カメラがなく建物への出入りしか確認することが出来ない。こうして単純に見えた事件は次第に難解なパズルの様相を呈してゆく。

コロナ禍で外出もままならない日々に倦《う》み、ひとりで大阪駅まで出てビルの五階から夕映えを見たりしていた小説家の有栖川有栖は、やはりコロナで大学がリモート講義になってから下宿に引きこもっていた英都《えいと》大学准教授の犯罪社会学者、火村英生《ひむらひでお》が警察からの協力要請を承けたことによって、久々の「フィールドワーク」（と称した犯罪捜査）に赴く。迎えるのは過去作でもお馴染《なじ》みの大阪府警の面々、船曳《ふなびき》警部、鮫山《さめやま》警部補、繁岡《しげおか》刑事、森下《もりした》刑事、そしてコマチこと高柳真知子《たかやなぎまちこ》刑事ら。捜査と推理の焦点となるのは、防犯カメラの映像と、被疑者たちがそれぞれ主張するアリバイである。ここに「旅」が関わってくる。被疑者の何人かは犯行が可能だった時間には遠方に旅行に行っていたと主張する。そこで火村とアリスは犯人のアリバイ工作を見破るべく颯爽《さっそう》と旅立つのかというと、そうはならないのである。物語の後半、確かに二人は小旅行をするのだが、それは被疑者たちのアリバイとは関係がない。しかし、そこから先が実は本作のクライマックス（この言葉に反してそれはとても穏やかで牧歌的なシーンだが）なのである。

初読の私自身がそうだったのだが、読者のほとんど、いや全員が、第五章の第3節の末尾で驚くに違いない（私は声を上げてしまった）。ひとりの登場人物についてのある事実が明かされるのだが、それは本作において最も意外性を持っていると言っても過言ではない。完全に虚《きょ》を突かれ、果たしてどういうことかと思っていると、そこから物語は大きく旋回してゆき、この小説がどのようなものなのかという真相ならぬ真実を露《あら》わにしていく。そしてそれに伴って事件の真相も明らかにされるのである。その真相もかなり意外なものだが、この小説を純然たる「本格ミステリ」として読もうとした場合、疑問や不満を持つ読者もいるかもしれない。有栖川有栖のミステリはいつも堅牢《けんろう》な論理性に支えられているが、この小説のたったひとつの事件は、犯行が不可能だった被疑者を除いてゆく消去法でも、犯行方法が可能だった者を導き出す演繹《えんえき》法でも真犯人を指摘できない。先に述べた後半の展開に至るまでは、与えられた条件のみでは、誰がやったとしても矛盾や穴が生じるようになっているのだ。それを解決するには第五章第4節以降ではじめて読者に知らされるエピソードがどうしても必要であり、そして作中でアリス自身も語っているように、それを知った瞬間に犯行の方法と真犯人が同時に明らかになるのである（実はこの点について作者は非常に早い段階で一種の伏線を打っているのだが、ここでは触れないでおく）。敢《あ》えて述べるなら、本作は「本格ミステリ」ではない。今回ばかりは作者の意図は別のところにあったのだと私は思う。ではそれは何だったのか？

一言で述べよう。それは「動機」である。この小説で最も重要な要素は、なぜ犯人が殺人を犯したのか、という動機なのだと私は思う。確かに「作家アリス」シリーズを通して火村は動機を必ずしも重視しないスタンスを標榜《ひょうぼう》してきた。探偵の仕事はあくまでもフーダニットとハウダニットであり、ホワイダニットはその後についてくるのだと。だが、この事件の核心は、誰が、でも、いかにして、でもなく、どうして、なのである。それがどのようなものなのかも、ここでは書かないでおく（本編を読む前に解説を覗《のぞ》く方にはネタバレ回避のために、すでに読了された方には言わずもがなということで）。だが、ひとつだけ記しておくならば、本作は、非常に繊細な、複雑さと深さと、そして残酷さをも兼ね備えた「恋愛ミステリ」である。人が人に対して抱く強く淡い（強さと淡さは両立する）

想いを、ミステリという形式だからこそ可能なやり方で、しかし恋愛を題材とするミステリが陥《おちい》りがちな紋切型を退《しりぞ》けつつ、見事に描いてみせた作品だと私は思う。そして結末から顧《かえり》みてみれば、そんな感情の姿もまた、伏線と呼んでもよい幾つもの細部、人物のちょっとした台詞や振る舞いによって、実は物語の早い段階から示唆《しさ》されていたことがわかる。「ミステリという形式だからこそ可能なやり方」とは、そういう意味である。

単行本の刊行時にも話題になったが、本作では冒頭まもなく「特殊設定ミステリ」ブームへの言及がある（いささか驚くことに、それは今も続いている）。これは作者自身の意見表明と言っていいだろう。そこでは「特殊設定ミステリ」は優れた作品も多く読者の幅を広げることにも貢献していると肯定的に評価しつつ、自分自身は「ミステリはこの世にあるものだけで書かれたファンタジー」だと捉えているので軸を異にすると述べ、荒唐無稽だがルールが明確な「特殊設定ミステリ」の流行は現実世界の不安定さ不確実さと裏腹なのではないか、コロナ禍では尚更《なおさら》のこと、という考えを提出している。私もその通りだと思う。本作はまさに「この世にあるものだけ」で書かれている。「ファンタジー」という語の意味も単純ではない。本作もファンタジーなのだとしたら、それはどういう意味なのか、読者も考えてみていただきたい。

尚、二〇二四年八月に本作に続く「作家アリス」シリーズの新作にして「国名シリーズ」第十一弾に当たる長編『日本扇の謎』が刊行されている。これまた「この世にあるものだけで書かれたファンタジー」としてのミステリの傑作である。

（批評家）

有栖川有栖 著作リスト（2024年11月現在）

★…火村英生シリーズ　☆…江神二郎シリーズ

〈長編〉

月光ゲーム　Yの悲劇'88☆　東京創元社（'89）／創元推理文庫（'94）
孤島パズル☆　東京創元社（'89）／創元推理文庫（'96）
マジックミラー　講談社ノベルス（'90）／講談社文庫（'93）／講談社文庫（'08新装版）
双頭の悪魔☆　東京創元社（'92）／創元推理文庫（'99）
46番目の密室★　講談社ノベルス（'92）／講談社文庫（'95）／講談社文庫（'09新装版）／角川ビーンズ文庫（'12）／講談社（'19愛蔵版）
ダリの繭★　角川文庫（'93）／角川書店（'99新版）／角川ビーンズ文庫（'13）
海のある奈良に死す★　双葉社（'95）／角川文庫（'98）／双葉文庫（'00）
スウェーデン館の謎★　講談社ノベルス（'95）／講談社文庫（'98）／角川ビーンズ文庫（'14）
幻想運河　実業之日本社（'96）／講談社ノベルス（'99）／講談社文庫（'01）／実業之日本社文庫（'17）
朱色の研究★　角川書店（'97）／角川文庫（'00）
幽霊刑事《デカ》　講談社（'00）／講談社ノベルス（'02）／講談社文庫（'03）／幻冬舎文庫（'18新版）
マレー鉄道の謎★　講談社ノベルス（'02）／講談社文庫（'05）
虹果て村の秘密　講談社ミステリーランド（'03）／講談社ノベルス（'12）／講談社文庫（'13）
乱鴉《らんあ》の島★　新潮社（'06）／講談社ノベルス（'08）／新潮文庫（'10）
女王国の城☆　創元クライム・クラブ（'07）／創元推理文庫（'11）
妃は船を沈める★　光文社（'08）／光文社カッパ・ノベルス（'10）／光文社文庫（'12）／光文社文庫（'23新装版）
闇の喇叭　理論社（'10）／講談社（'11）／講談社ノベルス（'13）／講談社文庫（'14）
真夜中の探偵　講談社（'11）／講談社ノベルス（'13）／講談社文庫（'14）
論理爆弾　講談社（'12）／講談社ノベルス（'14）／講談社文庫（'15）
鍵の掛かった男★　幻冬舎（'15）／幻冬舎文庫（'17）
狩人の悪夢★　KADOKAWA（'17）／角川文庫（'19）

インド倶楽部の謎★　講談社ノベルス('18)／講談社文庫('20)
捜査線上の夕映え★　文藝春秋('22)／本書
日本扇の謎★　講談社ノベルス('24)／講談社('24 愛蔵版)

〈中編〉
まほろ市の殺人 冬　蜃気楼に手を振る　祥伝社文庫('02)

〈短編集〉
ロシア紅茶の謎★　講談社ノベルス('94)／講談社文庫('97)
／角川ビーンズ文庫('12)
山伏地蔵坊の放浪　創元クライム・クラブ('96)／創元推理文庫('02)
ブラジル蝶の謎★　講談社ノベルス('96)／講談社文庫('99)
英国庭園の謎★　講談社ノベルス('97)／講談社文庫('00)
ジュリエットの悲鳴　実業之日本社('98)
／実業之日本社ジョイ・ノベルス('00)／角川文庫('01)
／実業之日本社文庫('17)
ペルシャ猫の謎★　講談社ノベルス('99)／講談社文庫('02)
暗い宿★　角川書店('01)／角川文庫('03)
作家小説　幻冬舎('01)／幻冬舎ノベルス('03)／幻冬舎文庫('04)
絶叫城殺人事件★　新潮社('01)／新潮文庫('04)
スイス時計の謎★　講談社ノベルス('03)／講談社文庫('06)
白い兎が逃げる★　光文社カッパ・ノベルス('03)／光文社文庫('07)
／光文社文庫('23 新装版)
モロッコ水晶の謎★　講談社ノベルス('05)／講談社文庫('08)
動物園の暗号★☆　岩崎書店('06)
壁抜け男の謎　角川書店('08)／角川文庫('11)
火村英生に捧げる犯罪★　文藝春秋('08)／文春文庫('11)
赤い月、廃駅の上に　メディアファクトリー('09)／角川文庫('12)
長い廊下がある家★　光文社('10)／光文社カッパ・ノベルス('12)
／光文社文庫('13)／光文社文庫('23 新装版)
高原のフーダニット★　徳間書店('12)／徳間文庫('14)
江神二郎の洞察☆　創元クライム・クラブ('12)／創元推理文庫('17)
幻坂《まぼろしざか》　メディアファクトリー('13)／角川文庫('16)
菩提樹荘の殺人★　文藝春秋('13)／文春文庫('16)

臨床犯罪学者・火村英生の推理 密室の研究★　角川ビーンズ文庫('13)
臨床犯罪学者・火村英生の推理 暗号の研究★　角川ビーンズ文庫('14)
臨床犯罪学者・火村英生の推理 アリバイの研究★　角川ビーンズ文庫('14)
怪しい店★　KADOKAWA('14)／角川文庫('16)
濱地健三郎の霊《くしび》なる事件簿　KADOKAWA('17)／角川文庫('20)
名探偵傑作短篇集 火村英生篇★　講談社文庫('17)
こうして誰もいなくなった　KADOKAWA('19)／角川文庫('21)
カナダ金貨の謎★　講談社ノベルス('19)／講談社文庫('21)
濱地健三郎の幽《かくれ》たる事件簿　KADOKAWA('20)／角川文庫('23)
濱地健三郎の呪《まじな》える事件簿　KADOKAWA('22)

〈エッセイ集〉

有栖の乱読　メディアファクトリー('98)
作家の犯行現場　メディアファクトリー('02)／新潮文庫('05)
　＊川口宗道・写真
迷宮逍遥　角川書店('02)／角川文庫('05)
赤い鳥は館に帰る　講談社('03)
謎は解ける方が魅力的　講談社('06)
正しく時代に遅れるために　講談社('06)
鏡の向こうに落ちてみよう　講談社('08)
有栖川有栖の鉄道ミステリー旅　山と溪谷社('08)／光文社文庫('11)
本格ミステリの王国　講談社('09)
ミステリ国の人々　日本経済新聞出版社('17)
論理仕掛けの奇談 有栖川有栖解説集　KADOKAWA('19)／角川文庫('22)

〈主な共著・編著〉

有栖川有栖の密室大図鑑　現代書林('99)／新潮文庫('03)／創元推理文庫('19)
　＊有栖川有栖・文／磯田和一・画
有栖川有栖の本格ミステリ・ライブラリー　角川文庫('01)
　＊有栖川有栖・編
新本格謎夜会　講談社ノベルス('03)
　＊綾辻行人との共同監修
有栖川有栖の鉄道ミステリ・ライブラリー　角川文庫('04)

＊有栖川有栖・編

大阪探偵団　対談 有栖川有栖 vs 河内厚郎　沖積舎('08)

＊河内厚郎との対談本

密室入門！　メディアファクトリー('08)
／メディアファクトリー新書('11)(『密室入門』に改題)

＊安井俊夫との共著

図説 密室ミステリの迷宮　洋泉社MOOK('10)／洋泉社MOOK('14完全版)

＊有栖川有栖・監修

綾辻行人と有栖川有栖のミステリ・ジョッキー①　講談社('08)
綾辻行人と有栖川有栖のミステリ・ジョッキー②　講談社('09)
綾辻行人と有栖川有栖のミステリ・ジョッキー③　講談社('12)

＊綾辻行人との対談&アンソロジー

小説乃湯　お風呂小説アンソロジー　角川文庫('13)

＊有栖川有栖・編

大阪ラビリンス　新潮文庫('14)

＊有栖川有栖・編

北村薫と有栖川有栖の名作ミステリーきっかけ大図鑑
ヒーロー&ヒロインと謎を追う！　第1巻 集まれ！ 世界の名探偵
第2巻 凍りつく！ 怪奇と恐怖
第3巻 みごとに解決！ 謎と推理
日本図書センター('16)

＊北村薫との共同監修

おろしてください　岩崎書店('20)

＊市川友章との絵本

清張の迷宮《ラビリンス》　松本清張傑作短編セレクション　文春文庫('24)

＊有栖川有栖、北村薫・編

有栖川有栖に捧げる七つの謎　文春文庫('24)

＊青崎有吾、一穂ミチ、織守きょうや、白井智之、夕木春央、阿津川辰海、今村昌弘によるトリビュート作品集

初　出　「別冊文藝春秋」二〇二一年五月号から十一月号
単行本　二〇二二年一月　文藝春秋刊
DTP制作　ローヤル企画

本作品はフィクションであり、実在の場所、団体、個人等とは一切関係ありません。

文春文庫

捜《そう》査《さ》線上《せんじよう》の夕映《ゆうば》え

定価はカバーに表示してあります

2024年11月10日　第1刷

著　者　有《あり》栖《す》川《がわ》有《あり》栖《す》

発行者　大沼貴之

発行所　株式会社 文藝春秋

東京都千代田区紀尾井町 3-23　〒102-8008
TEL 03・3265・1211㈹
文藝春秋ホームページ　https://www.bunshun.co.jp

落丁、乱丁本は、お手数ですが小社製作部宛お送り下さい。送料小社負担でお取替致します。

印刷・萩原印刷　製本・加藤製本　　Printed in Japan
ISBN978-4-16-792293-1